# 수레바퀴 VIII

KB191971

# 수레바퀴 VIII

| | | | |
|---|---|---|---|
| 발행일 | 2024년 10월 14일 | | |
| 지은이 | 정신안 | | |
| 펴낸이 | 손형국 | | |
| 펴낸곳 | (주)북랩 | | |
| 편집인 | 선일영 | 편집 | 김은수, 배진용, 김현아, 김부경, 김다빈 |
| 디자인 | 이현수, 김민하, 임진형, 안유경 | 제작 | 박기성, 구성우, 이창영, 배상진 |
| 마케팅 | 김회란, 박진관 | | |

출판등록 2004. 12. 1(제2012-000051호)
주소 서울특별시 금천구 가산디지털 1로 168, 우림라이온스밸리 B동 B111호, B113~114호
홈페이지 www.book.co.kr
전화번호 (02)2026-5777          팩스 (02)3159-9637

ISBN 979-11-7224-304-3 04810 (종이책)      979-11-6299-113-8 04810 (세트)
     979-11-7224-305-0 05810 (전자책)

**(주)북랩** 성공출판의 파트너

북랩 홈페이지와 패밀리 사이트에서 다양한 출판 솔루션을 만나 보세요!

**홈페이지** book.co.kr • **블로그** blog.naver.com/essaybook • **출판문의** text@book.co.kr

**작가 연락처 문의 ▸ ask.book.co.kr**

작가 연락처는 개인정보이므로 북랩에서 알려드릴 수 없습니다.

정 신 안 에 세 이

저마다의 짐을 지고 굴러가는

모든 영혼에게 바치는 위로와 공감의 헌사

# 수레바퀴

VIII

북랩

\*

## 여고 문화사랑방 졸업 50주년 기념여행

　첫날, 당진 솔뫼성지 도착. 한국 최초의 사제 성 안드레아 신부 탄생지였다. 1784년 한국천주교회가 창설된 직후부터 김대건 신부의 중조할아버지가 살았던 곳이며, 그 후 4대에 걸쳐 순교자가 살았던 곳이다. 따라서 여기는 '한국의 베들레헴'으로 불리는 곳이다. 김대건 신부는 1821년에 태어나 1836년부터 마카오에서 사제수업을 받았으며, 1845년 상해에서 사제품을 받고 조선에 입국하여 1846년 순교하였다. 1925년 비오 11세 교황에 의해 복자품에, 1984년 요한 바오로 교황에 의해 성자품에 오르게 되었다.

이미 교황님이 방문했던 곳으로 성지를 아름답게 만들었다. 입구에 일인 성당 기도처가 있으며 안쪽 광장을 따라 가면, 대형 성당에 찬란한 불빛과 아름다운 모자이크의 그림으로 성자들의 영상이 비친다. 대형 강당에는 누구나 조용히 기도할 수 있는 탁상이 줄지어 있었다. 성당을 나오면 로마처럼 원형경기장이 보인다. 주변에는 조각상이 경기장을 장식했다. 정말 로마에 온 것 같았다. 주변에서 친구들과 기념사진을 찍고 '게 눈 감추듯' 식당에 가서 간장게장으로 식사를 했다.

식사 후 서산 보원사지를 탐방했다. 그곳은 백제시대 창건, 통일신라~고려 초에 크게 융성하였고, 국사를 지낸 법인국사 탄문이 묻힌 곳이다. 1000여 명이 있었던 대사찰이었다. 유물로 백제계의 양식 기반 위에 통일신라와 고려 초의 석탑 양식을 갖춘 5층 석탑과 불교 행사에 불기나 괘불을 걸기 위해 만든 당간지주가 있는 것이 특별하다. 여기의 당간은 보물 제103호로 절 앞에 세워 부처나 보살의 위엄과 공덕을 표시하고, 사악한 것을 내쫓는다는 의미의 깃발을 다는 깃대이다.

5층 석탑은 통돌을 장방형으로 파내어 만든 한국 최대의 석조이고, 통일신라~고려 초의 전형적인 석탑 양식이다. 산 아래 평지에 세워진 5층 석탑은 감은사의 3층 석탑(동탑)의 느낌과 비슷하다. 어떤 선조의 영험한 기운이 깃들여 있었다. 무한한 우주의 에너지가 역사의 시간을 넘어 후손에게 전달하는 알 수 없는 힘의 무엇을 받는…. 나는 그런 오층석탑을 오랫동안 감상하며 무한한 천운의 기를 느꼈다.

다음은 간월암으로 이동했다. 고려말 무학대사가 이곳에서 수도하던 중 도를 깨우쳤다고 간월암이라하고, 1941년 만공선사가 중창하고 이곳에서 조국 해방을 위한 천일기도를 드리고 바로 광복을 맞이했다고 전한다. 바닷가에 세워진 절은 경관이 아름답다. 작은 산신각과 종이 있는 정자와 바다, 초파일을 앞두고 세워진 화려한 꽃등이 장식된 절 앞마당에서 바람을 맞으며 동창들은 멋지게 사진을 찍었다.

오후에 안면도로 이동했다. 숙소는 나문재 펜션이었다. 그곳은 연산홍이 활짝 핀 꽃길이 조성되었다. 넓은 잔디밭에 아름다운 조각들이 손님을 반겼다. 울창한 소나무 숲과 확 트인 바다, 굽이치는 산속의 오솔길과 알 수 없는 예쁜 꽃들, 바닷가의 아름다운 까페 등이 환상적이었다. 짐을 풀고 저녁은 복음횟집으로 이동했다. 싱싱한 회와 낙지, 낙지탕과 생선볶음이 일품이었다. 회장님이 화요를 가져왔다. 맥주와 화요를 마시고 안주로 푸짐한 바닷가의 특산품을 즐겼다.

숙소로 이동해서 번호표를 뽑은 대로 움직였다. 1번은 1층, 2번은 2층이 배당되었다. 나는 2층이었다. 2층은 5명이었다. 방 2개가 깨끗했다. 거실은 넓었다. 각자 쉬고 싶은 곳을 선택했다. 커다란 식탁에서 5명이 앉아서 이바구를 했다. 그중 친구 A의 타자 무용담이 재미있었다. A는 타자를 즐겼다. 몸이 안 좋고 우울해지면 아들은 A에게 100만 원을 주고, "어머니, 가서 아르바이트하고 오세요" 한단다. A는 대구로 가서 며칠 만에 100만 원을 몽땅 잃어버리고 온단다. 그러면 마음이 시원하고 기분이 확 풀린단다.

나는 A에게 말했다.

- A야, 너 그러다가 몸이 안 좋아져서 힘들다. 그러다가 죽는다. 아니 죽는 게 아니고 눈만 뜨고 누워 있다.
- 그러잖아도 나 몸이 안 좋아. 온몸에 무슨 점이 생기고 안 좋아.
- 우리 이종 그렇게 타자를 좋아하는 애가 있는데, 지금 아파서 누워 있다. 매일 몸을 오그리고 타자를 하니까 그렇더라. 돈도 30억은 날렸을걸.
- 나도 아파트 두 채는 날라 갔어.
- 어쨌든 이제 삼가야 해.
- 지금 두 달은 끊었어.

여하튼 우리는 A의 타자 무용담을 들으며 오랫동안 즐겁게 이야기를 했다. 이튿날 나는 나문재 팬션 정원에서 새벽 산책을 했다. 바닷가로 이동해서 해 뜨는 것을 보고, 숲 사이를 걸었다. 숙소는 많았다. A~F까지 2층으로 되어 있었고 다른 지역으로 3개의 이층

숙소가 있었다. 온갖 꽃으로 울창한 숲 사잇길을 만들어 산책로를 만들었다. 가장 높은 곳에 카페를 만들고 바다를 향한 풍경을 감상하며 아침 식사를 그곳에서 할 수 있었다. 우리도 카페에서 식사를 했다. 외국에 여행온 자처럼 진한 커피와 팬케이크 종류로 식사를 했다.

식사 후 청산 수목원으로 이동했다.

*

## 아버지의 마음

분단된 조국, 격동의 현대사를 '아버지'로 살며 아버지의 굴욕과 수모를 감내하는 것들을 표현하고 있는 우리들의 아버지였다. 우리들의 아버지는 이미 죽고 사라졌지만, 그들은 모두 일제 말기에 타협을 거부하고 침묵을 지키며, 영웅으로 몸을 던지지는 않았지만, 자식을 위한 아버지의 마음으로 기도하며 살았으리라.

*

## 마지막까지 퇴임의 치적을 높이고 싶어하는 문 대통령 기사를 신문에서 읽어보다

문재인 대통령이 오늘 청와대를 떠난다. 비판의 글을 쓸 생각은 없었다. 문정부는 역대 최대분량의 국정백서를 냈다. 22권, 1만 1944쪽이라고 한다. 떠나는 건 떠나는 거고 팩트(사실)은 짚어야겠다. 문 대통령은 소득주도 성장을 하겠다며 정권 초반에 최저임금 인상에서 폭주했다. 결국 5년간 시장소득의 분배지표는 개선되지 않았다.

"부동산 가격 상승은 세계적 현상, 우리나라는 상승이 작은 편이다"라며 문 대통령은 집값 폭등의 원인을 코로나로 늘어난 유동성 탓, 1인 가구 증가 탓으로 돌렸다. 글로벌 부동산업체가 발표한 2021년 3분기 주택가격 지수에서 한국은 1년 만에 23.9% 상승으로 조사 대상 56개국 가운데 1위였다.

문 대통령은 '나라 빚 1000조원 돌파' 같은 나쁜 성과 말고, 1인당 국민소득 3만 5천만 달러, 세계 10위 경제 규모를 달성했다고 자랑했다. 환율효과가 꽤 있었다거나 19년 만에 1인당 국민소득이 대만에 밀렸다든가 하는 '팩트폭격'으로 흠집 낼 생각은 없다. 최빈국 대열에서 소득 3만 불, 세계 12위 경제 대국에 오기까지 70년 역사부터 자랑스럽게 여겨야 할 것인데, 문 대통령의 진영은 왜 그토록 납득 못하게 이승만, 박정희 등 초석을 놓은 역대 대통령들의 공로를 깎아내렸는지….

문 대통령은 "퇴임 후 잊힌 삶을 살고 싶다"고 했다. 하지만 마지막 보름 새, 5년을 압축해 보여준 놀라운 언행들은 그를 잊고 싶어도 잊기 힘든 대통령으로 만들었다.

「강경희 칼럼-잊히고 싶다지만, 잊기 힘든 문대통령」, 조선일보, 2022. 05. 09.

위의 글은 윤석열 대통령의 새 정부 입성에 몽니를 부리더니, 검수완박을 통과시켜 자신의 죄를 사면하려는 비겁한 대통령의 퇴임하는 글이 되었다. 우리는 5년 동안 나라답지 못한 곳에서 자유를 박탈하며 살았는데, 문 대통령은 자신의 치적을 올리려고 자화자찬하며 통계 논란을 일으켜, 잘한 건 내 덕, 못한 건 남 탓을 했다. 그리고 문 대통령은 결국 민주당 진영과 친여 언론의 찬양을 받으며 화려하게 양산으로 퇴임했던 것이다.

*

## 영화배우 강수연의 명복을 빈다

유튜브에서 그를 알았다. 강수연은 자타가 공인하는 국민배우였다. 그녀는 3살에 데뷔했다. 그녀는 길거리 캐스팅의 원조였다. 그녀는 연기를 잘하고 인기 있는 배우였으며, 많은 이에게 삶을 함께

한 배우였다. 1970년대 TBC 아동극 '소년 홍길동', 청소년 시절엔 청춘드라마 '고교생일기' 20대 땐 '추락하는 것에는 날개가 있다'에, 30대 땐 사극 '여인천하'로 이름을 날렸다. 그녀는 물불 가리지 않는 연기로 스물한 살이던 1987년, 임권택 감독 영화 「씨받이」에서 출산 장면 하나를 4박 5일 걸쳐 찍었다.

2년 뒤 '아제 아제 바라아제'에선 비구니역으로 머리를 깎았다. 그녀는 아무렇지도 않게 삭발했다. '고래사냥2'에선 대역 쓰자는 권유를 물리치고 원효대교에서 한강에 뛰어드는 장면을 직접 찍었다. 그녀는 영화 제작자 이태원, 감독 임권택과 함께 세계로 나갔다. '씨받이'와 '아제 아제 바라아제'로 베네치아와 모스크바에서 여우주연상을 받았다. 이때부터 그녀는 한류의 씨를 뿌렸던 것이다.

그녀는 훌륭했다. 영화를 찍을 때마다 '제대로 못 해내면 다시 기회가 없을 것 같다', '절벽 끝에 서 있는 마음으로 연기한다'고 했는데 그녀가 갑자기 이 세상을 떠나갔던 것이다. 올해 공개될 넷플릭스 영화 '정이'가 그녀의 마지막 작품이 되었다. 그녀는 짧다면 짧고, 길다면 긴 인생이었다. 우리에게 그녀의 갑작스러운 이별은 너무나도 큰 충격이었다. 우리는 그녀를 위해 명복을 빌 뿐이었다.

*

# 윤석열 20대 대통령 취임

역사적인 날이었다. 좌파의 지긋지긋한 내로남불 정치를 벗어났다는 것은 신의 한수였다. 윤 대통령의 빠르고 신속한 행동이 시원했다. 윤 대통령은 취임식에서 "이 나라를 자유민주주의와 시장경제 체제를 기반으로 국민이 진정한 주인인 나라로 재건하겠다"라고 말했다. 윤 대통령은 취임사에서 '자유'를 35번 언급했다. 윤 대통령은 취임과 함께 '용산 시대'도 열었다. 청와대가 74년 만에 활짝 열렸다. "청와대 정문 개방!"이라는 구호로 매화꽃 가지를 든 국민 대표 74명이 앞장섰다.

한동훈 후보자 청문회를 통해 베일에 숨겨져 있던 야당 의원의 밑천이 드러났다. 김남국은 이모교수를 이모로 착각하고 발언했고, 최강욱은 익명 처리된 기부자 이름을 한 후보 딸 이름으로 단정하여 망신당했다. 청문회를 통해 이수진이 추미애와 손혜원을 합쳐놓은 수준임을 확인했다. 한 후보는 특별하지 않았다. 꼼꼼하고 정확했을 뿐이다. 그는 윤 대통령의 우수한 인재였다. 나는 청문회를 보고 문 대통령의 수호대가 얼마나 엉터리고 나라를 엉망으로 만들어 놓았나를 실감했다.

나는 사실 정치에 관심이 없다. 그러나 한 번도 겪어보지 못한 시기를 맛보면서 '어? 이거는 아닌데?' 하며 집권자들의 이상한 행태에 나라를 걱정했다. 제일 무서웠던 것이 중국 권력을 끌어들여서 장기 집권을 하려고 했던 것이다. 그렇게 되면 한국은 결국 공산화 국가가 되었을 것이고, 중공인에게 특혜로 선거권을 주어 중공화가 되지 않았겠는가. 시진핑과 손잡고 하수인 노릇을 하며 장기 집권을 하며 집권당만 잘 살겠다는 심보였다. 나는 문통네 진영이 무섭다.

그들은 자기 편이어도 맞지 않으면 죽였다. 박원순, 노무현, 노해찬 등… 수많은 사람을 죽였다. 자기들 진영에 불리하다 하면 죽음을 선사했다. 그게 그들의 수법이었다. 그들의 측근은 그렇게 많은 사람이 사라졌다. 그들은 염치 없는 포장정치를 넘어 두려움을 주는 정치였다. 나는 윤 대통령의 당선을 신의 한수로 보며 신에게 감사했다. 그들은 이제 윤석열 정부 죽이기에 혈안이 되어 있다.

그들은 MB 정권을 괴롭힌 광우병과 촛불 대란으로 괴담과 허위로 나라를 흔들어 놓았던 것을 이용할 태세이다. 그들은 죄 파기를 기획한 진영 전쟁을 시도하려 하고 있다. 그들은 프레임을 씌워 상대편 죽이는 선수들이었다. 그들은 무속 괴담과 김건희 여사 이슈를 집요하게 만들어 대중 분노를 만들어 낼 기세이다. 이제는 문 대통령이 청와대에 틀어박혀 탁현민 연출쇼에만 등장하던 시대가 아니다. 지금은 윤 대통령이 기자들과 즉석 문답을 주고받는 시간이 만들어진 것이다. 아! 정말 통쾌한 대통령이 나라를 지휘하고 있다는 사실이 너무너무 기뻤다.


*


## 남편과 싸웠다

오늘은 냉장고가 새로 들어오는 날이다. 20년 동안 쓴 냉장고, 냉동 쪽의 물이 바닥으로 새서 얼었다. 밑바닥의 얼음이 서서히 부풀어 올라서 철제서랍 위로 올라오고 있었다. 밑 칸의 철 서랍이 움직이지 못했다. 뒤쪽으로는 언 음식 재료가 얼음에 뒤섞여 얼음 반 식재료 반으로 뒤엉겼다. 물론 그전에도 그런 적이 있었다. 나는 유튜브를 찾아 얼음을 녹였다. 냄비에 뜨거운 물을 끓이고 얼음 위로 냄비를 놓고 뜨거운 열기로 얼음을 녹이는 방법을 활용했다. 뒤쪽에 붙은 얼음은 드라이기로 얼음을 녹였다.

그리고 큰 얼음은 망치로 깨서 얼음덩어리를 꺼냈다. 그런데 이번에는 엄두가 안 났다. 오른팔 어깨 파열로 손을 쓸 수가 없기 때문이었다. 냉동실의 밑에 얼음이 위로 차오를 때마다 마음의 부담이 일어났다. 20년이 되었으니 냉장실 박스나 서랍도 많이 낡고 박스 형태로 모양을 갖추지도 못했다. 이참에 냉장고를 바꾸겠다는 마음이 들었다. 남편이 인터넷으로 주문했다. 나는 냉장고에 트라우마가 있었다.

처음 결혼해서 혼수로 장만해 간 냉장고(LG)가 고장 나서 해마다 수리하다가 결국 포기했다. 그리고 시어머니가 쓰시던 화신 제품 냉장고를 주셨다. 그것도 1년이 채 안 되서 고장이 났다. 다시 삼성 냉장고를 샀다. 또 1년이 안 되서 고장이 났다. 매년 이삼십만 원씩 주고 수리를 몇 년 했다. 내가 사는 냉장고는 왜 하자품만 걸리는지 계속 문제가 있었다. 나는 냉장고 트라우마가 생겼다. 그래서 큰마음 먹고 23년 전 '그럼 나도 외제 냉장고를 빚내서 사야겠다'는 생각. 거금 400만 원을 내서 GE 제품 제너럴을 샀다. 큰 대형으로 미제니까 고장이 없을 것이라고 확신했다.

그래서 지금까지 썼던 것이다. 친척들은 나를 보면 냉장고를 바꾸라고 난리를 쳤다. 여름도 돌아오고, 추석 명절을 위해서 사기로 결심했던 것이다. 제일 큰 것으로 LG 제품인데 중국제품이라 값이 쌌다. 130만 원 정도라니까 부담도 없었다. 이미 주문을 했기 때문에 오늘 제품이 오는 날이었다. 제품은 오전 11시 조금 넘어서 오겠다는 것이다. 우리는 냉장고 속 물건을 다라이와 소쿠리에 모두 담아서 다른 방으로 이동시켰다. 6~7개의 짐이 나왔다. 정말 양이 많아서 이삿집 같았다. 11시경에 온 기사가 말했다.

- 여기 현관에 붙어 있는 모기장 철제를 전부 뜯어야 하는데요?

- 그래요? 할 수 없지요 뜯어요.

- 우리가 못뜯어요.

- 네?

- 이거 설치한 사람이 뜯어야 해요. 우리는 안 돼요.

- 아니 이정도 기사들은 할 수 있지 않아요? 대기업인데?

- 아니 이 못만 뺄게요.

- 여하튼 해보세요.

- 여기 이 작업이 안 돼요. 차라리 냉장고를 600리터짜리로 바꾸세요. 그
   래야 들어올 수 있어요.

- 그럼 지금 600리터짜리 가져왔어요?

- 아니요, 새로 주문해야 돼요.

- 아니, 지금 모든 물건이 다 나왔는데, 말이 되냐구요.

- 하여튼 시간이 바쁘니까, 이것을 여기 위에 번호 있으니까 방충망 업체에
   서 뜯어야 들어갈 수 있으니까요. 다음에 다시 해야 해요. 오늘은 안 돼요.

- 그럼 600리터로 할까?

- 그럼 밥 안 해준다!

- 뭐야? 밥 못 먹은 귀신이 있나?


남편은 소리를 지르기 시작했다.


- 밥 해주는 것이 무슨 위세냐?

소리를 박박 지르며 참을 수 없이 고함을 질렀다.

- 여자가 생각 없이 말을 하면 다냐?

온갖소리가 들려왔다. 나도 모르게 그냥 소리가 나왔다. 그리고 그냥 미안했다. 글쎄 왜? 이 소리가 나에게서 툭 나오는지 알 수 없었다.

- 글쎄, 내가 원래 의식 없이 잘 지껄이잖아. 막내에게도 그래서 나중에 미 안하다고 그러잖아. 그래서 맨날 혼나고 사과하고. 또 그래서 엄마가 엄 마답지 못하다고 자기한테 혼나고.

기사들은 돌아가고 막내딸은 점심 먹고 학원 가려 했는데 아빠의 소리에 나가버렸다. 시간이 30분쯤 지나갔다. 밥이나 먹어야겠다.

- 어? 승현이 어디갔어?
- 아까 나갔는데.

나는 승현에게 전화를 했다.

- 야, 밥 먹어. 빨리 와.
- 안 먹어.

- 왜?

- 불편하잖아.

- 맘대로 해.


남편과 나는 밥상을 차려 밥을 먹었다. 시간이 흘러가면서 나는 얼음 냉장고를 망치로 깨기 시작했다. 그리고 '전쟁도 일어나는데 이까짓 거' 하며 얼음깨기 작업을 했다. 냉장고가 고장 난 것도 아니고. 그렇게 밤 10시까지 작업을 하고 그 속에 있던 것을 모두 채우고 전기 코드를 켰다. 멀쩡했다. 그리고 다시 AS를 신청했다. 돈이 없고 시간이 없었으면 속 터질 일일 것이었다. 나는 반성해 보았다. 왜? '밥 안 해줄 거야'를.


\*


스승의 날이었다.


수영 선생님에게 뭔가를 성의를 표시하고 싶었다. 백화점에 들러서 애기들 줄 화과자를 2박스 샀다. 작은코치와 큰코치에게 주면 기뻐할 것이리라. 우리 같이 나이 든 사람 퇴출 안 하고 끼워주는 것이 감사했다. 다른 회원에게 부담을 주지 않고 몰래 주려니 쉽지 않았다. 사서 가져가고 전달하려니 여러 가지로 신경이 쓰였다. 커다란 검은 가방에 싸서 수영장 내부 간이 의자에 숨겼다가 전 시간 타임이 끝나자 마자 대기했다가 큰코치에게 작은코치 것이랑 함께 전달했다. 무슨 공공 작전 행위 같았다. 전달하니 시원했다. 코치들네 애기들이 얼마나 좋아할까. 나도 기뻤다.

그런데 누구에게 선물한다는 것이 쉽지 않다고 생각했다. 만일 선물을 가져갔는데 가르치는 코치가 안 오고 다른 코치가 왔으면? 그것도 낭패일 것이었다. 그러다가 만일 다른 코치가 왔다면 온 사람을 주고 그 다음 날 다시 사서 우리 코치 주겠다는 생각을 했다. 그러니까 마음이 편안했다. 다행히 쉽게 전달했음에 감사했다. 수영을 하면서 생각이 들었다. 남을 위해 자비를 베푸는 것은 힘든 일이구나. 그러니까 그 자비는 공덕이 될 수도 있겠구나. 결국 자신을 낮게 하고 상대방을 위하여 즐겁게, 행복하게 하는 일이었다.

며칠 후 수영을 끝내고 수영팀들 모임을 가졌다. 내가 ㅇ에게 오랜만에 아침 커피 타임을 하자고 졸랐다. 그는 예전의 수영 총무였다.

- ㅇ씨 우리 커피타임 좀 합시다. 나 나이 많다고 빼지지 말고요.
- 네, 화요일에 해요.

- ㅎ씨와 키 큰 언니도 불러요.
- 네.

화요일.

- 방배 카페 골목 커피빈으로 네비 치고 오세요.
- 네.

아침 출근 시간이라 차가 밀렸다. 나는 카페 골목을 잘 몰랐다. 네비를 따라 움직였다. 젊은 친구들은 그곳을 잘 알았고 미리 와서 기다렸다. 주차를 하고 카페에 들어갔다.

- 내가 살게. 나이가 많으니까 경제력이 내가 많겠지.
- 뭘 드실 거예요?
- 따뜻한 아메리카노 커피, 아저씨는 따뜻한 라테, 그리고 샌드위치.

ㅇ씨, ㅎ씨, ㄱ 씨는 아이스커피, 라테, 아이스라테, 샌드위치 등 모두를 전자판에서 주문했다.

- 야, ㅇ씨 없으면 주문할 줄 몰라서 못 먹겠네. 우리나라는 이런 것이 너무 빨라. 노인들은 적응하기 힘들어.
- 여기 앉으세요.

- 우리 오랜만이다. 이렇게 자주 커피타임 좀 합시다. 경비는 내가 다 낼게요.
- 나는 한 달에 100만 원 쓰기로 했어요. 1년에 1200만 원, 10년에 1억 2천
  만원. 내가 20년까지 산다면 2억 4천만 원은 커피나 맥주를 마시고 갈
  요량입니다.
- 하하하…

주문한 것이 도착했다. 따뜻한 커피에 샌드위치는 우리의 기분
을 상승시켰다.

- 운동하고 먹으니 맛있네요.
- 우리 자주 합시다.
- 저는 1시간밖에 시간이 없어요.
- 젊은이들이 모두 바쁘니까 한 시간이면 충분해요.
- 키 큰 언니는 뭐해요?
- 아, 저 언니네, 고터에서 중학생 옷장사해요. 가게 번호가 59번이에요.
- 그렇구나.
- 나는 이번에 수영 코치에게 그냥 화과자 1박스씩 했어요. 같은 회원들 눈
  치 못 채게 주려니까 힘들더라구요.
- 저는 가끔 야구르트나 음료수를 몰래 코치님들에게 갖다 줘요. 그런데
  어떤 때는 코치님들이 몰라서 못 먹더라구요.
- 그래요. ㅇ씨는 마음이 따뜻해요. 자기가 선생님이니까 그런 것을 아는
  것 같아요.

- 우리 라인은 어느 때 새 회원이 오면 리듬을 못 맞춰서 엉망이 돼요. 나는 원래 천천히 하니까 맨 마지막으로 뒤따라 가다가 늦다 싶으면 얼른 옆쪽으로 비켜서 빨리 오는 회원을 앞으로 보내는데 이번에 온 어떤 이는 중간에서 발버둥 치며 머무르니까 나도 못 가고 빨리 오는 선두자도 앞으로 못 나가고 옆으로 빠져지지를 못하니까 타원형으로 돌 수가 없더라고요.
- 그때는 눈치 빠르게 자리를 빨리 비켜줘야 하는데.
- 아, 그 언니요? 새로온 언니요?
- 엉,
- 그 언니 종로에서 갈비집한대요.
- 그래요?
- ㅇ씨 언제 그렇게 알았어요?
- 하하하.
- 종업원이 없어서 지금 교육 시키느라고 못 오는 거 같아요.
- ㅎ씨 골프를 쳐봐요.
- 그렇잖아도 고민하는 중이에요.
- 재수 나쁘면 백 살까지 살 텐데. 무조건 배워요. 삼사십 년 동안 뭘 하고 살 건데요. 골프치는 사람들이 건강해요. 그리고 고민하는 것은 발전하는 것이래요.
- 나도 골프 치라는데, 아들들은 쳐요.
- 그럼 치세요.

우리는 맛있게 커피와 샌드위치를 먹었다. 바쁜 사람들이니까 일어섭시다. 그리고 헤어져서 집으로 돌아왔다. 젊은 친구들이랑 모임을 가졌더니 행복했다. 나이 든 사람들은 맨날 아픈 이야기가 주제였다. 그러나 젊은 친구들은 살아가는, 살고 있는 이야기를 했다. 역시 젊은이의 에너지가 좋다는 생각. 그 영향으로 하루 종일 에너지가 나에게도 살아서 활동하고 있었는지, 에너지의 떨림으로 피곤함이 없었다.

*

타이거 우즈는 PGA 챔피언십 3라운드를 최하위로 마친 뒤 기권했다

우즈는 47세이다. 그는 대회에서 기권한 것은 처음이다. 보슬비가 내리고 기온이 쌀쌀해지니 교통사고의 후유증이 나타났을 것이고, 다리의 고통과 통증으로 아마 제대로 샷을 하지 못했을 것이다. 그리고 오랜 선수 생활과 교통사고로 몸이 많이 망가졌기 때문에 정상적인 건강 상태는 어렵지 않을까. 그 모습을 보고 나는 생각했다. 몸이 망가지면 인생을 망치게 된다는 것을. 시골 노인들이

100세를 살면서 농사를 짓는 것을 보면 훌륭하다는 생각. 어쨌든 자기 삶을 계속하며 생을 마감할 수 있으니 축복이 아니겠는가.

어머니는 나에게 항상 말씀하신다.

- 얘야, 잘해먹어라. 그것이 최고이니라.
- 얘야, 넌 절대 요양원에 오지 말거라.
- 넌 약을 먹고라도 열심히 걸어라.
- 늙어서 누워 있으면 안 되느니라. 그럼 다리 힘이 빠져서 나 맹그로 누워서 죽기를 바란다니까.
- 요양원은 주는 것만 먹으니까 이게 사람 사는 게 아니구나. 닭 모이를 받아먹는 꼴이니라.
- 무조건 고루고루 잘 해먹어라.

이런저런 상황을 보고 다리에 힘을 기르자는 뜻으로, 청계산 밑에 옥려봉으로 산행을 해보기로 했다. 지하철을 탔다. 영재역에서 갈아타고 청계산 입구에서 하차했다. 대형 화장실이 두 곳이 있었고 휴식처 의자도 넓었다. 예전에는 일찍 집에서 떠나 주차장에 차를 주차하고 청계산을 부지런히 올라갔다가 내려와서 결혼식장이나 가족 모임에 참석했었다. 그리고 이튿날부터 열심히 직장을 다녔다.

이제는 퇴직을 했으니 천천히 움직여도 되고 늙었으니 예식장 갈 일도 없고 가족 모임도 없었다. 그런데 사실 우리 몸도 함부로 산행을 할 수 없었다. 주차장을 지나 굴다리 밑을 지나갔다. 여전히 상추 등 여러 가지 야채와 과일을 할머니들이 팔았다. 그것들은 맛있고 싱싱해 보였다. 나는 등산 후 그것들을 사 가지고 가야겠다고 생각했다. 곧 청계산 입구 다시마 김밥집에 닿았다. 이곳은 내가 좋아하는 맛집이었다. '사장님 여기 김밥하고 오뎅 주세요' 이곳 오뎅 국물은 맛이 좋았다. 다시마의 졸깃함과 식초밥이 내 입맛에 딱 맞았다. 다리근육을 위해 삶은 달걀 한 줄도 다시 추가해서 시켰다.

여기 사장님은 이십 년 전 대기업에 다니다가 IMF(경제위기)로 잘렸던 것 같았다. 그리고 사장님은 일본에 가서 다시마 김초밥을 배워왔고 이곳에 가게를 차렸다. 그 당시 애기들은 어렸고, 엄마는 옆에서 가게를 거들며 애기들을 돌봤다. 그 후 세월은 흘러갔다. 애기들은 커서 중고학생이 되었고, 큰아들은 머리에 붉은색과 노랑색 물감을 들였다. 녀석이 사춘기로 접어들고 공부보다는 아빠 일을 거드는 사람으로 변해갔다. 엄마와 아빠는 열악한 환경에서 자식 교육이 쉽지 않았을 것이다. 여하튼 25년 후 그는 청년이 되어 결혼했고, 이곳에서 사장님과 함께 김밥집을 했다. 서빙하는 젊은 여자가 그 청년의 부인이었다.

다시마 김밥은 방송을 거쳐 유명집으로 소문이 났다. 사장 동생 네도 와서 돕고 함께 일했다. 이 집을 보면 정말 세월이 많이 흘렀다. 맛있는 아침 식사를 하고 우리는 청계산 입구 오른쪽 작은 샛길로 올라갔다. 예전 40년 전 이곳 산자락에 키 작은 소나무를 조림했었다. 그런데 그 작은 소나무들이 지금은 아름드리 소나무 숲으로 변해 있었다. 빽빽한 소나무 숲은 하늘을 덮었다. 햇빛이 강하게 쏟아졌던 곳이었는데…. 중간 중턱에 작은 옹달샘 터가 있었는데 샘터는 사라졌다. 다만 쉴 수 있는 의자만 남아있었다. 잠시 쉬었다. 배낭에서 꺼낸 커피를 한잔 마셨다. 그리고 다시 길을 따라 올랐다. 서울 시가 한 눈에 보이던 전경은 사라졌다. 작은 나무들이 커져서 서울시를 가렸다.

작은 숲이 큰 숲으로 변했다. 오솔길은 숲이 우거져 깊은 산 속의 길이 되었다. 세월은 흘러 저 멀리 가버렸다. 우리 애들이 애기였는데 이제는 손자들이 그때의 우리보다 더 컸으니 말이다. 산의 모습은 모든 것이 낯설었다. 그러나 산은 깊고 웅장하여 우리 모두를 품어주는 고마운 곳이 되었다. 우리는 진달래 언덕길을 따라 옥녀봉 쪽으로 이동했다. 숲이 우거져서 쪽길은 보이지 않았다. 작은 표지판을 확인하고 옥녀봉 꼭대기로 걸어갔다. 비탈에 뻗은 나무숲이 훌륭했다. 빙빙 길 따라 돌면서 숨이 찼다. 중간 지점에 쉼터 의자가 있었다. 쉬면서 물 한 모금 마셨다.

산행하는 사람들이 많았다. 소나무숲 길을 이동하며 서쪽으로 갔다. 양쪽 벼랑에 큰 소나무가 울창했다. 한참을 기어올랐다. 정상에는 평평했다. 산행자들이 관악산을 배경으로 사진을 찍었다. 우리도 과천의 경마장을 구경하고 관악산을 배경으로 인증사진을 찍고 하산했다. 오랜만에 즐거운 산행이었고 나의 근육 육성에 도움이 되었을 것이었다.

*

## 어느 수집가의 초대

(고故 이건희 회장 기증 1주년 기념전)

그의 수집품에는 도전하고 상상하며 끊임없이 경계를 넘어온 인류의 궤적과 지혜가 오롯이 담겨 있습니다. 수집품이 들려주는 인류의 이야기를 함께 누리는 값진 시간이 되길 바랍니다.

키스: 김정숙(1917~1991), 1956년, 인조석, 국립 현대미술관

- 사랑하는 마음만 있으면 된다는 사랑의 요점을 세련되게 전달하는 작품

입니다. 좌우 대칭, 부드러운 볼륨, 우아한 선을 연결하여 사랑의 본질을 표현했다. 한국의 첫 여성 조각가, 추상 조각의 선구자였다.

가족: 장욱진(1918~1990), 1979년, 캔버스에 유채, 국립현대미술관

- 사랑의 결실로 탄생한 가족의 단란한 모습을 그린 작품이다. 가족 모두 발가벗고 있는데, 대자연, 우주의 중심에서 자유의 여유를 누리는 가족의 모습은 장욱진이 꿈꾼 모습일 것이다. 작가는 자신의 생활에서 우러나오는 심상을 그림으로 표출했다.

현해탄: 이중섭(1916~1956), 1954년, 종이에 유채, 연필, 크레용, 이중섭미술관

- 1953년 이중섭은 가족을 만나러 일본으로 갔으나 5일간의 해후를 끝으로 헤어졌다. 그림 속 작가는 현해탄이라고 불렸던 대한해협을 건너서 세 가족을 만나러 간다. 너무 기뻐서 얼굴이 거꾸로 그려졌다.

판잣집 화실: 화가는 어려운 상황에도 단칸방에 누워 예술에 몰입하며 행복해하고 있다.

백자 달항아리: 조선 18세기, 국립중앙박물관

- 높이와 폭의 비율이 거의 같은 단아한 항아리다.

작품: 김환기(1913~1974), 1950년대, 하드보드에 유채, 광주시립미
술관

[김환기의 뉴욕일기] 환기 미술관, 2019에서.

1973년 1월 16일: 좋은 생각을 해냈다. 겹치는 그림.
실은 오래전에 생각했고 두어 점 만들기로 했던 것.
고전(古典)을 만들자.

1월 25일: 아침 열시에서 밤 새로 1시까지 일하다.

2월 12일: 예술은 이론을 초월하는 데 묘미가 있다.

월 19일: 금년 들어 처음 대작 시작. 104″ × 82″

3월 11일: 근 20일만에 # 307 끝내다. 이번 작품처럼 고된 적이
없다.

종일 안개비 내리다.

예술가들은 언제 자기만의 새로운 길을 개척하는가를 생각했다. 오래전에 생각해 왔던 것을 합쳐서 새롭게 태어나게 하는 것 같았다. 작업을 시작하고 이론을 초월하며 대작을 힘들게 끝내고 자신을 완성하는 것 같았다.

*

## 나를 찾는다는 것은?

나이를 먹으면 매사 편안해져야 하는데 나는 그렇지 못했다. 아무 일도 아닌데 부르르 성질을 부리고 집식구들을 괴롭히는 일이 발생했다. 어느 때는 내가 쓴 것들을 읽고 반성했다. 좀 더 젊을 때도 나를 반성할 때가 있었다. 자신이 왜 화가 나는가를 생각했다. 다시 지금도 그때처럼 '어? 왜 내가 화가 나지?' 하는 순간, 화나는 마음이 그냥 사그라들었다. 그런데 몸이 힘들고 지치면 화가 솟아올랐다. 예를 들어 몸이 불편하고 어딘가 통증이 일어나 아파 죽겠는데, '빨리 밥 달라', '무엇을 해줘라' 하면 내 안에서 벌컥 화가 치밀어 올랐다.

그때 내 안을 들여다보며 왜 화를 내는 거야? 웃기잖아? 그리고 느리게, 천천히, 하기 싫으면 나가서 사 먹으면 되잖아. 그것은 귀찮아 하면서. 그러는 중에 감정이 가라앉았다. 애기들은 항상 에너지가 많고, 즐거워서 시끄럽다. 부정적인 에너지가 없는 것이다. 노인일수록 '아니', '안 된다', '쓸데없다', '그거는 아니지'… 하여튼 부정적인 에너지만 쏟아낸다. 언제부터 부정적 에너지가 쏟아지는 것인가? 갱년기를 지나 오십 대 후반, 아니면 육십 대 초반부터 자기만의 생각을 고착시켜서 생각의 네모진 틀을 가지고 상대방을 공격하고 자기 감정을 극대화시키는 것이다.

갑자기 화를 잘 내는 A친구 동생이 생각났다. 그녀는 명랑하고 씩씩했다. 그런데 제 맘에 안 들면 폭풍 화를 냈다. A친구와 그의 여동생과 우리 친구들은 아파트에서 20년을 함께 어울리며 살았다. 그런데 어느 날부터 A 친구 동생은 자기만의 네모진 틀을 가지고 기준 잣대를 만들었다. 친구 아들이 의사가 되면 훌륭하다고 칭찬했다. 그러나 일반적인 이름 없는 회사를 다니면 사람으로 인정하지 않았다. 자기 친구가 무슨 부동산을 다니면 사기꾼으로 몰아가며 헐뜯었다. 한마디로 자기 취향이 아니라는 것이다. 남에 대해 가혹하게 비난하면서 자기 자식에 대해서는 이상하게 아무렇지도 않았다.

그것이 바로 내로남불 현상이었다. 남의 자식에게 그들 부모가 외제 차 사주고 빨리 결혼하라고 사줬다고 하면 거품 물고 비난했다. 그런데 자기 아들에게 차를 사주고 빨리 연애하라고 한 것은 아무렇지도 않았다. 남의 아들이 애인에게 잘하는 것은 비난의 대상이 되는데 자기 아들이 애인에게 잘하는 것은 칭찬했다. 남의 자식이 아파트 전세를 얻어, 온 집을 수리하고 깨끗이 사는 것은 더 원룸에 살아야 한다며 비난하고. 자기 아들이 아파트를 수리하고, 있던 물건 다 버리고 새로 장만하는 것은 칭찬했다.

우리는 A친구 동생을 욕했다. 이웃에 함께 살고 있으니까 A친구 동생까지 욕하며 우리는 히히덕거리며 이야기 잔치를 하는 것이다. 사실 누군가를 알아서 함께 이야기할 수 있는 것은 살아가는 재미일지도 모른다. 생판 모르는 사람에 대해 이야기할 수 는 없는 것이다. 그런데 친구 A는 우리가 좋아하는 친구이다. 시골스럽지만 마음이 후하고 따뜻하니까. A친구는 친구들에게 항상 따뜻한 마음을 가지고 살아. 걔는 천성이 천사표야. 그런데 A친구 동생은 아니라는 거지. 욕심이 많고 남에게 보여주는 것을 좋아해, 허세가 있는 거지. 언니를 이겨 먹어요. 어쩌면 언니에 대한 콤플렉스가 있어서 더 부정적 에너지가 있는지도 몰라. 옆에서 보면 언니가 피곤해 보여. 인간의 본성이 모두 다 제각각이니까.

이야기가 삼천포로 빠져버렸네. A동생의 폭풍 화를 보며 나를 반성하는 거지. 나도 그런데 어떻게 내 안을 들여다보아야 하는 거냐고. 나, 내 안의 나를 보자고.

*

## 정서가 맞는다는 것은 무엇일까?

비슷한 생각을 많이 가진 사람들, 아니면 상대방의 이론에 호응하고 수용적인 사람일 것 같은. 그런 사람은 서로 부담이 없고 서로 시비가 일어나거나 부딪칠 일이 없는 거야. 그럼 그 반대 사람을 생각해 보면, 우선 상대방 이론에 반기를 드는 경우가 많아. 정치적으로 반기가 일어나는. 예를 들어, 대장동 사건은 이재명이 주도한 것을 모두가 아는데, 반대파는 오히려 윤석열이 몸통이라고 주장하고, 오히려 그것이 맞는 거라고 찬성하는 거야. 사실이 너무 아닌 거지. 그 사실이 팩트인데 서로 아니라 하니, 감정들이 서로 대치되면서, 상처를 입는 거지. 상처를 입으면 심리적으로 불쾌하면서 상대방에 대해 이해할 수가 없는 거야. 그때부터 상대방을 신뢰하지 못하고 미우면서 싫은 거지. 그때 아! 우리는 안 맞아, 우리는 거리를 두고 사는 것이 편하다는 생각.

어느 때는 서로 합이 잘 맞는 경우도 있어. 그럴 때는 손뼉이 딱딱 맞아. 그러다가도 상대방이 자신보다 더 잘난 부분이 있으면, 그것을 깔아뭉개는. 잘 난 것을 참을 수 없어서 상대방을 공격하는. 그것은 시기심과 질투심이 강해서인 거 같아. 늙을수록 그런 시기심이 더 강해져. 나이가 들수록 노욕을 버려야 하는데, 인간의 본성이 동물처럼 더 집착하고 욕심을 부리게 되나 봐. 그래서 '인간의 못된 습성을 버리는 것이 무엇일까'를 생각해 보는 거지.

그것은 몸이 너무 아플 때 반성이 일어나는 거 같아. 많이 아파서 고통이 일어날 때 모든 것을 이겨내려는 마음으로 내 안의 것도 들여다보는 것이 생기는 거 같아. 그럴 때 마음속의 부정적인 시기, 질투, 공격적인 것, 미안함, 두려움 등 어떤 감정도 넘어서는 초월이라는 감정이 생기는 것 같았어. 그것은 자신을 포기함으로 생기는 것일지도 몰라. 그러다가 아픔이 사라지면 내 안의 선한 모든 것이 사라져 버려. 그때 다시 인간의 부정적 본성이 일어나면서 동물적이 되는거지.

그런 부정적인 본성을 사라지게 하는 것으로 극기훈련이 필요한 거 같아. 극한 훈련을 하는 거야. 모든 힘이 빠지고 새로운 정신을 깃들게 하는 것으로 등산이 최고인 거 같아. 지금은 나이가 들어 등산을 할 수도 없고 새로운 수행법을 배워야 하는 거 같지만. TV에서 나오는 오체투지도 그런 것이라 생각해. 그것도 스스로 고통을 겪으면서 수행하는 방법으로 자신의 교만과 어리석음을 참회하는 공부 같으니까.

나이가 많을수록 마음의 공부를 더 많이 해야 되는 거 같아. 그렇지 않으면 왜 그리 싸울 일이 많은지. 매사 내 안에서 일어나는 것과 싸우는 거야. 너무 시끄러우면, 차라리 깨달은 사람들이 쓴 책이라도 읽으면서 마음의 고요를 찾는 것이지. 조금이라도 자신을 돌아보는 기회를 갖게 되라고.

어제는 10년 전 함께 운동했던 젊은 후배 B를 만났어. B는 마음이 밝고 아름다웠어. 골프 운동을 아주 좋아하고 잘했지. B보다 나는 골프를 못 쳤고 B를 뒤따라가려고 애썼어. B는 나보다 훨씬 젊고 힘이 좋았어. 우리는 10년 전 이야기를 했어. 그는 법무사 일을 하거든. 그때 우리는 항상 골프 연습장에서 연습을 했어. B는 미리 새벽에 수상스키를 5만 원씩 주고 타고 왔으니까. 그리고 다시 골프 연습을 했던 거야. 오랜만에 만났는데 우리는 서로 감정적으로 정서가 맞는 것이 많았어. 얼마나 반가운지. 그렇게 맞기가 쉽지 않거든. B는 법무 일을 하니까 법에 대해 아는 것이 많아. 수십 년 법무 일을 했으니까.

예전에 내가 친구와 용산에 집을 샀었어. 우리가 둘이 함께 투자를 했는데 남편이나 나나 공무원이니까 집이 있는데 또 집을 사지 못해서 허씨 친구 이름으로 집을 샀어. 그런데 허씨가 그 집을 자기 소유이니까 모든 것을 집주인 행세하는거야. 집세가 나오면 자기만 혼자 먹는 거고. 전세금을 올려 받아도 혼자 받아 챙겨버려. 그거 미치겠더라고. 그런데 집이 낡아 수리하는 것은 똑같이 배분해서 청구하고. 세금도 반반씩, 그러나 경제적 이익이 나는 것은 자기 것으로. 그렇게 10년 이상을 당했지. 우리도 거의 퇴직 시기가 다가오고 있었고. 그때 B 법무사는 그 건물에 대해 지분 1/2을 가져오도록 많은 힘을 써 주었어.

허씨가 악랄하다고 교수님은 이길 수 없다고 강조했거든. 허씨의 사악함이 극에 달했던 거야. 나는 경제적으로 힘들었기 때문에 고민을 많이 했어. 허씨가 모두 먹어버려도 지분에 대해 반을 찾으려고 B와 내가 대책을 마련했던 거야. 법무사는 나에게 권고했어. 재판하는 것이 좋겠다고. 허씨가 지분을 주지 않으려고 했고 그 지분을 자기에게 팔라고 하는 거야. 우리가 산 가격보다 훨 비싸게. 10년 후라 가격이 꽤 올랐거든. 나는 허씨 집 사는 것을 내가 모두 지불하는 격이고 허씨는 공으로 집을 삼켜 버리는 것이 되며, 추가 비용을 내가 주어버리는 것이야.

그러니까 법무사가 나에게 소송을 내라는 거였어. 허씨가 나에게 써준 1/2 지분에 대한 계약서가 있으니까. 어느 날 법무사가 나를 데리고 자기가 모셨던 판사였는데, 퇴직 후 변호사가 되었는데 나를 그 변호사 사무실로 데리고 갔어. 나는 계약한 서류 일체를 가져갔고. 그 변호사는 나에게 말했어. 당신은 왜 그렇게 맘씨가 좋으냐며, 소송을 하면 1/2을 찾아올 수 있다는 거야. 그런데 소송비를 5천만 원을 달라는 거야. 거기에 지분을 찾으면 다시 주택가의 몇 퍼센트를 줘야 한다는 거고.

나는 속으로 이것은 아니라고 생각했지. 내 몫을 변호사가 또 다시 반을 가져가야 하는 완전 '도둑씨'로 여겨지더군. 그리고 나는 시기를 더 기다리기로 했어. 그 후 계속 법무사랑 내가 허씨를 상대로 입질을 하며 내 몫을 달라고 했어. 그랬더니 허씨는 지분이 올랐으니 5천 만원을 세금으로 내고 가라는 거야. 허씨는 그럼 내가 돈이 아까워서 못 가져가리라고 생각했던 거고. 전체 집을 산 가격보다 더 많은 세금을 내니까 못할 것으로 허씨는 생각했지. 그런데 나는 좋다, 네가 더 떼어 먹든 어쩌든지 내 몫을 찾아오려고 허씨에게 주고 법무사가 간신히 내 지분 반을 찾아 왔어.

그리고 다시 6~7년 동안 허씨는 월세로 140만 원씩 받고 있는거고. 어느 날 허씨를 찾아갔어. 나에게 전세금 7천만 원을 가져오라는 거야. 그럼 원금 7천에 대해 70만 원씩 월세를 나누어 가지면 된다나. 그런다고 하며 집으로 돌아왔지. 월세 70만 원이면 약 1년에 700만 원, 10년이면 7,000만 원 그러니까 목돈 7,000만 원 주고 월세 70만 원 받는거 잖아. 거기에 그 집이 낡아서 수리비가 장난 아니거든. 지금은 허씨가 몽땅 돈을 받고 관리하니까 나에게 이상한 수리비나 경비를 요청하지 못하거든.

더 웃기는 것이 옥탑방이나 지하방, 2, 3층 방에서 10만 원씩을 월세로 받았으면, 약 50만 원이 될 텐데. 50만 원씩 12개월이면 600만 원. 거기에 16년을 곱하면 9600만 원을 허씨에게 받아야 하거든. 내가 7천만 원을 왜 물어줘야 하겠어. 가만히 더 있어 보는 거야. 그런데 이번에 용산구청에서 재건축할 것이라고 지정했다고 통보가 왔어. 그래서 이상한 부동산에서 내 지분을 매매하라는 연락이 계속 오는 것이었어.

그런데 함께 운동을 하면서 법무사님은 용산 집 아직도 월세를 못 받느냐고 물었어. 그렇다고 했지. 그럼 그 지분을 매매하라고 하더군. 나는 아니요, 재건축이 지정되어 아마도 33평 정도 분양을 받을 수 있다고 했지. 그렇게 되면 적어도 몇십 억은 될 수도 있고. 물론 분양비가 없어서 힘들기는 하겠지만 제 2금융에서 융통해보도록 노력할 거라 했지. 우리가 10년 만에 만났지만 우리에게 역사가 있었어. 서로 할 말이 많은 거야. 골프도 재미있지만 할 이야기가 많아서 좋았어. 서로 소통할 수 있는 것이 많아서 좋았어.

B법무사네는 여주에 맹지를 친척에게 샀다는 거야. 그분이 돈이 없어서 필요한 돈을 마련해야 해서 싸게 줄 테니 사달라고 했다는 거야. 그래서 샀는데, 지금 거기에서 주말농장을 한다는 건데. 뭔가를 심으면 고라니가 모두를 먹어 치운다는 거야. 이번에는 호박을 10포기 심었는데 처음에는 안 먹어서 괜찮다 했는데 다음에 갔더니 모두가 사라졌대. 그다음에 또 심었는데 또 사라졌다는군. 마지막으로 3포기 모종을 했대. 그런데 가 봐야 할 것 같다는군. 그런데 야생 으름 넝쿨이 자라 작년에는 으름을 먹었다고 사진을

보여주었어. 그것은 동물들이 안 먹는다는 거야.

  고구마 감자는 멧돼지가 모두 먹어 치우고 올해 비가 안 와서 야
채들이 모두 죽어간대. 그래서 옆집에 있던 물을 조금 갖다가 야채
에게 주다가 주인한테 들켜서 혼났다는군. 농사를 짓는다는 것은
이야기가 생기는 것이라고. 고라니가 영악해서 모종을 심고 새순
이 나오면 그 순을 잘라 먹는다는 거야. 멧돼지는 사정없이 파헤치
며 먹어 치우고. 나는 시아버지 산소를 쓰던 곳에 호두나무를 심
었고 5년 차로 제법 많이 컸다고 했는데, 그것은 듣기로 호두가 열
리면 청설모가 모두 먹어 치운다고 하더라고. 우리의 이야기는 화
려했어. 법무사라 법에 대한 이야기가 많았지. 나는 모르는 법을
많이 물었고 그러다 보니 운동은 끝이 났어.

  부부 모임으로는 제격이었어. 우리는 점심을 먹고 다음을 기약
하고 헤어졌어. 정서적으로 딱 맞는 부분이 많았어. 시기와 질투가
없으며, 매사 빠르고 신속하게 모두가 소통하고 경제성 있는 대화
가 즐거웠어. 법무사는 살고 있는 집을 팔고 사무실 쪽으로 이사
하려는 것을 내가 절대 팔면 안 된다고 했거든. 세금으로 너무 많
은 출혈로 집만 사라진다 했거든. 그래서 안 팔고 빌라를 전세로
얻어서 오고 남은 돈으로 골프 회원권과 오피스텔을 사기로 했는
데. 아마 잘 될 것으로 보여.

## 자식과의 관계는 힘들다

농경 사회는 모두가 공동생활을 하며 서로 돕고 사는 사회였어. 농사라는 것이 잡일이 엄청 많아. 일꾼들이 농사를 지면, 집 식구들은 밥을 챙겨줘야하고 밥을 먹은 후면 일꾼들이 하는 일을 도와야 하잖아. 농기구를 챙겨주고, 함께 손을 거들어서 줄을 붙잡아주던지, 물고를 터주던지, 막아줘야 하던지, 애기들도 심부름을 해야하는거야. 할머니 할아버지도 늙었지만 손을 보태고. 모든 것을 자급자족하는 시대니까 말이야. 그런데, 지금은 어떤가. 모두를 슈퍼마켓에서 해결할 수 있잖아. 식재료를 사다가 만들 수 있으니까. 집안일은 기계가 하고 그런데도 주부들은 힘들다느니 몸이 아프다느니, 밥을 해 먹을 수가 없어서 사 먹어야 한다느니.

우리 부모 세대는 전쟁을 겪어서 우리보다 더 철저하게 근면절약 시대를 거쳐 좋은 세상을 우리에게 물려준 거고. 우리도 나름 산업시대를 거쳐 사회에 최선을 다하며 공부하고 돈을 벌며 집안일에 헌신하고 살았잖아. 문제는 우리 자식들이 문제야. 모두는 아니지만 말이야. 자식들은 정보시대를 살기 때문에 네이버가 선생인 거야. 네이버만 있으면 선조들의 지혜가 필요 없는 거야. 모르면 핸드폰의 네이버를 치면 답이 나온다는 거지. 물론 나이든 노인들도 물어볼 게 있으면 네이버에서 답을 찾으면 되는 거지만.

그런데 뭔가 세상의 삶에서 아쉽고 알 수 없는 진짜의 지혜 같은 것들이 사라지는 것 같다는 생각이 들더라고. 그게 뭔지를 모르겠는 거야. 그러면서 우리 시대의 부모 자식 관계가 아닌 새로운 시대의 부모 자식 관계를 생각해 본다는 거지. 이 시대는 어떻게 부모자식 간의 유대관계를 해야, 서로 행복한 관계가 될 수 있는가를 생각해 보는 것이야. 옛날에는 부모가 무조건 갑이었어. 유교사상이 사회를 지배하기도 했고. 또 부모가 더 오랜 세월을 살다 보니, 경험이 많고, 지식과 지혜도 더 많았으니까. 자식이 부모를 따를 수 있는 부분이 많았지. 그런데 지금은 네이버 선생이 있으니 서로가 필요로 하지 않는 거지. 물론 직업도 다르고.

그런데 웃기는 것이 돈에 대해서는 문제가 있더라고. 어느 편이 더 경제성을 가졌느냐가 다른 거야. 아들이 훨씬 경제성이 있으면 자연적 갑이 되고 부모는 을이 되는 거고. 부모가 경제성이 있으면, 부모가 갑이고 자식이 을인 거지. 그런 부분은 확실한 거 같아. 부모가 경제성이 높으면, 자식은 부모에게 친화적으로 매사 대처하더라고. 아니면 부모가 강압적으로 자식에 대해 너네는 을 입장임을 강요하고 마는. 하여튼 현대판 주종관계? 멀리서 그렇게 보여지는 느낌이야.

갑자기 어제 생각났어. 내 자식에 대해. 큰딸의 행복은 테니스를 잘 치고 대장이 되는 것을 즐겨. 나는 그것을 못마땅해하는 것이고. 아직 애기들에게 신경을 많이 쓰는 시기이기 때문인 거지. 그런데, 이번 시즌에 테니스 대회가 있었는데, 우리 클럽 회원이 그 대회에 시니어로 참가하게 되었어. 한 팀씩 참가해야 된다고 테니스 회장님이 권고를 해서. 우리 팀 대표단이 그 대회에 참가했는데 그곳에는 30대, 40대, 50대, 60대 등 많은 팀이 참가했어. 그 대표팀이 대회 시간이 많이 남으니까 옛날에 함께 쳤던 친구들과 모이고 만나서 이런저런 이야기를 많이 하게 되었는데, 그 대회의 모든 진행 허드렛일을 우리 딸이 하고 있었던 거야.

그때 회장단이 젊고 씩씩한 내 딸이, 부총무인데 총무가 바빠서 그날 결석을 하고 내 딸이 대신 했던 거지. 그러니까 회장단이 우리 큰 딸을 다음에 총무로 뽑아야겠다고 하더라는 거지. 그래서 속으로 우리 대표단은 우리 딸은 아직 애기들을 키워야 하는데, 시간 많은 사람이 많은데 그들을 시켜야 된다고 생각했다는 것이야. 그 말이 나도 맞더라고. 그래서 얼른 큰딸에게 애야, 넌 아직 총무를 하면 안 된다. 애기들을 더 잘 키워야 하지 않겠냐고 문자를 보내고 싶었어. 그런데 또 그것은 이닐지도 모른다는 생각을 했어. 그리고 문자를 보내지 않았지.

그날 저녁에 곰곰이 생각했어. 우리 애가 그런 일, 총무를 하는 일을 좋아한다는 것이야. 그 애는 그런 것이 자기의 무슨 힘이 되는, 나쁜 말로 권력이 되는. 나는 그 자체가 못마땅한거지. 그런데 딸은 그런 것을 좋아한다는 사실을 어쩌겠는가. 내가 만약 문자를 보냈으면 엄마에 대한 거부반응이 나타나겠지. 그 애는 학창 시절에도 반장 같은 것을 좋아했는데 하지를 못했거든. 딸은 지금이 황금기야. 몸이 날씬하고 사람들이 탤런트같이 멋있고 예쁘다고 하거든. 거기에 40대 초반에서 테니스의 달인으로 뽑히거든.

자기가 하고 싶은 일 중에 제일 선두를 달리는 편이야. 대부분 50대, 60대가 잘 치고 선수급인데, 초등학교부터 가르쳤던 것이 힘이 되어 잘 치게 된 것이거든. 이제는 딸이 자신이 있고 스스로 만족하는 것 같아. 거기에 이번에 우승을 해서 50만 원을 탔다나. 그래서 25만 원씩 파트너와 나누고 우리에게 밥을 사 주겠다는거고. 남편은 지금이 그애에게 최고의 횡금기라고 칭찬을 하더라고. 그래, 애기들의 운명은 애기들 거고 너는 네가 가장 행복하게 사는 것이 좋겠구나 생각했어.

엄마가 행복해야 애기들도 행복할 것이고 열심히 최선을 다해서 키운다고 애기들이 모두 훌륭한 사람이 된다는 보장도 없고. 삶은 자연스럽게 행복하게 사는 것이 좋을 것이라는 생각이다. 엄마가 바쁘게 행복하게 살면, 가족에게도 행복하여 좋은 기운이 들어오겠지. 결국 내 자식이라도 부모의 생각대로 그들의 삶이 잘못이라며, 함부로 자식의 입장을 잘못 해석하고 부정적 측면을 강조하면 안 될 것이었어. 말을 하다 보니 생각들이 엉켜 버렸네.

*

## 고 이건희 회장 기증 1주년 기념품 소개
### - 국립중앙박물관 관람

1. 집을 소개합니다. - 수집가의 취향, 안목을 엿볼 수 있었다. 가족과 사랑을 담은 회화, 조각품이 있고, 작은방에 조선백자와 현대회화가 조화롭게 놓여 있다. 또 다른 방에는 조선시대 생활용품이 가득하다. 작은 정원의 동자석은 얼굴 표정이 다양하고요, 모네의 정원은 자연을 사랑하는 마음이 가득합니다.

2. 흰 한복을 입고 앉아 있는 조선시대의 아리따운 여인의 초상화가 아름답습니다. 부드러운 명주한복으로 보이네요. 정숙하고 근엄한 표정에 눈은 아래를 향해 있고 짙은 눈썹에 코가 오뚝한 균형이 잘 잡힌 미인입니다. 분위기는 고요하고 침착하며, 어르신을 잘 받들어서 시부모의 엄격한 명령을 준수하

려는 결심이 엿보입니다.

2. 키스 - 김정숙(1917~1991). 1956. 인조석. 국립현대미술관. 누
   군가를 사랑하는 데는 군더더기의 설명이 필요 없고 사랑하
   는 마음만 있으면 된다는 사랑의 요점을 세련되게 전달한 작
   품입니다.

3. 가족 - 장욱진(1918~1990). 캔버스에 유채. 국립현대미술관. 사
   랑의 결실로 탄생한 가족의 단란한 모습을 그린 작품이다. 가
   족 모두 발가벗고 있는데, 신선들처럼 여유롭다. 대자연, 우주
   의 중심에서 자유와 여유를 누리는 가족의 모습은 장욱진이
   꿈꾼 모습일 것이다.

4. 모자 - 백영수. 1922년 출생. 40년간 프랑스 파리에서 체류.
   2011년 의정부에서 작업실 만듦. 화가는 인물을 최소한의 형
   태만 갖췄다. 여기의 그림에서, 아이는 태어난 후에도 엄마에
   게 한 몸과 같은 존재라고 말하듯이 어린아이가 여인의 목에
   감긴 포대에 싸여 있다. 포대에 싸인 아이와 불가능해 보일 정
   도로 머리를 옆으로 돌린 어머니의 형상은 백영수 모자상의
   전형이다.

5. 현해탄 - 이중섭(1916~1956). 1954. 종이에 유채, 연필, 크레용.

이중섭미술관. 1953년 이중섭은 가족을 만나러 일본으로 갔으나 5일간의 해후를 끝으로 헤어졌다. 그림 속 그는 현해탄이라고 불렀던 대한해협을 건너서 세 가족을 만나러 간다. 얼마나 기뻤으면 머리가 뒤로 젖혀져 얼굴이 거꾸로 그려졌을까. 이처럼 그는 일본으로 보낸 편지에 다시 만날 소망을 담은 그림을 동봉하곤 했다.

6. 백자 달항아리 - 김환기(1913~1974). 1950년대. 하드보드에 유채. 광주시립미술관. 높이와 폭의 비율이 거의 같은 단아한 달항아리다. 사발 모양 두 개를 빚어 둘로 문질러 붙여서 만들었다. 한 아름에 가득 차는 넉넉한 양감과 어딘지 일그러진 비대칭 형태가 편안한 느낌을 준다.

화가는 자연에서 영감을 많이 얻는다. 김환기는 달과 백자의 형태를 연결해 큰 백자 항아리에 '달항아리'라는 이름을 붙였고, 큰 백자 항아리에 달의 이미지를 더해 그림을 그렸다. 이 작품은 밤하늘의 둥근 달, 이지러진 달항아리, 더 이지러진 달그림자의 형태 변수가 자연스럽다.

7. 춤추는 가족 - 이중섭(1916~1956). 1955년. 종이에 유체. 국립현대미술관. 이중섭은 가족과 함께한 행복한 기억과 이별의 슬픈 기억을 그림에 녹여냈다.

외로운 화가는 사랑하는 아내와 아이들을 그리워하며 행복했던 순간을 그림에 담았습니다.

인간은 끊임없이 물건을 만들어냅니다. 물건을 모은다는 것은 물건에 담긴 이야기를 모으는 것입니다. 그릇, 동물조각, 접시, 화병….

8. 클로드 모네(1840~1926)는 '빛이 곧 색채'라는 인상주의 원칙을 평생 고수했습니다. 야외작업의 영향인지 1908년부터 그의 시력이 약해졌고, 그의 아들과 아내가 세상을 뜬 후 실의에 빠졌습니다. 지인들의 지원으로 다시 2017년부터 다시 그리기 시작했는데, 오직 수련과 물 표면에만 집중하여 대상을 모호하게 표현하는 경향이 강해졌습니다. 이러한 표현법은 결국 추상화의 출현을 예고하는 표현법이라고 평가 받았습니다.

수련이 있는 연못 - 1917~1920. 캔버스 유체. 국립현대미술관. 클로드 모네는 1883년 파리근교 지베르니에 정착하여 연못이 있는 정원을 가꾸었다. '정원은 나의 가장 아름다운 명작이다'라고 말할 정도로 정원 풍경을 사랑했다. 모네는 자신의 정원에서 250여 점의 수련 연작을 제작했다.

'21세기는 대립되고 모순되는 것이 융합되는 시대입니다. 강하면서도 부드럽고 남성적이면서도 여성적인 것, 서구의 합리성과 동양

의 지혜가 만나는 공존과 융합의 시대가 열리고 있습니다.'

- 이건희 에세이에서 -

9. 정사신이 참석한 계획도 - 조선시대 과거에 합격한 동기끼리
　시를 짓고, 술을 나누는 모임을 그림으로 그려 나누어 가졌다.

　금속을 다루는 지혜: 선사시대부터 인간은 금, 은, 철, 수은, 주
석, 구리, 납을 사용했다. 금동기법처럼 금속의 가치를 높이는 기
술을 개발했다. 은- 빛나지만 변하는 금속으로 여러 장식품을 만
들어 전시했다.

　청동- 인간이 만든 최초의 금속작품들이 다양하게 전시되었다.
　보살- 7세기 후반, 미적 감각이 뛰어나다.
　부처- 둥근 얼굴과 풍만한 몸은 통일신라 여래일상의 특징이다.

　인간은 자연현상에 불안했고 이를 해소하고자 자연의 힘을 숭배
했다. 인간의 사고 수준이 높아지면서 종교의 차원도 높아졌다. 미
래의 불확실성을 해소하기 위해 글, 그림으로 삼국시대는 불교미
술, 조선시대 그림에도 인간의 지혜와 의지 등을 나타냈다.

10. 한일 - 1950년대 서울에 살던 박수근은 날마다 길을 오가며
　마주치는 사람들을 즐겨 그렸다.

11. 업경대 – 동물 위에 연꽃 장식을 한 거울: 삶을 되돌아보게
    하는 거울.

12. '봉업사'가 새겨진 향로: 고려 11~12세기: 청동은 본래 황색
    광택이 있지만 표면에 청록색 녹이 잘 슬어서 '푸른동', 즉 '청
    동'이름이 붙었다.

그 옆에 작은 청자 백자 투박한 질그릇 도자기 등이 진열되었다.
설명으로 흙을 다루는 지혜라고 설명했다. 흙은 인간이 가장 구하
기 쉬운 재료이며, 물을 섞어 불에 구워 그릇을 완성하는 기술은
인간의 지혜와 노력의 산물이라고 설명했다.

13. 황소 – 이중섭: 소는 인내와 끈기의 상징으로 일제 강점기 한
    국인에 곧잘 비유되었다. 소 그림은 작가의 자화상과도 같았
    다. 그림의 소는 때로는 힘차고, 힘겹고, 슬프게 피 흘리는
    변화무쌍한 작가의 모습이었다.

14. 토우 장식 그릇 받침, 토우 장식 굽다리 접시, 백자 철채 인
    물, 소, 말모양 명기 – 삼국시대 4~5 세기, 5~6세기, 17세기 –
    예로부터 인간은 자연에서 얻은 기본 소재인 흙으로 사람과 동
물 모양을 만들어 토기를 장식하거나 무덤에 넣었다. 삼국시대 그
릇 받침대는 생사를 오가는 냉혹한 자연현상을 보여준다. 이에 비

해 조선시대 백자 명기는 자연과 함께 더불어 살아가는 따뜻한 삶이 느껴진다.

15. 동자석 - 조선- 돌로 어린아이 형상을 새겨 무덤 주인의 영혼을 위로하고 수호신 기능을 하도록 무덤 앞에 세운 동자석이다.

*

## 고 이건희 회장의 문화 사랑을 기리며

- 삼성을 세계 초일류 기업으로 끌어 올린 기업가입니다. 또한 그는 문화유산과 미술품을 폭넓게 모은 수집가였습니다. 그의 수집품은 인류의 다층적인 경험과 지혜의 보고입니다.

'문화 유산을 모으고 보존하는 일은 인류 문화의 미래를 위한 것으로서, 우리 모두의 의무라고 생각합니다'

- 2004. 10. 리움 미술관 개관식, 이건희 회장 축사 -

16. 비상 - 대리석 - 작가 김정숙이 추구한 영원을 향한 초월의 의지를 반영.

17. 가족 - 전뢰진 -대리석 - 아이 키우는 일은 힘들지만, 아이 모습을 바라보는 것만으로도 행복하다.

18. 기축성 - 존배 - 철사로 용접하여 만들어 낸 선적인 구조를 탐구해 왔다.

그 외에 산울림, 손, 여인과 고양이, 노랑 옷을 입은 여인, 나부입상 등 서양화가 들어오면서 다양한 누드화가 그려졌다.

다양한 수집품을 통해서 인간이 추구하는 예술을 감상했습니다. 인간이 태초에 추구해온 자연현상과 문자, 그림, 조형물을 통해 인간의 사고가 확장되었고 더불어 종교가 생겨났다. 거기에서 인간은 미래의 불확실성을 해소하고 예술을 통해 인간의 지식을 전달하는 지혜를 예술에 담아 발전시켰으며, 예술은 인간과 사회가 조화롭게 융합하는 일을 했을 것 같았다.

*

## 결국 그날이 다가옵니다

- 안녕하세요. 결국 그날이 다가옵니다. 월요일 11시 강남성모 호스피스 예약해 상담합니다. 잠깐 뵐 수 있을까요. 저는 6.15. 급히 귀국했습니다.
- 네 월요일에 상담이 끝나고 시간 날 때 보면 좋겠네요.

- 바로 12시 반에 국립의료원 호스피스 예약이라… 괜찮으시면 10시쯤 병원에서 만나면 어때요.
- 그러지요.

- 네. 내일 만나요.
- 을지로 6가 국립중앙의료원 맞나요?
- 아니 서초동 성모병원이요. 호스피스 대기가 길다고 몇 군데 예약하라고 하네요.
- 성모병원에서 10시에 만나요.
- 네.


나는 후배가 걱정스러웠다. 그래도 후배를 위해 토마토 주스를 만들었다. 버터빵을 에어후라이드에 다시 구웠다. 그리고 가방에 이것저것을 챙겨 넣었다. 터키에서 오면 밥해 먹고 반찬이 없을 것을 생각해 사다놓은 명란 젓갈도 챙겼다.

- 선생님 별관으로 오세요.

내가 간 곳은 병원 본관이었다. 별관은 한참 이동을 해야 했다. 약속 시간이 지나갈까 봐 나는 달렸다. 길이 멀었다. 사람들에게 물었다. "호스피스병동이 어디입니까?" "저기 위쪽 끝 동입니다." 아직도 멀었구나. 다시 달렸다. 병동은 조용했다. 어디가 어디인지 몰랐다. 안내자에게 물었다. "호스피스 상담하러 왔는데요?" 이쪽 파란 선을 따라 좌측으로 가다가 엘리베이터를 타고 2층으로 가면 된다고 한다. 막 올라가려는데 후배가 엘리베이터에서 나왔다.

- 선생님.
- 네.

우리는 서로 손잡았다. 뭐를 어떻게 해야 할지 몰랐다. 거의 6개월 만이었다. 후배가 CD를 가지고 판독기로 가서 CD를 올려놓았다. 계속 CD 플레이를 돌리고 우리는 의자에 앉았다. 나는 우선 토마토 주스를 먹으라고 권했다. 먹어야 사니까. 후배는 얼굴이 퉁퉁 부었다. 외국에서 오자마자 병원에서 간병을 했기 때문에 뭐가 뭔지 몰랐다. 그는 CD 판독기를 가지고 간호사를 거쳐 의사에게로 갔다. 나를 친 언니라고 소개하고 의사 선생에게 나와 함께 상담하러 들어갔다.

의사는 여러 가지를 물었다.


- 환자와의 관계는?

- 부인입니다.

- 환자는 어디에 있습니까?

- 삼성의료원.

- 거기서 뭐라 합니까?

- 내일모레에 환자가 나가야 하니까 호스피스동을 알아보라고 했습니다.

- 환자의 거동은?

- 휠체어에 밀어야 합니다.

- 대 소변은?

- 잘하고 있습니다.

- 식사는?

- 어제까지 미음을 먹다가 오늘은 밥을 먹었습니다.

- 몸의 상태는?

- 직장에서 몸통, 머리까지 암이 퍼졌다고 합니다.

- 남은 기간이 얼마라고 합니까?

- 2개월로 들었습니다.


의사는 여러 가지 서류를 작성하고 사인을 요청했다. 그리고 간호사에게 절차를 밟으라고 지시했다. 우리는 간호사에게 서류를 작성하고 지시대로 청구한 요금을 지불하고 병동을 나왔다. 다음에 갈 곳은 국립중앙의료원이었다. 성모병원에 바로 호스피스 실로 이동할 수 없었다. 한달 동안 기다려야 했다. 그래서 국립중앙의료원에서 상담을 요청해 놓은 것이었다.

- 국립의료원에 가려면 지하철을 타야 하니까 신세계백화점 쪽에서 커피를 마실까요?
- 선생님 우리 시간이 없으니까 이쪽 병원 가까이에서 커피 마셔요. 택시 타고 갈 테니까요.
- 그러지요.

우리는 커피숍으로 들어갔다. 사람들은 많았다. 자리를 잡고 커피를 주문했다. 나는 가방을 뒤적였다.

- 먼저 토마토 주스를 한잔 더 먹어요. 계속 식사도 못 했을 테니까요. 여기 빵도 좀 구워 왔어요.
- 이 빵 선생님이 구웠어요?
- 아니요? 제과점에서 버터빵 주문해서 먹는데 에어후라이에 다시 구워왔어요.
- 커피도 마시고요.
- 맛있네요. 선생님 고마워요.
- 뭘요. 이거는 내가 쓴 책이에요. 그리고 화과자도 넣었어요. 책을 읽어주니 고마워서요. 이거는 명란젓이구요. 외국에서 돌아오면 반찬 만들어 먹

기가 힘들 것 같아서요. 달걀찜 할 때 알젓 가위로 잘라넣고 레인지로 돌려서 밥하고 먹어요.

- 고마워요, 선생님. 항상 어려울 때 도와주셔서.

- 참 선생님, 내가 사온 스카프예요.

- 정신없는데 무슨 이런 선물을요.

- 에브르, 터키의 마블링 예술입니다. 천연 염료로 전통예술을 하는 유명한 기능을 소유한 사람이 만든 스카프예요.

- 멋있습니다.

- 선생님 한번 착용하고 보여주세요.

- 네.


마침 삼성의료원에서 전화가 왔다.


- 네 보호자인데요?

- 연명치료는 안 하지만 항암 치료는 받는 게 좋을 듯해요. 항암치료 하시겠습니까?

- 네 최선을 다할 거예요.

- 지금 여러 가지를 생각하는 중이고요.

- 그럼 다시 생각해서 연락을 해주세요.

- 네, 알겠습니다.


- 선생님 항암치료는 아니라고 봅니다. 지금 머리까지 전이가 되었는데, 거

기 상태가 애기 6세의 두뇌 상태라며요. 힘들게 항암치료를 한다고 나아지는 것도 없잖아요. 얼마 안 남은 인생 아프지 않고 편안하게 가는 것이 좋지 않아요? 항암치료는 고통이 심할 테고요. 다 죽어가는데 무슨 항암치료를 권합니까? 그것들 병원 수가 올리려는 수작 같네요.

- 잘 몰라서요. 그럴 것도 같네요.
- 당장 목요일부터 나가라고 하니까 겁이 나요.
- 입원실이 없으면 우선 집으로 모셔요. 우리 친구 남편도 그랬어요. 모든 장치를 렌털하고 병원에서 돌봐주더라고요. 환자 상태를 체크하고 심하면 다시 그 병원에 입원할 수 있거든요. 호스피스 병동에서도 이제 마지막으로 집에 한번 들렀다 오라 해서 남편이 집으로 왔던 적이 있어요. 하루 지나서 상태가 심해서 재입원했고 며칠 뒤 남편이 가셨어요. 그때, 갑자기 환자 상태가 악화되어 숨을 거두었어도 119에 신고하지 말고 담당 의사에게 알리면 모두를 진행 처리해 준다고 했어요. 119에 신고하면 사건이 복잡해진다네요.
- 아무래도 장례지도 알아봐야 할 거 같아요.
- 내 친구 시어머니가 돌아가셔서 수목장하느라 나무를 1500만원 주고 샀다고 들었어요. 알아봐 줄게요.

- 친구가 광릉 수목원에서 수목장을 했는데, 작은 나무를 1500만원에 사서 했다네요. 거기에 가면 절차가 있고 진행자들이 도울 거래요.
- 그럼 좋네요. 양평보다 가까우니까요. 나중에 친구 전화번호 알려 주세요.

- 그러지요.

- 남편이 저번 달까지 스마트 팩토리에서 일을 했어요. 시골로 다니는데 혼
  자 힘드니까 큰형을 데리고 다녔어요. 한번 가면 30만원씩이라 많지도
  않은데 일을 하는 것이 좋을 것 같아서요. 그런데 갑자기 안 좋아져서 딸
  이 일본에서 먼저 들어오기로 했어요.

- 딸이 비행기 티켓을 끊었는데 한국에 오면 한밤 중이라 이동을 할 수 없
  어서 금요일에 온다고 했는데 못 오고 티켓을 바꾸어 일요일 낮에 도착
  하는 것으로 하고 한국에 왔어요. 그 사이에 남편이 더 악화되었는데 병
  원에 가지 않고 딸이 금요일 온다고 기다렸다네요. 그리고 딸이 왔을 때
  남편이 몸이 불편하고 참다가 소파에 용변을 보고 까무러쳤대요. 딸이
  왔을 때 난리가 났다고 나에게 전화를 해서 빨리 119를 부르라고 했는데,
  어떻게 119를 부르냐는거예요. 그래서 그럼 터키에서 119를 불러서 가냐
  고 그랬죠. 그랬더니 택시에 아빠를 태워 응급실로 갔는데 안 받아주었
  대요. 다시 여동생이 119를 불러서 형부를 태워 삼성병원 응급실에 입원
  을 할 수 있었대요. 119가 아니면 병원에 입원할 수 없다네요.

- 병원에서 딸이 아빠 똥을 받아서 나는 한번 하고 간병인이 하는 줄 알았
  는데 계속 받았대요. 그런데 나는 과연 남편 똥을 못 받을 것 같더라고
  요. 그래서 네가 어떻게 계속 받았냐고 물었지요. 그랬더니 엄마 아빠는
  귀여운 똥강아지야 그러더라고요. 그래 귀여운 강아지구나. 그렇게 생각

하니 마음이 편하더라고요.

 시간이 흘러갔고 빨리 국립중앙의료원으로 선생은 택시를 타고
이동했다. 거기서 다시 상담을 할 것이었다. 오후에 선생은 다시
카톡이 왔고 전화를 했다.
 집에 가서 검은 원피스를 입고 스카프를 두르고 사진을 찍어 보
냈다.


 - 선생님, 백작부인 같아요. 제 인생에 귀인이십니다. 늘 감사드립니다.
 - 선생님이 준 스카프가 최고이어서지요.


 - 선생님 바로 입원할 수 있대요.
 - 다행입니다.
 - 그런데 성모병원 호스피스 입원비가 얼마라 했지요?
 - 멀리서 잘 못 들었는데요.
 - 내가 친구에게 알아서 알려줄게요.
 - 선생님 50만원 이하로 무척 싼 편이래요.
 - 아, 한달 기다리라 했는데요, 여기는 2인실인데 70만원이래요.
 - 빨리 잡아서 다행이네요. 선생님도 환자 챙겨야 하니까 잘 먹고 몸을 잘
   챙기세요.
 - 네. 고마워요 선생님.

죽음의 스토리가 보였다. 수명기간은 아마도 2개월쯤이라 했다. 후배의 남편이 가는 것을 따라 우리도 그렇게 죽음의 길을 갈 것이었다. 가는 사람이 조금 빠를 뿐이었다. 뒤따라 우리의 인생도 그렇게 갈 것이라는 생각이 나를 긴장하게 했다. 정신이 하나도 없고, 몸에 힘이 잔뜩 들어가서 나는 온종일 내내 내 정신이 아니었다.

*

## 식사합시다

날씨는 흐려졌고 비가 쏟아질 듯 말 듯 했다. 대기 중 습기가 차서 후덥지근하여 숨이 막혔다. 남동생네를 불러서 식사를 할까? 그런데 몸이 좋지 않아서 힘들 것도 같고 잘 견딜 것도 같았다. 시간이 흘러 가면서 컨디션은 나아졌다. '더 몸이 나빠지면 친척들과 만나기도 어렵겠구나'라는 생각이 들었다. 그럼 시간 날 때 만나는 것이 좋겠다고 생각했다. 나는 임 이사에게 전화했다.

- 오늘 시간 있어요?
- 네. 우리 지금 포천에 왔어요. 일이 있어서요.

- 아이고 아침 일찍이 출장 갔네요. 나는 혹 대구에 갔나 해서요.

- 우리 집에서 저녁 먹을 수 있어요?

- 네. 정 사장이 고개를 끄덕이네요.

- 그럼, 저녁에 와요.

- 내일은 일요일이에요. 우리는 일요일마다 물리 치료를 위해 전철 타고 청계산 옆 조그만 산, 약 370미터 옥려봉에 올라갑니다. 내 다리 심줄이 끊어지고 어깨 근육이 파열되어 근육치료를 위해서요. 입구에서 다시마 김밥 사먹고 한 줄 사가서 산에서 점심 먹고 집에 옵니다. 갈 수 있으면 함께 가고요. 못 가면 우리 집에서 밥만 먹고 가든지요. 하여튼 좋은 대로 하세요.

- 정 사장님과 일 보고 저녁 무렵 집으로 가겠습니다.

- 네. 좋아요.

나는 오후가 되어 뭔가 준비를 해야겠다는 생각을 했다. 감자 샐러드, 숙주나물에 게살을 넣어 매콤한 겨자 무침도 괜찮아 보였다. 거기에 회를 시키고, 피자를 시키면 될 것 같았다. 저녁 때에 남동생이 전화했다.

- 누나 집에 들렀다가 소래포구에 들러 회를 떠 갈까요?

- 그래 그럼 떠 와. 너무 많이 뜨지 말아.

- 네.

7시경, 동생은 살아있는 소라를 한 바구니 사왔고 생 새우와 도미, 새꼬시 등을 회처 왔다. 나는 솥에 소라를 삶았다. 그리고 상차림을 하여 맥주와 소주로 건배를 했다. 남편은 이를 치료 중이라 사이다 콜라로 대신했다. 대구 살던 임 이사는 퇴직을 하고 동생네 회사로 옮겼다. 둘이는 어떤 회사의 임원이 소개하여 함께 한 지가 6~7년 되었다. 나는 둘이 오손도손 사는 모습이 사랑스럽다.

한때 전처의 빚과 그녀의 바람기로 이혼을 해서, 고통의 나날을 겪었던 동생이었다. 혼자 딸 셋을 키웠으니 얼마나 많은 고통이 있었겠는가. 중국에서 15년 동안 직장을 다니며, 애들을 돌보고 학교를 보냈던 것이다. 그후 애들은 취직 잘 해서 결혼을 하여 잘 살지만 제 엄마에게 딱 붙어서 사는 꼴은 꼴보기 싫었다. 우리가 열심히 모자라는 학비를 만들어서 북경대나 칭화대를 보냈는데, 엉뚱하게 제 어미가 나서서 낯을 들고 뽐내며 나다니는 데는 할 말이 없었다.

한동안 남동생의 큰 눈망울을 보면 나는 눈물이 쏟아졌다. 너무 안쓰럽고 불쌍해서 말이다. 그런데 두 번째 만난 임 이사는 전처와 결이 달랐다. 임 이사는 정서가 나와 같았으며 매사 똑 부러져서 일처리를 잘했다. 동생과 잘 어울려 사는 모습이 행복했다. 동생이 너무 옆으로 새서 경제성이 없으면 그것을 잘 방어하며 원위치로 보내서 회사일을 원만하게 만들었다. 임 이사가 오랫동안 근무했던 노하우로 잘 반영하는 것이 좋았다. 임 이사는 빚을 싫어했다. 빚이 한푼이라도 있으면 못견뎌 했다. 전처는 빚내기 대장이었다. 눈만 뜨면 빚쟁이가 빚 갚으라고 성화였다.

　그런 어미에게 딱 붙어서 사는 조카들을 나는 못마땅했다. 전처는 사람 구슬리는 데 배우였다. 어떤 경우가 생길지 몰랐다. 그러나 조카들은 대학을 졸업한 성년이었다. 이제 우리들과 상관없는 애들이었다. 남동생이 제 자식을 책임지고 최선을 다해서 학교를 보냈고 키웠으면 그만이었다. 거기다가 조카들이 좋은 학벌을 가졌는데 아빠가 소개한 남자를 거절하고 고졸들과 결혼을 했다는 것이 나를 분통 터지게 했다. 북경대와 칭화대를 과외를 받게 해 졸업시킨 것이 남동생과 내 가슴을 칠 일이었다. 나는 조카들이 정 떨어져서 더 이상 만날 일도 없지만 다시는 보고 싶지 않았다. 조카들은 어미를 닮아서인지 아니면 중국에서 오래 살아서인지 돈에 대한 애착심이 대단하여 상상할 수 없는 일이 생겼었다. 더 이상 그들에 관해서는 나의 머릿속에서 없던 것으로 지워버리고 싶었다.

　아마도 내 남동생도 속 마음으로 피눈물을 흘릴 것이다. 그러나 자기의 책임을 다 했다는 것 그것으로 만족을 할 것이다. 그리고 지금부터 자기만의 남은 인생을 새롭게 창조하여 행복한 시간을 보내기를 나는 빌 뿐이다.

우리는 건배를 외치며 식사를 끝마치고 TV채널을 돌리며 이야기를 했다. 이튿날 9시에 청계산 입구로 가서 다시마 김밥을 먹고 옥려봉에 갈 것이라고 말했다.


- 정 사장, 내일 9시에 내 친구를 만나야 돼. 여기 살던 동창이야. 40년 반포 산악회 회원이거든. 몇 년 전 남편이 암으로 갔어.
- 그럼 여기서 8시 반경 떠나서 누나와 매형이 내 차를 타고 가면 되겠네요.
- 응, 그러지, 뭐.
- 그런데, 매형은 안 될거야. 매형 머릿속은 항상 자기만의 루틴이 있어. 차를 가져가면 안 된다. 주차할 곳 없다. 그때는 차가 밀려서 시간 약속을 지킬 수 없다. 그러니까 전철 타고 가야 한다는 루틴.
- 그럼 전철 타고 가요.


이튿날 우리는 8시경 전철을 타고 갔다. 친구를 만나고 다시마 김밥을 먹고 산행을 했다. 녹음이 우거져 산은 푸르고 경쾌했다. 아침부터 무릎의 통증이 일어나 나는 고민했고 소염제를 먹고 조심스레 산행을 했다. 과연 내가 언제까지 산행을 할 수 있을까 하는 심리적 갈등도 생겼다. 그리고 예전에 엄마가 무릎이 아파 고통스러워할 때 이런 소염제를 사서 주었으면 좋았을 것을… 하는 마음이 생겼다. 그래도 옥려봉까지 갔다가 잘 내려온 것이 오늘의 행복이었고, 몸의 근육을 잘 치료했음에 감사했다.

*

## 집중력이 떨어지고 있다

비가 억세게 쏟아졌다. 새벽에 수영장으로 가려고 주차장으로 갔다. 쏟아진 빗물이 고여 발목 위로 흙탕물이 올라왔다. 순간 놀라서 당황했다. 차 문을 열어 시동을 걸고 기다렸다가 운전했다. 아파트 단지를 벗어나 상가를 거쳐 좌회전하려는데 옆에서 차가 오는 것 같아 잠시 쉬면서 움직이려 하는데 남편이 소리쳤다. "저 사람이?" 나는 차를 멈추었다. 빨리 지나가는 사람을 나는 보지 못했다. 비가 쏟아졌고 시야가 흐렸기 때문에 자동차만 신경 썼지 지나가는 사람은 생각하지 못했다.

아이고 감사해라. 어찌 사람을 못 봤을까? 지나갔으면 그 노인은 치였을 것이다. 남편은 말했다. "자동차끼리 부딪히는 것은 괜찮다. 돈으로 해결하면 되니까. 그러나 사람을 치면 힘들다." 맞는 말이었다. 내가 갈수록 감이 떨어지고 집중력이 떨어지는구나. 가슴을 쓸어내렸다. 이제 다음부터는 신경을 더 곤두세우고 주의를 해야겠구나라고 생각했다. 나이 드는 것이 겁이 났다. 갈수록 일을 그르칠 수 있다. 그러니까 운전을 언젠가는 그만두어야 할 시간이 올 것 같았다.

요즘 내가 너무 일이 많아서일까? 차분하고 한가로운 시간이 없는 것이 원인일까? 아니면 팔과 다리가 아파서 신경이 그쪽으로 집중이 되어서일까? 이제 되도록 약속을 하지 말아야겠다. 지나친 약속으로 신경의 분산이 일어나서일 수도 있으리라. 어제도 너무 바빴다. ㅊ친구 농장에 갔다. 규모가 어마어마했다. 약속한 친구들은 대부분 빠졌다. 모두가 사정이 있어서이지만 약속을 지키지 않는 것은 좀 못마땅했다. 자기들이 정하고 못 오면 사연을 말했어야 하는데…. 참가한 친구들은 얼굴에 병색이 돋았다. ㅎ친구는 심근 경색으로 기절하여 병원에 실려 갔다가 수술하고 3시간 만에 깨어났다는 것이다.

거기에 ㅊ친구는 온몸에 백반 현상이 생겨서 병원을 다녔다. 나는 다리근육 파열과 어깨 파열로 거동이 불편했다. 확실히 6학년 때와 7학년은 달랐다. 이제 만남을 소중하게 생각해야겠다. 갑자기 ㅎ친구가 심정지로 죽을 뻔했다는 사실은 영원히 이별을 할 수 있다는 것이다. 나는 친구들을 만나면 뭐든지 주고 잘해주고 싶다. 내가 언제 몸이 아파서 친구들과 만나지 못할 수 있는데, 만날 때 잘하자는 마음을 가져 본다.

ㅊ친구 농장은 경기도 군포시 도마교동에 있었다. 군포시는 안양시, 의왕시, 수원시, 시흥시가 둘러쳐진 도시였다. 서울에서 티맵이 복잡하게 안내를 해서 어렵게 도착했다. 나는 산으로 둘러쳐진 부

분에 농장이 있다고 생각했는데 펜테리움 105동이라는 신축 아파트와 농장이 붙어 있었다. 농장이 신축아파트와 담을 치고 있었으니 깜짝 놀랐다. 도심지 농장이니까 말이다. 큰 농장 문 앞까지 멋진 차도가 있었고 농장 안으로 들어가서 입구에 차를 주차했다. ㅊ친구는 빨강 장화를 주고 신으라 했다.

입구에는 비닐 하우스가 여기 저기 있었다. 나는 잔디길을 따라 펼쳐진 고구마밭과 철망 위로 올라가는 단호박, 오이 넝쿨 등이 넓게 벌판에 펼쳐져 있었다. 신기했다. 단호박이 주렁주렁 매달려 있는 모습을 보니 별천지에 온 듯했다. 주먹만한 오이가 넝쿨에 매달려 있는 모습도 좋았다. 고추, 가지, 토마토, 다시 언덕 아래 텃밭에 보라색 도라지가, 그 위쪽에는 생강을 심었다나…. 남쪽 아래 텃밭에 표고버섯 씨를 통나무에 심고, 다른 비닐 하우스동에는 여러 종류의 상추를 심었다.

농기계 창고가 중심에 있었다. 북쪽에 휴식공간이 자리했다. 시원한 에어컨과 대형 냉장고가 있고 그 중심에 식탁과 의자가 있었다. 바닥은 자갈과 보도블록이 함께 있어서 완전 야외 식탁으로 천막은 비닐하우스였고 주위는 나무가 우거졌다. ㅊ친구가 사온 스테이크를 ㅎ친구가 구웠고, ㅇ친구가 여러 가지 상추를 뜯어서 씻었다. ㅊ친구는 음식을 식탁에 진열해서 맛있게 먹이고 싶어했는데 우리가 너무 빨리 와서 힘들어했다. 나는 이런 것은 함께 준비하고 식사준비를 해야 하는 것이라며 모두가 합심해서 식탁을 차렸다. 금방 밭에서 따온 야채는 싱싱해서 맛있었다. 된장찌개와 갓 구운 고기는 최고의 입맛을 돋우었다. 밖에는 비가 보슬보슬 내렸다. 밖의 운치가 더 좋았다. 이런저런 이야기를 하며 식사를 했다.

- 친구야, 너 여기를 어떻게 사게 된 거야? 너 대구에 살았잖아.
- 남편도 가고 혼자 대구에 살고 있는데, 아들이 삼성 다니느라고 이쪽으로 오고, 딸도 용인 쪽으로 시집을 갔어. 아들이 연고도 없는데 대구에서 왜 혼자 사냐는 거야. 그래서 이사를 왔어.
- 너 그래서 안양 쪽에 집을 분양받은 거야?
- 응, 대구 집 2~3채 팔아야 여기에 집을 분양받을 수 있었어.
- 그렇구나.
- 너 그래도 남편에게 고마워해야겠구나. 재산을 많이 남겨주고 갔으니.
- 그래서 항상 고마워해.
- 남편이 뭘 했어?
- LG 다니다가 부직포를 하게 됐어.
- 그 시대 대단했다. 돈을 많이 벌었겠구나.
- 남편이 갈 때 대학생인 아들에게 많이 남겨주었어. 딸에게도. 나는 남겨준 것 다 타짜로 까먹고.
- 하여튼 못 말린다.
- 그래서 아들이 100만원, 딸이 100만원, 연금 50만원으로 살아.
- 너 그래도 대단한 거야.

- 그래도 조금 모자라.

- 가끔 아들이 어머니 불쌍하다며 타짜하고 오라고 100만원씩 주어.

- 너 그러면 건강 망친다. 자제를 해야 해.

- 이번에 한참 참았어.

- 요즘 죽지 않아 누워서 아프고 움직이지 못한다고.

- 내 이종 조카가 타짜를 좋아하는데 지금 누워서 앓고 있어. 엄청 스트레 스를 받아서인 거지.


- 이 땅을 어떻게 사게 되었어?

- 아들이 애들에게 농장 놀이터 같은 것이 있으면 좋겠다고 사게 된 거지. 처음에 이쪽으로 60만원씩 600평을 샀어. 그다음 이쪽으로 주인이 5000평을 내놓았는데 150만원을 달라는 거야. 그래서 계속 깎아달라고 했는데 안 깎아주다가 결국 80만원에 샀어. 그다음 저쪽으로 또 주인이 땅을 내놓았는데 200만원을 달라는 거야. 그런데 100만원에 달라고 했 는데, 115만원까지 준다고 했는데 안 샀어. 그리고 이쪽 산 쪽으로 40만 원 주고 250평을 샀어. 아마 총 1600평일 거야.

- 야, 그래도 10억 이상은 든 거네.

- 그렇지. 10억 조금 더 들었어.

- 저쪽 이쪽은 아파트 부지로 수용되었는데 우리 것은 수용이 안 되었어.

- 언젠가는 되겠지.

- 너네 아들이 대단하다.

- 저 벤츠는 누가 사준 거야?
- 아들. 소나타에 그랜저 몇 번 사줬는데, 이번에 무얼 사주냐고 했는데 벤츠 사주었어. 주식의 이자로 사주었어.
- 아들 훌륭하다. 어머니에게 잘해주고 있잖아.
- 까칠했는데 결혼하면서 달라졌어. 내 앞으로 사놓은 주식을 잘 굴려서 용돈도 주고 하는 것 같아.
- 어쨌든 훌륭해.
- 커피 타임은 저쪽 비닐하우스로 이동해서 하자.

우리는 농기계 창고를 거쳐 다른 비닐하우스 동으로 옮겼다. 거기에는 맛있는 블루베리가 열려 있고, 상추, 치커리 등의 야채가 총총히 심어졌다. 장작이 한쪽 벽에 쌓여 있고 난로가 설치되었다. 그 옆에 멋진 식탁과 의자가 있어 커피 휴식공간으로 최고였다. 커피를 마시고 달콤한 빵과 수박으로 후식을 즐겼다.

- ㅎ친구야, 넌 안색이 안좋아 보이네?
- 그래? 나 심근에 문제가 생겼어. 2달 되었어. 갑자기 쓰러져서 남편이 심호흡을 시키고 목동 이대병원으로 가서 심폐수술을 해서 3시간 만에 깨어났어.
- 큰일 날 뻔했네.
- 지금 약 먹고 열심히 운동하고 있어. 2년 되었어.
- 조심해야겠다.

- 그래, 6학년과 7학년은 차이가 많아.

- 우리가 이렇게 만나는 것도 축복이야.

- 근데 왜? 다른 친구들이 온다고 하고는 안 오는거야? 못 오면 이유를 설명해야지.

- 우리는 약속하면 꼭 오는데.

- 나도 그래.

- 안 되겠다. 약속해서 온 사람만 약속하고 다음부터 오자. 우리 이 팀으로 말이야.

- 그래, 그게 좋겠다. 우리 그러니까, ㅎ, ㅇ, 나, 거기에 ㅊ 그렇게 약속을 하고 만나자.

- 좋아.


거기서 우리는 상추대를 삶고, 토마토, 단호박, 가지, 고추, 상추를 밭에서 뜯어서 각자 자기 것을 챙겼다. 다시 ㅊ은 농장에서 캔 감자를 나누어주었다. 나는 자루에 모두를 담았다. 한 자루를 자동차에 실었다. 친구들은 엄청 행복하다며, 오늘의 힐링코스에 감사하며 헤어졌다.

## 수영 멤버들의

수영을 끝내고 커피타임을 갖기로 했다. 커피빈 방배까페 골목점에서 만났다. 우리 멤버는 강씨, 이씨, 오씨였다. 그들은 한참 우리의 후배였다. 여러 종류의 커피를 주문했다. 강씨는 큰 일을 많이한 사람 같았다. 시어머니, 친정어머니 등 주변 친인척들의 시중을많이 들어서 큰 일들을 처리해서인지 마음이 후덕해 보였다. 이씨는 조용하면서 자기 책임을 다하는 똑순이로 보였다. 오씨는 명랑,쾌활, 없어서는 안 되는 우리에게 기쁨을 주는 친구였다. 우리는시끄러웠다.

- 요즘 젊은이들이 불쌍해요. 그애들은 희망이 없어요. 집값이 비싸잖아요. 회사 다닌다고 뾰족한 것이 없잖아요.
- 그렇기는 해요.

- 헌법재판소 옆 길에 등산로를 폐쇄했다는데 헌재 소장이 너무 목에 힘을 주는 거 같아요.
- 그런 사람들 퇴직하면 별 볼일 없어요.
- 우리 남편 1급 했을 때, 1급 인원이 180명이었는데 1~2년만 월급이 700만원이었어요. 그리고 그 전에는 50만원, 135만원, 200만원, 300만원쯤

받았어요. 학비도 부족했어요. 퇴직하면 300만원짜리 인생이고요. 대기업들은 100만원짜리 인생이에요. 우리 후배는 박사 2~3개 땄어도 평생 강사로 100만원 인생이에요. 우리 남편 공무원 할 때는 대한민국 술 다 마셨겠지만 퇴직하고 대부분 경기도 산본 등에 살아요. 그리고 골프 절대 못 쳐요. 잘 되었으면 강남에 사는 하우스 푸어예요. 집만 가지고 있는 거고 생활비가 부족한 거지요.


- 어 이게 뭐예요? 새로운 핸드폰이네요?

- 이렇게 펼치는 거예요. 화면이 넓게요.

- 그렇군요. 엄청 무거워요. 나는 못 하겠네요.

- 화면이 두 배니까 무게도 두 배지요.

- 얼마쯤 해요?

- 200만원인데 싸게 100만원 좀 넘어요.

- 다리하고 어깨 나아졌어요?

- 아직요. 근데 3레인에 퍼져서 쉬는 아저씨 때문에 오늘도 어깨가 걸려서 죽을 뻔했어요.

- 누구요?

- 왜, 막 줄 잡고 퍼져서 쉬고 있는 아저씨요.

- 아, 그 할아버지요?

- 엉? 아닌데요?

- 70은 넘은 거 같은데요?

- 아닌 거 같은데요?

- 호기심 있으면 물어보셔.

- 우리는 할아버지로 알고 있는데요?


- 우리 레인의 체력 좋은 사람이 있는데요. 우리끼리 체력맨이라고 불러요.
  근데 대단해요. 벌써 위쪽으로 올라갔어요.

- 그래도 회장님(우리 남편) 이제 수영장에서 뜨는 것 같아요( 뜨는데 3년 이
  상 걸렸다).

- ㅎㅎ 뜨기는 뜨는 것 같아요. 대단하지요. 아니 테니스, 골프, 검도 4단인
  데 수영이 안 되는 게 문제지요.

- 그럴 수 있어요. 흑인이 수영 못한대요. 달리기는 잘하는데.

- 어? 그렇기는 하는 것 같네요. 수영 선수 못 봤어요.

- 뚱뚱한 사람들이 더 잘 떠요.

- 그래도 훌륭해요. 포기하지 않고 하는 것이요.


- 청와대에 가서 찍은 사진 멋져요.

- 거기 들어가는데 장난 아니었어요. 아버님 혼자 계셔서 시누이가 자기
  큐알 코드 이용해서 들어갔어요. 직원이 한번 썼는데 재입장은 불가라
  하는데, 저기 아버님이 혼자 계셔서 그런다고 해서 간신히 입장시켰어요.

- 이제 여기 언니들 모두 골프 시작했어요.

- 잘했네요.

- 우리 아파트 레슨이 3개월에 145만원이래요.

- 너무 비싸다.

- 그래서 여기에서 했어요.

- 잘했네요.

- 저는 주로 화요일에 군부대 회원을 가입했기 때문에 회원이 없는 곳에 무조건 참가해요. 여기 저기 없으면 다 참가해요. 그럼 대장님보다 더 잘 치겠네.

- 맞아요.

- 스코어가 좋다는 것은 적어도 일주일에 2번 이상 다닌다는 것이야.

- 우리는 3월부터 열심히 치다가 11월에 끝나고 내년 3월이면 도로묵인 거지. 다시 시작해야 하니까.

- 골프 1년이면 함께 할 수 있지만 테니스는 안 되는 거야. 3년 해도 쉽지 않아. 그것은 10년, 20년, 30년 그렇게 차이가 나니까.

- 골프는 각자 게임이니까 할 수 있지요.


- 참, 그 갈비 하는 아줌마는 안 오고 있네요.

- 아, 지금 다른 곳 명동에 다시 갈비집 시작하나 봐요.

- 야, 거기 갈비 좀 먹으러 가보자고요.

- 그리고 홀수 달 첫째 토요일에 커피 타임 갖는게 어때요?

- 좋아요.

- 그럼 내가 갈비 살게.

- 좋아요.

- 9월 첫째 토요일 점심에 먹어요.

- 좋아요.

우리는 신나게 이바구를 하고 각자의 생활을 위해 안녕을 고하고 떠나갔다. 시끄러웠지만 활력을 주는 하루였다.

*

## 금강경
- 나는 이 책을 그냥 읽는다.(오쇼강의 / 손민규 옮김)

- 다른 사람에 대한 관심은 어떨 때 간섭으로 변질됩니까?

이념이 개입되는 순간 관심은 간섭이 된다. 이념이 개입되는 순간 관심은 간섭이 되고 사랑이 변하여 증오가 된다. 그리고 보호는 감옥이 된다. 예를 들어 그대가 아이를 돌보는 엄마라 가정해 보자. 아이는 그대를 필요로 한다. 아이는 그대가 없으면 생존할 수 없다. 아이는 음식, 사랑, 보호가 필요하다. 그대의 이념, 이상은 필요 없다. 그대의 가치관, 목표를 개입시키지 마라.

명심하라. 그대의 관심에 아무 욕망도 개입되어 있지 않다면, 거기에 비즈니스적인 속성이 없다면 상대방은 영원히 그대를 사랑할 것이다. 그러나 그대의 관심에 어떤 관념과 의도가 개입되어 있다면 상대방은 결코 그대를 용서하지 않을 것이다. 그것이 아이들이 부모를 용서하지 않는 이유이다.

우리 부모들은 아이들에게 조건이 개입되고 무엇이 되라고 강요하는 경우가 많았다. 아이를 그대로 사랑하는 것이 아니라 물어뜯고, 변화시키려 하고, 어떤 부모의 욕망을 개입하려 한 것이 잘못이라는 것이다. 아이들이 성장했을 때, 스스로 결정하게 하라. 아이들이 맞는 것이 되게 하라는 것이다. 다만 부모는 아이가 무엇이 되든 아이를 사랑하고 축복만 하면 되는 것이리라.

*

## 친구가 아프다

- 비가 억수로 오는데 골프를 못 했겠네. 그래도 건강하게 돌아왔지?
- 항상 생각해준 덕분에 잘 다녀왔어. 오늘은 Y친구와 미술관 간다. 다녀와서 전화할게. 몸은 괜찮니? 서로 건강해야지 오래 만나지요.
- 다리 심줄이 다시 돋아서 쉬고 있어. 너도 너무 바쁘게 살지 마. 7학년이라고.

- 네비샘 주말 잘 지내고 몸 관리 잘 하셨어? 걱정되네. 조용하니까. 영감님도 안녕하시고?
- 잘 지내고 있어요. 네가 아프다고 해서 걱정하고 있었지요. 전화기가 꺼져 있어서 통화도 못 했네요. 통화할 수 있나요?

- 날씨가 너무 더워서 이번 골프 캔슬 했어. 몸 건강히 잘 지키다가 선선하면 다시 골프 치자.
- ㅎ에서 문자 왔어. 그 친구는 약속을 자기 맛대로 하는 친구야. 여러 번 겪으니까 짜증 난다니까. 비 와서 취소, 아파서 취소, 추워서 취소, 더워서 취소 등등 짜증 나.
- 그렇기는 그런데 그냥 같이 치자.
- 넌 바다 같은 친구야. 어쩌겠어. 네 말대로 해야지.

- 신안샘 그동안 네가 7학년이라고 조심하라고 걱정하더니…. 오늘 삼성병원에서 유방암 판정이 나서 수술 날짜를 받았어. 7월 19일에 입원해서 21일에 수술하기로 했어. 모든 것을 담담하게 받아들이고 이겨낼게. 인하도 지금까지 우리 곁에서 건강하게 지내고 있잖니. 너도 얼른 회복하렴.

- 전에 골프를 함께 친 남편 친구의 부인도 작년에 유방암 수술했는데, 1년 됐대. 지금 운동도 잘 하고 있어. 삼성병원에서 했대. 방사선 치료만 19번 했대. 사람마다 다르대. 방사선과 항암을 함께 하기도 하고. 잘 먹고 즐겁게 생활하면 좋아진다니까.

- 그래야지. 치료 잘 받고 이겨내서 친구들과 재미있게 지내야지. 신안샘 심려 끼쳐서 미안하기만 하다.

- 좋은 아침!

인하가 환자라고 생각하지 말고 일상생활을 똑같이 하라고 의사가 말한 대로 한다며. 네가 잘하는 것처럼, 나쁜 거는 무시하고 열심히 걷고, 잘 먹고, 박물관, 식물원 열심히 다니는 거야.

- 오늘 아침 영감하고 산책했다. 네 말대로 열심히 걷고 먹어야지 더 나쁜 병에 걸려서 고생하는 사람도 있는데 의술이 발달했으니 따르면 되겠지. 신안샘 책 보다가 마르셀 프루스트의 잃어버린 시간을 찾아서가 떠오르더라. 홍차와 마들렌을 먹다가 옛 기억을 떠올리곤 프루스트가 천식 때문에 외출도 잘 못하고 15년에 걸쳐 쓴 방대한 걸작! 너도 정프루스트가 되겠더라. 자랑스럽고 넉넉한 친구야 고맙다.

나는 친구에게 유방에 좋은 음식 2가지에 대한 유튜브 영상을 보냈다. 거기에는 두유, 콩, 비타민D를 섭취하면 좋다고 했다.

- 두부와 콩, 비타민D를 많이 드셔요. 두부 + 우유 + 잣(아몬드, 호두, 땅콩, 씨앗, 깨 등) + 시중판매 두유 + 얼음 등을 믹서에 갈아서 보온통에 넣고 수시로 한 컵씩 드세요. 맛이 아주 좋아요. 걸쭉하니 요리집 콩물 같아요.

- 알았어요. 이렇게 먹다가 내가 제일 건강해지겠다. 오늘부터 실행해 볼게.

나는 다시 암환자 금지식품 유튜브를 보냈다. 그것을 보면 암환자 금지식품으로 우유와 옥수수가 나왔다는데 원인은 우유가 나오는 젖소에게 고의로 호르몬제를 투입해서 젖소가 유방암을 앓고 있는데 그것이 함께 섞여서 나오고 있다는 것이다. 그래서 유방암 환자에게는 절제해야 한다는 것이다. 옥수수는 유전자 조작이 논란을 일으키는 것이다.

- 우유는 우선 제하세요. 콩물로 대체하세요. 호르몬과 유전자 조작 사건
  이 있으니까요.

- 의사가 보낸 문자야.

왼쪽은 유방암으로 유방절제술을 시행합니다.

오른쪽도 중앙 의심되는 부분이 있어 수술하면서 조직 검사 나가서 그냥 종양만 제거할지, 유방 절제할지는 그날 조직검사 따라 결정하고 전이 여부는 입원해서 당일 MRI 등 예정으로 결과 나와야 정확할 듯합니다. 추후 치료방향도 추가 검사 등에 따라 변경될 듯합니다.

- 너한테 받은 사랑 어떻게 보답한다냐? 인하처럼 긍정적인 마음과 잘 먹어서 이겨낼게. 고맙고 고마우이.
- 무슨. 잘 이겨낼 거야. 네가 골프 여행 갔을 때 얼마나 행복했냐? 치료 잘해서 전주 골프 가야지. 너 아픈 거 인하는 알아?
- 인하하테 문자 보냈어. 치료 잘 받고 11월에 골프 같이 가야지 하고 전화 왔어. 의사샘 말씀대로 하면서 잘 먹으라고.
- 그랬구나 네가 씩씩하구나. 단백질, 고기, 두부, 잘 먹고 샐러드도 잘 챙겨서 먹으셔. 밥이 안 넘어가면 뉴케어도 하나씩 먹으셔. 영양을 골고루 넣었다니까. 테니스 후배 멤버도 입맛 없으면 뉴케어를 먹더라고.

- 그래 알았다. 뉴케어도 먹어야겠다. 네가 걱정하더니 그것이 딱 맞았다. 친정아버지, 어머니, 동생, 생각이 많이 나더라. 파킨슨 병 걸린 어머니한테 운동 안 한다고 야단했던 일 등 후회가 많더라. 앞으로 내 아픈 것만 생각하고 잘해 나갈게. 옆에서 격려해주는 친구도 많으니 힘낼게.

- 그럼, 그럼, 이제 네 몸이 쉬라는 신호야. 손자들도 다 컸고. 쉬면서 너를 치유하라는 거지. 고맙게 받아들이는 거야. 70년 몸을 썼으니까. 이제 모두가 우리 몸을 잘 지키는 것이 소중하다는 것을 명심하자.

근데, 나 웃겨. 아파서 죽을 지경인데, 골프 가자 하면 갑자기 안 아픈 거야. 너도 제일 좋아하는 것을 생각하는 거야.

- 수술하고 회복되면 고궁박물관 반환 문화재 보고 성곡 미술관 사진 전시 회 볼 예정이다. 그때는 내가 밥 살게. 경복궁 근처에 있고 다 좋은 곳이 다. 성곡 미술관 찾아보렴. 쌍용그룹 김성곤씨 사저를 미술관으로 만든 곳인데 한번 가볼 만하다. 신정아 그애가 그곳에 있으면서 좋은 전시 많이 했었는데…. 그 뒤 주춤하더니 이번에 좋은 전시 하니까 8월에 꼭 같이 가자.

- 그래. 우선 수술을 하고 회복을 먼저. 그리고 천천히 하자.

- 좋은 아침! 아침 산책은 했겠지요? 식사는 되도록 잡곡밥을 드세요. 빵과 면은 피하세요.
- 네 그럴게요.
- 많이 먹어야 한답니다.

- 요즘 방사선 치료가 암 세포만 죽인다 합니다. 유방암은 아프지가 않답니다. 유방이 지방으로 되어 있어서. 예전에 유방암에 걸리면 무조건 유방을 절제했는데, 지금은 부분절제로 한다고 합니다.

- 그럼 다행이다. 우리 손자가 할머니 가슴이 폭신폭신하다고 매번 만지려고 따라다녔는데…. 내년에는 10살이라 징그럽다.
- 방사선 치료는 암세포만 세분화해서 세포를 죽인다는 거야. 20회든 30회든 양이 똑같은데 더 잘게 암세포를 세분화해서 죽이느냐에 따라서래.

커피는 유방암에 도움을 준대. 커피를 먹으면 재발 방지로 좋다나 봐.


\*


## 골프 모임으로 영덕에 가다

영덕으로 친구들과 새벽에 떠났다. 그 지방은 바람이 세찼다. 하늘은 뭉게구름이 있었다. 오후에 공을 쳤다. 어깨 근육파열과 무릎 통증으로 나는 참가하는 데 뜻을 두었다. 운동하기 전에 소염제를 먹고 다리와 팔을 꽁꽁 밴드로 묶고 쳤다. 아프지만 공을 칠 때는 통증을 잊었다. 어떻게 공을 쳤는지도 모르게 시간은 흘러갔다. 그리고 끝마쳤다. 저녁 식사를 하고 휴식을 취하는 것이 즐거웠다. 큰 방에서 1~8번이 모여 참외랑 바나나, 키위 사과 등을 깎아 먹었다.

휠드장에는 저녁팀이 불을 켜놓고 골프를 쳤다. 새벽 1시경에 저녁팀이 끝난다는 것이다. 야광이 좋아 휠드장은 꼭 스키장 전경과 같았다. 한 친구는 휠드장을 구경하며 그들을 관찰했다. 공이 잘못 갔다느니, 공이 아주 잘 왔다느니 하면서 혼자 그 광경에 취하며 즐겼다. 총무가 내일을 위해서 각자 숙소로 이동하고 내일 새벽에 식당에서 만나자고 했다. 친구들은 짝을 지어 각자 룸으로 들어갔다. 나는 일층 105호였다. 내 짝은 밤새 잠을 못 잤다.

우리는 새벽 4시경에 일어났다. 나는 바나나를 하나 먹고 소염제랑 각가지 아픈 부위의 약을 한줌 먹었다. 세수를 하고 옷을 챙겨 입고 2층 식당으로 올라갔다. 나는 다리가 아프고 팔의 통증이 심하므로 거동이 불편했다. 준비 시간이 더뎠다. 식당에는 이미 친구들이 식사를 하고 있었다. 나도 얼른 자리에 앉아 음식을 받아먹었다. 서둘러 화장실에 들러서 휠드장으로 갔다. 나는 아프지만 최선을 다해 운동했다. 그래도 시간은 빠르게 지나갔다.

운동이 끝나고 점심식사를 한 뒤 3시경 다시 모여 후포항으로 갔다. 그 지역의 높은 곳은 등기산이었다. 예부터 낮에는 흰 깃발을 꽂고 밤에는 봉화를 피워 부근을 지나는 선박의 지표 역할을 하던 곳이었다. 근처에 박물관이 있었다. 옛날에 이 지역에서 원시인이 살던 모습이 재현되었다. 원시인이 쓰던 돌도끼, 칼, 뼈 등이 흙 위에 진열되었다. 저 멀리 후포항 전경이 바다와 배, 방파제, 등대 등이 펼쳐졌다. 그 너머 산들이 줄지어 겹겹이 바다를 에워싸고 있었다.

유리 다리가 바다 위에 세워져 있었다. 나와 친구가 벌벌 떨면서 유리를 밟고 걸었다. 중간쯤에서 기념 사진을 찍었다. 바다 가운데 멋진 암석이 있고 세찬 파도가 부딪혔다. 장관이었다. 다리 끝에 둥근 조각상이 세워졌다. 철로 만든 나무조각에 인어 공주가 매달려 있는 모습이 장관이었다. 되돌아와서 초입에 신경림의 시 한 편이 돌로 새겨졌다.

    - 동해 바다 -    후포에서


친구가 원수보다 더 미워지는 날이 많다.
티끌만한 잘못이 맷방석만하게
동산만하게 커 보이는 때가 많다.


  맞다. 나이 들면서 우리는 내로남불식의 의식을 가지고 산다. 자기 자식은 훌륭하고 대단한데 남의 자식은 못되고 그릇되다고 지탄을 하는 사람들이 많은 것 같다. 친한 친구지간에, 아니면 친척, 친지, 가족들 사이도 그렇다. 물론 정치적 현상이 제일로 크게 작용하고 상대편을 욕하며 헐뜯는 일을 보면 한심한 현상이다. 방송을 통해서, 아니면 언론을 통해 쏟아지는 현상은 국민들을 불편하고 힘들게 만들 때가 많다. 이제 언론과 방송이 좀 더 생산적인 일에 시간을 많이 썼으면 좋겠다. 물론 우리 친구들이나 주변 사람들도 정서적으로 좋은 에너지가 나오는 쪽에 관심이 많았으면 좋겠다는 생각을 했다.

우리는 등대로 이동했다. ㅈ친구와 나는 등대 위 꼭대기로 올라 갔다. 넓고 푸른 바다와 주변 환경이 한눈에 보였다. 시원했다. 둥근 타원형을 돌아 계단을 내려왔다. 그리고 기대하던 저녁 식사하는 곳으로 이동했다. 2층에 손님은 많았다. 우리는 창가 테이블에 앉았다. 친구들은 주류와 비주류로 분류하자 했다. 나는 주류 쪽으로 끼었다. 술을 시켰다. 나는 술에 찬물을 섞었다. 친구들이 야유를 보냈지만 내 주량을 나는 알았다. 회를 그냥 먹을 수는 없었다. 술이 있어 회를 넘길 수 있었다.

여하튼 우리는 즐겁게 주거니 받거니 하며 축배를 들었다. 배가 꽉 차도록 먹었다. 7학년이 골프를 치러 동창끼리 영덕을 왔다는 것은 축복이었다. 곧 숙소로 이동했고 각자 방으로 옮겼다. 나는 ㅅ친구랑 짝이었다. 그는 이튿날 새벽부터 동해에 해가 뜨는 장면을 찍었다. 하늘은 구름이 끼었고 바다와 구름 사이의 경계에 붉은 선이 경계선을 만들었고 작은 태양이 그 경계선에 있었다. 하늘과 바다는 똑같이 보였다. 경계선만이 그들을 분리했다. 다시 나는 부지런히 티업 준비를 했다.

먼저 다리와 어깨 통증 완화를 위해 바나나 하나를 먹고 진통제를 먹었다. 그리고 다리와 팔에 파스를 붙이고, 그 위에 밴드로 조였다. 그다음 옷을 입고 운동 차림으로 식당으로 가서 아침 식사를 하고 볼일을 보고 운동을 했다. 카터기를 타고 이동하면서 경치가 아름다운 곳에서는 사진을 찍었다. 큰 소나무가 바다를 향해 서 있는 곳에서 ㅊ, ㅇ, ㄴ친구 등과 함께 V자를 만들고 사진을 찍었다. 하늘은 맑고 깨끗했다. 바다색은 짙은 푸른색으로 하늘색보다 더 짙었다. 우리는 즐겁고 행복함이 입 주위에 가득 찼다. 정말 행복했다.

*

## 아침에 갑자기 ㅅ친구에게 전화가 왔다

- 너 뭐 하냐?
- 나 밥 먹고 지금 설거지 하려고.
- 너 어제 ㅎ 문자 보낸 거 봤지?
- 응.
- 걔 왜 그런다냐?
- 응, 글쎄.
- 지금 지가 망년회 해야 한다는 것이 말이 되냐고.
- 위로하려고 좋아요 한 거지.
- 나도 그래서 좋아요 했지.

- 유방암 수술을 하면 장난이 아닐 텐데. 더군다나 양쪽 다 절제할 텐데.
- 맞아. 내가 다리 심줄 끊어지고 어깨 심줄 파열로 2년 동안 힘들었는데, 유방을 절제한다는 것은 쉽지가 않지. 그것도 양쪽인데.
- 그래도 어쩔 수가 없어요. 제주도 해녀들이 90세 넘어도 힘들지만 물질이 좋다잖아.
- 그 친구도 평생을 리움에 있었고 미술관, 박물관, 식물관을 다 관장했잖아. 그런 일을 하는 것이 행복한 거야.
- 아니 누가 못하게 하냐고. 먹으면서 해야 하는데, 먹지를 않아요.
- 그래서 내가 단백질을 먹어야 한다고 강조를 했는데….
- 너 강서구에 있는 스페이스K 서울 미술관 갔어?
- 아니.
- 너는 왜 안 간 거야?
- 내가 시간이 없으니까. 가끔 ㅇ친구랑 부를 때 가는 거지.


- 하여튼 그렇게 몸이 안 좋은데도 이 팀, 저 팀, 6개 정도 팀을 똑같은 장소로 똑같이 데리고 다니는 거야.
- 요즘 계속 아파서 골골했는데.
- 암 진단 받고, 저녁에 문자 왔는데 이번주 월요일 ㅈ친구가 함께 밥 먹자고 해서 추어탕을 먹기로 했는데 주인공이 싫어하는 거야. 고기도 싫다, 생선은 안 된다. 그래도 영양상태가 나은 것이 추어탕인 거지. 그래서 함께 먹기로 했어. 만나서 추어탕을 먹고 차를 마셨어. 차 마시면서 8월에 나와 ㅇ친구 생일이 비슷해서 수술 후에 생일 축하식사를 하기로 했던

거야.

- 내게 호텔뷔페 티켓이 4장 있으니까 너도 함께하면 좋겠다.

- 그래 나도 할게.

- 여하튼 수술 끝나고 만나자.

- 그래.


\*


## 미술관을 관람했다

나는 매번 보고 또 봐도 머릿속이 하얗게 잊어버렸다. 이번에도 또 그렇겠지만 그 대신 항상 새로워서 좋았다.

미켈란젤로의 생애: 1474년. 카센티노에서 정직하고 정숙한 여인이 한 사내아이를 낳았다. 아버지는 이름을 미켈란젤로라고 지었다. 1488년 13세의 미켈란젤로는 도메니코 기를란다요의 공방에서 도제 생활을 시작한다. 1년 뒤에 그의 비범한 재능을 알아차린 로렌초대제의 저택으로 거처를 옮겨 메디치 가문이 소장한 고전주의 작품들을 접할 기회를 얻는다.

1494년 메디치 가문이 몰락하자 21세에 로마로 이주한다. 첫 로마 거주 시기에 불멸의 작품인 베드로 대성당의 '피에타'를 제작했다. 1501년. '다비드상' 1505년. '모파상' 1512년. '최후의 심판' '모세상' '시스티나성당 천장화' '성 베드로 대성당 돔' '캄피돌리오 광장' 1564년. 2월 18일 로마에서 사망했다.

레오나르도의 생애: 1452년, 4월 15일. 빈치에서 공증인 세르 피에르의 서자로 태어났으며 어머니 카테리나는 안치아노 출신으로 이후 농부와 결혼했다. 1469년 빈치에서 피렌체로 이주하여 베로키오의 공방에서 8년 동안 도제 생활을 하며 소묘 기법과 원근법, 해부학을 학습한다.

1482년. 밀라노로 이주하여 16년 동안 '일 모로'라고 불린 루도비코 스포르자 공작의 후원을 받는다. 밀라노에서 과학과 예술 등 다양한 분야를 탐구했으나 회화에 많은 시간을 할애하며 중요한 작품을 남긴다. '암굴의 성모' '최후의 만찬'. 1499년. 프랑스 침공으로 공작이 파산되어 레오는 길을 떠나 만투어, 베네치아, 로마냐 지방을 여행한다. 1503년. 레오는 피렌체로 돌아와 시뇨리아 궁홀 '앙기아리 전투' 프레스코화 제작을 의뢰받는다. 미켈란젤로는 반대쪽 벽에 제작의뢰를 받아 둘 사이의 경쟁이 벌어진다.

레오는 새로운 미술 기법 시험과 혁신을 추구했다. 그 시기에 '모나리자' 초상화 작업에 착수한다. 1508년 '성 안나와 성모자와 어린 양' '세례요한'. 1517년 프랑수와 1세 초청으로 프랑스에 정착. 1592. 5. 2. 생을 마감한다.

위대한 예술가는 가정이 불행했고 태어남도 불완전했어. 그래도 그렇게 역사에 남는 예술 작품을 남겼구나. 우리가 너무 열심히 완전하게 자식을 교육하려고 애쓴 것만이 최고의 교육이 아닌 것인가? 태어난 존재, 자체로 멀리서 돕고 지원하는 것이 더 좋은 교육 방법일 수도 있을 것 같아. 그런데 우리 보통의 학부형은 자기 자식을 자기가 못한 그 어떤 욕망을 자식에게 시켜보려고 하는 마음이 있어. 그것이 잘못되어 자식들이 극단적인 선택을 하는 경우도 있었던 것일 게다.

*

## 잠시 암 수술 준비하는 친구를 체크해야겠다

- 단백질 좀 먹고 운동 열심히 하고 있는 거야?
- 네 덕에 고기 열심히 먹고 오늘 비가 많이 오는데도 신구대 식물원에 ㄱ, ㅇ, ㅅ 친구들 만나서 날궂이 했어. 무수리 방식으로 노는 것이 재미있으

니까. 추억을 한 켜 또 쌓았어. 앞으로 열심히 걸어서 성원에 보답해야지. 백넘버 7번 여고 후원을 달고 수술해야겠다. 앞에는 작게 신안샘 이렇게 쓰고 크게 쓰면 샘내는 친구도 있을지 몰라.


- 잘했어요. 무조건 나가서 친구들과 만나고 수다 떠세요. 나가면 안 아프고 즐거우니까.
- 네비샘, 수술 잘하고 8월 9일 너, 나, ㅇ, ㅅ 이렇게 먹자. 맛있는 식사를 거하게 해보자고요. 요즘 단백질 계속 잘 먹고 있지? 그게 약입니다.
- 항상 네가 우리에게 베푸는구나. 고마워.


- 오늘 후배를 만났어. 그 친구가 간 때문에 죽은 줄 알았거든. 전화도 못하고 애를 태웠지. 그런데 꿈에 그 친구가 죽은 거야. 그래서 결심을 하고 전화를 걸었는데 살았더라고. 그리고 약속을 하고 오늘 밥을 먹었어. 그 친구가 수술을 하지 않고 무조건 혼자 자기 면역성을 기르려고 노력했대. 우선 간수치를 내리려고 탄수화물을 일절 안 먹고 약 먹듯이 단백질과 야채를 중심으로 아침, 점심, 저녁을 먹었대.


수술 안 하려 했고 일상을 지키려고 노력했대. 수술을 하면 일체 일상생활을 할 수 없다는 것을 알았다는 거야. 계속 병원 체크만 하는데 의사들이 기절할 정도가 됐대. 사실 자기는 의사들을 믿을 수 없어서. 그들은 오로지 수술에 초점을 맞춘다는 거야. 그 친구는 아킬레스 심줄이 끊어졌을 때도 병원에 안 갔대. 헬스장에서 조금씩 근육 운동을 해서 낫었대. 암도 자기는 그렇게 한대.

그는 미역국에 닭을 삶아서 먹고 닭가슴살과 온갖 야채를 올리브와 발사믹을 섞어서 눈감고 돼지처럼 지독하게 먹었대. 수술대에 올라갔다가 사실은 내려왔대. 자가 면역성으로 이겨보겠다고 생각하고 수술하면 그 뒤부터 움직이지 못하고 누워서 아플 일로 부작용이 많을 것 같아서. 어머니가 수술하고 누워서 죽는 거 보고 자기는 돌아다니다 죽는 게 낫다고 생각했대. 하여튼 오늘 조선면옥에서 냉면 먹고 지금 헤어졌어. 그 친구 모든 것은 자기가 책임지는 것이라고 얘기하더라.

- 신안샘 주위를 다 챙기는 모습이 보기 좋아요. 모든 것은 자기가 결정하고 내가 이겨내야지. 그 후배 의지가 대단하다. 돌아보면 다들 훌륭해서 자신이 작게만 느껴진다. 나는 그동안 어려운 세월 보냈어. 앞으로 잘 할수 있다. 옆에서 지켜주길 바래.
- 그 자세 훌륭합니다. 모두 잘될 겁니다.

- 밥 잘 먹고 운동 열심히 하고 있겠지? 무심코 ㅂ에게 문자가 와서 답했는데 개인 카톡이 아니었네. 그래서 ㄷ도 알고. 여러 가지를 걱정하길래 내가 제안했지. 아파서 힘들 때보다 성성할 때 위로금을 주자고. 신한으로 100만원 송금했어. 돈을 보면 아프던 것도 낫는다잖니. 나 혼자 보내면 너 또 되돌려 보낼 것 같아서. 나 40만, 30만, 30만원씩 합해서 보냈으니

까 돌려보내지 말고 우리 없어도 수술실에 함께 있다 생각하고 모두를 버리고 편안히 수술하셔.

넌 잘 이길 거니까. 이미 아픈 선배가 많으니까.

모두가 우리 편하자는 것일 테니 부담 갖지 말고 이제부턴 너를 중심으로 생각하라고. 넌 너무 배려심이 많아 탈이야. 네가 존재해야 모든 것이 사는 거라고. 너, 남이 아닌 너만을 생각해.

- 신안샘 나는 괜찮은데 웬 성금을 모아서 보냈냐? 내가 멀쩡해져서 너희들보다 건강해서 훨훨 날면 어쩌려고?… 에고~~ 너희들 배 아프게 해야지. 우리 대모인 K가 한강 성당으로 와서 같이 미사 보고 점심 먹고 지금 들어왔다. 지금 엄청 부담스럽다. ㅇ친구가 처음에 얘기를 안 하고…. 그것이 안타까워서 얘기를 했더니만 친구들한테 걱정만 끼쳤다. 행동하는 신안샘 어떻게 갚을지 막막해진다.

- 멀쩡해져서 훨훨 날기나 하셔. 우리 배 아프게. 몸이 불편해서 조금 쉬라는 뜻이잖아. 너 그동안 너무 몸을 심하게 써서 말이야. 그동안 친구들에게 많은 자비를 베풀어서 그런 거니까 부담 갖지 말고 오로지 너만 생각

하고 건강에 집중하는 것이 사는 길이유.

- 신안샘 무엇을 보는 혜안이 있나 봐. 네가 어머니 돌아가시고 항상 조심
  하라고 말하더니만 어머니가 요양원으로 가시고 나서부터 내가 많이 아
  프더니 이런 일이 생겼네. 오늘 성당 가서 기도 많이 했어. 주님 받은 사
  랑 꼭 보답하게 해 주십사 하고. 신안샘과 우리 대모 등과 과분한 사랑을
  받고 있다. 샘 고맙고 미안해.

- 어머니가 돌아가시고 3년을 지나는 것이 중요하다는 생각이야.

내가 겪은 일을 생각할 때, 죽음이 연거푸 온다는 생각을 했거든.
동생이 먼저 죽으니까 갑자기 아버지가 죽고, 곧 조카가, 다시 할머
니가 돌아가셨거든. 그때 나는 연속되는 죽음이 무서웠어. 우리 어
머니는 내가 눈을 감으면, 내가 죽은 것으로 보여서 그렇게 힘들었
대. 우리는 널 위해 열심히 기도한다. 그래도 항상 기도의 힘이 짱
이더라. 우리나라는 병원이 세계적 수준이니까 걱정이 없다니까.

- 수술 전에 무조건 잘 먹고 체력을 키워야 해. 난 닭가슴살에 깻잎으로 고
  추장을 찍어서 먹고 견과류를 입에 넣고 내가 좋아하는 자두, 복숭아를
  입에 넣고 함께 씹어서 눈 감고 넘겨. 70그램 정도를 그렇게 먹고 막걸리
  나 와인에 물을 타서 무조건 목구멍으로 넘긴다는 것이지.

- 그리고 너 무조건 걸어. 아침, 점심, 저녁을. 그리고 수술해야 한다.

*

## 추억을 생각하다

드라마를 보다가 주인공들이 옛 추억을 떠올리며 회상하는 장면이 나오니까 나도 추억의 일기장을 보았네. 99. 2. 5. 하루가 화살같이 빠르게 지나갔다. 어제는 장 차관 부인들, 국장 부인들이 모여서 점심식사를 했다. 외부에서 보면 그들은 특별하여 특별한 모습으로 보이겠지만 사실은 그렇지 않았다. 그들 대부분의 부인들은 가난했고, 깨끗했다. 그들은 각자의 인내심을 가지고 남편의 자리를 빛내려고 열심히 살아내는 사람들이었다. 남편들이 어려운 환경에서 공부했고 좋은 학교를 거쳐 고시에 합격했으니, 10년이 되든 20년이 되든 박봉으로 살아가는 봉급자일 뿐이었다.

그들이나 부인들은 위치를 지키려고 노력해서, 자신들의 인격과 품위를 지키는 사람들이었다. 나 역시 조용하고 점잖은 자세로 소박하고 깨끗한 모습이면 되었다. 옷 차림도 너무 흉하지도 않고 너무 초라해서 품격이 떨어지지 않으면 되었다. 그렇다고 너무 편리한 스타일로 입으면 그것도 뭔가 아닌 듯이 느껴질 것 같았다. 차라리 적당한 정장 차림이 나아 보였다. 그런데 가끔 화려한 타 부처의 장관부인들이 모델처럼 등장할 때는 이게 뭐지? 하는 놀라움을 주었다.

그들은 공무원부인이기는 하나 부처에서 올라간 장관들이 아니었다. 사외에서 대통령이 지명한 장관이었고 그들네 장관의 부인들이었다. 관료 출신이 아니었다. 뒤섞인 부인들의 모습은 제각각이었다.

사실 여러 모습들이 보이지만 각자 자기의 위치를 지키며 우아하고 품위 있게 강연을 듣고 맛있는 성찬을 즐겁게 먹으면 되었다. 그러나 부인들은 낯설어서 서로 얼굴로 인사만 하고 적당히 음식을 먹고 헤어졌다. 뭔가 아쉽고 불편했다.

집으로 돌아와서 나는 박사 학위 논문을 위해 막바지 공부를 했다. 헛된 소비 시간이 없었다. 밤새워 해야 할 일이지만 체력이 달려 그렇게는 할 수 없었다. 갑자기 인생이 짧다는 생각이 들었다. 다시 학교에 온 지 벌써 10년이 넘었으니….

무릎 통증이 심해졌다. 테니스를 쳐서 무리가 온 듯하다. 오른쪽 무릎관절 뼈에 이상이 있는 듯하다. 펴고 굽히기가 어렵다. 서 있는 것은 할 수 있지만 자유자재로 굽히고 펴기가 안 된다. 퇴행성이 시작된 듯하다. 피할 수 없는 자연현상일 것이다. 절대로 무리를 해서는 안 된다. 아파서 걷거나 운동을 못할까 걱정이다. 음식을 신경 써서 먹어야 할 것 같다. 달걀이 좋다고 하고 칼슘 약도 먹어야겠다. 파스로 진정을 시키기도 하고 뜨거운 물에 무릎과 장단지, 종아리를 담가서 근육을 풀어보았다. 다소 나아졌다.

조심하기 위해서 등산은 포기했다. 잠시 쉬면서 수분을 충분히 섭취했다. 고기를 삶아서 충실히 먹었다. 식초를 물에 타서 2컵을 먹었다. 매실 주스를 한 컵씩 먹었다. 마음을 안정시키고 고요한 마음을 가졌다. 그동안에 쌓였던 심리적 갈등도 가라앉혔다. 98년도부터 가장 친했던 이웃이 새로운 멤버로 끼워지면서 나에 대한 배반을 일으키는데 힘들었다. 함께 이웃으로 10년을 살았는데, 새 친구가 생기니까 나를 밀쳐내고 그 친구에게 찰싹 들어붙어 교활하게 구는 모습에 어이가 없었다.

어른이 되어 이런 일이 얼마나 추한가를 생각하면 모든 것이 부끄럽다는 생각. 그 멤버들이 교활한 짓을 하든 말든 나는 상관없었다. 그들이 수작을 부리는 짓을 하든 말든 나는 내 할 일만 하면 되었다. 멤버들이 할 일이 없어 수작을 부리는 작업을 하는데 거기에 말려들지 않으려면 거리를 두고 함께하지 않는 게 좋을 것이었다. 멤버들은 각자 자기 주관대로 사는 것일 뿐이었다. 다만 서로 멤버의 정서가 맞으면 좋은 관계가 되는 것이고 정서가 맞지 않으면 거리를 두고 필요한 것만 서로 교류하면 될 것이었다.

그런 일은 가족관계도 그렇다. 각자의 관점대로 살되 상대방을 지적하고 지시할 필요는 없는 것이었다. 각자 자유롭게 자기 생각대로 사는 것이지만, 그 사고가 합리적이고 상대방을 편하게 하는 것이면 좀 더 좋았다. 따라서 우리의 각자 사고는 이성적이고 합리적이며, 경제성이 있다면 그것은 최고의 가치가 되는 것이지 않을까.

\*

## 나는 지금 고요하다

마음의 진동이 없다. 창밖으로 매미 소리가 들린다. 멀리서 피아노 소리가 들린다. 하늘은 먹구름이 잔뜩 꼈다. 푸른 나무들은 고요히 서 있다. 습기 먹은 공기가 자욱하다. 새소리가 간간이 들린다. 매미가 쌍을 지어 울어댄다. 앞쪽에서 옆쪽에서. 새가 날아가면서 재잘거린다. 마음이 없는 것은 마음이 비어 있음일까? 나는 눈을 감아 본다. 내 등에 뜨거운 팩을 넣었다. 뜨겁지만 시원하다. 눈을 감았다. 애기 소리, 문소리, 새소리, 피아노 소리, 멀리서 옛 어린 시절의 시냇가 매미 소리가 났다. 진통이 있던 팔과 다리도 고요했다.

이렇게 고요함이 인생의 아주 큰 행복일지도 모른다는 생각을 해본다. 예전 어떤 책에 쓰여있던 기억이 났다. 붓다의 비범함은 그의 철저한 평범함에 있다고. 그러니까 붓다의 평범함은 곧 비범함인 것이다. 우리가 가장 평범해진다는 것은 세상에서 가장 비범한 것이라는 거다. 내 마음이 고요하다는 것은 가장 평범하면서 가장 행복한 것일 수 있다는 것이다. 불행이 오면 그 불행을 극복하려고 얼마나 힘들겠는가. 만일 행복이 찾아오면 그 행복한 기쁨으로 온 마음이 쏠리고 벅차서 내 몸이 주체를 할 수 없는 경지가 일어나지 않겠는가.

결국 행복과 불행의 에너지가 스스로를 자극하여 몸 에너지의 극대화로 몸의 피로감이 힘들 것 같은 생각. 그래서 오히려 고요함으로 마음이 평온함은 기쁨의 원천이 되는 것이 아닐까 생각했다. 암 걸린 친구는 나에게 말했다. 병원에 오래 있으면서, 자신의 희망이 집에 가서 일상생활을 해보는 것이 가장 큰 꿈이었다는 것이다. 이미 오래전 암으로 죽은 친구도 마지막 소원은 자기가 만든 맛있는 음식을 해 먹는 일이었다. 그 친구는 음식을 맛깔스럽게 아주 잘했었다. 그러나 병으로 일어설 수 없었다.

나의 소원은 마지막까지 무수리가 되어 궂은일을 끝까지 하며 스스로 먹는 것을 해결하고 사는 것이다. 여력이 생기면 자식들도 해주고 싶지만 그렇지는 못할 것 같았다. 나는 셀프 시대이다. 아직도 시어머니, 친정어머니의 요구를 모두 들어주려 애쓴다. 그러나 자식들한테는 그러고 싶지도 않다. 물론 자식들이 그럴 마음도 없겠지만. 우리는 각자 셀프로 자유롭게 구속받지 말고 각자 알아서 자기 삶을 잘 살아가기를 빌 뿐이다.

더 나이들면 AI와 함께하며, 살아가게 될 것이다. 우리가 자식에게 이야기하는 일은 잔소리일 것이고 자식이 부모에게 이야기하는 것은 간섭이 될 것이다. 요즘은 어린이와 어른들에게 네이버 선생이 있으니 네이버 선생이 인간을 지배하는 느낌이다. 애들이 어른에게 묻지 않는다. 어른도 자식에게 묻지 않는다. 바쁜 자식에게 핀잔받을 것 같아서다. 시대가 얼마나 바뀌었나? 농경시대, 산업시대, 전자시대, 아이티 시대 등 노인들이 이 시대를 따라가는 것이 버겁다.

돈만 가져가면 시장에서 아무것이나 사는 시대가 아니다. 마트를 가면 사람이 계산을 하는 것이 아니다. 각자 기계에 가서 바코드를 찍어 계산을 해야 한다. 처음에 핸드폰으로 자기 번호를 입력해서 그 마트의 회원임을 확인해야 바코드를 찍을 수 있으니 회원이 아니면 물건을 살 수도 없는 것이다. 여하튼 노인들은 아날로그 시대에 맞춰 살았던 사람들이 아닌가. 기계조작으로 매사를 해야 한다는 것이 힘들다. 커피를 마시려고 해도 기계에서 자기가 좋아하는 것을 주문해야 하는 것이 번거롭고 불편하다는 것이다.

이제 사람을 대면할 일이 없는 것도 좋지 않다. 서로 얼굴을 보며 사람들끼리만의 어떤 정서가 있는데 기계조작으로 모든 것이 이루어진다는 사실이 나에게 불편하다. 그러나 적응을 해야 한다. 그래야 공동 생활이 이루어진다니 슬픈 현실 같다. 다음 세대는 어떤 세상이 생겨날까? 더러 똑똑한 친구들은 그런 세상이 너무 좋단다. 기계적으로 깨끗이 결제되고 모두가 기계조작으로 이루어지는 그런 세계가 그 친구는 좋다는 것이다. 이제 좋든 싫든 우리는 적응해야 하는 시대가 되었다. 애기들이 극장구경을 가야 하는데 애기들에게는 카드가 없지 않은가?

내 손자는 결국 아빠카드를 가지고 친구들과 극장구경을 갔는데, 처음 카드 사용을 잘 몰라서 허둥대다가 그 카드를 잃어버렸단다. 그래서 또 난리가 났고 나중에는 할머니에게까지 전화를 하여 방황했던 기억이 있었다. 분명 뭔가 잘못된 부분이 있는데 그게 무엇인지를 끄집어내기가 힘들다. 고속버스 승차권도 그랬다. 시골에서 무인 판매 기계만 있고 아무도 없었다. 만일 판매기가 고장 나서 카드만 먹고 작동이 되지 않으면 어찌겠는가. 어쨌든 필요한 조치가 있어야 한다고 생각한다.

*

# 나는 K에게 문자 보냈다

- 건강하시죠?

사실은 제가 불편한 짓을 했습니다. 내 마음을 치유하려고 쓰기를 하다가 책을 만들었습니다. 함께 하고자 합니다.

어느 날 환갑이 되면서 내가 원점 제자리에 왔다고 느꼈습니다. 그리고 원점은 죽음의 점이기도 했습니다. 그것은 206호, 306호, 506호, 1006호 모두가 함께 짊어지는 무게가 같은 삶의 무게라 생각했습니다. 우리 남편은 죽은 후에 책을 내라고 했습니다. 자기 창자를 다 보여줘서 안 된다고. 그러나 난 쓰기를 통해서 치유가 됐습니다. 암에 걸리지 않고 지금 건강함에 감사하고 있습니다. 그리고 책을 냈습니다. 한번 읽어 보실래요?

주소와 우편번호를 문자로 주세요.

- 책을 내셨는데… 인생 이야기인가요? 얼굴 좀 보고 싶네요.
- 그래야지요.
- 제가 점심 살게요. 편한 곳 시간 말씀을 해주세요.

- 29일 점심 어때요? 점심은 제가 살게요.
- 좋아요.


- 어제 주신 책 읽기에 돌입했습니다. 과거 시간대별로 사건 별로 삶의 이야기가 지루하지 않게 전개해가는 기법이 흥미롭습니다. 평탄한 듯 대범한 듯 살아내었던 지난날의 모습을 떠올리면서 안으로 겪었던 힘들고 지친 여정들에 한편 공감을 합니다. 그리고 현재에도 여전히 의연하고 여유 있는 모습에 respect의 마음을 전해드립니다. 마치 사부님께서 아내의 언덕에 기대어 전적인 신뢰를 보냈던 마음에 동의하면서요. 그동안 잘 살아오셨고 남은 날들도 여전할 것을 압니다. 그리고 치열하게 살았던 삶에 위로를 전해드리고 싶습니다. 계속 읽겠습니다. 그리고 사부님 장가 잘 가셨네요. ㅎㅎ


- 네 칭찬해주셔서 감사합니다. 항상 몸 챙기시고 건강하세요.



- 세월이 많이 가버렸네요. 그래도 올해가 가기 전 한번 만나야지요. 많이 미안하네요. 다음주 중 만나서 식사라도 합시다.
- 그러세요. 벌써 올해가 끝나가네요. 장소 시간 정해서 얼굴 봐요.
- 19일 12시경 신세계백화점 지하 분수대 어떨까요?
- 좋아요. 19일 뵙겠습니다.
- 네.

- 아듀 2018년입니다. 다가오는 해를 지난해보다는 더 잘 살아야겠습니다. 우리 더 잘 살아요. 인생의 길벗 해주셔서 감사합니다.

세월은 흘러 다시 해가 지나갔다.

- 저자 사인 책 받고 감사했어요. 아직 다 읽진 못했지만, 저자의 눈으로 보는… 주변 사람들의(가족 포함) 삶을 때로는 객관적, 주관적 시각으로 펼쳐 글이 지루하지 않게 읽혔어요. 그렇고 그런 삶 가운데 우리 모두가 거쳐 가는 올가미와 덫… 위험한 고비들을 각자의 방식대로 살아내는 과정에서 배우고자 하는 자세, 또한 남다르게 비쳐졌습니다. 특히나 현자들의 인생철학에서 방황하는 영혼의 세계를 하나씩 깨달아가는 노력이 눈물겹게 다가오기도 했습니다. 뭔가 잡히지 않는 세계에 대한 물음을 찾아가는 방황 또한 깊은 인생의 의미로 깨달음이 있었다고 이해했습니다. 인생의 철학적 고뇌와 방황이 무겁지 않게 펼쳐져서 부담없이 읽었습니다. 말이 길었지만….

- 인생 뭐 있어요? 너도 나도 살아있는 동안 최선 다하고 서로가 행복한 것을 찾아서 누리고 살자는 것이죠. 삶 가운데 굴곡과 희로애락들 속에서요. 그 시대는 그 시대에 맞게. 지금껏 살아오느라 고생 많으셨습니다. 남은 세월도 살아오신 대로 살면 되죠.

난 누구일까?

난 어디로 가는 걸까?

난 어찌 살아야 될까?


늘 고민하면서 살아가요.


- 이렇게 함께 공감을 할 수 있어서 행복합니다. 그냥 이 시대를 살아가는 나의 모습을 썼습니다. 그러나 부끄럽고 쑥스러울 때가 많습니다. 그리고 내가 쓰는 것이 옳은 것인가. 다른 사람들 상처를 주는 것이 아닌가 생각합니다. 다만, 나는 이 시대 살았던 삶을 후대 사람들이 살면서 참고할 수 있을 거라 생각했습니다. 옛날에 몽테뉴 수상록 중 그가 자기 서재에 겨울이 되면 추워서 갈 수 없음을 말했을 때 난 그가 귀족인데 그랬구나 생각했거든요. 그리고 그 시대에 나쁜 짓을 해서 죽어야 할 사람이 왕권이 바뀌면서 뻐젓이 사는 걸 보고 그가 판결이라는 것을 믿을 수 없다 했던 것을 기억합니다. 그런 것을 보고 우리 시대의 삶을 나타내면 먼 훗날 누구든 참고할 것이라 생각했던 것입니다.


아무튼 이렇게 읽어주고 칭찬해주시니 감사합니다.


- 주변에 도움이 되고자 하는 변함없는 에너자이저… 씩씩한 정영숙샘, 파이팅!


- 즐거운 추석 되시고 늘 건강하세요.

- 하늘엔 영광, 땅에 평화. 건강하세요.


- 잘살고 있죠? 우리 막내는 시집가라 했다고 나랑 말을 안 해요. 아빠랑만 소통한다니까요. 그러거나 말거나요.

이제 인생도 다 끝나가는데 말이요. 항상 건강하세요.


- 와우….

정말 축하드려요! 결혼 날짜 장소 알려주세요. 모바일 청첩장으로요. 엄마랑 화해는 지가 자식 낳고 시집생활 해봐야 서서히 풀릴 것 같아요. 에구. 철없어서…. 명절 잘 보내시구요.


- 무슨 소리요. 고놈이 시집 안 가는 게 소원이라나. 그러니 엄마 잔소리 그만하라는 거요. 엄마랑 말도 안 하고 산다는 거요. 잘못 이해하셨오.


- 아….

난 그만 결혼 말에 완전 잘못 이해했네요. 눈과 생각이 막히고 멀었네요. 맘 상해 있으실 우리 정샘에게 몹쓸짓을… 죄송해요. 제가 제정신 아닙니다. 계속 자책을… 어떡해…

- 똑같아요. 걱정 마셔요.

- 승현이 때문에 밤사이 속상해서 잠도 이루지 못하셨을 텐데 난 그저 시집이란 단어에 다음 것도 안 읽고 성급하게 축하 톡을 했으니 마음이 너무 안 좋네요. 자식이란 게 끝까지 부모에게는 책임의 존재이고 의무인 것입니다. 자식은 갈 때까지 짐이라고 생각합니다. 시집을 가면 아예 안 볼 작정으로 마지막 책임으로 무거운 걱정을 하신 거… 저도 시집 안 보내고 끼고 있는 부모로 여러 가지 공감되는 부분이 있습니다.

나이가 차고도 넘친 자식과 트러블은 정말 어떨 땐 피눈물이 납니다. 가슴 한편이 꽉 막혀 있는 거 같기도 하구요. 간혹 벽창호 같은 꽉 막힌 담벼락을 대하듯 해서 힘들 땐 듣다 못한 남편이 뛰어나와 객관적인 시각으로 설득할 때도 있습니다. 아주 가끔씩 전쟁이 일어나곤 합니다. 부모는 늘어가느라 힘들고 괴로운데 때론 철없이 굴 땐 정말 살고 싶지 않을 정도입니다. 그 순간이 지나면 뭐 어쩌겠어요? 아무렇지도 않게 또 돌아가곤 합니다. 이렇게 저렇게 갈등하고, 모른 척 덮어두고 한해 한해 이렇게 살다 갈 거를 생각합니다.

승현이도 우리 지연이도 각자의 인생이 있으니 자기에게 주어진 삶을 살 거고 저는 결혼문제나 그밖에 그 아이 삶에 개입하는 거는 최대한 거리를 둡니다. 장가간 아들이나 며느리도 마찬가지고

요. 그저 각자의 삶의 몫대로 사는 걸 인정하고 될 수 있는 한 먼 거리에서 객관적인 시각으로 바라봅니다. 그런 내 모습이 이기적이라고 해도 어쩔 수 없겠습니다만…. 자식이 시집 장가를 가도 또 다른 문제가 있을 것이기 때문에 … 지금은 보여지고 예측 가능한 걱정거리만 생각합니다. 시집가서 예측하기 어려운 돌발상황들은 더욱더 부모에게 아픈 상처가 될 수 있을 거예요. 그냥 현재를 인정하고 하루하루 그럭저럭 삽니다. 너무 글이 길었네요. 그래도 즐거운 명절 보내세요.

- 우리는 딸과 내가 너무 싸워서 오피스텔로 내보냈습니다. 우리 시어머니와 DNA와 닮았다며 싸웠답니다. 남편이 결국 둘이 이별해서 떨어져 사는 것이 좋겠다며…. 머리가 크니 어미에게 대들고 자기 주장을 내세우고, 어미를 저 멋대로 지배하려 하니까 살 수가 없더라고요. 삶이 다 그렇더라고요.

- 네. 동의해요. 자식이 부모 아래 있어야 나이가 많아도 함께 할 수 있는데 위계질서가 무너지면 독립할 수밖에요. 서로 냉정한 시간 가지고 부모에게 감사와 필요성을 느끼면 그나마 다행이겠지요. 사는거 뭐 있나요?

- 맞아요. 그냥 혼자 홀로 서서 독립하는 공부하는 것이 좋겠다고 생각하고. 너는 네 삶을 살고 난 내 삶을 살면 된다 생각합니다.

다시 세월은 흘러갔습니다.


- 성탄소식이 기쁨이 되세요. 늘 건강하세요.


- 2020. 12. 24. 이런 밤이었군요.(받은글)

    (청와대는) 고요한 밤

    (윤석열은) 거룩한 밤

    (추미애는) 어둠에 묻힌 밤

    (우리는)  감사 기도 드리는 밤


- 뿌린 대로 거두는 것 같아서 내년이 기대됩니다.


- 맞습니다.

오!

메리 크리스마스


기쁘다!

구주 오셨네. 오늘은 성탄절 12월, 25일 새벽에 산타 할아버지께서 우리 국민 모두에게 기쁜 소식을 한 아름 안겨 주셨네요. 몰염치한 정경심 구속에 이어 윤석열 총장 징계처분 효력 정지 판결! 너무나 기쁜 소식이고 반가운 선물입니다. 아직은 대한민국 법치와 정의가 살아 있습니다. 아부와 출세 의욕에 눈이 멀어 기본 양심마저 저버린 파렴치한 법조인이 있는가 하면 그중에도 '솔로몬'의 지혜를 이어받은 흙 속의 진주 같은 '홍순욱' 부장판사가 있었네요.

각본 없는 시나리오 짜고 치는 고스톱에 십중팔구 성공하리라 장담하며 희희낙락하던 미친 년, 놈들! 뒤통수 세게 맞고 어안이 벙벙… 윤석열 검찰총장 찍어 내기에 혈안이 되어 침 튀기던 더불어 미친당. 아주 추한 놈들, 문제 많은 거시기들! 꼴 좋다. 닭 쫓던 개 지붕쳐다 보는 꼴 좀 보소. 입이 열 개라도 할 말이 없겠지. 아니, 이젠 '판사 개혁' 해야 한다고 또 입에 거품 물게 되었네.

뛰는 물가! 뛰는 집값! 뛰는 세금 잡을 생각은 않고 적폐라고 이름 지어 생사람 때려잡기에 몰두한 저 악마 같은 인간들! 전지 전능하신 하느님께서 벌을 내리셨네요. 이제 시작이다. 쌓이고 쌓인 수많은 부정부패 윤석열 총장한테 서서히 당해봐라. 제발 윤석열 총장을 구해주시고 우리나라를 구해주시라고 주문을 외우며 조마조마한 마음으로 유튜브를 클릭, 드디어 원하고 바라던 기쁜 소식에 벌떡 일어났습니다.

코 막고 입 막고 이제 발마저 묶어 오고 가지도 말고 개, 돼지처럼 집구석 방구석에 처박혀 밥이나 처먹고 똥이나 싸라는 놈들! 하루속히 치료약과 예방주사를 구하여 코로나에 시달리며 죽어가는 국민들을 구할 생각은 않고 이 눈치 저 눈치 보며 생사람 때려 잡기와 사람 같지 않은 사람을 장관감이라고 추켜세우며 박수 쳐 달라는 어처구니없는 놈들! 이게 나라다운 나라냐?

권불 십년! 화무 십일홍! 절벽 앞에 선 너희들! 수십리 낭떠러지로 떨어져 바닷물에 처박혀 쓸려갈 날도 이제 머지않았으리라. 기대하시라 개봉박두! 이 흥미진진한 논 - 픽션 드라마를⋯.

2020. 12. 25. 아침에

- 네. 맞습니다. 맞아요.

2021 신축년. 건강하고 행복하이소(이중섭의 소 그림입니다).
이중섭의 소가 금방이라도 달려들 것 같은 기세와 온갖 어려움에 굴하지 않고 우직하게 서 있는 모습입니다. 우리가 지금까지 살아왔던 모습이고요. 소의 눈을 보면서 그래도 봄이 온다는 걸 잊지 마셔요.

- 네 그래야죠. 겸손하게 내년을 살겠습니다. 새로운 한 해가 다가옵니다. 어둠을 이기는 한 줄기 빛을 바라봅니다. 건강하세요.

다시 시간은 흘러갔습니다.

- 건강하시죠? 나는 다리 심줄이 끊어져서 치료 중이에요. 몸도 좋아지고 코로나도 사라지면 만나요. 주소 보내주세요.

- 답이 늦어서 죄송해요. 근데 몸이 많이 아프셨네요. 어쩌다 그리되셨는지. 입원 중이신 건 아니죠? 집에 계셔도 많이 불편하시겠는데요. 요즘 팬더믹코로나로 세상 불편하네요. 언제 종식이 될지 알 수 없는데…. 그렇다고 불완전한 아제 백신 맞을 순 없을 거 같아요. 이래저래 고통스럽네요. 정샘 몸도 잘 쾌유되길 바라고 우리의 호흡기도 자유로워지길 바랄게요.

주소: 서울 000구 00동 00아파트입니다. 근데 주소는 왜유?

그리고… 우리 아들이 올 3월 2일 아들을 낳았어요. 할머니 반열에 늦게 들어섰네요. 손자놈이 이쁘요(손자가 아~ 아~ 하며 웃는 동영상 사진)

- 아이 예뻐라. 석영이 닮았어요. 축하 축하합니다.
- 감사합니다.

- 택배가 도착했어요(수레바퀴 5). 잘 읽고 맛있게 먹을게요.
- 읽어줘서 고마워요.
- 진지한 인생 이야기… 진지하게 읽겠습니다.

- 그냥 취미예요.

- 고상한 취미 부럽습니다. 뒤돌아보며 기억한 마이 스토리! 담담한 이야기 아름답습니다. 읽고 후기 올립니다.

- 우아! 필자 사인 멋지십니다.

- 부끄럽습니다.

- 몸이 이전보다 더 건강한 몸 되시길 저 나름 기도할게요. 열심히 사셨으니 상 받으셔야죠.

- 고마워요. 우리는 제각각 열심히 살았는걸요.


- 정 선생님!


신비의 삶의 비밀을 한 걸음씩 풀어가시는 것 같은데요. 마치 구도자의 길을 걸으면서 세상을 객관적으로 바라보듯 하십니다. '나' 주변에 타짜들의 삶 가운데 뛰어들어 지지고 볶으면서 한점 찍고 또 있을 예정인 현실도 대비하시는 듯합니다. 기록의 힘으로 쓰신 사건들… 그 시대를 대변하는 기사들이 끼어듦으로 역사성도 가미되어 흥미를 더합니다. 아마도 먼 훗날 두 딸이 이 책을 읽는다면 가슴 절절히 살아낸 엄마의 삶에 감사를 표하게 될 것입니다.

치열하게 문제를 돌파하는 수단으로 의문을 풀어줄 대상으로 앞서 경험하고 각자 나름으로 풀어낸 글들의 도움으로 힘내서 사시는 노력. 문제마다 마침내 결론을 감사와 기쁨으로 승화시키는 모습도 아름답습니다. 두 어머니께도 때로는 체념… 결국은 노력으로 최선을 다 하시고. 이 땅에서 발을 딛고 사는 동안의 보이는 현실을 대하는 자세가 존경스럽습니다. 그동안 바르게 사시느라 수고 많이 하셨습니다. 상 받으셔야 됩니다. 조영남의 '돌고 도는 물레방아 인생'이 생각나네요. 나름 인생철학이 가사에 있는 듯합니다.

- 아이고 너무 칭찬이 과하십니다. 당신이 있어서 난 힘이 솟습니다. 감사합니다.

- 스스로 뚫고 나가는 파워를 장착하셨는데… 저는 제 나름 객관적인 시선으로 바라볼 뿐인데요. 열심히 사시니 감사합니다. 파이팅!

세월은 다시 지나가고 있습니다.

지금은 한여름의 뜨거운 계절입니다. 방송에서는 '백만송이 장미'가 흘러나오고 창밖으로는 매미들의 합창이 창가로 흘러들어옵니다. 밤새 비가 쏟아졌고 뜨거운 열기와 습기로 혼합되었다. 몸은 습기를 먹은 피부가 되어 축 늘어졌다. 나는 선풍기 바람을 회전시켜 습기를 날렸다. 마음은 고요했다. 요양원에 계신 어머니의 전화를 받았다.

- 몸은 괜찮아요?

- 팔, 다리 안 아픈 데가 없어. 아파서 죽어.

- 우리 어머니 힘드셔서 큰일이네요.

- 아파도 안 죽어. 여기 노인들 다 그렇게 안 죽어. 안 아픈 사람이 없어. 모두 정신이 없어. 나만 정신이 있어요. 모두 간호 선생들이 밥을 먹여요. 노인들을 먹이고 닦아줘요. 나는 치약, 칫솔, 옆에 놓으면 내가 알아서 해.

- 엄마가 치매 안 걸렸으니 훌륭하신 거예요.

- 난 오줌 안 싼다. 치매 노인들 먹지를 못하니 먹여야 하는 사람이 140명이나 돼. 거기에 모두가 먹으면 아무 데나 싸대서 선생들이 힘들어. 걸어다니면서 싸니까. 누워서 싸면 똥과 오줌이 등짝으로 올라온다니까. 나는 그런 일이 없어. 코로나가 왔다고 해도 병든 노인이 하나도 안 죽었어.

- 호영이한테 자주 전화를 하지. 회사가 안 되면 안 되는 대로, 되면 되는 대로 잘 먹고 살라고 하지. 냉큼 회사가 부서지지는 않을 테니까. 누이가 사무실 사용료는 안 달라고 하잖아. 몸이 중하니까 잘 먹고 살아라 해. 길게 살아야지. 큰 기계가 어디 냉큼 팔아지겠어? 우리 새끼들은 모두가 열심히 살아서 좋아. 강아지 새끼들도 안 키우고. 그거 돈이 솔찮게 드는데 젊은것들이 강아지를 키워. 제 새끼들이나 잘 먹이고 잘 키우지 강아지 새끼에게 돈을 처들이는 것이 못마땅해.

우리 새끼들은 춤추고 돌아다니거나 노름을 해서 탕진하는 일이 없어서 좋아. 누이나 동생들이 한눈팔지 않고 열심히 사는 것이 보기 좋아. 늙어서는 돈이 있어야 한다니까. 그런데 이제 너도 자식 키워봤지만 결혼하면 남남이야. 자식이 남하고 사니까 남남이 되는 거야. 아이고 이젠 난 다 살았지. 얼른 죽어야 하는데, 죽지를 않네. 사는 게 웬수야. 아이고 빨리 죽어야지. 내 나이가 너무 많은데 그렇게 안 죽네. 야, 인제 들어가. 전화 받아주어서 고맙다.

- 네.

수명이 길어져서 100세 이상 살게 되니까 맘 편하게 살고 계시라고 하고 싶지만 어머니는 더 계속 말씀이 길어질까 봐 네라고 답을 하고 끊었다.

다시 많은 세월이 흘러가고 어느 날 꿈자리에 K친구가 보였다. 그리고 전화를 했다. 그가 꿈에 이쁜 모습이어서 걱정을 많이 했다. 나는 전화를 하고 그가 건강함을 확인했다. 그리고 카톡을 보냈다.

- 이번주 토요일 교회에 가나요? 점심 같이 할 수 있나요?
- 시간돼요.

우리는 만났다. 그동안 못다한 이야기를 하며 서로가 건강함에 감사하고 맛있는 식사를 하고 헤어졌다. 그 후 다시 카톡이 왔다.

- 오늘 많이 더운데 건강하시죠? 앞으로 3주 정도는 각오해야 할 거 같습니다.

My dear 정선생님. 지나간 과거와 현재 이야기. 앞으로 다가올 미래의 일들을 담담하게 글로 이야기를 풀어가십니다. 특히나 시간의 흐름 속에서 지나가는 기억들이 리얼하게 펼쳐지면서도 문득문득 순간순간 죽음을 생각하시는 것도 서서히 늙어가는 우리의 모습이 투영되었다고 생각해봅니다. 가족들 친척, 주변인들이 겪는 어려움…. 고통을 끌어안고 다시 또 극복하는 노력도 나름 적지 않은 인생의 내공이 상당하다라고 생각해봅니다.

현실적인 문제와, 그에 대한 염려가 모든 인생들의 일임을 아실 터이고… 그것들을 극복하는 길을 터 놓으시니 마음의 여유도 느껴집니다. 인생 고민에 대한 해답을 많은 독서와 현자들의 가르침을 받아서 다스리심도 특별합니다. 우리 삶은 유한하고 가치 있습니다. 각자의 주어진 무게를 풀어가는 방법도 다양합니다. 이렇게까지 자신을 드러내는 용기에 박수를 보내드립니다. 그러고 보니 내 삶 네 삶이 다르지 않음을 알고 서로 격려하고 위로하며 가족들 주변 친지들과 더 좋은 관계 유지하시길 바랍니다. 당연히 그러실 테지만요.

파이팅!

한 가지…

글 쓰는 거 멈추지 마십시오. 그것 자체로 존재가치를 누리는 가장 좋은 일이기 때문입니다.


- 감사합니다. 많은 힘이 됩니다.


\*


## 네비샘은 수술을 해야 한다


- 네 말 명심하고 있어. 꼭 지킬게. 매일 걷고 또 걷고 열심히 먹을게.


- 네비샘 입원할 때 준비물 챙기셔.


1. 물 마시는 컵으로 아기들이 사용하는 깔대컵이 좋대. 빨대가 잘 휘는 것으로. 누워서 먹어야    하니까.
2. 구강 청결제. - 이를 잘 못 닦으니까.
3. 쟁반과 과도.(보호자도 먹을 수 있게)
4. 수면 안대와 작은 담요.(보호자도 쓰고 환자도 필요할 수 있어서)

5. 물티슈(수시로 닦을 수 있어서 좋아)

내가 지금 시험 치러 가는 거 같아. 너 지금 인생시험 보러 가는 거라고. 시험준비 잘 해라고.

- 준비물까지 챙겨주고 네 말 명심할게.
- 네 딸 전화번호 좀 문자로 줘서. 급할 때 소통하게끔.
- 매번 신경써 줘서 고맙다.

딸, 000-0000-0000
아빠, 000-0000-0000

- 오케이 맘을 편하게 하고 새 인생을 다시 즐겁게 도전한다 생각하셔. 모두가 갖춰져 있으니까. 파이팅!
- Y시 정화조 센서에 문제가 생겨서 공동전화비 2천원인데 10만원 넘게 나왔다고 한전에서 전화 왔더라. 인생도 그래. 갑자기 터지고 고치고 또 터지고 다시 고치는 거지. 네비샘, 모두가 지나갈 것이다. 편안하게 잠을 푹 자고 파이팅하자.

- 신안샘 이번에 필즈상 받은 허준이 교수는 우리가 서울시립미술관에서 보았던 권진규의 여동생 권경숙의 친손자야. 동생이 오빠 옆집에 살면서 항상 보살펴주고 또 자살한 후 그의 작품을 간직했다가 서울시립미술관

에 기증했으니 얼마나 훌륭하냐? 가족 대표로 허명회씨가 설명도 했는데…그의 아들이 돌고 도는구나. 그나저나 네가 애쓰고 집안관리 하면서 버는 돈을 친구들을 위해서 많이 쓰고 있구나. 앞으로 그 집처럼 좋은 일이 많이 생겼으면 좋겠어.

- 신안샘 오늘 7시에 검사 시작해서 이것저것 했어. 조금 전에 담당 의사 선생이 왔다 가셨는데 왼쪽 부위를 표적치료해서 작게 만들어서 3주마다 입원해서 7번 시행한 다음 그때 가서 수술하면 부위가 작고 더 좋다고 한다. 선생님 말씀대로 따르고 목요일 오전 퇴원한다. 앞으로 잘 먹고 운동 많이 하는 것이 관건이다.

- 그래. 그게 맞는 거였어. 일단 칼을 대고 절제하는 것은 부작용이 크다고 들었거든. 그리고 절개를 하면 움직이기가 힘들다고 했어. 수현이가 전화로 절개를 안 한다고 해서 한시름 놓았어. 영감님이 잘 결정한 것 같았어. 절개를 하면 몸의 균형이 깨져서 고생한다고 하더라. 70세 넘어 되도록 수술을 안 하면서 치료받으며 함께 사는 것이 중요한 거 같아. 우선 공을 치면서 운동하며 살 수 있으니까. 잘 먹고 운동하면 틀림없이 좋아질 거야. 모두 함께 우리 파이팅하자!

- 그래 우리 파이팅하자! 지금이라도 알았으니 다행이야. 네 말대로 운동하고 잘 먹으면서 이겨낼게.
- 그럼 그럼, 다 잘 지나갈 거야.

- 좋은 아침! 아침에 오랜만에 운동 나왔어. 힘들었지? 잠을 푹 자는 것이 중요한 거 같아. 이제 밥 잘 먹고 운동하고 잠 잘 자는 것 그것이 너만을 위한 거야. 무조건 먹고 걸으셔. 아무 생각하지 말고. 걸을 때 심심하면 유튜브에서 '우리들의 블루스'를 보는 것도 좋아. 내가 집안일 할 때 보면서 드라마를 보는데 재미있더라.

- 역시 신안샘은 early bird, 그나마 그렇게 해서 지금까지 유지해 왔지. 시간 나면 운동하고 글 쓰고 머리 쓰고 다른 사람한테 베풀고 성공적인 삶을 살아왔다. 나도 앞으로는 너 따라서 해 볼게. 집에서 지지고 볶고 지내는 평범한 삶이 그립다.

- 이제 끝났어. 점심 먹고 집에 가려고. 아프면 항상 일상생활이 행복하다는 것을 알게 되더라. 아플수록 주변 사람들에게 좀 더 잘해줄걸 그런 생각이 들어서야. 나는 안 아플 때 친구들에게도 잘해주고 싶어지더라. 친구들이 거부해서 그렇기는 하지만 말이야. 나 지금 차 타고 집에 간다.
- 맞다. 일상생활이 행복이더라. 항상 애쓰는데도 현명하게 대처하는 모습이 보기 좋다. 2시에 시술하고 내일 아침에 1차 항암제를 투여한대. 갑자기 환자로 변신했다.

- 조심해. 시술이 얼마나 고마운데. 절개하면 1년 동안 못 움직인다. 하여튼 다행이야. 걸어다닐 수 있으니까. 밥도 먹을 수 있고. 넌 너만을 생각해. 그게 사는 거야. 집 식구들을 위해서도 네가 오래 살아야 네 애들이 잘

살 수 있고 나라를 구하는 것이다.

- 수술 후 균형식사가 중요해. 감염되지 않게 생선회도 금지할 거고, 음식
  을 꼭 익혀 먹어야 되겠지. 붉은 고기보다 흰색 고기, 그리고 견과류와 신
  선한 과일(세척 잘해서)을 중심으로 먹어야 해. 항암치료 후는 식사를 아
  주 잘하는 것이 중요합니다.

- 수술하느라 힘들었지? 정신은 들었나 모르겠다. 내일은 더 힘들 텐데….
  새롭게 시작되는 힘든 인생이네. 그래도 걸어서 집에 갈 수 있으면 성공
  이야. 괜찮아지면 친구들이랑 맛 있는거 먹자.
- 내가 살면서 괜찮다고 생각했지만 그것도 아니었나 봐. 지나간 일은 잊고
  앞으로의 일만 생각한다. 내일 1차 항암주사 후의 반응을 본대. 네 말대
  로 걸어서 집에 가니 성공이다.

*

## 여자는 수시로 기도합니다

성년2호가 어서 제 짝을 만나 오로지 자기만의 인생길을 찾아가

길 기원합니다. 내 친한 친구가 항암 치료를 잘 견뎌서 내 인생의 동반자가 되어 먼 훗날 함께 소풍 가는 길을 나란히 갈 수 있기를 기원합니다. 물론 남자도 소풍을 함께 가서 외롭지 않게 하기를 기도하고요. 벌써 올해도 반을 넘었네요. 성년2호가 나에게 조금 덜 악의를 가지고 대면하고 있어요. 그것은 그에게 여자가 조금 경제적 도움을 주어서 그런 것 같아요. 혼자 10년 넘게 살아가는 것이 불쌍해서 여자는 많이도 속을 태웠어요.

성년2호가 왜 결혼을 하고 싶어하지 않을까요? 그것은 자기만의 자존심 때문이지 않을까? 다른 동료들은 이미 자식을 낳고 나름 열심히 살아서 한참을 앞서서 가고 있는데, 그 뒤를 못 남자를 소개받아서 결혼한다는 사실 자체를 나쁘게 부정하여 그것은 실패다라는 심중…. 여하튼 성년2호는 결혼은 나쁜 것이다. 그것에 대해 부정적 선입감을 씌워서, 시어머니는 악녀, 남편은 악마, 애기는 악동이라는 이미지로 자기만의 이론을 추론하여 여자에게 선포하는 거죠. 성년2호가 결혼하지 않는 이유는 싸우며 살기 싫다는 거고요.

그것은 웃기는 이론이다. 성년2호는 사랑하는 나이가 이미 지나갔을지도 모른다. 인간에게 욕망이 있고 감정이 있어서 서로 교감하는 시기가 있는데 그 시기가 지나가면 뭐든 시들해지고 별 감정이 생기지 않아서 재미가 없을 수 있지 않을까. 그래도 여자는 인

디언이 비가 올 때까지 기우제를 올리며 기도하듯 365일 성년2호를 위해 기도한다. 너무 오랜 세월 동안 기도하니 이제 여자 마음 스스로도 위로하고, 새 마음으로 성년2호에게 마지막(애기 낳는 시기의 끝) 짝이 생기기를 기도한다.

기도하는 자체를 여자는 편안해서 좋아한다. 인생의 싸움이 싫어서 결혼하기 싫어한다는데 무슨 수로 성년2호를 달래서 결혼을 시키겠는가. 붓다는 삶 자체가 역설적이라 했다. 붓다는 모든 것을 내던지고 완전히 항복한 사람들이 승리자가 되었다는 것을 알게 될 것이라고 하는데, 성년2호도 그런 계열이라는 말인가? 자기 삶을 포기하고 사는 삶이 승리자로 해석하는 것이 맞는 것인가.

붓다는 말한다. 삶을 이해하는 사람은 안다. 패배가 닥치기 전에 완전히 내맡기고 항복하면 기쁨이 있으리라는 것을 안다. 항복과 패배는 천지차이로 다르면서도 거의 비슷하게 보인다. 패배한 자는 분노와 절망을 느낀다. 그는 지옥에 있다. 그러나 항복한 자, 완전히 내맡기고 복종하는 사람은 불행을 모른다. 그는 최고의 즐거움과 환희를 누린다. 그는 모든 싸움이 무의미하며 필연적으로 실패할 수밖에 없다는 것을 이해했다. 삶을 이해하는 사람은 모든 것을 내맡기고 항복한다고 했다.(금강경, 오쇼강의/ 손민규 옮김)

여자는 붓다의 이론과 여자의 삶에 대한 문제를 비교하며 이해하려 하는 것이다. 주변 친구들은 자기 아들, 딸이 결혼을 하지 못하는 것에 대해 대담하다. Y후배는 나에게 말한다. "언니는 너무 딸에 대해 안달을 하는 것 같아요." 그 말은 맞다. Y는 말한다. "자기 아들이 결혼을 하든 안 하든 상관없어요. 그 아들이 결혼해서 애기 낳고 직장 갔다가 집에 와서 애기 돌보고 집사람 도와주고 하는 것이 싫어서 결혼하기 싫다는 거예요. 그래서 아들은 결혼을 회피하는데 상관없어요."

여자는 그 이론이 맞지 않다고 생각한다. 그러나 현실적으로 성년들은 결혼을 하지 않는다. 그것도 유행인지 한 집 걸러 결혼을 하지 않고 사는 집들이 많다. 여자는 부모로서 성년2호를 결혼시키려고 10년을 허송세월로 보냈다. 결혼이라는 단어만 나와도 여자에게 폭언을 하며 발악을 하고 전화번호에서 카톡을 삭제하며 여자를 잘라냈다. 소통도 되지 않았다. 여자도 성년2호가 몸서리쳐졌다. 어쩌면 그렇게 시어머니와 닮았나를 여자는 생각했다. 다시 붓다의 말을 새겨본다.

삶이란 강물과 같다. 생각해보라. 강물과 싸우지 않고 흐름에 실려 떠내려 갈 때의 그 아름다움과 은총을 생각해보라. 강물은 그대를 바다로 데려간다. 강물은 바다로 흘러갈 운명을 갖고 있다. 그런데 그대는 쓸데없는 소란을 불러일으키고 있다. 강물은 이미 바다로 흘러가는 중이다. 다만 강물과 함께 흘러가면 그뿐이다. 그러면 바다에 도달할 것이다. 그대는 궁극의 세계, 무한의 세계에 이를 것이다. 이렇게 존재계에 완전히 내맡기고 항복하는 것을 붓다는 '흐름을 이긴 자의 열매'라고 부른다.

무엇을 의미하는지는 알겠다. 그러나 삶을 살아가는 여자는 성년2호가 가장 자연스럽게 살기를 바라는 것이다. 원초적인 인간의 삶으로, 배고프면 밥 먹고, 잠이 오면 잠자는, 배가 아프면 배설하는 것 말이다. 결혼시기가 되면 애기 낳고, 키운다. 그렇게 인간의 기본 삶에서 행복과 불행을 겪으면서 살아가기를 여자는 바라는 것이다. 그러나 성년2호는 결혼을 하지 않겠다는 것이다. 결국 여자는 그 이론으로 자기와 싸움을 하고 있는지도 모른다.

성년2호와의 싸움이 아니라 자기 자신과의 싸움이라는 것이다. 이것도 여자의 집착이고, 욕심이며, 싸움 에너지라 말할 수 있다는 것이다. 여자는 언제쯤 이 모든 것을 버리고 항복하여 복종하는 자가 되어 행복함을 느끼는 시기가 올 수 있을까?를 생각했다.

*

## 박물관 탐방

한여름의 박물관은 그야말로 피서지였다. 광장은 악단들이 멋있는 선율 잔치를 하고 있고, 음악을 듣는 관중들이 떼를 지어 광장을 채웠다. 우리는 줄을 서서 티켓을 가지고 입장했다. 박물관은 사람으로 꽉 찼다. 어린이 어른 선생님들이 각자 선택한 곳을 찾아갔다. 우리는 아스테카 AZTECS 중앙 박물관 특별전시실을 탐방했다.

*

## 여자는 요리하는 것을 좋아한다

여자가 건강해서일까. 음식 만드는 것을 싫어하지 않아. 어제저녁에 열무 물김치를 다 먹었어. 남자가 이야기를 했지. 여자는 그럼, 다음주 휴가 갈 때 열무김치 담당자니까 그때 담가야겠네라고 했지. 그런데 이튿날 여자는 냉장고를 열었어. 전에 사다놓은 알배추, 양배추 반 포기, 파프리카가 있었어. 이거 더 시들기 전에 물김치 담가야겠다고 생각했어. 거기에 어제저녁에 찹쌀과 귀리를 바가지에 넣어 물에 불린 것이 조금이라 생각했는데 부풀어 올라서 바가지에 소복이 올라왔어. 어? 저것도 어떻게 해야 되겠네.

아침상으로 남자를 위해 만두를 삶아 주었지. 그런데 남자는 어제부터 냉장고 뒤편에 여러 가지 봉지로 가득 채워진 것들이 못마땅해서 정리를 했으면 좋겠다는 것이다. 그 소리를 들을 때 내 머리에 쥐가 났다. 더러워서 빨리 정리해야겠다는 생각은 들었다. 물론 몽땅 쓰레기로 처리하면 그만이다. 그러나 그것들은 우리가 만들어 먹는 식품인 것이다. 어떡하면 그것들을 활용할까를 생각했지. 여자는 봉투를 확인했다. 쑥가루, 카카오립스, 검정깨, 건포도 등 다양한 것이 너무 많았다.

한때는 카카오립스가 몸에 좋다고 먹었는데 어느 때부터인가 이가 아파서 못 먹은 것이다. 또 검정깨는 좋다고 해서 산 것이다. 에라 모르겠다 하고 여자는 찹쌀과 귀리 불린 것을 믹서에 갈았다. 몇 번을 나누어서 모터가 상할까 봐 쉬엄쉬엄 갈았다. 거기에 쑥가루, 카카오립스, 검정깨, 건포도, 감자 전분, 소금, 설탕 등을 조금씩 섞어서 압력솥으로 1시간 정도 쪘다. 그리고 그것을 동그랗게 뭉쳐서 채반에 식혔다. 먹을 만했다. 귀리가 단백질이라 영양식으로 좋을 것이다.

남자는 여름에 가스불을 켜서 뜨겁다고 속으로 불만이 많을 것이다. 무얼 하는 것을 싫어한다. 여자가 아이고 허리 아프다는 소리가 저절로 나오면 화를 낸다. 무슨 소리를 못한다. 남자는 여자를 위해서라 하겠지만 여자는 엄청 듣기 싫다. 서로를 위하는 것이지만 서로가 맞지 않으면 나쁜 감정이 오래간다. 여자가 필요한 약품을 챙겨주면 안 먹겠다고 한다. 무슨 말을 하려다가 맘대로 해서라고 생각하며 일절 말을 안 한다.

어제 우연히 영화를 봤다. 영화 주인공 엔디가 잔디를 깎을 때 왔다갔다 하며 여기저기를 깎았다. 그러면 아빠가 나와서 뭐라 한다. 그렇게 깎지 말라고. 차례로 한 번에 싹 밀어서 이렇게 삐쭉삐쭉하게 나와서 다시 깎게 하지 말라고. 그래서 엔디는 잔디를 깎다 말고 자기 방으로 들어갔다. 그런 일이 몇 번 있었다. 나중에 엔디는 잔디를 깎을 때 아빠가 다시 참견하려고 할 때 자기는 이렇게 깎고 또 깎을 테니까 아빠가 참견하지 말라고 말한다. 엔디 스스로 하고 싶은 대로 모두를 다 깎겠다고 아빠에게 화를 냈다. 이번에 남자가 냉장고 이야기를 하기에, 나도 엔디처럼 내 맘대로 할 테니 참견하지 않았음 좋겠다고 했다. 남자는 알겠다고 했다.

*

# 자식은 애물단지야

ㅎ친구가 영감님과 함께 딸네 집을 방문했다. 사위가 미국 출장을 갔기 때문에 애기들도 볼 겸 해서 간 것이다. 날씨는 흐렸고 비가 내렸다. ㅎ은 지금 몸이 안 좋다. 암 수술도 했고 쉽게 피곤해져서 일을 할 수도 없었다. ㅎ딸은 대기업을 다니니까 시간이 없고 애기들을 돌볼 시간이 없어서 연변 아줌마에게 거금을 주고 애기들과 집을 돌보게 했다. ㅎ이 건강할 때 아이들과 음식을 거들어주고 했는데 이제는 그럴 힘이 없었다. 다시 몸이 더 악화가 되기 전에 딸네를 ㅎ은 방문하고 싶었던 것이다.

딸은 엄마가 암에 걸렸다고 울고 불고 하며 휴가 내서 병원에서 함께 지냈다. 그때도 딸은 죽어라 울면서도 눈을 감더니, 잠을 죽은 듯이 잘 잤다. 어미를 돌보는 게 아니라 못 잔 잠을 채우러 온 것처럼 했다. 밤새 엄마는 힘들어서 뒤척였지만 딸은 그런 거와 상관없이 잠에 빠졌고, 이른 아침에 의사 선생님의 회진시간에도 쿨쿨 잠을 자는 딸을 엄마가 억지로 깨웠다. 어서 일어나라고. 딸은 '엄마 조금만 더 자면 안 될까' 하고 묻는데 엄마는 남사스러워서 얼른 일어나 커피 사 먹고 오라고 일렀다는 것이다.

그런데 이번에 딸네 집에 갔는데 애기들이 치즈카페에 가자고 졸라댔다. ㅎ친구는 따라갈 수 없어서 영감님과 딸네 식구가 함께 놀이 카페에 따라갔다. 한참을 뛰고 놀다가 점심으로 딸은 족발을 시켜 먹었다. 영감님은 족발을 좋아하지도 않았는데 애기들이 좋아한다고 족발을 시켰다 했는데, 애기들도 별반 먹지를 않고 딸만 혼자 맛있게 다 먹어치웠단다. 이거 저거 영감님은 딸하고 정서가 맞지 않았고 영감님은 모든 경비만 지불하고 말았다.

그사이 ㅎ친구는 비가 온다고 방충망에 먼지가 낀 것을 물로 청소해줬다. 냄새나는 수건과 행주 등을 가스불에 삶아내고 청소하고 정리정돈하고 점심 대충 한술 뜨고 한숨 잤다는데, 영감님은 환자인 ㅎ에게 점심을 먹을 게 있는가를 물어서 잘 먹었다고 했단다. 오후에 애들 데리고 서울로 오면서, 영감님은 딸의 행동이 섭섭했는지, 혼자 삭이느라 힘이 들었던 모양이더라고. 다 큰 녀석에게 고치라고 할 수도 없고 딸 흉보는 것도 속상하고. 하여튼 이리저리 힘든 것이 많았던지, 영감님은 ㅎ에게 당신이 빨리 몸이 나아서 우리끼리 살아야 한다고 하더라는 것이다.

그리고 영감님은 자식들과는 도저히 같이 살지 못하겠더라고. 지금 생각하니 시어머니가 갑자기 생각이 났어. 95세 시어머니가 어느 날 자기 큰딸이 자기 집에 오라고 해서 며느리인 ㅎ이 어머니 짐을 챙겨 함께 큰딸네 집을 방문했어. 그런데 며칠 있다가 오실 거라, 이거 저거 어머니 필요한 것들을 챙겨서 딸네 집으로 갔지. 거기서 점심을 얻어먹고 ㅎ이 집으로 오려고 계단을 내려오는데 시어머니가 자기 짐을 챙겨서 ㅎ 뒤를 얼른 따라오는 거야. 어? 이 상하네? 이 양반이 좋아하는 딸네에서 잠을 안 자고 며느리를 따라오는가 했는데, 그것이 우리 영감과 같은 생각이었던 거겠지.

이제 그것이 이해가 된다는 것이다. 딸과 정서가 안 맞는 것이었다. 며느리는 나이도 어리고 시어머니 맘대로 부릴 수 있는 것이고 딸은 제멋대로 친정 어머니에게 지시할 수 있으니 말이다. 사실 요즘 우리는 자식과의 관계가 쉽지 않다. 젊은이들의 생각은 우리시대의 생각과 다른 것이 너무 많은 것이다. 유교문화가 있던 구시대적인 것은 이미 퇴물이 되어 이 시대에 적응하기 어려운 것이 되었다. 어른의 말은 필요 없는 시대이고 이제는 네이버 시대로 모르는 것은 네이버 선생이 가르쳐주는 시대가 되었다.

얼마 남지 않은 우리의 여생을 조화롭게 살기 위해서 우리도 나름 노력하여, 자식에게 손 벌리지 않고 스스로 자신을 지키며 화려한 셀프시대를 창조할 것이리라. 그런데 갑자기 김훈이 쓴 '저만치 혼자서'에서 김루시아 수녀가 대소변을 지렸던 생각이 났다. 김루시아의 그것이 언제 몸 밖으로 새어나오는지를 알지 못했다. 잠과 깸 사이의 어느 갈무리할 수 없는 시간에 그것은 새어 나오는 모양이었다. 뒤척이는 밝을녘에 그것은 잠과 깸 사이를 건너 몸 밖으로 새어나왔다. 반쯤 잠들어서도 그것의 냄새를 느낄 수 있었다.

그 냄새가 잠의 나라에서 발생해서 깨어 있는 세상으로 걸어오는 것인지 그 반대인지는 알 수 없었지만 아랫도리가 젖어 있었고 그것은 확실히 거기에 와 있었다. 아침에 김루시아 수녀는 짧게 비명을 삼키면서 대소변을 지린 속옷을 세탁부에 주지 않고 손수 빨았다. 젊었을 때 나환자촌에서 환자들의 몸처럼 몸이 힘들어서 행군 빨래를 짜지 못했고 그냥 뒷마당 빨래줄에 물이 드는 속옷을 널었다. 세탁부는 김루시아 수녀가 오물 속옷을 빨다가 넘어져서 다치게 되는 불상사를 걱정했다. 그 걱정을 신부에게 전했고 신부는 문서로 회신했다.

- 김루시아 수녀님의 빨래를 수거하지 마십시오. 누구에게나 그에게 맞는 고유하고 개별적인 방식으로 대하는 것이 인간의 예절이며 하느님의 뜻일 것입니다. 죄를 짓는 것도 죄를 고백하는 것도 죄의 사함을 받는 것도 개별적인 것입니다. 그러므로 우리는 원로 수녀님의 결벽과 수줍음을 존중해야 합니다. 성녀 마가레트의 뜻을 기억하십시오.

위의 대목이 가슴에 짠하고 울렸다. 25년 전 시아버님이 치매에 걸리셨다. 그 당시 시댁에 방문을 했을 때였다. 시어머니(나이 차이가 10년 넘었다)는 아버님에게 기저귀만 채워놓았다. 나를 만나서 아버님은 이불로 하반신을 덮어서 자신을 숨겼다. 그러니까 어머님이 이불을 걷어치우며 큰 소리를 질렀는데, 내 가슴이 짠하며 슬펐다는 생각. 친정 어머님이 요양원에서 시력이 약해져서 TV가 보이지 않는다고 형제들에게 이야기를 했다. 막내가 나에게 소리쳤다.

94세 노인이 당연하지, 안 보이는 것이…. 언니 무시해 버려라고. 맞기는 맞지만 즐거운 TV를 못 보니까 걱정이었다.

나는 네이버를 찾았다. 노안용 돋보기를 구할 생각이었다. 독일 제품으로 90세 이상 사용할 수 있는 것으로 상, 중, 하 다초점이 맞춰지는 것이었다. 한달 이상 주문이 늦어졌지만 어머니에게 잘 맞았다. 그리고 눈에 대해서 어머니는 조용했다. 우리의 시대는 AI시대인데 과연 얼마만큼 노인들을 만족하게 할 수 있을지 모르겠다.

*

## 용산댁 수술 후

- 내가 살면서 괜찮다고 생각했지만 그것도 아니었나 봐. 지나간 일은 잊고 앞으로 일만 생각한다. 내일 1차 항암주사 후의 반응을 본대. 네 말대로 걸어서 집에 가니 성공이다.

- 항암치료 중이라 힘들겠구나. 오늘 일이 많네. 비도 많이 오고 점심때 현이랑 희랑 밥 먹기로 했는데 희네 딸이 외국에서 오나 봐. 그래서 둘이 먹기로 했어. 마음 편히 먹고 맛이 없어도 약 먹듯이 뭐든 잘 먹어. 그게 힘이니까. 항암치료로 마늘 장아찌를 슴슴하게 해서 30알씩 날마다 먹었대. 버섯, 카레, 사골국, 미역국 등도 암에 좋다고 하네. 항암치료가 엄청 힘들다는데 힘을 내셔. 무조건 먹을 수 있는 것을 먹어야 한대.

- 현이는 잘 지내고 있지. 아침 10시부터 1차 항암주사 맞기 시작했는데 중간에 체온이 올라서 얼음찜질과 주사 맞고 열이 내려서 다시 주사 맞았더니 5시에 끝났다. 처음이라 반응 본다고 내일 11시 퇴원이다.

- 그렇구나. 현이랑 냉면을 먹었는데, 현이가 점심값을 냈거든. 그래서 내가 커피를 사겠다고 했어. 그런데 주차할 곳이 없어서 그냥 차를 가지고 갔어. 어쩌면 그가 헝그리 정신이 훌륭해서 그럴지도 몰라. 우리 나이가 칠학년인데 안 그래도 되는데…. 그런 친구도 있고 이런 친구도 있는 거니까. 밥 먹고 바로 가니까 남자가 이상하다고 고개를 갸웃거리더라. 너 힘들어서 큰일 났다. 적응기간이 힘겨울 텐데…. 새로운 힘든 인생 공부 시작한다고 생각하셔.

- ㅎ친구가 집이 엄청 부자야. 그래서 자식들한테 많은 것을 주고 돈도 많이 써. 그런데 그 친구 차가 없이는 다니지를 못하더라. 헬스클럽이나 가서 운동하고 하는데 그래야만 운동을 하는 거냐? 우리 생활 속에서 하는

것도 얼마나 운동이 많이 되는데. 아무도 없으니까 이 친구 저 친구들 뒷담화가 저절로 되는구나. ㅎㅎ

- 그래, 각자의 그들만의 고집과 아집이 있고 그들만의 세계가 있으니까. 그냥 그렇게 이해해야 하는 것이 편한 것 같아. 그런 이해 속에서 나쁜 것은 눈을 감고 좋은 것만 보면 되는 거야. 그리고 돈 쓸 일이 있으면 우리가 가진 것을 조금 더 내면 되는 거야.

- 좋은 아침. 항암주사 반응이 걱정된다. 잘 적응해야 할 텐데… 국립박물관에서 메소포타미아… 뭐에 대해 전시된다고 신문에서 보았어. 우리 친구들을 이끌어 가는 네 모습이 생각난다. 어서 빨리 회복하고 만나야지. 영감님이 새 인생을 사셔야겠네. 그동안 네가 애 많이 썼으니까. 잠시 쉬어 가야하니까. 방장님 파이팅!

- 어제 낮에만 열이 난다고 얼음찜질하고 주사 맞고 그다음은 괜찮았다. 국립박물관 메소포타미아 전시를 오랫동안 한다고 하니 꼭 같이 가야지. 네가 항상 함께했지. 50주년 여행 다녀와서 그 주 금요일에 권진규전에 네가 힘든데 나와서 함께 보았지. 그런 추억들이 많이 생각난다. 북어국 먹고 권진규전 보고 시립미술관 앞에서 커피와 네가 싸온 간식 먹고 7학년이 ㅋㅋ. 잠시 쉬면서 재충전해서 더 좋은 모습 보여줄게.

- 그럼, 그럼. 모두가 다행이다. 걸을 수 있으면 성공이라 생각하셔.

- 왕이 거닐던 창덕궁 ~ 창경궁 ~ 종묘, '궁궐트레킹' 즐길 수 있다.

그렇구나. 조선일보: 창경궁 ~ 종묘 90년 만에 연결…. 창덕궁까지 '궁궐 트레킹' 즐긴다(최종석 기자). 율곡로는 지하터널로 만들고 그 위에 녹지 산책로 조성 왕이 종묘 오갈 때 이용한 북신문, 창경궁, 종묘 경계인 담장도 복원.

우리는 갈 곳도 많은데… 서울에 살아서 쉽게 갈 수 있어서 얼마나 좋은지.

- 갑자기 일이 생겨서 복잡했어. 빨리 몸을 회복하고 가자고요. 우선 그냥 체중을 유지하기 위해 애써야 하니까 잘 먹고, 산책하고, 잠을 푹 자고, 몸 상태를 좋게 만드셔. 근데 퇴원은 한 거야? 점심식사는 했고? 전화는 받을 수 있니? 항암치료가 무척 힘들 텐데, 걱정이구나. 딱해서 어쩐다냐. 푹 잠들어서 통증을 느끼지 않으면 좋겠다.

- 오전에 가슴에 주사 맞고 수속하고 2시에 집에 와서 점심 먹고 집에서 많이 잤다. 통화할 수 있겠니? 딸한테 네 얘기 했더니 너무 놀라면서 회장님 포스가 난다고 하더라. 엄마 친구들이 대단하다고 놀랐어. ㅎㅎ 자기가 부끄럽대.

- 무슨. 네가 다 베풀어서 그런 거지. 그동안 친구들을 위해서 얼마나 애썼

는데. 넌 받을 만한 자격이 있는 거야. 네가 아주 잘 산 거지. 이제부턴 너를 위해 살아. 우선 건강을 챙기자는 거지. 그래야 더 행복하게 살 수 있다는 거야.

어째 아침 산책은 했고? 대충 빵과 커피 마시면 안 되고. 고단백질 야채 신선한 과일 많이 드셔. 그게 좋은 약이거든.

\*

## 엄마(94세)에게 전화를 하다

- 엄마 저예요.
- 응. 큰애냐?
- 안녕하신가 해서요.
- 그냥저냥 넘어가야지.
- 내가 진작 죽었어야 하는데. 왜 있잖아. 핏덩이가 쏙 빠졌을 때 내가 입속으로 손을 넣었더니 핏덩이가 입으로 쏟아졌잖아. 그때 그 핏덩이가 곱더라. 그러고부터 내가 힘이 없어. 그때 딱 죽을 때였는데.
- 걱정하지 마셔요. 살 운명이라 살았어요.

- 사는 것도 엄청 힘든 거야. 얼마나 대단한지 몰라. 사는 게 웃기게도 일요 일인가도 몰라(여동생 말로는 일요일이 되면 일요일이라 전화했다면서 열 번도 더 한다고 하던데…). 음력 날짜로 지금 팔월인가, 칠월인가. 알 수가 없어.

- 지금 칠월이에요. 엄마 핸드폰에 음력 나와요. 엄마가 조작을 못해서 그 러지요. 엄마 달력 하나 갖다줄까요?

- 벽 위 시계 뒤에 있어.

- 그럼 작은 글씨가 음력이에요.

- 여기서, 아무것도 필요 없어. 세월이 가면 가는가 보다 하는 거지.

- 그래요. 그렇게 힘들지 않고 살면 성공이에요, 엄마.

- 그래. 알았다 들어가라. 전화해줘서 고맙다.


며칠 후 다시 전화가 왔다.


- 엄마요?

- 내가 오늘 똥을 4번이나 쌌어. 정말 사는 게 아니야.

- 아이고 엄마 힘드셔서 어째요?

- 네가 나를 알고 있어야 해. 똥도 안 치워주고 속이 상해서. 힘도 없고. 네 가 그런 줄 알고 있으라고.

- 엄마 돌아가시는 거 아니야? 혹 돌아가시려나?

- 아이고 백날 그래도 안 죽어. 얼른 빨리 죽어야하는데….

- 엄마 마음 편안히 가지셔요. 시어머니나 어머니 100살까지 살 수밖에 없 거든요.

- 아이고 얼른 죽어야 하는디….

*

## 여름휴가를 가다

새벽부터 서둘러서 동생네와 만났다. ㅈ사장이 우리 차를 운전
하여 무조건 동해안 쪽으로 달렸다. 대관령 전망대까지 달려왔다.
2/3까지 온 셈이었다. 전망대에서 바라본 곳은 경포호, 강릉시내.
안목항이라고 설명하였다. 그곳에서 인증 사진을 찍었다. 동생네
는 반바지에 붉은 티를 입었고 여자는 긴 바지에 긴 분홍색 티를
입었다. 근처에서 아침으로 달걀과 ABC주스, 햄버거빵, 커피를 기
내식으로 해결했다. 운전의 달인인 ㅈ사장은 우리를 데리고 곧 삼
척콘도에 도착했다.

남자가 대기인 표를 뽑았다. 58번이었다. 12시경 방 배정을 받을
수 있었다. 로비에서 딸네를 만나 합동으로 추암촛대바위 탐방을
했다. 바다에서 솟은 형상의 기암괴석으로 모양이 촛대와 같아 촛
대바위라고 불렸다. 그곳은 우리나라 관광객이 가장 선호하는 해

돌이 명소였다. 그 주변은 추암해변, 해암정, 출렁다리, 정자능파대 등을 관람하고 인증샷을 찍었다. 손자 손녀들은 더워서 찡찡댔다. 날씨가 뜨거워서 차로 이동하면서 굴다리 밑에서 쉬었다. 쉼터로는 그만이었다.

옛날이 생각났다. 여름 휴가로 물놀이터를 잡을 때, 항상 물 흐르는 강의 다리 밑을 잡았다. 그곳에 튜브를 강물에 띄우고 공터에 돗자리를 폈다. 아이들과 이종사촌들은 물속에서 수영을 하든지, 아니면 다슬기를 잡았다. 어머니는 옥수수를 삶고, 제부는 고기를 구웠다. 텐트를 치고 잠자고 싶은 사람들은 텐트 속에서 잠잤던 생각. 그 아이들은 꽃이 되어 대부분 분가하거나 직장을 다녔다. 이제 새로운 주인공으로 손자들이 등장한 것이다.

언젠가 이 작은 꽃들도 성장하여 훨훨 더 큰 세상으로 날아가겠지. 세월은 빠르구나. 제부네 아이들을 키워서 30년이 되었으니 말이다. 일행은 이동하여 콘도 로비로 왔다. 자동기에 대기인들의 줄은 가득 찼다. 우리는 58번을 기다렸다. 기다림은 길었다. 여행이라는 것은 어쩌면 기다림의 연속일지 모른다. 아이들은 지루해하며 왔다 갔다 하더니 엄마 따라 쉴 장소로 이동하고 남자는 계속 기다리다가 방 호수를 배정받았다. 전망이 좋은 곳은 추가비 22000원을 냈다. 303호 방을 배정받고 모든 짐을 303호로 옮겼다.

그곳은 아직 청소를 하지 않았다. 우리는 짐을 옮기고 동해시장으로 갔다. 그날 먹거리를 찾았다. 수산시장에서 꽃게를 거금 주고 12마리 샀다. 그것을 전문가에게 주어 쪄달라 했다. 그사이 남자는 다음날 먹을 삼겹살을 샀다. 서울보다는 쌌다. 콘도로 이동했다. 청소가 되어 깨끗했다. 그곳에 여동생네도 와 있었다. 점심을 대충 시원찮게 먹었던지 저녁을 일찍 먹기로 했다. 가져온 반찬을 모두 꺼내 진열했다. 압력솥에 밥을 하고 각자 좋아하는 술과 음료수를 먹었다.

게찜은 속이 비었다. 별반 알차지 않았는데 식구들은 맛있다고 즐거워했다. 여하튼 저녁 식사로 우리는 건배를 하고 산책로를 걸었다. 삼척시에서 만든 해변은 아름다웠다. 데크를 따라 해변을 걸으면 모래 조각품이 즐비했고 도로변은 아름다운 조명으로 관광객을 유혹했다. 우리는 해변의 쉼터에서 맥주를 한 캔씩 마시며 해외의 어떤 곳으로 착각하며 즐겼다. 누구는 하와이, 누구는 멕시코의 칸쿤, 누구는 사이판의 해변으로 기억했다.

숙소로 와서 누웠는데, 애기들은 잠을 자지 않았다. 작은놈은 12시 20에 잠자겠다고 아우성을 쳤다. 우리는 새벽부터 움직여서 모두가 어떻게 잤는지도 모르는데, 새벽녘에 막내 여동생이 오빠를 불렀다. 번개시장을 가보자고 했다. 곧 여자, 남자가 일어났고 4명이 조용히 움직이며 밖으로 나왔다. 우리형제는 역시 아침형 인간이었다. 형제, 1, 2, 3, 남자가 조가 되어 빠르게 차를 타고 번개 시장에 갔는데, 그곳은 우리들이 바라는 천국이었다. 새벽에 시장이 열려서 9시에 끝나는 곳이었다.

살 게 너무 많았다. 그러나 냉장고가 비좁았다. 우선 문어를 사서 쪘고, 회를 샀고, 싱싱한 오징어, 곰치를 샀다. 콘도로 와서 싱싱한 곰치를 큰 솥에 쉰 김치와 넣고 푹푹 끓였다. 그리고 식탁을 차렸다. 식구가 많으니까 바닥에 신문지를 깔고 문어, 회, 곰치국을 놓고 각자 만들어 온 밑반찬을 내놓고 식사를 했다. 후식으로 막내네가 심어서 기른 참외와 포도, 커피를 먹었다. 곧 수영장이 문을 열어 대식구가 이동했다.

인공 수영장이기는 하나 대단했다. 수영장 입장료가 비싸다고 투덜댔지만 말이다. 파란탕, 초록탕, 노랑탕이 있는 노천탕과 대, 중, 소로 구분되는 수영장 시설에서 수영을 할 수 있었다. 놀이기구로 대형 미끄럼틀 길을 따라 하늘에서 굽이쳐 휘돌아서 튜브를 타고 빠르게 내려오는 것과 무서워서 어려워하는 소아들이 타고 내려오는 중간 미끄럼틀이 있었다. 종을 치면 애기들에게 물을 뿌려주는 재미있는 물놀이도 있고, 어른이나 청소년들이 둥글게 파도를 타고 타원형을 돌며 물벼락을 맞기도 했다. 어렸을 때 폭포물로 샤워를 하는 곳도 있었다.

그 놀이가 지루하면 모두가 바다로 나아갔다. 동해의 푸른 물결과 파도를 몸으로 받아가며 파도타기를 하는 것도 재미있었다. 뜨거운 태양 아래 뜨거워서 발을 지지도록 이글거리는, 모래가 발바닥 속으로 열기가 타고 들어가서, 어쩔 줄을 몰라 하며, 발을 동동대며 파도 속으로 풍덩 빠져드는 모습도 재미있었다. 웅이는 마음이 연약한 손자였다. 매사 싫은 것이 많았다. 웅아 바다에 가자. 싫다고 고개를 저었다.

"야, 책에 있는 그림을 보는 바다와 모래가 아니다. 모래를 발바닥으로 느껴봐야지. 바다를 몸으로 적셔봐. 그게 진짜 공부지. 집에서 책을 보는 것은 공부가 아니야. 이렇게 느끼고 만지고 바닷속으로 들어가는 게 진짜 공부라고. 어떤 사람들은 한 번도 바다와 모래를 보지도 못하고 죽는 사람들이 얼마나 많다고. 무조건 바다로 가는 거야. 가는 거지?" 고개를 끄덕거렸다. 우리는 달려나갔다. 발이 뜨거워 빨리 뛰었다. 거기서 반나절을 파도를 탔고, 다시 수영장에서 미끄럼틀을 탔다. 무서웠지만 잘 탔다고 칭찬해주었다.

또다시 원형 파도타기를 하면서 할미 할아비를 손으로 꼭 잡고 다른 곳으로 쓸리지 않도록 손자는 할미 할아비를 보호했다. 갑자기 손자가 듬직하고 씩씩하게 느껴졌다. 맛있는 점심 식사를 사먹고 저녁 때까지 우리들은 진정한 물놀이로 하루종일 즐겼다. 이렇게 한여름의 물놀이로 온 가족이 진하게 놀 수 있는 곳은 전 세계에서 우리나라 뿐이라는 생각이 들었다. 더군다나 나이 60세가 넘은 형제들이 모여서 즐거운 물놀이를 저비용으로 손자들과 할 수 있다는 사실이 기뻤다.

아마도 이런 시설을 이용하려면 유럽이나 아메리카에는 아마도 입장료가 삼십만~오십만원쯤 될 것이라는 생각이 든다. 한국은 십만원쯤 하겠지만 말이다. 정말로 한국이 세계 어느 나라보다 상위라는 생각이 드는 것이다. 그런데 사람들은 그것을 모르니 안타깝다. 우리는 마지막으로 뜨거운 찜질방으로 이동했고 뜨거운 탕에서 몸을 풀고 숙소로 와서 맛있는 식사를 하고 모두가 녹초가 돼 떨어졌다. 다만 애기들은 불평했다.

"마지막 밤인데 할미 할아비들이 10시도 안돼서 불을 끄고 자면 어떡하냐고요." "잉잉, 안타까워 죽겠네요. 오늘 밤은 마지막 밤으로 놀다가 잠자야 하는데, 너무너무 일찍 불 끄고 자는 것이 싫습니다."라고 징징 짜고 있었고, 젊은 아빠 엄마는 2차로 치맥을 하러 몰래 나갔는데…. 예는 아빠랑 엄마가 늦게까지 안 오는 것이 뽀뽀하고 오느라 늦는가를 물어서 할미들이 잠자면서 웃었다. 이튿날 우리는 콘도에서 잘 놀고 즐겼다며, 서로 헤어지는 인사를 했다. 그리고 각자 자기네 차를 타고 자기네 집으로 돌아갔다. 집으로 돌아왔을 때, 큰딸은 여자에게 문자를 보냈다.

'엄마, 집에 잘 도착했남요? 친구들이 3대가 물놀이했다는 사실이 있을 수 없다면서 놀랐습니다. 엄마 아빠 덕분이에요. 고마워요. 사랑합니다'라고 말이다.

한 친구가 나에게 말해주었다. 어느 작가가 돈이 없어서 식구들끼리 물놀이 한 번을 못 갔던 것이 가슴 아팠다. 그런데 아이들이 성장해서 돈이 생겼다. 아빠는 집식구들을 데리고 야외 수영장으로 물놀이를 갔단다. 거기서 아빠는 수영복을 입고 물속으로 들어갔는데, 아이들과 엄마는 수영장 너머로 물만 쳐다보고 왜 아빠는 이런 곳을 오는 것인지 이해할 수 없다고 눈만 찡그리고 앉아 있었단다. 물놀이도 해본 사람이나 할 수 있다고 나에게 알려주었다.

주변 친구나 운동 멤버들은 나에게 말했다. 언니네 식구들은 이상한 가족이라고. 자기들은 함께 모여 형제나 가족끼리 콘도를 가며 여행하는 것이 이상한 일이라는 것이었다. 먹을 것을 싸 가지고 가고 좁은 공간에서 복잡하게 잠자고 먹는 것을 이해할 수 없단다. 사실 옛날에 우리 부모들의 삶은 온갖 친척이 모이고 먹는 것이 일상이었다. 누구네 집 잔치나 제사가 있다 하면 집안 어른들은 옷을 챙겨 그 집으로 모였고, 친척들과 엉겨서 웃고 떠들고 잠을 설쳤다. 헤어질 때는 다음 잔칫집과 제삿집을 확인하고 기약하며 헤어졌다.

우리 집안은 특히 사람이 많이 모였다. 아버지가 장손이기 때문에 제사가 있으면 세산고모, 대홍동고모, 작은아버지, 작은엄마, 당숙 할머니들, 그의 아들 그의 며느리, 시내 건너 큰할머니, 그의 딸, 그의 아들…. 여하튼 그들은 일주일 전부터 우리 집에 왔고 갈 때도 할머니들이 형님, 아우님 하며, 더 있다가 가자며 우리 집에 모여 있었다. 때가 되면 엄마는 먼저 쌀 한 가마를 사서 놓았다. 그 쌀이 다 떨어질 때쯤 그 친척들은 집으로 돌아갔던 생각이 난다.

그래서인지 여자는 모이는 것이 좋았고 모이면 힐링이 되었다. 일 년에 딱 2번 모였다. 여름휴가와 겨울휴가였다. 우리 손자들은 그때를 손꼽아 기다렸다. 중고생이 되면 따라다니지 않는다고들 한다. 글쎄다. 우리는 서로 즐겁게 만나고 맛있는 거 먹고, 함께 물놀이를 하든 스포츠를 하니까 재미가 있었다. 그러다 보니 생일이라 만나기도 했다. 어른들은 함께 골프 쳐서 만나고, 등산 가느라 만나고, 해외여행을 함께 가느라 만났다.

그런데 유럽 영화를 보면 가족잔치가 많았다. 대부를 보면 온 가족이 맛있게 식사를 하는 장면이 많았던 기억. 이탈리아, 터키, 스페인 등 지역에도 가족 중심으로 함께 뭉치고 모여 사는 문화가 많았다. 물론 우리 사회도 농경사회로 협력하는 사회였는데 이제는 개인적 사회로 변화해 버렸다. 그러니까 정신적으로 고립되고 함께하지 못하는 고립된 사회가 형성되어 청소년들이 융합하지 못하는 현상이 일어나지 않았을까 생각한다.

부모들은 대기업에 다니느라 자신이 너무나 바쁘고, 애기들은 각자 처지에 맞게 맡겨서 키워진다. 그들에게 독립성보다 단체에 의해 길러지다 보니 부작용도 많지 않을까. 교육에 정석은 없지만 말이다. 부모는 애기들에게 미안해서 그들이 원하는 것을 다 해주다 보니 또 다른 부작용도 생기는 것이다. 애기가 하나이기 때문에 생기는 부작용도 많다. 이상하게 이야기가 옆길로 새버렸다. 여자의 생각은 가족이 모여 함께 어울리는 삶은 그야말로 애기들에게 무릎팍 교육이 될 수 있을 것이라 생각했다.

항상 유튜브만 보고 사는 애기들은 그림과 영상에만 친숙하여 자기가 하기 싫은 일을 하려 하지 않았다. 여자는 웅이에게 강조했다. 바다와 뜨거운 모래를 밟고 몸으로 바다 맛을 보는 것이 교과서인 책보다 더 중요한 공부라는 것을….

*

## 용산댁 언어

- 내 친구 ㄱ이 있다. 그는 남과 다르다. 힘들게 지내면서 인생의 폭이 넓어

지고 많이 변했단다. 그래서 그 친구를 많이 본받으며 살려 한다. 오늘 아침 산책하고 단백질 많이 먹었다. 네 말대로 체중이 안 빠지게 노력하련다. ㅂ회장님 치아는 어떠신가요. 올 들어서 고생 많으시다. 순간의 선택이 인생을 좌우한다. 너를 선택해서…. 보는 눈이 계신 거다.

- 잘했어. 매 끼니를 잘 먹어야 하니까. 이제 좋아하는 것을 함부로 못 먹어서 어쩌냐. 우리 남자가 테니스 치고 치맥 먹는 게 낙인데 2달째 술을 못 먹어. 그럴 때 친구들은 암 수술을 해서 평생을 못 먹는데 1년을 못 참겠냐고 하지. 테니스 치고 여성 멤버들이 생맥주집 가자고 하면 혼자 콜라 마셔. 나 술 못 먹고 밤 12시까지 앉았던 세월이 30년이니까 자기도 당해 보라고 해. 그럼, 정말 졸려죽겠고 재미없다고 해. 나도 그랬다고 하지.

어제는 나도 닭가슴살을 먹고 컵라면을 먹었어. 정말 먹고 싶었거든. 배가 불러서 못 먹는데 그래도 먹었다니까. 나도 점심, 저녁, 먹기 전에 산책하고 밥 먹어. 입맛이 없으니까. 그래도 네가 토하지 않고 먹을 수 있어서 다행이다. 오늘 오후는 결혼식을 가야겠다. 산책을 하고 자기는 푹 쉬어.

- 좋은 아침. 항암치료에 잘 적응하기를 기도했다. 모두가 잘 될 거야. 우리들의 무수리 정신이 강하니까. 외출은 조심하는 게 좋을 듯하네. 코로나가 심해지니까. 산책 잘 하셔.

- 감사합니다. 매일 아침 인사를 받고 황송합니다. 아침 산책도 하고 잘 지내고 있다. 무수리일 때가 행복했더라. 영감이 잘해보려고 노력해서 앞으로 좋아질 것 같아. 네 말 명심해서 지키려고 한다.
- 그렇지? 무수리가 왕인 거야. 아무나 무수리가 되는 것이 아니야. 하던 대로 우리 마음대로 할 수 있는 영원한 무수리를 위하여 운동하는 거라고. ㅎㅎ


- 좋은 아침. 항암치료에 잘 적응하느라 힘들겠지. 네가 좋아하는 예술영상 보며 힘든 것을 잊도록 하셔. 나는 힘든 집안일 할 때 재미있는 영상 보며 일을 해. 그런데, 너무나 아프면 사실 눈만 감고 있게 되겠지만. 아파도 산책하시고 입맛 당기는 것 드셔.
- 아침 산책하고 잘 지내고 있어. 수요일은 뼈로 전이되었는지 검사 받으러 병원 가고 처음이라 조심하고 있단다. 이렇게 쉬는 것은 처음이라 낯설지만 적응해야지.


- 그냥 암하고 같이 살면 된다고 생각하셔. 친구 ㅇ도 있잖아. 한국은 약과 병원이 좋으니까. 이제 쉴 때도 되었지. 70세인데. 생활 패턴을 바꾸면서 너만의 즐거운 것들을 발견하면 되는 거야. 너에겐 사랑하는 예술이 있잖아. 그 예술이 되는 무엇을 발견할 수 있을 거 같은데…. 나도 연구해 볼게.

*

## 불편한 마음

운동을 하고 돌아올 때 여자는 주차장 끝 라인에 주차를 하고 싶어서 여기다 해야겠다고 하면 남자는 거기는 안 돼, 거기는 끝 라인이라 부딪힐 때가 많아, 저 위쪽에 하는 게 낫지라고 한다. 여자는 속으로 '아무 데나 하면 어떤가, 거기가 거기지' 하며 위쪽 주차장으로 간다. 속에서 갑자기 심통이 일어난다. 앞뒤에 큰 차가 주차해 있어서 빈 공간으로 들어 가려면 몇 번의 불편한 운전을 오고 가야 하는 것이 짜증 났다. 아니, 쉽게 주차할 수 있는데 이유를 대서 남자 마음에 맞게 해야 하는 것이 싫었다.

그러다가 그래 차가 서로 부딪쳐서 문제 생기면 그게 힘들어도 낫기는 하겠다며 스스로 마음을 달랜다. 그런데 왜 여자는 자기가 하고자 할 때 남자가 거부하면 마음이 엄청 부정적으로 싫은 감정이 일어날까? 예전에는 아무렇지도 않았는데 늙어서는 여자가 하고 싶은 대로만 하려는지 모르겠는 것이다. 남자가 이게 좋지, 하면 그렇겠구나 했는데 늙어서는 아닌데? 이것이 더 좋은데? 하는 반발심이 생긴다는 것이 문제다. 빨간색이면 어떻고 파란색이면 어떤가. 그게 그거 아닌가 말이다.

마음 수련이 부족해서, 아니면 마음 수양의 극기 훈련이 필요할 때가 아닌가 생각한다. 극기 훈련으로는 등산이 최고였던 거 같았다. 등산을 갔다 오면 마음이 온순해지고 정기가 깃들어 매사 평온하며, 편안했던 것이다. 지금은 다리와 팔이 아파서 등산을 할 수 없지만 여자네 뒷산 공원으로 산책을 했다. 새벽녘이라 사람들은 적었다. 느리게 남자와 여자가 걸었다. 이렇게 걸을 수 있어서 여자는 감사했다. 비록 다리를 칭칭 동여맸지만 여자는 지팡이를 의지해서 걸었다.

24.5도라고 계기판에 나왔다. 시원해졌다. 공원을 지나 다리를 건너 할아버지 쉼터로 올라갔다. 구름이 해를 가렸다. 잠시 쉬었다. 쉬면서 두유와 고구마로 요기를 했다. 옆 저쪽에 어떤 남자와 어린 여자가 나를 보고 있었다. 그 사람은 수영장에 함께 운동 멤버 남편같이 보이는데 여자는 아닌 듯했다. 여자는 남자 뒤를 따라 또 다른 쉼터로 이동했다. 한참을 가는데 수영장 멤버 이씨가 안녕하세요? 하고 인사를 했다. 아, 아까 보았던 사람인데 옆에 있던 여자는 이씨의 딸이었다.

우리는 서로 반갑게 인사를 하고 헤어졌다. 다시 쉼터로 올라갔다. 지루하고 힘들었다. 오르락내리락하며 쉬었다 올라가다 내려오다를 반복했다. 땀이 솟아나서 온몸을 적셨다. 땀이 눈 속으로 흘러서 눈이 따가웠다. 쉼터에서 잠시 쉬었다가 집 쪽으로 이동했다. 한참을 쉼 없이 내려오는데 옛날 테니스 멤버가 여자에게 인사했다.

- 아침 일찍 다녀오시네요.
- 아이고 반갑네요. 그런데 혜영씨 몸이 슬림해졌어요.
- 아니에요. 몸무게가 똑같아요.
- 아니 슬림해졌는데요.
- 다음에 봐요.

혜영씨의 모습은 확실히 말랐다. 그런데 근육이 없어졌다. 오랫동안 함께 테니스를 쳤고 지금 당분간 1년 쉬기로 했다. p가 왜 쉬는지는 알 수 없다. 20년 넘게 운동을 함께 했는데 갑자기 1년 쉬겠다고 하면서 나오지 않았다. 무슨 이유가 있는데 혜영씨는 말을 하지 않는다. 혜영씨를 보며 생각했다. 운동할 때 혜영씨는 강렬한 파워 게임의 명수였다. 강한 서브를 넣거나 발리로 받아서 상대방을 공격할 수 있었다. 절대로 혜영씨는 지는 게임을 하지 않았다. 혜영씨는 욕심이 많아서 이기는 게임을 했고 파트너도 이기는 자를 선호했다.

그런데 오늘의 모습은 그에게 나타나는 강한 에너지의 이미지가 없었다. 뭔가 기가 빠지고 왜소해진 나약한 모습의 이미지가 보였다. 어디가 아픈가, 여하튼 혜영씨는 알 수 없는 사람이었다. 집으

로 돌아오니 4시간이 걸렸다. 이것도 고마운 일이었다. 다리 근육
과 어깨 근육의 파열로 힘들어서 고생했는데 완벽하지는 않지만
오늘 정도의 상태이면 성공적이었다. 어쨌든 오늘부터 내 마음의
상태가 나아졌는지를 확인해 볼 일이었다.

  가면서, 하늘과 저 멀리 산을 향하여, 여자는 아직도 포기할 수
없는 어미로서 작은딸의 마음 열림 에너지를 달라고 기도했고, 친
구 숙희, 동희의 항암 적응을 거쳐 건강을 주십사 했으며, 어려운
경제를 잘 넘겨달라고 빌었다.




                              *


          정치의 언어


  여자는 정치와 상관없다. 그러나 남자가 유튜브를 틀어놓으면 귀
가 그쪽으로 쏠린다. 밥상 차릴 때마다 정치는 밥상으로 차려진다.
남자의 취미이다. 아버지는 산업화 시대라 바쁘게 살다가 퇴직과
동시에 돌아가셨다. 그래서 아버지의 여유로운 생활을 보지 못했
다. 지금 생각하면 열심히 자식을 가르치고 할 일을 다하고 가셨

기 때문에 남성으로서의 인생이 불쌍했다. 할아버지는 농업시대에 사셨고 농사를 지으셨는데, 농한기에 사랑방에서 친구들과 모여 장기를 두었다. 그리고 날마다 정치이야기로 꽃을 피웠다.

할아버지들이 누가 못 쓸 사람이고 누가 어떻다고 하는 말을 여자는 어린 시절에 들었다. 요즘은 우리 집 남자가 유튜브랑 정치놀이 하는 것을 보니까 그 정치놀이가 여자의 귀로 들어왔다. 거기서의 언어는 이랬다. 그동안 야당이 너무 많은 돈을 탕진했는데 아무도 책임지지 않았다. 야당이 집권 당시 오로지 북쪽을 위해 일했다. 북쪽에서 남하한 사람들을 김정은의 지시대로 돌려보내 사형시켰다. 남한의 자금을 비트코인을 통해 수십조를 보냈다. 결국 집권당인 문빠네는 북한이 핵을 만들게 도와 주었다.

문빠네 떨거지들은 간첩질을 했고, 국민을 속이며, 중국에게 비자금을 받아 자기들의 이익을 취했다. 언론계, 방송계, 정치계들은 모두 중국돈을 받은 사람들이었다. 중국인들과 합작해서 원전을 없애고 태양열로 전기를 전환했다. 온 천지에 태양패널을 깔았다. 그것은 쓰레기가 되었다. 원전이 없이는 전기를 충당시키지 못했다. 새 대통령이 된 윤석열 죽이기로 야당과 언론, 방송, 여당까지 합세했다. 야당 대표로 선출하는 이재명은 쓰레기 인간이었다. 백만 가지 잘못을 했는데 이재명을 찬양하는 국민이 반 이상이었다.

이재명 떨거지는 모두가 조폭자들과 똑같았다. 이재명 떨거지가 잘못한 것이 걸리면 어느 날 자살표 딱지를 붙여 사라지게 했다. 이재명 떨거지들은 조사를 받으면 사라졌다. 사라진 사람이 수두룩했다. 그들 모두는 자살표를 달았다. 현대의 시대에 있을 수 없는 일이었다. 이준석은 여당 대표였지만 야당적 색깔을 가졌다. 문재인에게는 구십도 인사를 했고 윤석열에게는 눈인사 정도를 했다. 이준석은 청년 트렌드 마크로 대표직을 했지만 이중적인 인간 더러운 쓰레기 인물이었다.

이준석이가 성상납으로 잘못된 것은 왜? 언론이나 방송에서는 떠들지 않는지 그것이 웃기는 일이었다. 모두가 한통속이라는 사실이다. 이준석은 부모가 잘못 키운 인간이었다. 희생과 관용, 예의를 모르는 완전 저질적인 인간으로 해석되는 기회주의자였다. 거기에 이준석을 이용해서 대권에 도전해 보겠다는 서울시장 오세훈, 강원도의 윤석열 친구 권성동, 주호영 등이 여당을 분탕질해서 윤석열 죽이기에 합세하고 있었다. 거기에 80세가 넘은 김종인이 이준석을 옹호해서 한 자리 해보겠다는 심사에 더 짜증 나는 정치꾼들이 보였다. 정말 나라를 위해서 정열을 바치고 함께할 수 있는 사람들이 많았으면 좋겠다. 오로지 자기 정치를 하기 위해서 힘쓰는 작자들을 여자는 혐오했다.

*

# 연꽃마을 언어

- 엄마 잘 계시는가요? 밥 먹었어요?

- 아직 저녁은 안 먹었지. 이제 4시 넘으면 먹을거여.

- 아픈 데는요?

- 맨, 아픈 데지. 쥐가 나서 죽겠어. 약이 없대. 계속 움직여야 한대. 자꾸
  움직이려고 별짓을 다해. 할 수 없지 뭐. 이제, 다 늙어서 수술할 수도 없
  고 이럴 수도 없고 저럴 수도 없는 거여. 막내가 무릎수술 시키러 큰 병원
  에 갔는데, 그것들이 무릎은 수술 안 시키고 심장 수술을 먼저 해버렸잖
  아. 그리고 일천만원을 가져가 버렸잖아. 다리를 먼저 수술했어야 하는
  데… 생고생만 하게 만들었어. 걷지를 못하니까 살아 있는 게 아니잖아.
  걸었으면, 내 일을 내가 다 할 수 있었는데. 쥐가 나싸서 죽겠어. 주무르
  고 발을 쭉쭉 뻗고 하는데 그게 나아져야지. 그냥 죽을 때만 바라는 거
  야. 간호사가 약은 없다고 하고 발을 오무렸다 폈다 해야 한대. 그냥 살아
  야 하는 거지. 너무 오래 살아서 나도 징글징글하다.


갈수록 사는 것이 대근하고 징글징글해. 먹는 것도 먹을 수가 없
어 일주일에 한 번 우유를 주는데 내가 그것을 못 먹어. 우유를
안 먹어 버릇해서 그런가 봐. 그것만 먹으면 배탈이 생기고 설사를
해. 된장국이나 뭇국에 밥을 말아서 먹든지 죽을 먹어야 해. 우유

만 먹으면 속이 불편해. 또 뭐든 색다른 것만 먹으면 뱃속이 불편해져서 먹지를 못해. 뱃속에 여수가 들어갔나 봐. 수시로 속이 메스껍고 지랄을 하네. 밥 주는 것만 먹어야 하니 말이야. 너네들은 잘 먹어. 그래서 몸이나 건강하라고. 아무것도 사서 보내지 마. 내가 먹지를 못하니까.

- 알았어요. 그래도 먹고 싶은 것이 있으면 연락하세요.
- 그래, 고맙다. 고마워. 들어가.
- 네네.

*

## 아침 걷기를 했습니다

- 오늘 아침 걷기를 했습니다. 그리고 영감 아침 챙겨주려고 집에 왔다가 다시 걸었습니다.
- 오늘 오후 3~4시 너네 집 앞에서 만나 박물관 걸어볼까?
- 더울 텐데…. 그냥 저녁 때 걸을 테니 걱정하지 마세요.
- 야, 테니스장 한가운데서 태양이 작열하는데 1시 ~ 2시에도 운동하네요.

- 아침에 설사를 많이 해서 어디 걷는 것은 안 되겠다.

- 좋은 아침. 설사는 멎었는지. 지금이 처음이라 더 힘든 거야. 힘든 근육이 시간이 가면 적응력이 생길 거야. 하루 하루가 네 자신과의 싸움이겠지. 항암치료도 네 몸과의 싸움이니까 설사가 나오고 그렇지 않으면 구토증이 심했을 거 같아. 이겨내자. 절제하지 말고 암과 함께 살면 되는 거야. 수시로 이거저거 먹고 물을 많이 먹으셔. 오늘 동생네랑 갑자기 공 치러 왔어. 번개팅이 걸렸다나. 병원 잘 갔다 와. 박물관 가듯 해야 하니까. 힘들지만 곧 익숙해질 거야.

- 많이 좋아졌어. 어제 네가 해온 죽 먹고 까라져서 푹 잤더니 오늘은 컨디션이 좋다. 뼈로 전이되었는지 본다고 아침부터 병원 왔다가 5시간 후 다시 간다. 올해까지는 병원 스케줄대로 지내야 되겠지. 동생하고 잘 지내는 모습 보기 좋다. 더위에 공을 치고 장하구나.
- 네가 사준 조끼 입고 동네 한 바퀴 돌았어. 지금도 열심히 하고 있다. 너 수영 갔지? 열심히 운동하는 네 모습이 보기 좋아요. 이 시계 보이지? 07시….

- 잘하고 있어요. 오늘 날씨가 너무 좋다. 오늘 같은 날 해외에 있어야 하는데…. 이번에 3년 차로 외국을 못 갔으니 외국이 그립네요. 자기도 그럴걸?…. 오늘은 월말 정산으로 바쁜 날이야. 세금도 내야 하고 공공용 전기료가 2천원이었는데 12만원이 나왔다나 봐. 확인도 해야 하고. 계단 청

소하는 사람들에게 돈도 지불해야 하네. 토요일 동생네들 와서 합동 생일잔치 한다 하니 이불 빨래도 해야겠다. 이렇게 무수리로 일할 수 있어서 감사하다. 네비샘은 걷고 영감님 밥 차려 줄 수 있어서 감사하네. 항상 기도할게. 네가 적응 잘하여 박물관 탐방을 하게 해달라고.

- 좋은 아침. 적응 잘하고 있지? 이번 주가 가장 힘든 날이었지. 무조건 약이라 생각하고 먹어야 해. 감자는 염증에 좋다더라. 알칼리 식품이라서. 먹는 것은 너와의 싸움이야. 먹는 전쟁인 거지. 먹으면 힘이 생길 거야. 어제 나도 테니스 게임을 3번이나 했어. 공 치면서 아파서 절도할 뻔한 것이 3번 있었어. 심줄을 건드려서 통증이 나타나면 뼈가 으스러질 것 같았어. 삶은 우리 나이에 전쟁일지도 몰라. 그냥 아프면서 즐기자고. 우리를 위하여 파이팅!

- 아프니까 아들 딸에게 전화로 안부를 받으니까 낯설다. 이 더위에 열심히 테니스를 치는 네 모습, 너무나 아파도 대처하는 것이 훌륭하다.

영화 러브스토리에 나오는 라이언 오닐이 생긴 것은 선량한데, 못된 놈! 이었네. 그의 딸 테이텀 오닐. 부녀가 페이퍼 문이란 영화에 출연해서 테이텀 오닐이 11살에 아카데미 여우 조연상을 받았어. 나중에 보니 부모가 이혼하면서 아이들도 돌보아 주지도 않았고 딸한테도 경쟁자처럼 행동했어.
테이텀 오닐이 나중에 테니스 스타 존 매컨로와 결혼할 때 미국에서 지금의 김연아 같았어. 존 매컨로도 악동으로 천방지축이더니 이혼하고. 나중에 독일 출신 테니스 선수 슈테피 그라프와 결혼해서 라스베이거스에서 테니스코트를 운영하면서 잘 살더라. 부부는 서로 공유하는 부분이 있어야 해.


- 맞아. 넌 영감님과 골프를 함께 할 수 있으니까 괜찮아. 치료 전에 친구들 만나고 싶어.
- 일단 친구들에게 만날 장소를 문자로 보냈어. 시간에 맞춰서 참석할 거야. 아프면서 살아가는 연습을 해보는 거야.
- 신안샘, 국립고궁박물관에서 10시에 만나면 어떨까?
- 좋아.
- 내가 초대하는 것으로 문자로 내가 보낼게.
- 오케이.




*




## 유숙이 남편이 소풍을 갔습니다


유숙이 남편은 우리 남자와 고등학교 동창이었습니다. 서로 친

밀한 사이였고 둘이 잘 어울리며 돈독했습니다. 이십년 전에 동창
생끼리 모여서 식사를 했습니다. 유숙이 남편 K는 대기업을 다녔
고 퇴직하여 사업을 했습니다. 친구 K네 집은 서서울 쪽 목동 근
처에 살았습니다. 그런데 그의 회사는 강남 쪽에 있었습니다. 여자
는 친구 K에게 이쪽 동네로 이사 오는 것이 경제성이 있다고 강조
했습니다. 출퇴근 시간에 차가 밀려 서너 시간이 걸린다는 말을 들
었기 때문입니다. 그리하여 유숙씨네는 곧 우리 아파트로 이사를
왔습니다.

우리는 함께 해외 여행을 했고, 골프도 치며 오랜 세월을 함께
보냈습니다. 유숙씨네는 한때 사업이 번창해서 우리와 달리 화려
하게 살았습니다. 해외는 수시로, 일본에 갔다가 유럽으로, 유럽에
다녀와서 크루즈로 다시 또 어떤 곳 등을 숨 쉴 새 없이, 몇 년을
분주하게 다녔습니다. 그리고 또 여름과 겨울만 되면 또 다시 한
달 간을 태국으로 골프 여행을 다녔습니다. 우리와는 자연히 소원
해지기도 했습니다. 나이 들어 늙어 가면서 각자의 철학이 달라져
갔습니다. 우리의 운동은 테니스, 수영, 등산이었고, 유숙이네는
골프에 온 정열을 쏟아부었습니다.

유숙이네는 골프에 정열을 쏟아붓더니 골프는 우리와 경쟁 대상
자로 전락했습니다. 여자는 그런 것이 싫었습니다. 그들은 매일 열
심히 연습을 하였고 휴가로 한 달씩 골프를 다녔으니 우리보다 월

등한 것이 당연했습니다. 그러나 가끔 역 현상이 일어날 때가 생기면 그들의 심사는 매우 사나워졌고 캐디 여자들을 들들 볶았습니다. 그런 모습은 골프의 예의가 아니어서 여자는 유숙네하고 운동하고 싶지 않았습니다. 동기동창의 아름다운 모습은 서서히 사라졌습니다. 차츰 그들은 자기들만의 유능한 골프 친구들을 만들었고, 자기들만의 신세계를 만들어 즐기고 골프 여행팀으로 만들어 골프여행을 즐겼습니다.

그래도 어쩌다, 해외여행을 함께 가면 유숙씨의 식사 편식이 우리를 당혹하게 만들었습니다. 맛있는 뷔페를 놔두고 호텔방에서 라면을 끓여먹고 나와서 입맛이 없다는 둥, 무엇이 싫다는 둥 하는 모습이 어른답지 못해서 여자는 짜증이 났습니다. 결국 식사도 함께 할 수 없었고, 골프를 치러 갈 때도 빠르게 먹는 기내식을 유숙씨는 거부하는 일이 많았습니다. 여자는 유숙씨네를 만나는 것이 불편했습니다. 차츰 그들도 우리가 싫었을 것입니다. 우리는 계속 헝그리 정신이 깃든 삶이었을 것이고, 그들은 사업이 번창하여 부르조아적 삶으로 변화해서 그런 현상이 되었을지도 모릅니다.

여하튼 우리들의 관계는 소원해졌고 골프팀으로 만나는 것도 한 달에 한 번 아니면 두 달에 한 번씩 치게 되었습니다. 서서히 서로의 만남이 줄어들었지만 각자의 삶에서 충실히 자기 삶을 살았습니다. 어쩌다가 같은 아파트를 사니까 우리는 산책을 하며 자주 만났습니다. 그럴 때는 서로의 이야기를 하며 자기 근황을 알렸습니다. 친구 K네는 삼성멤버로 삼성의료원을 자주 다녔고 항상 그들의 건강상태를 체크하며 살았습니다. 몇 년 전부터 처남과 친밀도가 긴밀해지면서 그들은 함께 골프를 자주 치고 즐겼습니다.

그런데 갑자기 친구 K가 작년에 세브란스병원에서 간 수술을 한다고 산책하며 알렸습니다.

- 네?
- 웬 간을 수술합니까?
- 건강검진에서 간암 초기로 나타나서요. 그래도 다행이지요. 초기 발견을 빨리했으니까요.
- 그래도 다시 한번 아산병원이나 삼성병원에 가서 확인을 해야지요.
- 세브란스 직원인 처남과 의사가 알아서 할 거예요. 간은 잘라도 금방 자란다니까요.
- 아니요. 그래도 다시 확인해 보셔야지요.
- 유명한 의사니까 알아서 해줄 거예요.

여자는 어이가 없었다. 유숙씨를 도무지 이해할 수 없었다. 그리고 곧 작년 5월에 수술을 했다. 여자는 나이가 칠십이 넘은 사람이 간이 그렇게 빨리 자라겠는가를 의심하며 친구 K네의 어리석음을 욕했다. 수술 후 그들은 골프도 치러 다니고 그런 대로 운동을 한 듯했다. 몇 개월 후 그들은 움직이지 못했다. 추운 겨울에 햇살을 받으려고 아파트 벤치에서 움직이지 않고 서 있었다. 그 후 간암이 번져서 재수술을 했다. 몇 개월 후 허리통증을 못 이겨 다시 수술을 했다. 그리고 항암치료차 친구 K는 수시로 병원을 갔다 왔다 했다.

그들이 산책하는 모습이 오랫동안 보이지 않았다. 여자는 걱정했다. 그래서 유숙씨에게 문자를 보냈다.

- 잘살고 있죠? 운동하면서 유숙씨네를 볼 수가 없어서요. 다음 영상을 보며 암세포를 없애는 4가지 비법을 참고하세요. 1. 체온을 올리기. 2. 물을 챙겨서 마셔요. 3. 규칙적인 운동을 해서 열을 내게해요. 그것은 백색지방이 갈색지방으로 증가하여 열을 발생시켜요. 4. 충분한 수면입니다.
- 네. 병원에 너무 자주 다녀서 그래요. 생각해 주셔서 고맙습니다.

- 만성통증으로 고통이 심하더라도 의사들이 걸으라고 권고합니다. 유숙씨네도 걸으셔야 합니다. 우리 어머님이 걸으시지 않아서 근육이 빠져버렸어요. 결국 못 걸어서 요양원으로 가셨어요.
- 네, 명심하고 있어요. 여러 가지 어려움은 있지만 걷기 위해 오늘도 노력하고 있습니다. 고맙습니다.

- 가까운 친구들이 대부분 파킨스병과 암에 걸렸어요. 지금 항암치료 중이

에요. 파이팅을 찾으며 걷기를 독려합니다. 그것이 사는 길이라고요. 4기 폐암환자가 9년차 살아서 지금도 항암치료를 하며 동창들을 위로합니다. 꼭 걸으셔요. 그 친구는 항상 머리를 밀었어요. 머릿속이 아프다고요(혹 남편의 머리가 빠져서 보이는 것을 싫어하기 때문에 산책을 하지 않을 수 있어서).
- 네 알겠습니다.


그 후 그의 남편이 돌아가셨다고 여자에게 연락이 왔다. 여자는 기가 막혔다. 멀쩡한 사람이 갑자기 죽었다고 생각했다. 그의 남편은 평생을 삼성맨으로 살았고 삼성병원을 다니면서 건강체크를 했다. 우리와 친밀도가 소원해지면서 어느 해부터 그들은 처남과 친밀하게 지냈다. 골프와 여행을 즐기며 잘살았다. 그리고 어느 날 갑자기 세브란스병원에서 간암 초기라 수술을 한다고 했다. 여자는 유숙씨에게 말했다. 그것은 아니라고. 아산병원과 삼성의료원을 다시 한 번 확인해야 한다고. 유숙씨는 세브란스의 좋은 의사가 알아서 해줄 거라고 했다.


아니 무슨 의사가 알아서 해주는가. 자기 몸은 자기가 챙겨야 한다. 유숙씨는 남동생이 세브란스 직원이었기 때문에 알아서 잘 해준다고 생각했다. 여자는 어이가 없었다. 결국 수술을 했고 초기라면서 다시 재발을 해서 또 수술을 했다. 그 후 다시 허리가 아파서 수술을 했고 항암치료를 하고 여기저기 아픈 곳을 검사하고 시술을 했다. 그리고 그의 남편은 약물과 항암 치료 등으로 몸이 견딜 수 없어서 갑자기 심정지 상태가 되어 후딱 가버렸던 것이다.

- 몸과 마음이 힘들어서 어쩝니까. 우리 후배 남편이 저번 주에 돌아가셨
  습니다. 후배의 딸이 일본에서 뱅크에 다닙니다. 후배는 고민하다가 외동
  딸에게 재산 상속을 포기시켰습니다. Y 엄마도 참고하세요. 재수 없으면
  우리 모두가 100살 넘어서 살 수도 있으니까요.
- 네. 승현 어머니가 넓게 보시는 분이니까 말씀 잘 새기겠습니다.

며칠 후 Y 엄마에게서 전화가 왔다.

- 그동안 고마웠어요.
- 애 많이 썼지요? 이제 Y 엄마 몸 먼저 잘 챙기셔요. 산 사람은 살아야 하
  니까요.
- 네. 잘 알겠습니다.

이렇게 인생은 허무했다. 칠학년이 된 지 얼마 되지 않아서 갑자
기 죽음이 찾아오다니….

*

# 여자는 여자의 삶을 생각해 본다

영화배우 김지미의 인터뷰를 신문에서 보았다. 기자가 물었다.

- 대중의 관심이 많아 피곤하셨을 텐데 다시 태어나도 배우를 하실까요?
- 배우는 자기관리가 너무 힘든 직업이에요. 다음 생에는 배우 안 하고 평
  범하게 남편이 벌어다 준 돈으로 자식 기르고 행복하게 사는 주부이고
  싶습니다. 그게 가장 편안한 삶인 것 같아요.

라고 김지미 배우는 답했다. 우리 시대의 여대생들은 주부를 탈
피하고 자기만의 직업을 가져서 경제적 독립을 하여 시댁이나 남편
에게 종속되지 않는 당당한 한 여성의 존재이기를 바랐다. 그것은
구시대 여성들의 꿈이었다. 어머니 시대는 어머니의 삶은 없었다.
농업국으로 농사와 자녀 교육, 남편과 시댁을 위하는 삶이었다. 경
제성이 없기 때문에 어머니라는 여자는 남편과 시댁의 종살이가
되는 삶이었다. 그래서 교육받은 여성들은 자기만의 삶을 꿈꾸었
고 자기 삶을 개발했다. 그들은 신여성으로서 사회에 진출했고 부
정적인 시각으로 보이지 않는 갈등을 등에 지고 살았다.

여하튼 우리 시대는 사회에서 활동할 수 있는 발판은 마련되었

지만, 그들은 구시대에 여성들이 했던 일과 자기의 사회활동들을 모두 함께 해야 하기 때문에 여성들은 힘들고 더 고된 삶을 살아야 했다. 남들보다 더 일찍 일어나야 했고 늦게 퇴근해서도 남아있는 집안 일을 해야 했다. 그리고 나약한 여성들은 중도 포기를 해야 했다. 그렇게 여성들은 차츰 사회에서 인정받은 삶일 수 있었다. 그러나 여전히 여성의 역할은 힘들었다. 어미로서의 아이들 교육은 어머니가 책임져야 할 것이었고, 남편의 부족한 경제력을 도와주는 직장 여성을 남성들은 선호했다.

요즘 세상은 교육 평준화와 남녀 평등화가 동시에 일어난 편이었다. 그러다 보니 역현상으로 아이를 돌보는데 직장을 안 나가는 여성이지만 남성이 휴일에 애기를 돌봐주지 않으면 삐지고 화를 내는 여성이 있다든가 가정일을 똑같이 안 하면 안 된다든가 하는 기현상이 일어나는 일도 있다는 것이다. 거기에 요즘 청년들은 대부분 결혼을 기피하는 경향이 있어 집집이 결혼 안 한 자녀가 한둘씩 존재했다. 당장 우리집 딸이 그렇고 윗집, 아랫집, 옆집 애들이 결혼을 하지 않았다.

그들은 어머니가 공들여 결혼을 시키려 해도 말을 듣지 않았다. 우리 딸을 보면, 딸애보다 어린 남성은 어려서 애를 키워야 하니까 안 된다 하고, 딸과 나이가 비등하면, 하는 짓이 싸가지가 없어서 할 수 없단다. 나이가 많으면 꼰대 같아서 싫다는 것이다. 돈 버는 것도 싫고, 결혼해서 싸우고 사는 것도 싫단다. 남편과 싸워야 하고, 시댁과 싸우고 자기 새끼랑 싸우며 사는 것이 싫단다. 그럼 자기 좋아하는 일만 하고 살고 싶다는데 이것이 말이 되는 소리인가 말이다.

요즘 아이들은 툭하면 이혼하여 집으로 돌아와 버리는데 이것도 큰일이었다. 이혼하여 손자까지 달고 돌아오는 것이었다. 친구는 나에게 말했다. 결혼 못 했다고 섭섭해하지도 말고 결혼했다고 좋아하지도 말라고. 세상은 온통 뒤집히는 느낌이 일어났다. 삶의 형태와 각자의 사고 방식 등이 서로를 이해하고 포용하며 살 수 없으니 이혼하는 일들이 많았다. 내가 이문열의 '리투아니아 여인'이라는 책을 읽다보니 여성의 역할을 다시 생각해 볼 수 있었다.

책 속의 주인공은 연출자였고 그의 배우자는 배우였다. 둘은 사랑에 빠졌고 그래서 결혼했다. 배우자는 신붓감인 배우가 연기로 명성과 갈채를 받았지만, 이미 이혼을 한번 했던 아름다운 여인이었다. 그들은 살림집 아파트와 극단 사무실과 무대를 구분해서 쓰지는 않았다. 그들은 어느 곳에서든 먹고 자고 필요에 따라 생활했다. 바쁘면 어느 곳이든 쉽게 잠자고 공연했다. 그들은 공연을 위해서 생활했다. 세월이 흘러가면서 연출자와 배우의 삶은 연극과 혼동이 일어났다.

연출자는 결혼이 아내역을 맡을 배우와 결혼한 것이었다는 생각. 배우(아내)는 남편이기보다는, 결혼을 성공적인 연극으로 이끄는 연출자이기를 바라는. 그래서 그들은 가장과 주부 또는 남편과 아내의 삶을 공연했다는 생각이지 않았을까를 고민했다. 그 후 남편은 불평한다. "왜 맨날 우리는 유랑 극단 배우 같아? 왜 우리에게는 우리의 생활이 없어? 삶이 없고 연극만 있느냐고? 그저 무대에서 무대로 옮아 다니며 삶의 그림자만 흉내내고 있느냐고?"

"당신이 말하는 아내의 삶이란 사려 깊은 하녀와 양순한 창녀의 역을 합친 그 무엇이겠지요. 현모양처란 고색창연한 개념을 다 채우자면 모성 본능에 충실한 어미 노릇까지 보태야 하나?…하지만 싫어…."

어쨌든 그들 연출자와 배우의 결혼생활은 파탄이 나버렸다. 그들의 이혼은 현대의 삶 속에서 많은 시사점을 던져 주었다. 현대에서도 대부분의 남성은 배우자의 따뜻한 현모양처 역할을 기대한다는 사실이었다.

*

## 어머니는 화가 났습니다

- 나야.

- 네, 엄마.

- 난 여기서 살 수가 없구나. 네가 사다 준 옷을 이것들이 갖다 주지를 않고
  다른 허접한 것으로 바꿔서 갖다 주니 말이다. 나 여기서 살기 싫다. 어서
  빨리 나를 데려가라. 안 데려가면 옷 벗고 저기 길바닥에 서 있을란다.

- 엄마 그럼 다시 옷 사서 보낼게요. 그까짓 것이 뭐가 중요해요.

- 아니다, 나는 참을 수 없다. 분해서 여기서 못 살겠다.

- 엄마, 옆집 사는 사위 친구가 어제 죽었어요. 죽고도 사는데 뭐가 그렇게
  중요합니까. 다시 사서 보내면 되잖아요. 그것이 뭐가 중요해요. 목숨보다
  중요해요?

- 알았다.


어머니는 화가 나서 몇 날 며칠을 남동생, 여동생과 여자를 볶아
쳤다.

*

# 좋은 아침

- 신세계백화점 앞에 회화나무 꽃이 한창이구나. 네가 가르쳐준 학자수 나
  무네. 신적인 영이 있다며. 왕과 학자들만 심을 수 있다고 네가 설명했지.
  어쩌? 몸이 좀 나아졌는가? 계속 힘들겠지. 견디는 힘이 생기는 중일 거
  야. 방문 손님들은 언니 힘들다고 모두 떠나갔어. 그리고 어제 후배 남편
  이 소풍을 가셨다네. 지금 후배네 장례식장으로 가는 중이야. 자주 먹고
  운동을 하고, 힘을 키워. 삶이 그렇지? 그동안 정신적으로 힘들었기 때문
  에 스트레스로 유방암이 생겼을 거야. 이제는 육체적으로 단련하라고,
  육체가 말하는 거겠지. 우리들은 무수리니까 모두 다 잘될거야.

- 아침에 대모가 와서 미사 보고 내가 속이 안 좋다고 점심도 안 먹고 그냥 갔
  어. 아직 몸이 평소와 다르다고 앙탈을 부리고 있구나. 후배 신랑 먼 곳으로
  잘 갔겠지. 어젯밤에 잠이 안 와서 수레바퀴 6을 다시 읽었어. 너와 같이 있는
  느낌. 우리 딸이 엄마 친구들은 어쩌면 그렇게 훌륭하냐고 항상 감탄한다.

- 밥 열심히 먹고 있지요? 그게 보약입니다. 안되면 누룽지라도 넘기세요.

- 어제보다 조금 좋아졌어. 아침부터 걷고 열심히 먹고 있답니다. 후배 일
  에 마음이 아프구나. 공부 잘한다고 잘 사는 것은 아니지. 가엾은 사람.

- 강황가루가 염증에 좋다는데, 암도 염증이니까 먹어보라고. 꼭 밥을 먹고 먹어야 한대. 고기 등 소화가 안 될 때도 좋다네. 우리 집 작은애가 강력히 추천했어. 따뜻한 성질이라 암에 아주 좋다고 했어. 그 애가 알레르기로 고생이 많은데 강황가루가 특효라네. 우리는 아침, 점심, 두 번을 먹습니다.

- 네 딸 승현이는 아는 것도 많다. 나도 다시 먹어볼게. 항상 신경 써주는구나. 신안샘, 8월 10일 3호선 경복궁역 5번 출구에 있는 국립고궁박물관 1층 로비에서 10시에 만납시다. 특별 기획전 나라 밖 문화재의 여정을 보고 자하문 밖에 있는 소소한 풍경에서 점심 먹고 그다음 일정은 그날 봐서 정하려고 합니다.

- 오케이.

*

## 골프를 치는 날

구름이 잔뜩 꼈습니다. 안개비가 보슬보슬 옵니다. 잔디구장은 물이 많이 차 올랐습니다. 우리 팀은 열심히 골프를 쳤습니다. K친구 부부는 우리 부부보다 항상 스코어가 월등했습니다. 그들은 우리보다 경력이 20년 더 앞선 분들입니다. 한참을 뒤떨어졌지만 슬프지는 않습니다. 그들은 젊어서부터 즐기며 더 열심히 골프를 쳤던 분이기 때문입니다. 스코어가 좋아서 캐디 언니는 그들 부부를 좋아합니다. 함께 운동하는데 더 잘하고 유능하면 캐디들도 신이 납니다.

캐디 언니와 상관없이 우리가 잘못해서 진행이 느려지다가 운동의 흐름이 잘못되지 않도록 여자는 조심을 합니다. 우선 다리가 시원찮고 어깨근육도 완전하지 못해서 운동감각이 떨어지고 실수가 많이 나오니까 더러는 두 번씩 치는 경우가 많다 보니 그렇습니다. 그래도 골프를 치러 나오는 자체가 여자는 즐겁습니다. 집안에 갇혀서 살다가 자유롭게 소풍을 나온 거 같아서 행복합니다.

몇 날 며칠을 밤새워 비가 왔을 때 골프를 치러 오면 참 즐겁습니다. 이렇게 우중 골프도 좋고 수중 골프도 좋습니다. 비를 맞아 손은 미끄럽고 신발은 철푸덕 소리를 내는 것이 어릴 때, 개구장이들이 길바닥의 웅덩이에 신발을 넣고 철퍼덕거리며 즐거워하는 모습과 똑같습니다. 그러고 보면 남녀노소 가장 즐거운 것은 애기들처럼 노는 일인 것 같습니다. 누가 더 잘하고 못하고는 상관이 없을 것입니다. 흙탕물에 함께 뒹굴고 웃으며 흙탕물 속에 첨벙거리는 것 그 자체가 즐거울 것입니다.

인간은 어쩌면 공부를 열심히 하는 것보다 공부한다고 이리저리 어울리는 그 자체가 삶이고 공부가 아니겠나 생각했습니다. 어떤 목적을 가지고 그룹을 만들어서 함께 공유하는 삶이 살아가는 공부라 생각합니다. 그런데 함께 공유함이 유익하고 행복을 줄 수 있으면 더욱 좋을 것 같습니다. 원래 여자는 어렸을 때부터 노는 것을 즐겼습니다. 사방치기, 줄넘기, 공기, 자치기 등 어린이 놀이를 무척 좋아했습니다. 그런데 청소년이 되고부터 여자가 좋아하는 놀이는 사라졌습니다.

그러나 여자 마음속에는 대학을 가면 자유롭게 신나게 놀기를 바랐습니다. 그래서 친구들이랑 미팅도 하고 맥주도 마시고 캠핑도 가고, 이런저런 일을 많이 했지만 진하게 진흙밭에서 진탕 놀았다는 느낌이 없었습니다. 그리고 30대가 되었고 40대가 되었습니다. 어쩌다가 30대 초반에 테니스를 쳤고, 40대가 되어 등산을 열심히 했습니다. 그 후 60대에 골프를 치기 시작했습니다. 60대 후반에 수영을 시작했습니다. 여자는 자신을 되돌아봤습니다. 어른들의 놀이는 스포츠였다는 생각이었습니다.

여자는 놀이를 좋아했고, 스포츠를 좋아했다는 생각입니다. 여자는 요즘 날마다 놀기 때문에 행복합니다. 수영, 테니스, 골프, 등산 등이 여자를 행복하게 합니다. 스포츠는 기술을 필요로 합니다. 초보자인 수영도 있지만 40년이 넘은 테니스도 있어서 여자가 잘 할 수 있는 기술자이기 때문에 더 행복할 수 있었습니다. 여자는 날마다 진흙탕에서 진흙탕을 밟으며 행복함을 느끼는 것 같았습니다.

*

## 추석 명절이 돌아오고 있습니다

갑자기 마음이 바빠졌네. 이것도 해야 하고 저것도 해야 하고. 그런데 요즘 원룸에 세를 살려고 들어오는 사람들이 없다네. 여자네는 학교옆에 원룸을 몇 개 가지고 있는데 모두가 빈방이야. 월세를 조금씩 받아야 시어머니, 친정어머니 요양비와 생활비를 줄 수 있는데…. 여자네 남자도 이제 퇴직한 지가 10년이 넘어갔는데. 생활비가 좀처럼 줄지를 않아요. 거기에 자식들도 능력이 없어, 함께 나누어 먹고 살아야 하고. 왜 원룸 방을 선호하지 않을까? 생각을 해보니까 그것은 국가에서 청년들에게 일억씩을 대출해주니까 좀 더 나은 집을 선택해서 살려 하기 때문인 것 같은데….

여자의 학창시절에는 있을 수 없는 시대였는데. 요즘 학생들은 우선 차를 몰고 다니면서 아르바이트를 하고 있잖아. 그들은 보이는 것과 편리함에 치중하며 사는 거지. 그들은 헝그리 정신이 부족한 거고. 그리고 그들은 부모에게 의지를 해서 더 좋은 것만을 선택하는 사람들이고. 오히려 외국 학생들이 원룸을 잘 찾는 편이야. 지금 코로나 시대라 외국 학생들이 오지를 않는 거야. 그런데 추석이 오면서 여러 곳에서 방을 보겠다고 전화가 오는 거였어. 그들은 대부분 차를 가져서 주차장을 물어보는데, 길거리 주차장이거든. 그래도 어쩌겠어. 그들이 만나자 하면, 원하는 시간에 만나주고 서로의 합의점을 찾아봐야겠지.

어느 놈은 밤 10시에 아르바이트 끝나고 만나자 하고 또 어느 놈은 아침 9시에 만나자는 거야. 여자는 원룸이 1년 동안 비었으니까 미리 가서 환기하며 벽에 붙은 곰팡이를 제거하고 청소를 열심히 했지. 그러면 그들은 보고서 다른 곳을 둘러본다 하고 계약을 안 하는 거지. 여자는 그러거나 말거나 하고 집으로 돌아오면서 내가 그럴 줄 알았다 하며 마음을 삭이지. 이렇게 코로나 시절 모두가 힘든데 여자도 당연히 힘들어야지. 그래도 여자는 명절이니까 정을 나누려고 주변 사람들에게 선물을 보냈어.

노교수님들이 여자에게 전화를 하는 거야.

- 정박사 잘 지내나요?

- 네 교수님. 몸은 건강하신가요?

- 그냥 그만그만해요. 가끔 정박사 책을 읽었지만 또 읽어요. 우리 시대랑 비슷한 것이 있어서 재미있어요. 그런데 어지럼증이 심해서 힘들어요. 저번에 병원에 입원해서 좋아졌는데 다시 힘들어요.

- 교수님 예전에 저도 무척 힘들었어요. 그때 어머니가 소의 지라를 사다가 칼로 쪼슬러서 콩고물에 묻혀서 입에 넣고 물을 먹고 약 먹듯이 넘겼어요. 그런데 그게 정말로 약효가 뛰어났어요. 다시 어지럼증이 생겼는데 양약으로는 해결이 안 되어서 엄청 힘들었어요.

- 소 지라?

- 네.

- 그게 뭘까? 들어보지 못해서.


(마침 전철 역에 앉았던 어느 남자가 그거 좋지 하며 마장동에 가면 많다고 설명했다.)


- 교수님 옆에 계신 분이 서울 마장동에 가면 많다면서 좋다고 합니다.

- 그곳(지방)도 아마 소고기 취급하는 곳에 있을 거예요.

- 삶아서 먹는다면 먹겠는데.

- 그럼 약효가 없겠지요. 저도 입에 넣고 물을 많이 마셔서 넘겼어요. 교수님 그래도 이렇게 이야기를 할 수 있어서 좋네요. 우리가 만나도 강선생님과 저와 교수님이 만나면 할 이야기가 많잖아요. 제자 이야기와 교수님들의 근황, 김씨, 박씨, 이씨 등 함께 학교생활을 같이 했던 친구들의

이야기를 할 수 있잖아요. 그런데 생판 낯선 사람을 소개 받으면 무엇을 얘기하겠어요. 우리 학교 이야기를 자녀들이랑 할 수 없잖아요? 그런데 교수님과 강선생을 만나면 즐거운 이야기를 할 수 있어서 좋아요.

- 그렇구나. 그런 생각을 못 했어요.

- 어려운데 추석 명절을 챙겨줘서 고마워요.

- 교수님, 다음에 강선생과 함께 다시 만나요.

- 네.

- 열심히 운동하시고 건강하세요.

- 네.


- 야, 정박사 넌 바쁜데 언제 책을 쓰니?

- 나요? 난 그냥 책 쓰는 것이 취미예요.

- 그런 취미 좋은 거지.

- 저는요 교직에 있을 때 1년에 한 번씩 논문 써서 발표하고 학회지에 보내야 하는 것을 해마다 겪는 것이 버릇이 되어 그런 거 같아요. 뭔가 만들고 쓰면 스스로 숙제를 하는 즐거움이지요.

- 내가 작년에 다리를 다쳐서 수술을 했더니 엄청 힘들었어. 그것도 2번을 했어.

- 저도 왼쪽 심줄이 끊어졌는데 수술이 싫어서 약 먹고 나았어요. 오른쪽 어깨도 심줄이 끊어졌는데 약 먹고 힘들게 나았어요.

- 저는 병원을 싫어해요. 후배 남편이 말기암 전이로 죽어가는데도 병원에서 수술을 하며 죽을 때까지 수술비용 수가를 올리려고 혈안인 것이 못

됐더라구요.

- 그런 면이 있는 거 같더구만.

- 남편 친구도 초기 간암인데 잘라내면 금방 자란다고 꼬드겨서 수술하더
  니 번졌다고 수술, 또 다시 아프다고 수술, 결국 심정지로 죽었다고요.

- 의사들을 믿을 수가 없어요. 저는 건강검진 안 해요. 안 하면 죽을 것같
  이 난리인데 해서 죽는 사람들이 더 많아요.


- 이 나이는 수술 안 하는 게 좋은 거 같아.

- 우리 부부가 새벽에 영어 공부하기로 했어.

- 잘하셨어요. 치매도 안 걸리고 좋아요.

- 그래요. 정박사도 몸 건강하고 다음에 만나요.

- 네.


\*


## 병원의 속은 썩어서 균이 많았습니다


A 친구는 병원 의사입니다. A는 열심히 공부를 했고 주변의 뜻
을 따라 의사가 되었습니다. 그리고 더 열심히 공부하기 위해서 서

울로 학교를 옮겼습니다. 서울의 S대학에서 인턴을 하고 레지던트를 이수하였습니다. 그리고 A는 레지던트를 거쳐 정형외과 전문의가 되었고 자격시험에 합격했습니다. 그리고 S대학에서 아마도 수술자만도 500명 이상을 했습니다. 그는 수술 환자가 많아 주말에도 서너 명을 수술했습니다. 수술 환자는 많았고 의사는 부족했기 때문에 업무에 시달렸습니다.

거기에 선배 의사와 교수들은 보이지 않는 내부자들의 권력 다툼으로 좋은 자리와 경제성이 있는 논문과 출장 등으로 암투가 많았습니다. 그들은 타교 학생인 A를 밀어내고 조이고 하며 왕따를 시켰습니다. 저희들이 하기 싫은 수술은 A에게 모두 다 맡겼습니다. 특히 공휴일의 업무는 A에게 미뤘습니다. 세월은 흘러갔습니다. A는 수술의 달인이 되어갔습니다. 원래 A의 성격은 똑똑하고 야무졌습니다. 매사 철저했고 병원에서 쓰는 용품도 명확했습니다. A 가족이 병원에서 수술을 해도 공짜로 연고나 가제, 반창고 등을 함부로 사용할 수 없었습니다. 그에 비해 교수진들은 후배들과 함께 써야 하고 비품 구매용으로 쓸 수 있는 법인 카드를 자기네 가족의 식사비, 혹은 자기 자신의 술값으로 용도 변경하듯 써버렸습니다.

그러나 A는 법인 카드를 사사로이 쓰지 않고 후배들이 필요한 도구, 에어컨 구입 등으로 사용했습니다. 물론 후배들은 좋을 것입니다. 그러나 조직적으로 내부적 승진이나 좋은 자리에는 그들만의 결탁으로 A를 밀어내기에 몰두했습니다. 어쩌다가 회식이 있어서 의사들이 모였습니다. 뒤풀이로 노래방을 가면 A는 여자 혼자였습니다. 외과의사는 모두가 남성이었습니다. 그것들은 A에게 몸을 밀치고 만지려고 별별 짓을 다 했습니다. 선배나 교수진들은 한결같이 똑같았고 모두가 짐승이었습니다.

노래방만 가면 코냑이나 도수 높은 알코올을 마시고 모두가 미친 사람이 되어 썩은 균이 되었습니다. A는 더 이상 참을 수가 없었습니다. 그리고 어느 날 병원에 그 더러운 균들과 함께 살 수 없어서 사표를 냈습니다. 그 후 수술실은 사고가 발생했습니다. 계속 수술실에서 의료 사고로 사람들이 죽어갔습니다. 그러나 환자들은 그것을 알지 못했습니다. 사설로 옮긴 병원은 붐벼서 A는 바빴습니다. 그런데 웃기는 것이 A가 다녔던 S병원의 동료 아들이나 부인은 A가 있는 병원으로 와서 수술을 요청했습니다. 그곳의 부장들도 몰래 A에게 와서 수술을 받았습니다.

보통 사람이 알 수 없는, 의사들이 만들어가는 죽음을 우리는 알 필요가 있었습니다. 그리고 멀쩡했던 환자들이 더 이상 불미스러운 사고로 죽는 일이 일어나지 않도록 법적 조처가 있기를 바랄 뿐인 것입니다.

*

## 오늘도 걸었어요

- 신안샘 비 오는 아침에 오늘도 걸었어요. 컨디션이 어제보다 조금씩 좋은 것을 보니 10일은 룰루 랄라 좋을 것 같아요. 오늘도 테니스를 치러 가는 지요?

- 좋았어요. 항암치료 후 열흘은 지나야 힘든 것이 나아지는 거 같네요. 오늘 오후 3시부터 비가 온다고 해서. 남자가 강화도에 가자는데…. 방에 있는 화분들이 아마도 나 오기만을 기다릴 텐데…. 걔네가 주인이 불량해서 물도 잘 아껴 먹어서 고마운데… 또 비가 안 온다면, 테니스 회원들이 멤버가 없어서 운동을 못 할 거 같아서 말이요. 집에서 먹을 쌀도 다 떨어져서 강화도 가는 김에 사왔으면 좋겠네요.

여하튼 지금처럼, 몸 관리를 잘하서.

강화도에 왔소이다. 호야꽃이 몇 번 폈다가 졌네요. 죽지 않고 살아주어서 호야꽃에게 고맙다고 했소이다. 테니스장 회장님이 공을 친 후 치맥을 사준다고 카톡이 왔습니다. 우리는 빨리 달려가서 테니스장으로 직행해야겠습니다.

- 좋아, 좋아요. 끈질긴 꽃잎! 우리 같은 출신인가봐. 역시 경쟁력 짱이다. 오늘도 테니스장으로 직행해야겠다.

- 사진 멋있지? 푸른 하늘에 뭉게구름. 잔잔한 파도. 저 멀리 우뚝 솟은 산이 해명산이요.

- 우리가 갔던 보문사가 있던 해명산, 자태가 멋지다.

- 차가 계속 강화도로 밀려온다. 휴가 차가 초지대교를 꽉 채웠다.


- 좋은 아침. 수영장에서 왕언니 오늘 나 보고 가요. 어? 왜? 복숭아 주려고요(난 이미 그 친구에게 복숭아 두 박스를 사줬거든). 난 안 줘도 되는데… 그래도 주면 더 좋지. 네. 주차장에서 만나요. 그리고 복숭아를 받아왔네. 다른 친구들도 복숭아를 나누어주더군. 그 친구 마음이 따뜻해서 좋았어. 어제 술값은 내가 냈어. 00만원 나왔는데 회비가 다 날아가면 힘들까 봐. 건강해서 내가 낼 수 있어서 감사한 거지. 아프면 먹을 수도 없고 돈 낼 일도 없을 테니까. 그게 사는 것이겠지.


- 어젯밤 천둥 치고 장맛비가 내리더니 좋은 아침이네. 주위에 마음이 따뜻한 사람도 많지. 어제 막힌다고 하더니 테니스 치고 맥주파티 했네. 백회장님, 마나님 덕분에 노년을 즐겁게 보내신다. 너의 진취적 사고로 주위에 친구, 친척이 많은 거다. 어제는 아들이 음식을 해 가지고 고속버스 타고 올라왔다가 밤 10시에 내려갔어. 그 애는 마음이 따뜻해. 잘나지 못해서 우리 곁에 있나 봐. 아침에 조금 걷고 잘 먹고 체력을 기르고 있습니다. 좋은 하루 보내세요.

- 우리 승현이도 못났으니까, 금, 토, 일에 우리 집에 와서 개기면서 술 먹고 밥 먹으며 아빠랑 논다. 난 밥 해주고 집안일 하고 꼴 보기 싫어하며 함께 산다니까. 휴일 날 어디를 못 가요. 우리 집 남자. 승현이 밥 줘야 한다고. 그래서 강화도를 주중에 가려니까 바쁜 거지. 하여튼 못 말린다니까. 싫은 소리 한 번 안 해요. 남자는 천사요, 여자는 악녀입니다. 좋습니다. 그러거나 말거나 그러면서 삽니다.

- 신안샘 아침운동 했다. 내일이 생일이라… 약소하지. 너에게 고마움을 나타낼 수가 없어서. 먹는 것으로만. 출신은 못 속인다니까. 얼린 것은 다슬기야. 어제 아들이 가져왔어.
- 네 것을 가져오면 어떡하니? 아주 한 살림을 차려왔네요. 네 맘 잘 알고 있어요. 어쨌든 고마워요. 생일 잔치 잘 했네요. 우리 집을 왔다 갔으니, 그것도 버스를 타고 말이요. 훌륭합니다. 뭔가 열심히 일상적인 곳으로 가고 있습니다. 잘 견뎌서 이겨봅시다.

네비샘, 귀리만 밥솥에 넣고(물을 넉넉히 넣을 것, 보리쌀 삶듯이요) 삶아서 먹으니까 옥수수 낟알 먹는 것 같아. 그냥 구수한 맛이 나네. 삶아서 들고 다니면서 먹어도 되겠다. 단백질이라니 먹으면 좋으니까.

- 신안샘 생일 축하해. 큰 나무처럼 우뚝 서 있는 모습이 그려진다. 아침에 일어났더니 산타가 귀리를 놓고 갔더라. 아침에 귀리 삶아서, 만든 요구

르트하고 섞어서 먹고 단백질 섭취 많이 했다. 매번 가르쳐줘서 고맙다. 오늘도 보람있게 보내길 바랍니다.

- 네비샘, 당신도 우리 여고 동창들에게 사랑받기 위해 태어난 사람이야. 얼마나 동창을 위해 수고했냐. 넌 어쨌든 나와 비슷한 시기에 함께 소풍을 가야 하니까 잘 먹고 잘 자고 잘 싸야 한다니까요.

- 좋은 아침. 기분은 좋아졌나요? 계속 힘들 테지만. 나는 오른팔 심줄이 갑자기 잘못 엮었는지 힘들더라고. 오늘은 수영 멤버가 많아졌어. 처음 주자가 어찌나 빠르게 수영을 하여 마지막 주자인 내가 떠나지도 않았는데 와 버렸어. 나는 첫 주자에게 천천히 오라고 손짓했어. 가다가 중간에 옆 라인으로 바꾸어서 리듬을 맞추었어. 그래도 칠학년이 사 오학년들과 함께 수영달리기를 하고 있으니 감사한 일이지. 바쁘니까 나는 무조건 빨리 빨리를 외치며 수영을 했다니까. 25바퀴를 숨도 안 쉬고 돌고 돌고를 했다니까. 그리고 끝났다는 신호를 받고 감사했어.

사는 것도 그런 거 같았어. 여기까지 어떻게 살았는지 모르게 달려온 거 같았어. 자기나 나나 열심히 무수리로 달려왔으니 우리는 잘 산 거야. 우리는 무조건 감사하며 파이팅하자고.

- 아침부터 할매가 25바퀴나! 장하다. 차 몰고 콧바람 쐬고 친구 만나고 오늘 신났다.

- 오늘 아침은 습도가 높아서 5000보만 걸었다. 파마하러 간다면서. 나는 머리만 빠지지 않는다면 컨디션이 좋단다. 8월 20일쯤은 머리 삭발하려고 한다. 곱슬머리라 미워했더니만 다음에 자라는 머리는 잘 관리해봐야겠다.

- 좋은 아침. 새벽부터 매미 소리가 장난 아니다. 숲에서 베란다로 쳐들어온다. 쓰르쓰르 쓰르라미 양양양낭 매매 매매 온갖 매미들이 노래를 하고 있다. 시원한 대청마루에서 솔바람과 선풍기 바람을 쏘이며 망중한을 느끼고 있다네. 어쩌? 몸은 좋습니까? 어제 오후에 소염제 먹고 또 멤버가 없으니 테니스를 치고 왔네. 내가 스포츠를 좋아하나 봐. 이렇게 좋아하는 것을 할 수 있어서 행복하게 살고 있음에 감사해야지. 무조건 난 매사에 감사하다고 기도를 할거네. 네가 잘 먹고 씩씩하게 무수리로 살고 있는 것도 감사해. 그래서 우린 항상 언제고 즐기며, 오래 오래 함께 놀걸세.

*

## 꿈에 아버지가 보였다

푸른 지폐가 빳빳했는데, 아버지 지갑에 두툼하게 싸여 있었다. 아버지는 나와 엄마, 그리고 어떤 누구에게 만원씩을 나누어주었다. 여자는 좋아서 얼른 받았고 아버지는 어디로 놀러 가자 했다. 그리고 눈을 떴다. 기분은 좋았다. 어렸을 때 아버지는 특근 수당을 타면 여자를 데리고 시장 탐방을 갔다. 루앙 양장점으로 가서 옷 한 벌을 맞춰주었다. 다시 양화점으로 가서 구두를 맞춰주었던 생각이 났다. 왜? 아버지가 보였을까?…

아침 식사를 하고 이거저거 추석을 위해서 남은 채소로 물김치를 담갔다. 마침, 어머니에게 전화가 왔다.

- 여보세요? 네 엄마.
- 야, 왜 택배를 보냈다며 안 오는 거야.
- 엄마, 기다리세요.
- 토요일, 일요일이고 지금 태풍이 오니까 그렇겠지요. 하여튼 샤인머스켓 4박스 보냈으니까요. 그냥 기다리세요.
- 알았어.

그러면 안 되는데, 짜증이 나고 심통이 생기니, 못됐다. 어머니에 대한 효심의 시효가 한참 지나서 일까? 여자는 나무아미타불 관세음보살, 나무아미 타불 관세음보살을 읊조렸다. 사실 여자는 그게 무슨 뜻인지도 모른다. 나무아미타불 관세음보살을 통해 자신의 사악함을 잠재우고 고요한 마음이 일어나기를 바랄 뿐이다. 네이버를 찾았다. 아미타불과 관세음보살에게 귀의한다는 뜻이라 했다.

불교에서는 아미타불과 관세음보살을 진심으로 믿으면 극락에 갈 수 있다고 생각한다는 것이다. 여자는 어렸을 때부터 할머니나 어머니가 기도하는 소리를 들었고, 그들을 따라서 했던 것으로, 특별히 어떤 생각을 갖는 것은 아니었다. 다만 부정적인 생각이나 좋지 못한 생각을 할라치면 머리를 흔들고 나쁜 생각을 물리치는 방법이었다. 그리고 나무아미타불 관세음보살을 읊조리면, 자신을 어둠에서 밝은 쪽으로 이동하여 긍정적인 마인드로 변화 시켰다. 그때 여자의 마음은 고요해졌고 편안해졌다.

어떤 친구들은 주여, 주님이시여를 외쳤다는 생각이 들었다. 그런데 나는 주님이시여라는 외침에 마음속에서 불편한 몸 떨림이 일어났다. 아마도 어렸을 때 자주 듣던 할머니들의 나무아미타불 관세음보살이 친근했던 모양이었다. 지금도 자주 수시로 나무아미타불 관세음보살을 찾고 기도를 했다. 그러면 마음이 편안해지고 고요해지기 때문이었다.

## 좋은 아침 2

- 수영장에서 나오니까 해가 떴네. 차가 엄청 밀리고 있었네. 어제 태풍으로 한강 어디쯤을 차단했나 봐. 우리 어머니는 계속 전화를 하시네. 어제 추석이라고 포도 3박스를 받았다는 거야. 우리 집 남자는 어? 내가 4박스를 보냈는데? 하며 의아하다고 했어. 여자는 뭔가 문제가 있구나 생각했지. 여자는 미리 어머니에게 4박스를 보냈다고 말했거든. 어머니 또 요양원 직원하고 쌈박질 할 거라는 생각을 하니까 머리가 아팠어. 저번에도 옷을 3벌 부쳤는데 딸이 사준 것이 아니라고 난리를 쳤는데….

요양원 직원이 여동생에게 전화를 걸어서 어머니의 부당함을 설명하며 어머니에 대해 안 좋게 설명했다는데…. 여동생은 엄마가 왜 그러는지 모르겠다면서 엄마를 엄청 욕했어. 그리고 오빠에게 전화를 해서 엄마가 치매에 걸린 것 같다고 하니까 오빠는 엄마가 그럴 사람이 아니라면서 엄마 편을 들었다고 여자에게 오빠를 이해할 수 없다면서 욕했어. 여동생은 오빠에 대해 정말 말할 수 없이 실망스럽다고 했어.

그런데 여자가 여동생에게 포도 사건을 설명했지. 요양원에 분명 4박스를 보냈고 배달자에게 송장 번호를 확인시켰더니 직원에게 포도 4박스를 보냈다고 확인을 했다고. 그런데 엄마가 3박스가 왔다면서 나에게 1박스를 돈으로 환불을 받아야 한다는 것이었어. 그래서 내가 알겠다고 했고, 그냥 한 박스를 우리 집으로 다시 보내라고 배달자에게 요구했다고 했더니 잘 했다고 했거든. 그런데 엄마가 치매는 아니라는 것이지. 너무 똑똑해서 매사를 잘 알고 있다는 것이지. 여자가 1박스를 손해 보면 요양원이 조용할 것이라는 생각이었어. 세상이 시끄럽지 않고 조용히 넘어가려면, 포도 한 박스의 존재를 모르게 하면 되었어.

- 추석이 가까워지니까 어머니의 심사가 복잡해지나 봐. 계속 나에게 전화를 해서 협박을 하시네. 자기는 이 요양원을 나가야겠다나. 여기서는 못 살겠다는 것이야. 한번 깨진 항아리를 다시 붙일 수가 없다면서 당신을 안 데려가려면 죽어버리겠다는 것이야. 우리 형제들에게 돌아가면서 협박성 전화를 수시로 하시는 거야.
- 남동생이 스님 원장을 만나서 잘 협상을 했다는데, 모르지 어떻게 어머니 마음을 달래시려는지. A친구 친정 어머니가 아버지 제사 때 요양원에서 모셔왔는데 당신은 절대 요양원에 안 가겠다 해서 못 가신다는데… 딸이 모시는 게 아니잖아. 며느리가 모셔야 하고 아들이 모셔야 하니까 그게 힘든 거지. 나는 딸이라도 못 모셔. 생떼가 얼마나 심하신지 말할 수가 없어. 애기들과 똑같아. 그런데 우리도 더 늙어서 그래진다는 게 무서워. 시절이 바뀌어 AI와 살았으면 좋겠다는 생각이 들어.
- 추석 잘 쇠고, 몸 건강을 잘 챙기시게.

*

## 드디어 추석이다

새벽부터 갈비탕을 끓였다. 올해는 전을 안 하기로 했다. 여자는 칠학년이 넘었고 몸이 부실했다. 새로운 뉴스로, 성균관 유생들이 과일과 떡, 포로 간단히 제사를 지내는 게 좋겠다고 신문과 방송에 차례상 표본을 제시했다. 남자는 표본 사진을 동생들에게 보여주며 이대로 할 것이라고 이해를 시켰다. 다행히 남자에게 차례상에 올리는 한상차림 제사용품을 선물 받았다. 거기에는 동그랑땡, 동태전, 고기전 등 없는 게 없었다. 그것으로 모든 준비가 쉽게 이루어졌다.

추석 물가는 장난이 아니게 비쌌다. 여자는 시금치, 도라지, 고사리 등을 제수용으로 샀다. 야채는 무조건 만원씩이었다. 유럽 물가 이상으로 비쌌다. 제수용보다 식구들 먹는 게 문제였다. 새벽에 시골에서 오니까 밥솥에 밥을 가득 채웠다. 갈비탕은 갈비를 잔뜩 넣고 20인 정도로 큰 솥에 끓였다. 나이 들어 이가 튼튼하지 못하니까 2시간 이상을 끓였다. 밑반찬으로 감자샐러드, 오이와 도라지 무침, 배추 김치, 열무김치, 순무김치, 김, 오징어무침, 콩나물 등을 만들었다. 셋째네, 셋째 아들, 둘째네, 둘째네 큰아들 식구, 막내삼촌 등이 왔다. 손자들의 덩치가 커져서 몸무게가 100킬로나 되었다.

갑자기 집이 좁아졌다. 열댓 명이 모이니까 장난이 아니었다. 아침 겸 점심으로 상을 차렸다. 거실이 꽉 찼다. 20인분 갈비탕은 순식간에 사라졌다. 상차림한 반찬이 완전히 사라졌다. 이 사람들이 굶고 왔나 싶을 정도였다. 여자는 그날 떡집에서 만든 송편을 사다가 상에 놓았다. 제사상에 올릴 것은 미리 전과 함께 냉동시켰다. 여자는 죽은 조상보다 산 조상이 먼저 먹는다고, 시어머님이 주장했듯이 우리도 먼저 먹는 것이 좋다면서 상에 놓았다. 송편은 맛있었다. 식사를 다 하고 차를 마시고 과일을 먹고 설거지를 끝냈다. 12시가 아직 안 되었다.

동서들은 고속터미널 지하상가로 직행했다. 산책 겸 나들이였다. 그들은 속옷, 소파천, 베갯잇, 겉옷, 바지, 티셔츠 등을 샀다. 여자는 저녁상차림이 무서웠다. 원래 잘 먹으니까 많아야 했다. 돌고 돌아 2시간 30분 이상을 걸었다. 다리도 아팠다. 여자는 슈퍼에 가서 총각김치 한 무더기를 더 사서 집으로 왔다. 제일 큰 것으로 피자 2판을 6시까지로 주문했다. 남자와 함께 GS슈퍼로 갔다. 참치회가 있었는데 없었다. 다시 롯데 마트로 갔다. 제일 큰 사이즈가 마지막으로 있었다.

롯데 마트에서 회, 고기, 닭날개 등을 한가득 사왔다. 오자마자 닭날개를 에어후라이기에 넣고 튀겼다. 3판을 돌려서 튀겼다. 큰 바구니에 가득 채웠다. 저녁에 딸네가 왔는데 갑자기 멘붕상태가 일어났다. 다행히 그들은 애기가 코로나 기운이 돌아 집으로 돌아 갔다. 감사했다. 저녁상은 회, 피자, 닭날개, 소고기 야채 볶음 등으로 상다리가 부러지도록 차렸다. 그리고 셋째 삼촌이 가져온 30년산 양주를 맥주와 섞어서 폭탄주를 마셨다. 식구들은 즐거워서 환호를 불렀다.

　폭탄주는 돌고 돌았다. 여자는 주문했다. 30년산 다 먹지 말라고. 조금 남겨서 후에 오는 사돈네 한숟갈씩 맛보게 해달라고. 그들은 다시 포도주를 마셨고 소주를 마셨다. 밤이 새도록 마셔댔다. 결국 2시경까지 떠들며 즐겁게 마셨다. 여자는 너무 힘들어서 설거지를 하다 말고 침대로 들어가서 쉬었다. 젊은이들은 먹다가 잠자고 취해서 오락가락했다. 여자는 이튿날 새벽에 일어나서 제사상 준비에 바빴다. 미역국에 쌀밥, 조기, 모듬전, 과일 등을 준비하여 차례를 준비했다. 남자들은 차례상 앞에서 차례를 지냈다.

　차례상을 옮겨 놓고 밥과 국을 떠서 모두가 함께 식사했다. 여자는 셋째에게 굴비 손질을 열심히 했으니 3마리를 먹으라 했다. 형님 2마리만 먹겠다고. 그런데 막내에게 모두들 많이 먹으라고, 조기를 막네 옆으로 옮겨주었다. 조기를 좋아한다고. 식사가 끝날 때 나는 기절할 뻔했다. 막내삼촌 앞에 조기 가시가 산처럼 쌓였다. 이십여 마리를 혼자 다 먹은 거 같은… 가시가 소복이 쌓여 있는 자체가 신기했다. 식구들도 놀라서 입을 벌렸다. 곧 차를 마시고 과일을 먹고 이거저거 이바구를 하고, 11월 4째 목요일에 T시 호텔에서 가족 모임을 하기로 했다.

시간이 지나서 선물용들, 명란젓갈, 김박스, 과일, 전 등을 균등히 나누어서 챙겨주었다. 그들은 각자 짐을 들고 우리 집 현관을 나서는데 긴 복도에 덩치가 큰 인물들이 출입구부터 가득 차서 나가는데 대합실 출구 같았다. 여자는 그들이 차를 타고 가는 모습을 보며 손을 흔들었다. 그리고 생각했다. 어제저녁, 셋째 삼촌이 담배를 피우러 아파트 주변을 돌았는데 시끄럽게 떠들고 웃음이 가득한 곳은 형네 집뿐이라며, 엄청 기분이 좋았다고. 사실 이런 것이 사람 사는 명절이지 않을까 생각했다.

\*

## 좋은 아침 3

- 미국의 최고 의사로 11차례 세계적인 암치료 권위자인 김의신 박사는 절대로 암수술을 안 시킨다는 거야. 건강하게 수명을 연장한다는 거지. 한국은 의료수가를 위해서 수술을 함부로 시킨다는 것이야. 그래서 남편

친구 K가 희생자가 되었다는 것이고. 한국은 밥을 못 먹으면 링거처방을 하는데, 미국은 먹지 못하면 먹을 수 있을 때까지 기다린다는 거야. 암은 잘 못 먹는 것과, 스트레스 받는 것이 가장 치명적인 것이래. 지금 강화도에 가고 있어. 그동안 명절을 진하게 쇠어서 힘들었어. 지루하고 힘든 것을 달래기 위해 어딘가 떠나고 싶네. 그동안 밀린 전기세와 수도세도 내야 하고. 한가하게 조용히 쉬다 오려고. 차 속에서 보니까 한강 넘어 너네 집이 보인다. 내 손 흔들고 있다.

- 추석 때 집에서 부쩍거렸더니 어딘가 떠나고 싶은 것은 똑같아. 영감 건강검진 받으러 갔다가 일찍 와서 혼자서 창경궁 걷고 종묘로 넘어가는 중. 서울에서 사는 혜택을 누리고 있다. 항상 좋은 내용 있으면 보내줘서 고마워. 강화도 잘 다녀와.

- 호야꽃이 다시 피었다. 물 깊이는 1센티미터 남았네. 지난겨울 사정이 생겨 오륙 개월 물을 못 줘서 죽었을까 봐 걱정이 많았는데…. 이번에는 한 달 정도밖에 안 걸렸는데도 물이 다 말랐네. 남자는 호야꽃이 알면서 물을 먹는다나. 이번에 주인이 언제 올지를 알아서 그렇대나. 나도 신기하다. 얘들이 나 올 때를 맞춰가며 물을 먹다니!

민 머루 해수욕장을 갔어. 바닷물이 빠져나가 모래사장과 펄이 저 멀리까지 뻗어 있어. 철이 지난 바다는 조용하고 고요하네. 텐트족, 한두 집이 있었네. 애기들이 모래성을 쌓고 있네. 가까이 이렇게 바다를 볼 수 있어서 좋아. 뭔가 치유가 생기는 것 같아. 동서로 긴 모래밭을 걸었어. 동쪽 산 밑에 바위들이 많아. 물벌레들이 내 발자국 소리에 놀라 바퀴벌레같이 사라지네. 바위에 앉아서 큰 숨을 쉬면서 잠시 쉬다가 모래 해변을 따라 서쪽 끝까지 산책을 했네.

숙소로 와서 짐을 풀었지. 몸을 씻고 잠시 쉬었다가 저녁을 먹고 내가 면사무소로 나왔어. 여기는 완전히 60~70년대 모습이야. 큰 길 따라 호프집, 컴퓨터집, 세탁소, 현대 슈퍼, 노인정, 종합 건축자재 판매, 농업종자판매소, 미용실, 내가음식점, 17회 내가 초등학교 동창 치킨집, 차돌 짬뽕집, 대형슈퍼, 옷가게, 약국, 이발소, 건축사무소, 사진관, 내가여인숙, 유일 양복점, 고향산천 갈비집 등이 정겹게 느껴져서 좋았어.

큰 길을 따라 치킨집을 끼고 우회전을 하면 고려저수지가 보여. 호수를 따라 산책을 했어. 고기들이 두잽이를 하는 소리가 들려. 바람이 없어서 약간 후덥지근하네. 반대 쪽 산밑 호숫가는 조용했어. 불만 반짝거리네. 서쪽 호수로 산책을 했어. 논, 밭이었던 곳에 흙을 돋워서 집터를 만들고 정원을 가꾸었네. 간간이 낚시꾼이 낚시를 했고. 저 멀리 국숫집은 사라졌고 집터와 정원수가 생겼네. 그 옆에 2층집은 3층집으로 만들어졌어. 우리는 다시 돌아와서 어둠을 벗 삼아 집으로 왔다네.

- 끈질긴 생명력의 호야꽃이구나. 석모도로 이동했구나. 재미있게 사는 모습이 부럽구나.


- 강화도에 강화웰빙CC 퍼블릭이 생겼네. 언제 K친구랑 골프장 가보자.
- 어! 그래 그 친구랑 가보자. 네가 보낸 호수 사진 멋지다.
- 원래, 그림이 더 멋있는 거야.


\*


## 루쉰의 『고향』을 읽었다

루쉰(1881~1936)은 중국의 소설가이자 사상가이다. '고향'은 1인칭 시점으로 쓴 작품이다. 중국의 봉건사회를 비판하고 민주화에 대한 작가의 문제 의식이 담긴 작품이다. 그는 2천여 리나 떨어진 고향을 찾는다. 다른 사람에게 팔려버린 고향집을 정리하고 타향으로 아주 떠나기 위해 20년 만에 고향을 찾은 것이다. 고향은 그가 줄곧 기억하고 있던 것과 많이 달랐다. 그는 고향의 예전 기억을 찾으려고 했지만 황량하고 쓸쓸한 모습뿐이었다. 쇄락한 고향집도 마찬가지였다. 그가 괴괴한 고향집에 도착했을 때 어머니와 여덟

살짜리 조카 홍얼이 맞아주었다.

모자는 이사에 대한 이야기를 했다. 그는 집을 빌려놓고 약간의
가구를 사 놓았으니 나머지는 고향집의 가구들을 전부 팔아 해결
하면 된다고 했다. 그러고는 이삼 일 쉬고 친척들과 인사를 나눈
뒤 고향을 떠나기로 했다. 작가는 고향산천뿐만 아니라 마을 사람
들도 변했다는 것을 절감한다. 오랜 세월 동고동락했지만 가난하
고 무지한 마을 사람들은 체면과 염치도 없이 그의 집에서 무엇이
라도 더 가져가려 하고 몰래 집어갈 궁리만 했다.

작가를 만나고 싶어하는 룬투와 만났다. 작가는 어릴 적 룬투와
의 추억에 젖어들어 잠시 고향이 아름답게 느껴지는 기분이었다.
그러나 그 역시 기억 속의 룬투가 아니었다. 그는 은 목걸이를 하
고 있는 수박밭의 소영웅이었는데 가난하고 고통스러운 삶으로 인
해 전혀 다른 사람이 돼 있었다. 어릴 적 친구이나 황폐하고 피폐
한 삶으로 룬투는 변화해 버렸다. 가혹한 세금과 군인 관료, 지주
들의 횡포 등으로 고향 사람들이 그악스럽고 비굴한 모습으로 변
해버렸다.

그는 상실감에 젖었다. 마음이 아프고 슬펐다. 조카 같은 다음
세대는 변화된 세상에서 살게 되기를 기대했다. 그는 희망은 만들
어지는 것이라 생각했다. 그런데 룬투의 소망과 희망은 절박한 것

이고 자신의 희망이나 소원은 아득하게 멀다는 생각을 했다. 루쉰은 당시 중국의 황량하고 각박한 현실을 '고향'을 통해 드러내며 희망의 의지를 '길'이 만들어 지는 것에 비유하며 중국의 미래 대한 의지를 자화상을 통해 나타냈다.

　작가를 통해 내 마음에서 일어나는 영상이 있었다. 아득히 멀고 먼 옛날 풍경이 생각났다. 농촌의 외할머니, 친할머니 집의 풍경, 할아버지가 사랑방에서 기거하던 모습, 일꾼들이 농사 일을 하며 분주하게 움직이던 일들이 생각나서 즐거웠다.

*

# 『장자, 도를 말한다』를 나는 즐겨 읽는다

- 부처를 이해하기 위해선 무아의 맛을 조금이라도 알아야 할 것이다. 언어적인 차원에서는 붓다의 말을 이해할 수 있겠지만 그것은 별로 도움이 되지 않는다. 그것은 그대를 멀리까지 데려가지 못할 것이다. 그것은 무아의 경지를 조금이라도 엿보아야 할 것이다. 그리고 그것은 충분히 가능한 일이다.

아무것도 하지 말고 조용히 앉아 보라. 그대를 자극하는 만트라도 외우지 말라. 신의 이름도 중얼거리지 말라. 특별한 요가 자세를 취하지도 말라. 신의 이름도 중얼거리지 말라. 생각을 집중하지도 말고 명상하지도 말라. 그냥 방 안에 또는 나무 곁이나 강가에 고요히 앉아 있으라. 풀밭에 누워 밤하늘의 별을 쳐다보라. 아니면 눈을 감은 채 그냥 누워 있으라. 그냥 그 자리에 존재하라. 에너지를 다른 데로 보내지 말라. 고요한 연못이 돼라. 그러면 순간적으로 어떤 경험이 그대를 향해 밀려오기 시작할 것이다. 잠깐 동안 그대는 거기에 있으면서도 없는 듯한 느낌이 들 것이다.

결국, 거기에 존재하면서 존재하지 않는다는 것인데… 사라졌다가 다시 나타남을 설명하고 있는 것인데…. 어렵습니다.

\*

## 후배들은 갈수록 어려워지고 있습니다

후배들은 평생을 공부했습니다. 석사 박사를 따고 주임교수 일을 보조하며 조교역할과 연구업적을 돕고 살았습니다. 주임교수는 정년기를 끝마쳤고 후배들은 학교에서 남은 잔업과 강사로서의 책임을 다했습니다. 강사료를 받아서 근근이 자기 생활을 충당하며 나날의 생활을 이어갔습니다. 그러나 강사들도 나이를 먹어감에 따라 몸의 통증이 생겨났습니다. 수시로 병원에 가서 진료와 치료를 받고 살아야 했습니다. 결혼 못 한 후배 여강사들이 많았습니다. 그들은 집안도 간난한 이가 많았는데, 강사비를 받아 부모도 책임지고 살았습니다.

A 여성 후배는 가난했고 결혼도 못 했으며, 부모도 책임지고 효도를 했습니다. 그런데 그 A 후배가 큰 병이 걸려서 중환자로 입원을 했다 합니다. 거기에 학교에서도 너무 많은 강의를 오랫동안 했다며 강의 시간을 주지 않고 퇴출시켰다고 들었습니다. 참, 안타깝고 불쌍한 생각이 들었습니다. B 여성 후배는 남편이 식도암에 걸렸습니다. 남편이 큰 회사를 경영했습니다. 그런데 남편이 항암치료차 회사를 소홀히 하게 되었는데 어느 날 그 회사가 빚더미로 날아가게 생겼습니다.

그래서 B후배는 회사를 찾으려고 가지고 있던 땅과 집을 몽땅 팔려고 내놓았습니다. 그러나 팔리지도 않았습니다. 후배 B는 계속 불행 속을 거닐고 있었습니다. 우리는 죽음을 가지는 암의 치료를 알아야했습니다. 미국 최고의 의사로 세계적인 암치료 권위자인 '김의신 박사'의 이야기는 암의 치료는 완치는 없으며, 수술을 해도 30% 정도의 치료라는 것이다. 일단 수술을 하면 혈관을 통해서 암이 온몸을 돌아다닌다는 것이다. 그래서 항암치료로 암과 함께 살면서 공존하며 오래 견디는 삶을 사는 것이라고 설명했다. 그래서 미국은 절대 수술을 하지 않는다. 그런데 한국은 무조건 수술을 해서 암을 치료한다. 그것은 병원 수가를 올리는 방법이라는 것이다. 내가 이렇게 설명하면 외과 의사나 그의 가족들은 나를 욕할 것이다. 암 수술을 해서 잘살고 있는 사람이 너무 많다고. 그런데 수술해서 죽은 사람들의 숫자는 밝히지 않았다.

그리고 한 번 암 수술을 하면 수술한 사람은 대부분 3~4번 수술을 더 했다. 다른 곳으로 번져서, 아니면 다리가 아파서 못 걸으니까 하는 김에 한다고. 그런데 허리도 아프니까 수술을 해버리자며 수술을 했다. 그리고 암 수술자는 어느 날 심정지로 갑자기 죽어버렸다. 내 친구나 남편 친구들이 그렇게 죽었다. 의사들은 책임이 없다. 암이 걸렸으니까 수술했던 것이라고. 나는 주변 사람들에게 암을 줄이는 항암치료를 받으며 살라고 권고했다. 그들은 의사가 알아서 해줄 거라며 걱정하지 않았는데, 어느 날 암환자는 심정지로 죽은 것이다.

C후배는 남편이 암에 걸렸다. 항암치료를 계속 받았으나 어느 날 온몸에 번져서 치료할 수 없었다. 그런데도 병원에서는 이거저거 수술을 해야 한다면서 수술을 시켰다. 보호자 입장에서는 그렇게 하면 나아지는 것으로 생각했다. 그런데 상식적으로 생각해보자. 머리

까지 번져서 온몸이 암덩어리로 되었는데 이거저거 수술을 하는 것이 환자와 보호자를 위해서이었겠는가. 그것은 의사들의 이익을 위해서일 것이다. 수술은 환자를 위한 것이 아니라 병원을 위한 수익, 돈을 위한 것이라는 것이다. 대한민국의 의사는 악동이라는 생각이 든다. 적어도 양심이 있는 의사가 대한민국에 많았으면 좋겠다.

이제 우리는 우리의 판단과 기준을 정해서 적어도 가족이나 나 자신을 의사들의 희생물로 바쳐서는 안 된다. 스스로 자신의 죽음을 맞이하고 몸 상태에 따라 자신의 죽음을 가감하여 현대의학에 따라 최선을 다하되, 마지막 순간은 의사들의 시험 대상이 아니고, 자연스럽게 죽음을 감사하는 마음으로 받아들이는, 그래서 이 세상을 후회 없이 떠났으면 좋겠다.

*

## 나는 수행하는 마음으로 살련다

몸이 무겁고 귀찮으며 매사 짜증이 날 때가 많다. 그때 우연히 한국기행에서 어떤 스님이 집을 짓고, 밥을 해먹고, 농사를 짓는 모습이 보였다. 기자가 물었다 힘들지 않느냐고. 스님은 이것이 모두 수행이기 때문에 힘들지 않다고 했다. 그 후 나도 모든 것을 수행으로 여기니까 좀 덜 힘들었다. 쓰레기를 처리하는데 냄새가 고약하고 무거워서 옮기는 데 힘이 들었다. 그런데 수행이라 생각하니 당연하게 여겨졌다. 나이가 들면서, 노인이 되어가면, 발랄하고 명랑하며 기분 좋은 일보다 찌증 나고 심드렁해지는, 그래서 마음의 심사가 고약해지는 것이 아닐까.

여하튼 애기들을 만나면, 웃음이 일어나고 즐거우며, 애기들의 몸짓이 사랑스러워서 우리도 즐겁다. 그러나 길가를 거닐면서 거만한 노인들을 만나면, 무거운 쇠철망이 우리에게 덤벼드는 느낌이 일어났던 것이다. 그래서 얼른 피하고 싶은 마음이 더 커졌다. 그런데 나 스스로도 그 지경일 수 있었다. 그러나 노인들이 무거운 짐을 수레에 끌고 가고, 농사를 짓고 열심히 작업을 하고 있으면, 안타까워서 도와주고 싶은 마음이 일어났다. 그런 것을 보면, 아마도 인간은 죽을 때까지 일을 하며 최선을 다하고 사는 모습이 가장 아름답지 않을까 생각했다.

사실 노인들이 평생을 열심히 살아서 자신의 몸을 돌보지 못해 몸이 망가졌기 때문에 더 이상 몸을 쓸 수 없기 때문에 어기적거리며 소일하고 있을지도 모르지만 말이다. 각자의 사정대로 마지막 여생을 보내는데 병원에서가 아니라 일상적인 생활로, 좀 편안하게 수명이 다할 때까지 고요히 살다가는 것이 제일 행복할 것이리라. 그래서 나는 열심히 운동을 하려고 애쓴다. 그것이 일상생활을 유지할 수 있는 최선의 방법이기 때문이다.

밥을 맛있게 만들어 먹고, 먹고 싶은 것을 마음대로 사서 들고 올 수 있으며, 누군가 우리 집에 왔을 때 음식을 만들어서 즐길 수 있었으면 좋겠다. 친구들이 서서 있는 것 자체도 힘들어하니까 음식을 만들 수 없어서 안타까웠다. 사 먹으러 가는 것도 힘들어하는 친구도 있고 계속 요양원에 가고 싶어하는 친구들도 있으니까 말이다. 힘을 기르며 건강하게 살려고 노력하는 것이 굉장히 중요했다. 여자는 어쨌거나 걷기운동을 친구들에게 강조하고 있었다. 아파도 걸으라고 말이다.

\*

## 후배의 어머니가 요양원에 계신다

여자는 식사를 하기 위해서 점심 모임을 가졌다. 마침 음식점에서 오랜만에 만나 친구들은 이것저것 반가운 이야기로 꽃을 피웠다. 맛있는 식사를 하려는데 B 후배에게 요양원에서 전화가 왔다. 어머니가 갑자기 움직임이 없다는 것이다. 심혈관에 문제가 있는 것같이 의사가 말했다. 그러면서 요양원 의사는 빨리 큰 병원으로 가서 머리의 CT촬영을 해야한다는 것이다. CT촬영을 한 후 어머니의 상태를 알아낼 수 있다는 것이다. 후배는 갑자기 어머니의 상태가 불안하다며 어쩔 줄을 몰라 했다.

어머니가 금방 돌아가실 것 같아서 큰일이라며 점심 식사를 미루고 다시 병원으로 가야 한다는 것이었다. 여자는 갑자기 짜증이 났다. 후배 B의 태도를 이해할 수 없었다. B의 어머니는 98세였다. B는 어머니에게 효도하는 길은 어머니를 빨리 CT촬영을 해서 온전하게 만드는 일이었다. 여자는 어머니가 CT촬영을 한다고 영원히 살아계실 것인가. 더 살아서 어머니가 행복한 것인가. 그 나이는 어머니가 조용히 눈을 감고 편안히 죽음의 길을 가게 하는 것이 어머니의 편안함이 아닌가 하는 생각이 들었다.

어쩔 수 없이 친구들은 후배 B의 소란함 때문에 식사를 포기하고 각자 집으로 돌아갔다. 후배 B는 어머니를 119에 태워 큰 병원으로 갔다. 그런데 가다가 어머니는 다시 제정신으로 돌아와서 다시 요양병원으로 옮겼단다. 아직도 그런 일은 돌아가실 때까지 계속될 것이리라. 여자는 생각했다. 후배 B는 돈이 너무 많아서 탈이라는 생각을 했다. 먹고 살기가 힘들면 아마도 CT촬영과 오고 가는 비용처리 때문에, 어머니의 효도를 생각하지 못했을 것이다. 어머니가 누워서 식별이 없는데, 이거저거 검사하며 새로운 처방을 하고 수술을 하면 그것이 진정한 효도가 되는 것인가를 B 후배에게 따져 묻고 싶었다.

\*

## 어느 토요일 사진을 찍다

여자는 머리를 바글바글 파마를 했다. 얼굴은 검은 안경을 쓰고 앞니를 내놓고 방긋 웃는 모습이었다. 웃어서 눈은 찌그러졌고 회색 헐렁한 견 원피스를 입었다. 목에는 헝겊 마스크를 걸쳤다. 뒷배경은 젊은이들이 핸드폰을 보며 차를 마셨다. 네비샘은 입을 꽉 다물었다. 눈을 아래로 살짝 내려서 카메라를 보고 있다. 머리는 밑이 살짝 세어서 회색이 보였고 곱슬머리로 낮게 머리가 가라앉았다. 네비샘이 항암 치료 3차를 끝냈고 머리카락이 서서히 빠지려 했다. 회색 티에 곤색 조끼를 입었다.

다른 사진은 찻집에서 네비샘이 흰 와이셔츠를 입었고 핸드폰을 보고 있는 장면이었다. 그 후 네비샘은 머리를 밀어버렸다. 머리가 자꾸 빠졌고 머릿밑이 아프다고 했다. 머리에 밴드를 했다. 혈색이 어둡고 침울해 보였다. 입술을 꽉 다물고 병을 이겨보겠다는 결의가 나타났다. 아침 6시 50분에 7636 걸음수가 시계에 나타났다. 네비샘은 걸어서 암을 이기려는 의지를 보였다. 네비샘이 계속 만보 이상을 걸어보자고 걸음수를 확인해서 사진으로 보냈다.

여자는 여름 휴가로 동생네와 딸네를 데리고 동해로 이동했다. 거기서 찍은 동해의 촛대 바위 가족 사진이 보였다. 여기저기 돌아다니다가 다리 밑에서 한 줄로 가족 사진을 찍었다. 저쪽 끝으로, 남동생 내외, 사위와 손녀딸, 손자와 큰딸, 허리가 굽은 여자가 한 줄로 지하 다리 밑 통로를 장식했다. 다음 장면은 삼척 콘도 수영장 바닥에서 찍힌 장면이었다. 남동생네, 여동생네, 여자가 수영복을 입고 수영장 바닥에서 웃으며 사진을 찍었다. 수영장 속에서 수영을 하는 사람들은 모두가 젊었다.

아마도 수영장에서 나이 많은 축은 우리 가족일 것이다. 저 멀리 동해 바다가 출렁거렸고 가까이는 온천탕과 수영장이 어울려 즐거운 수영을 할 수 있었다. 자동 파도타기를 할 수 있으며, 놀이기구로 미끄럼을 타고 한바탕 돌아 돌아 물길을 타고 즐길 수도 있었다. 그런 사진을 보니 새롭게 추억을 생각할 수 있었다. 그 사이 네비샘은 열심히 걷기운동을 했다고 8시 42분 걸음수 9497이 찍힌 사진을 전송했다. 그리고 병원에서 친구가 만들어준 꽃고무신을 신고 있다고 사진을 보냈다.

　다음 사진은 추석날 여자네 시댁 식구가 모여 한바탕 술파티를 열고 즐기는 장면과 이튿날에 친정식구들이 모여 애기부터 어른까지 만두를 빚어 파티를 하는 장면이었다. 여자는 손님 접대로 달 구경도 못했는데 네비샘은 조용히 달 구경을 하며 보름달을 찍어서 사진으로 선물했다. 그 후 네비샘이 항암치료를 하고 몸이 회복되어 친구들을 만나 고궁박물관 나무 그늘에서 친구들과 사진을 찍은 그림이었다. 나전 매화, 새, 대나무 무늬 상자, 나전 국화, 넝쿨 무늬 찬합 등을 관람한 사진이었다. 정원에서 꽃 무릇이 아름답게 피어 있는 사진도 있었다.



*



## 여자는 웃기는 일을 생각해 냈다


　어느 날 이봉규 유튜브를 보게 되었다. 그 유튜브에서 00보살이 나왔다. 그 보살에게 사회자가 나쁜 정치인들의 동태를 물어보는 장면이 나왔다. 보살은 거침없이 그들의 앞날을 설명했다. 보살은 이재명이 한계점에 왔다. 내년에 옷 벗는다. 이재명은 삵이라 설명했다. 살쾡이로 치밀하고 내 안의 모든 것을 모른다고 했다. 그는 속내를 드러내지 않는다. 또한 친한 사람이라도 언젠가 배신을 할 수 있다고 생각했다. 그는 냉기, 독기가 있는 사람이었다. 멈추지 않으면 쓰나미가 온다고 설명하고 있었다.

　한동훈 장관은 관심이 많았다. 이분은 윤 대통령 당선 당시도 관심이 있었다. 얼굴 관상이 뽀얗다. 기운이 상승되고 있었다. 한때는 3재였고 갇혀 있는 운이었는데, 지금은 날 수 있도록 갖추어졌다. 책임감이 강하고 앞장서서 다 이루어놓는 사람이었다. 명예욕이 강했다. 높은 자리까지 올라갈 수 있는 관상이었다. 시기를 잘 타고 있고 운기 상승이 어디 까지 뻗칠지 알 수 없었다. 대권까지 갈 수 있었다. 남성 권위주의가 있었다. 예술에도 관심이 있었다. 음악을 좋아했고 미술에도 관심이 있었다.

　처녀보살이 말한 것이 딱 맞는다는 생각이 들었다. 순간 내 딸 (시집 못 가는) 사주를 보고 싶었다. 나는 그 보살의 핸드폰 번호를 적었다. 한가할 때 전화를 해보겠다는 생각이 들어서. 며칠 후 보살에게 전화를 했다.

　- 보살님, 내가 이봉규 유튜브를 보고 전화를 하는 겁니다. 내 딸이 시집을

못 가서 어떻게 해결할 수 있는 방법이 없을까 해서요.

- 있지요, 있어요. 따님 생년 월일은요?

- 198*, 0, 0, 사시입니다.

- 따님은 사랑을 밀어내는 사주입니다. 일찍이 시집을 갔어도 이별을 했을
  겁니다.

- 예전에 보내려고 별별 짓을 다 했는데, 힘들더라구요.

- 그것은 병이 있는데 치유가 안 돼서 그렇습니다. 운이 있어도 깨질 수밖
  에 없었던 것입니다. 방법으로는 사주를 바꾸는 것입니다. 그러면 팔자도
  바뀌게 되는 거구요. 사내를 만날 때 살을 풀어야 해요. 따님은 겉은 여
  자인데 속은 남자입니다. 시집은 얼마든지 가게 할 수 있습니다. 이번에
  45세인 여자도 시집을 갔습니다.

- 어떻게 해야 되는데요?

- 돈이 많이 듭니다.


여자는 잠시 머뭇거렸다. 내가 또 속으면서 일을 벌여야 하는지
를. 그러나 뭔가 마지막으로 해보고 싶은 마음이 간절했다. 그래,
조금 있으면 죽음을 가지고 살 텐데. 어떻게든 해보는 것도 좋지
않겠는가.


- 얼마가 드는데요? 000원.

- 그래도 한번 해보겠습니다.

- 딸의 T셔츠와 속옷을 내 주소로 보내세요.

결국 며칠 고민하다가 빚을 내서 처녀보살 주소로 옷과 돈을 보냈다. 그러면서 내가 미쳤지 했다. 그렇다. 그것은 엄마 마음의 미친 것이리라. 그것은 데드라인 상의 나이에 서 있는 딸에 대해 마지막 발악일지도 몰랐다. 여자는 죽어도 후회 없는 엄마 마음의 최후 수단임을 말하고 싶었다. 이런 것이 인생일지도 몰랐다.

\*

## 좋은 아침 4

- 어제가 입추라서 그런지 뭔가 새벽녘이 가을 느낌이 나네. 어째 자기 몸 상태가 괜찮은가? 어제 나는 뒷산 청권사까지 갔다왔는데…. 오늘 아침에 양배추 물김치를 담갔는데, 남자가 한 소리를 해대네. 허리 아프다면서 김치를 담근다고. 엄청 듣기가 싫더구만. 해 먹지 말라는 둥, 더운데 끓이지 말라는 둥…. 평생 무수리로 살았는데, 무수리가 무수리짓 할 수밖에 없고만. 남자도 왜 그리 잔소리를 하는지. 욕하니까 속이 시원하다. 이런 때는 거리를 두고 각자 즐거운 것 하면 되는 거라고.

요즘 헝그리 정신이 없어서 원룸 세가 안 나간다니까. 학생이나 청년들에게 국가가 지원금 1억씩을 주니까 청년들이 쉽게 큰 방을 얻고 편하게 이자 조금 내면서 잘 살지만 그것이 그 애들을 발전하게 하는 것이 아닌데. 타 민족들이 더 열심히 일하고 돈을 모아서 집을 산다잖아. 여하튼 원룸의 세가 안 나가서 세금 내기가 버겁네. 중국 학생들이 대거 오면 좋아질 텐데. 코로나가 끝나서 변화를 가져와야 하는데.

- 곧바로 나갈 줄 알았더니. 너나 하니까 원룸을 유지하지. 우리 영감은 뭐든 하지 말자고 한다니까. 그래도 그것이 안 될 때가 많아. 아들이 어젯밤에 왔어. 이제 조금씩 철이 드나 봐. 그래서 고마워해. 그 녀석이 돈도 많이 썼지만, 그것도 그 애 복이려니 해. 사는 것이 다 그렇더라.

- 신안샘, 어제 비가 많이 와서 난리가 났구나. 내일까지 비가 많이 온다고 해서 내일 만나는 것 미루면 어떨까. 재난 위기경보도 내렸는데… 걱정이 된다. 지하철이나 버스 타는 사람은 괜찮은데… 아무튼 어떻게 할까 생각 좀 해보렴. 지금 보니까 괜찮은 것도 같은데. 내가 머리 깎기 전에 만나고 싶어서. 시간 될 때 전화해줘.

- 이수역 천장이 무너졌고 강남지역은 차가 몽땅 잠겨서 사람들이 차 위에 있었어. 지하차도는 모두 통제하고 있고.

- 10년 전쯤에 강남역이 잠기고 우면산이 언덕에서 물이 쏟아져서 우성 아

파트 지하실이 물에 잠겨서 우리도 열흘 동안 피난 갔지. 전기, 물, 엘리베이터가 안 되니까 집에 못 있겠더라.

- 지금 여기가 그래. 강남 서초가 산에서 흙이 내려왔어. 차를 이동하고 있어. 60대가 감전되어 죽었대. 자연재해가 정말 무서워. 쓰레기를 버리려고 현관을 나갔는데 비가 폭포처럼 내려. 결국 쓰레기를 못 버렸어. 아침에 비가 그치고 버렸어. 100년 만의 비라며. 좌파들이 또 윤석열 욕하고 지랄을 떠네. 대통령이 비를 만들어냈남. 이 난리에 문재인은 제주도에서 수영복 입고 즐거워서 지랄을 떠는 것은 아무렇지도 않고. 테니스장에 물이 잠겨 전기가 정전되었어.

- 없는 사람들이 또 고생할까 봐 걱정된다. 친구들에게 내일 안 만나기로 했다고 개인 카톡으로 연락했다. 계속 TV 보면서 걱정했는데 막상 정하고 나니 마음이 편하다.

- 그럼 됐어. 머리 잘랐어? 병원은 갔고?

- 지금 강북 삼성병원 가서 PCR 검사 받고 집에 가는 중이다. 내일 친구들 만난 후 자르려고 아직 곱슬머리 그대로다.

- 좋은 아침. 마음이 무겁겠구나. 새 인생에 다시 도전한다고 생각하셔. 처음보다는 낫겠지. 그렇게 하면서 아프고 힘든 것에 익숙해져 가고 있을 거야. 네비샘 파이팅!

- 밝게 빛나는 햇살처럼 마음도 밝아졌어. 너의 넓고 깊게 생각하는 신안 샘 가까이 있어서 큰 힘을 얻는다. 고마워.

- 좋은 아침. 지금 항암치료 중이겠지? 얼마나 힘드냐? 지금, 우리가 힘든 시기인 거 같다네. 자동차를 70년 사용했다면 자동차가 온전하겠냐고. 우리 몸을 70년 사용했으니 이렇게 아픈 것도 당연하겠다 생각했지. 옆집 남편 친구가 간암이라 간을 반 이상 절제했는데 그 사람도 얼마나 힘들까 생각했어. 어제 채널A에서 고두심이 좋아서에, 85세 할머니가 혼자 국숫집을 하는데 아주 맛있다고 동네 사람들이 많아. 거기서 그 할머니가 돈을 버는 게 아니라 몸을 움직여야 몸이 안 아파서 식당을 한다고 했다.

나도 몸이 안 좋은데 수영장에서 수영을 했더니 몸 아픈 게 가시더라고. 그런 것을 보면 우리는 죽을 때까지 몸을 쓰는 것이 곧 사는 것인가 봐. 아무튼 우리는 무수리니까 잘 살고 있는 걸거야. 어려운 것은 다 지나갈 것이라네. 네비샘 화이팅!

- 아침에 일어나서 6000보 걷고, 샤워하고 8시까지 병원 왔어. 이거저거 검사받고 조금 전에 입원했다. 어제 네 일은 잘 끝냈니? 아파도 꾸준히 운동하는 너를 떠올렸다. 항상 몸을 쓰는 것이 중요하지. 우리는 건강이 허락하는 한 열심히 무슨 일이든 하자. 격려 덕분에 힘이 난다. 아자 아자 이겨내자!

- 어제 한꺼번에 잔금 일억 이천 오백을 넣으려니까 그것도 장난이 아니더라고. 어쨌든 해결했어. 또 다시 전세로 돌려서 세금 낼 돈을 마련해야지. 근데 오피스텔 파는 사람이 엄청 깐깐해서 힘들었어. 우리집 남자는 그 사람이 우리와 비슷한 줄 알았더니 우리보다 15살이 아래더래. 그러면서 이제 우리도 이런 곳에 오면 안 되겠구나, 그러더라고. 그래서 내가 롯데 회장이 90세 훨 넘어서까지 회사 경영하고 살았다면서 취미생활이니까 걱정하지 말라고 했어. 물질하는 해녀가 90세 넘어서까지 물질을 하듯 그냥 몸이 건강할 때까지 뭔가에 관심을 가지고 취미로 즐기며 살자고 했어.

- 보내준 꽃 사진이 란타나라는 꽃이래. 지금 테니스장에 왔어. 못난 놈이 내 자식이라더니 막내딸이 휴가라서, 우리랑 테니스 함께 공을 친다. 좋은 건지 나쁜 건지 모르겠지만.

- 신안샘 그것도 좋은 거다. 우리 아들도 친구가 별로 없어서 내가 얘기 들어주고 같이 극장도 간다. 제일 힘든 사람이 그들 같아서 항상 품어준다. 우리가 어른이니까 아들 딸 하고는 달라야겠지.

- 항암치료 끝났어? 힘들었지? 그래도 문자가 보이는 게 고맙구나.

- 테니스 치고 딸하고 저녁 먹었니? 우리 아들은 아빠하고 같이 저녁 먹을 때 술 한잔하면 영감은 생생한데 아들은 곧바로 취해서 방에 들어가 잔다. 젊고 몸도 좋은 것이. 그러면서 산다.

- 지금 먹고 있어. 우리도 나는 잘 못 먹어서 먹다가 소파에서 잠 잘 때가 많아. 딸과 아빠가 느리게 먹어대는 거고. 그래도 오피스텔을 이름만 넣고 점 찍어주는 것을 엄청 좋아하네. 마음이 편해지는 것 같다나. 자기만의 설계를 하는 거 같네.

- 좋은 아침. 몸 힘들어서 어쩐다냐? 견디는 것이 고통이겠지. 긍정적인 힘이 강한 너를 응원한다. 파이팅!

- 넙죽 절을 하고. 요즘 의술이 발달해서 전보다 쉽다고 해. 잘 하고 있다. 영감이 있어서 다행이지. 자식들은 자기 가족이 있어서 어떻게 돌보아주겠니? 아침마다 카톡을 보내주니까 더 가깝게 느껴진다.

- 너무 다행이다. 네가 견딜 수 있어서. 어제 6000보 걷고 간 것도 참 잘한 일이네. 치료받고 정신 들면 전화해. 난 하루 종일 바빴어. 수리해야 하고, 수리비 지출에 세금, 요양비, 무슨 비 등이 많아서. 계좌이체 잘 못해서 혼을 뺐네. 치료받고 푹 잠을 자서 회복해야 할 텐데….

- 머리 삭발해버렸어. 머릿속이 아프고 머리가 자꾸만 빠져서…. 두건하고 모자를 샀어. 퇴원하는 길에 다 했어. 개운하네. 오늘 바빴구나. 바쁠 때 실수를 하더라. 잘 지내고 있어. 더 어려울 때도 견디어 왔는데 잘할 테니 걱정 마세요.

- 잘했어요. 아픈 것들은 다 지나갑니다. 물이 흐르는 대로 함께 자연스럽게 따라가다 보면 넓은 바다로 갈 겁니다.

- 아침에 운동했어. 오늘 수영 갔겠네. 체력을 길러야 이겨낼 수 있을 테니까….

- 잘했어. 난 오늘 수영을 갔지. 패널을 들고 자유영, 배영, 평영, 접영 등을 10바퀴 돌고, 허벅지에 고무판을 끼고 4번 돌기. 맨몸으로 자유영, 배영, 평영, 접영 등을 3번씩 2세트. 나는 힘들어서 끝까지 못 가 맨 끝에서 2/3지점까지 간신히 따라가는 거야. 힘이 드니까. 그래도 팔, 다리가 많이 좋아졌어. 쉽게 걸을 수 있어. 70대인 사람들은 못 걷는 사람들이 많은 거 같아. 우리는 열심히 운동을 해서 건강하게 살자고.

- 쉬지 않고 하는 것이 중요하지. 그동안 쭉 걸었더니 항암치료 중에도 걷게 되더라. 우리에게 칭찬을 해주자!

- 그래. 우리 지금 잘하고 있는 거야. 화이팅!

*

# Y 친구 부인이 전화를 했다

- 오늘 시간 있어요?

- 네.

- 제가 이제 정신이 좀 들었네요. 마음을 비우니까 차분해지고 남편의 집
  착에서 벗어난 거 같아요. 그래서 함께 저녁식사를 했으면 해서요.

- 네, 좋아요.

- 어디서 만날까요?

- 좋아하는 데서 만나면 되죠.

- 그럼, 00 여기 어때요?

- 좋아요.

- 그럼 있다가 6시에 만나요.

- 네.


Y부인은 미리 와서 자리를 잡고 있었다. 숯불에 고기도 구웠다.
우리는 반갑게 인사를 했다. 부인의 남편은 한 달 전에 심정지로
소풍을 가버렸다. 갑자기 일어난 일이라 힘들어했다. 남편도 충격
이 커서, 감기 몸살과 함께 가슴앓이로 하고 있었다. 당신은 문제
가 없다고 하지만 몸이 아파서 잠을 이루지 못했다. 수십 년 지기
가 어느 날 갑자기 가버렸다는 것은 모두가 충격적인 사실이었다.

남편은 부인에게 말했다.

- 그 친구 칠십이 넘었습니다. 요즘 젊은 세대의 졸혼이 60대이니까 이제 부터 졸혼했다고 생각하세요.
- 맞아요. 우리 아는 사람들 70이면 밥해주기 싫어서 졸혼하잖아요?

- 그러잖아도 이제 마음을 비우고 나만의 생활을 할 작정이에요. 나만의 것이 무엇인지 모르지만요. 나쁜 것이면 나쁜 것을 바로 받아들이고 숙명적으로 살 거예요. 제가 최악으로 죽기밖에 더 하겠어요? 저는 사실 공부를 하고 싶었는데 남편이 반대를 했어요. 자기가 놀 사람이 없다고요. 나는 한 번 하면 빠져드는 경향이 있거든요. 안 하길 잘했어요. TV도 따로따로 사서 보려고 했는데, 나중에 그거는 아니라는 생각이 들어서 같이 TV를 보았는데, 그것도 잘한 거 같아요.

- 미국에서는 암이 걸리면 수술을 안 한다고 해요. 악성 암은 치료가 30% 밖에 안 되니까 미국의 유명한 의사는 암과 공존하는 삶을 살게 해서 수명을 연장한다고 해요. 그런데 암 수술을 했는데 깔끔히 나았다 하는 것은 악성 암이 아니라고 설명했어요.

- 그건 아닌데요. 우리 친척이 미국의 최고 병원에서 암 수술을 했는데, 아주 깨끗이 나았어요. 그리고 다른 이도 그곳에서 수술을 했는데 무척 좋았어요.

- 그 권위자의 말은 암을 수술해서 나았다는 것은 악성이 아니라고 말했어요. 암의 종류가 많은데 악성은 수술을 하면 혈관을 통해서 사방으로 번지게 된다고 설명했어요. 나았다는 것은 결국 악성이 아닌 것을 말하는 것이라 했어요.

- 아니요. 암이라도 친척은 나은 것이에요.

나는 더 싸워야 하는 이론이라 말할 수가 없었다. Y부인은 계속 자기 주장을 강조했다. 그리고 남편의 죽음을 설명했다.

- 그가 갈 때 갑자기 심정지가 일어났고, 119를 불렀습니다. 119 요원이 계속 손으로 심장을 압박해서 호흡을 살리려 하는데, 갈비뼈가 부러지도록 압박을 해야 한다고 하는데, 힘이 약해서 할 수가 없었어요. 쉬운 일이 아니었어요.

- 그동안 애 많이 썼어요. 그렇게 즐겁게 살기도 힘들었을 겁니다. 골프에 세계여행 안 해본 게 없잖아요.

- 저도 살아있을 때 최선을 다했다고 생각했어요. 이제 마음을 비우니까 마음이 편해졌어요. 이제부터 어떤 삶이 나다운 삶인지는 모르나 나답게 살려고 노력할 겁니다.

- 그러세요. 졸혼한 사람들도 많은데, 이제 진정한 혼자만의 삶을 즐겁게 사세요.

그리고 우리는 식당을 나오며 인사를 하고 안녕을 외쳤다.

\*

## 요즘 계속 주변 사람들이 죽었다

후배 남편이 갑자기 항문암에서 시작하여 온몸에 번져서 치료하다가 세상을 떠나갔다. 그다음에는 남편의 친한 친구가 간암 초기 수술을 하고 1년 후 심정지로 가버렸다. 같은 달에 6촌 숙모가 갑자기 코로나로 20일 입원했다가 가버렸다. 이제 우리에게도 죽음은 쉽게 올 수 있다는 생각을 했다. 암이라는 것은 누구에게나 있지만 면역성이 떨어지면 쉽게 발생을 하고 그것을 이기지 못하면 결국은 죽을 수 있었다. 지병이 있으면 쉽게 감기에 노출이 되고 그것의 합병증을 유발해서 폐나 심장으로 죽음을 가져오는 것이리라.

네비샘은 항암 4차 치료 후 건강을 쉽게 회복하지 못했다. 전화를 하면 목소리가 탁했다. 여자는 걱정이 되었다. 치료 후 10일이 경과하면 건강한 상태로 돌아와야 하는데… 네비샘은 그러지 못했다. 여자는 네비샘을 설득했다. 여자의 시동생이 소풍 갔을 때를 생각해 봤다. 시동생은 이를 빼고 임플란트를 했다. 오래 걸렸고 시간이 흘러가서 마지막 임플란트를 박아넣어서 깨끗했다. 그런데 그날 저녁 감기 몸살이 오면서 오한이 오고 난리가 났다. 즉시 응급실로 옮겨졌다.

그런데 갑자기 입에서 피가 나오고 역행현상이 일어났다. 삼촌은 폐 지병이 있었다. 여자는 생각했다. 잇몸치료 중 병균이 몸속으로 침입했고 몸살이 발생했으며, 몸 균형이 깨지면서, 병균이 폐 쪽으로 옮긴 것으로 보였다. 그리고 곧 사망한 것으로 생각했다. 그런데 이런 일은 다반사일 것이었다. 병균이 뇌 쪽으로 갈 수도 있고 말이다. 몸 건강의 균형이 깨지면 약한 부분으로 침투할 수 있으니까 말이다. 그럼 막말로 이가 다 빠져서 씹을 수 없으면 잇몸으로 씹어 삼켰던 우리들의 할머니 할아버지들은 100수로 살았는데….

Y친구 남편은 뇌종양이 생겼다. 곧 큰 병원으로 옮겨서 수술을 했다. 이어서 1차 항암치료를 했다. 사진을 찍었다. 종양이 1/3로 줄었다. 의사는 의기양양해서 자신을 높였다. 이렇게 종양을 줄일 수 있었다고. 모두가 환영하며 칭찬을 해 주었다. 치료 후 남편은

나약해져서 다시는 일어설 수 없었다. 2차 항암치료도 받을 수 없었다. 70세가 넘은 남편에게 항암치료는 약이 아니라 독이 된 것이었다. 그 후 1년 만에 누워서 치료받다가 소풍을 가셨다.

Y친구가 그 병원에 계속 있는 동안 여러 장면을 보았다. 한 청년이 어깨에 배낭을 메고 청바지를 입고 씩씩하게 와서 항암치료를 받고 씩씩하게 배낭을 메고 나갔다. 2차 때는 아빠와 와서 항암치료를 받고 손잡고 나갔다. 3차 때는 항암치료를 받고 휠체어에 실려서 아빠가 끌고 갔다. 그 후 그 청년은 사라졌다. 과연 이 항암치료가 맞다고 생각할 수 있을까? 몸을 건강하게 하면서 스스로 암과 싸우게 하는 방법이 낫지 않을까? 생각했다.

언젠가 조선일보에서 독고OO작가(암 판정을 받았는데 수술 안 하기로 한 사람)가 10년 후 암을 극복했다는 기사를 읽은 적이 있었다. 아니면 '나는 자연인이다'라는 TV프로에도 암이 걸려서 산속으로 죽겠다고 들어왔는데 살았다는 것을 많이 봤다. 이런 것을 보면 분명 자가 면역으로 암을 극복한 사례가 보였다. 현 시대에 의사들은 자기의 이익을 쟁취하는 것이 지나치다고 생각한다. 환자를 중심으로 하는 것이 아니라는 생각이다. 여자는 의사를 부정하고 싶은 경향이 많아졌다는 사실이다.

여자의 남편은 요즘 치과를 다녔다. 이가 아파서 하나를 빼려고 갔다. 치과에서 이가 많이 상했다면서 7개를 빼버렸다. 얼떨결에 의사의 말을 들을 수밖에 없었다. 그 후 1년간 치료를 받았다. 사실 70세가 넘었는데 의사가 보면 모두를 빼 버리고 새로 임플란트로 모두 다 교체하는 것이 좋아보일 수 있다. 그로 인해 남편은 많은 고통이 따라다녔다. 아직 완성 단계는 멀었다. 그러나 완성이 되면 다른 쪽편의 이를 몽땅 빼버리려고 의사의 계획을 환자에게 어르며, 협박을 하면서, 치료를 하는 것이 마땅함을 강조하고 있었다. 의사들은 돈에 대한 집착이 강했다. 그들은 환자에게 자기 주도하에 치료를 수용하게 만들려고 노력했다. 그리고 그들의 수입을 챙기는 것도 그들의 목적이었다. 여자는 의사들의 수법이 보였고 그들은 환자를 위하기보다는 자기들의 수입을 목적으로 하는 경향이 더 컸다.

이제 의사들의 인간 본성은 사라졌다. 여자는 진정한 의사를 만나본 적이 없었다. 그래서 진정한 의사들의 존재도 믿을 수 없었다. 막말로 남편이 구시대적으로 임플란트를 하지 못해 잇몸으로 산다고 죽습니까? 옛날 할머니들은 잇몸으로 살면서 100수까지 살았습니다. 그런데 이를 치료하다가 죽은 4째 삼촌을 보면 무엇인가 잘못되었다는 것을 설명하고 싶었습니다. 암도 항암치료하다가 죽느니 암과 함께 살다가 고통받지 말고 고요히 죽는 것이 낫다는 것을 말하고 싶었습니다. 어쨌든 과용 치료가 인간을 더 빨리 죽게 하고 있음을 말하고 싶었습니다.

*

## 영화 '에브리바디 파인'을 보았다

　영화는 주인공이 41년 간 함께 살았던 부인과 사별 후 전원을 가꾸며 소소하게 살아가는 내용입니다. 그에게 4명의 자녀가 있습니다. 연휴 주말에 아이들을 초대해서 홈파티를 하기로 합니다. 아버지는 고기를 사고 와인을 사는 것이 행복합니다. 그러나 약속했던 자녀들이 아무도 오지 못한다고 전화로 연락을 합니다. 아버지는 낙담을 하지만 결국 자신이 직접 자녀들을 찾아가기로 합니다. 영화는 아버지가 자녀들을 찾아가면서 겪게 되는 일들입니다.

　그러나 유명한 화가, 오케스트라 지휘자, 광고 회사 중역, 라스베이거스의 댄서 등 소위 잘나가는 줄 알았던 자녀들이 생각처럼 행복하지 않다는 것을 알게 됩니다. 아버지는 자녀들에게 '행복하냐'고 묻습니다. 자녀들은 '행복합니다'라고 대답합니다. 아버지는 가족을 위해 희생하며 살았고 자녀들의 성공을 바랐던 마음을 알기에 행복을 묻는 아버지에게 행복을 가장할 수밖에 없었던 것이다. 이런저런 일을 겪고난 후 오해를 풀고 성탄 저녁 모두 모여 식사를 하게 됩니다. 그들은 부모자식 간의 진정한 유대를 찾았기 때문에 아버지 앞에서 마냥 행복한 척을 하지 않고 힘들고 어렵고 아파서 행복하지 않아도 가족이기 때문에 공감하고 위로해 줄 수 있는 가족이 되는 것입니다.

　가족은 역시 어려우면 어려운 대로 아프면 아픈 대로 서로를 위로하고 의지하며 사랑할 수 있는 것이 행복한 가정이었다. 이 영화의 초점은 늙은 부모는 바쁜 자식의 짐이었다. 그들이 한가해질 때까지 부모가 기다려 줘야 하는데, 부모의 수명은 그렇게 기다릴 시간이 없다는 것이다. 그게 어쩔 수 없는 시간의 법칙이지 않을까 생각했다. 또한 자식이 철이 들면 이미 부모는 이 세상 사람이 아닐 것이었다.

*

## 좋은 아침 5

- 아침부터 열무 김치를 담갔어. 내일 가족 물놀이 가는데 가져가려고. 준비할 게 많네. 식구가 많으니까 수저와 젓가락도 챙기고, 부르스타, 쪽이불, 고무풍선 베개, 콘도카드 잡다한 게 많네. 쌀, 된장, 고추장, 수영복 등…. 챙기는 게 즐겁다고 생각하는 거지. 아직 밑반찬도 더 해야겠지. 어쩌? 운동했겠지. 난 11시경 산책하려고.

- 어제 너네 동네 완전 탐방했어. 재미있었어. 네가 사니까 그런 탐방을 한 거지. 즐겁더라. 이촌역 근처에서 한강공원으로 좌회전하는데 갑자기 앞 차 벤츠 몇 대가 깜박이를 켜고 직진하더라. 지하차도를 폐쇄한 거야. 나도 앞 차를 따라갔지. 가다가 좌회전을 해서 나도 좌회전을 해서 따라갔지. 그 차가 좌회전을 해서 나도 좌회전. 근데 거기도 폐쇄. 다시 나와서 그 차들을 계속 따라갔는데, 돌고 돌고를 엄청 많이 하다가 나중에는 철로 쪽으로 왔는데 그곳도 폐쇄. 조금 있다가 기차가 지나갔고 철로를 넘어왔고 동작대교를 타고 집에 왔어. 네 말대로 그 동네가 완전 섬이었어. 진짜 재미있더라. 무섭기도 했구나. 못 빠져나와서.

- 어제 고생 많이 했네. 나는 대모님이 와서 9시 30분 미사 보았어. 오늘은 집중도 안 되고 힘만 들었어. 대모가 신경 써서 고맙고도 부담된다. 나중에 잊지 말고 잘 해야지. 아침 운동하고 성당 다녀오니까 만보가 넘어서 어찌나 힘이 드는지. 아직도 한강공원 폐쇄구나. 낯선 곳에서 고생 많이 했다. 손자들과 추억 많이 쌓고 오세요.

- 너무 무리하지 마셔. 2차 항암주사 맞은 지 얼마 안 돼서 힘들 것 같다. 조심하고 적당히 아침, 점심, 저녁 3번 나누어서 운동을 하셔. 나도 되도록 그렇게 산책을 하거든. 단백질도 그렇게 3번 나누어 먹고. 조금씩 자주 먹으셔. 힘이 생기게.

- 좋은 아침. 동해시 촛대바위에 왔어. 사람이 많네. 무더워서 손자들이 짜

증을 내네. 다시 콘도로 와서 안내받으며 기다리고 있어.


- 하루종일 수영을 했구만. 육 칠십은 없는 거 같아. 이 사진 어때? 남동생
  네, 여동생네, 우리야. 뜨거운 물에 몸을 담그고 어깨와 다리 근육이 조
  금 풀어지겠지. 네비샘, 산책 열심히 하고 밥 잘 먹고 잠 잘 자면 그게 공
  부 열심히 하는 거겠지.


- 멀리서 봐도 너네 식구들이 운동을 많이 해서 단단해 보인다. 머리를 자
  르니까 머릿속은 안 아픈데 어디 가기가 조금 망설여진다. 아침에 걷고
  먹고 자고 아기처럼 지내고 있다.


- 모자를 쓰면 괜찮아. 당당함은 더 나은 자신만의 치유가 되지 않겠습니
  까. 마음을 느리게, 편안하게 모든 것을 수용하며 세상의 이치를 따라하
  면 되는 겁니다.


- 좋은 아침. 아침밥을 먹고 출근자들은 이미 떠나갔네. 어제랑 다르게 파
  도가 더 세졌어. 오늘 같으면 바다 수영을 못하겠네. 말복이 지나가니까
  금세 달라졌다네. 손자가 겁이 많아. 어제 바다를 안 가고 온천 수영장에
  만 있겠다나. 모래가 뜨겁고, 바닷물이 짜서, 어쩌고 저쩌고. 그래서 설득
  했지. 뜨거운 모래 밟는 것이 공부고 파도타기 하는 것이 공부라고. 평생
  바다나 모래를 보지 못하고 죽는 사람이 많다고. 발바닥에 모래를 느껴
  보는 것, 바닷물을 마셔보는 것이 책보다 낫다고. 고개를 끄덕이고 반나

절을 놀았다네. 나는 파도가 밀려와서 어깨가 어우적거리며 통증이 더 세져서 감당이 안 되는 거야. 결국 노천온천장에서 물놀이를 했다네. 아! 내 나이가 어린 애기들과 놀아야 하는 나이이구나를 깨달으면서….

- 나를 알기가 어렵지. 웅찬이 이름이 힘차고 멋지다. 그 애를 보면 우리 손자 손윤우하고 비슷한데 엄마 손이 덜 가서 좋은 원석이 다듬어지지 않았어. 무엇이 좋을지는 모르지만 당장은 속이 상하더라. 언제 오니? 오늘 수영 가는 날인데…. 어제까지 나는 힘들었어. 그래도 매일 만보는 걸었다. 열심히 걷고 먹고 자고 했다.


*


## 약속을 했는데 약속은 사라졌습니다

동네 친구가 항상 만나서 운동하고 맛있는 것도 사먹고 하는 세월이 10년이 넘었습니다. 그런데 그 친구가 식당을 차렸습니다. 그 식당에서 동네 친구들은 자주 모였습니다. 식당 주인이 된 친구는 동네 친구들에게 남은 찬반을 싸주며 자주 모이자며 호탕하게 말했습니다. 그러마 하며 동네 친구들은 자주 모였습니다. 어느 날

식당 주인인 친구는 급전으로 돈을 친구들에게 빌렸습니다. 한 달만 쓰고 주겠다고.

  그런데 한 달 후 그 돈을 식당 친구가 갚지를 않았습니다. 물론 다른 동네 친구에게도 빌렸습니다. 여러 달 동안 그 돈을 갚지 않아서 동네 친구들은 가슴앓이를 했습니다. 세월은 흘러갔습니다. 그 다음해쯤 다행히 식당을 처분하고 동네 친구 돈을 갚았습니다. 식당 주인 친구는 식당을 하기 전에는 센스있고 돈이 많았으며, 화려한 친구로 생각했는데 돈 관리가 엉망인 거라. 그 후 그 식당 주인 친구를 나는 이해할 수 없는 친구로, 거리를 두는 친구로 생각했습니다.

  또 다른 친구가 식당을 운영했습니다. 식당 건물이 운영자의 것이라 설명했습니다. 이층으로 꽤 공을 들인 건물이었습니다. 동네 친구들은 그를 부러워했습니다. 식당 운영도 잘했고 수단도 좋았습니다. 매출도 꽤 많았습니다. 목욕탕 사업운영권도 있었습니다. 동네 친구들을 불러서 맛있는 음식으로 베풀고 목욕도 시켜주며 친구들을 즐겁게 해 주었습니다. 그런데 여자는 그 식당을 운영하는 친구의 사정이 어떨지 걱정스러웠습니다. 어디가 진짜인지 확인할 수 없었습니다. 진정으로 건물주가 맞는지, 아니면 뻥인지, 모든 것을 과시하는 것인지를 알 수가 없었습니다. 다행히 그 친구는 돈을 빌리지는 않았습니다.

식당을 운영하는 친구는 동네 친구들 사이에 매력 있고, 환상적인 매너로 친구들을 유혹했습니다. 여자도 그 친구가 좋았습니다. 그러나 그 친구의 진정한 속 마음이 진실인지 알 수가 없었습니다. 여자는 화려한 매력적인 모습보다 투박한 질그릇의 본연의 모습을 더 좋아했습니다. 그런데 친구들은 반짝이는 식당 운영자에게 더 가깝게 쏠려 들고 집중하며 호의적으로 선호했습니다. 여자도 그러고 싶으나 더 낭패할 일이 일어날 수 있어서 거리를 두어 바라보고 있었습니다.

그들은 항상 약속을 잘 까먹었습니다. 그리고 항상 미안하다고 사과를 잘했습니다. 어찌나 간사하게 사과를 잘하는지 친구들은 그들에게 또 다시 속아 넘어갔습니다. 여자는 그런 류의 사람들이 겁나고 무서웠습니다. 약속에 대해 쓰레기처럼 처리했다가 다시 새 상품처럼 사용하는 일에 익숙한 사람들을 여자는 어떻게 처리해야 하는지를 알 수가 없었습니다.

*

## 환절기가 무섭습니다

저녁에 잠들 때 온몸이 떨려와서 몸을 부르르 떨었다. 아이고 몸에서 냉기가 도네. 그러면서 잠이 들었다. 잠 자는데 머리통이 깨지듯 아파왔다. 눈이 떠지지 않으면서 머리통을 손으로 눌렀다. 아이고 아파라. 아무래도 친구처럼 머릿속에 꽈리가 틀어져 있는가보네. 병원에 가야 하나 보네. 그럼 의사들은 머릿속을 뒤져보고 절개를 하느니, 약물치료를 하느니 하면서 나를 난도질하게 되겠네. 그래서는 안 되는데. 70이 넘으면 녹 안 슨 곳이 어디 있겠나.

비몽사몽으로 꿈꾸어 가면서 잠을 자다 깨다 했네. 새벽녘에 시계종이 울려서 벌떡 일어났네. 남편도 귀가 아프다며, 일어나서 각자 고민을 했네. 수영장을 가야 하나 안 가는 게 좋은가. 여자는 얼른 냉장고의 달걀을 레인지에 살짝 데워서 한 알을 젓가락으로 톡톡 깨서 마셨네. 그리고 쌍화탕을 데워 먹고, 종합 감기약을 먹고, 피로 회복제로 우루사를 먹었네. 수영 가방을 챙겨 잠바를 걸치고 남편과 차를 타고 수영장으로 갔다네. 날씨가 차가워져서 몸이 계속 떨렸다고.

수영장에 가서 몸을 담그고 수영을 코치의 구령에 맞게 자유영,

배영, 평영, 접영을 계속했다네. 우리 라인은 사람이 어찌나 많은지 붐벼서 수영장 레인을 돌고 돌고를 하며, 계속 50분을 쉬지 않고 했다네. 그 후 몸속의 감기 기운이 사라져 두통이 없어졌다네. 어차피 집에서 앓아누워 아픈 거보다 낫다는 생각이 드네. 집으로 와서 커피와 샌드위치를 먹고 뜨거운 팩을 몸에 두르고 쉬었다네.

오후에 몸이 건강해졌고 다시 약을 먹고 테니스장으로 갔다네. 여자는 두꺼운 패딩 잠바를 걸치고 갔지. 젊은 친구가 한마디 하더구만. 저쪽 팀은 반바지에 반티셔츠를 입고 운동하는데, 언니는 에스키모처럼 패딩 옷을 입고 운동을 한다고. 나이는 못 속이겠지만 여자의 자가 처방법은 몸을 따뜻하게 하고 운동을 해서 열이 나고 땀이 나게 하는 것이 최상의 방법으로 생각했다네. 그것이 암을 막아주는 비상법인 것으로 알고 있어서네.

여하튼 그렇게 운동을 하고 와서 여자는 단백질을 섭취하려고 노력했다네. 어쨌든 샤워하고 청소 빨래를 다 할 수 있었다네. 다시 저녁에 목감기 약과 피로 회복제를 먹고 정상으로 돌아왔다네. 그렇지만 언제 다시 감기기운이 살아나서 삶을 흔들지 모른다고 남편은 미리 예방을 위해 다시 내과처방을 받아두라 한다네. 한 번 걸리면 열흘 이상을 끙끙 앓아누워 있다는 것을 알 테니까. 환절기는 나이 든 사람들에게 무서운 계절이며, 감기 걸리는 계절이 되었다네. 여러분도 감기를 조심하게나.

*

## 어머니와 딸

어머니가 요양원에 사신 지가 4년이 되었어. 큰딸이 안타깝지만 어쩔 수가 없었어. 처음에 어머니가 탈이 생겨 3개월 동안 똥을 받았는데 시도 때도 없이 오줌과 똥을 싸셨어. 깔끔하시니까 기저귀에 안 싸려고 딸을 깨웠어. 막 잠 든 시간이니까 새벽 한 두 시에 어머니 용변을 보게 하려고 일으키고 눕히고를 했어. 그러다가 딸이 그만 허리를 삐긋해서 옴짝을 못하는 거야. 아들도 마찬가지고. 결국 요양원으로 모셨던 거야. 거기서 유일한 소통은 폰전화였어. 다른 사람들은 없는데 어머니는 유일한 소통전화라 아주 소중한 것이었어. 요양원에서 폰전화를 없애려 했는데 어머니의 죽음 같은 저항으로 허락을 받은 거야.

그렇게 한 1년은 오고 가고 잘 지내셨어. 그런데 코로나가 오고 모두가 두절되었어. 면회를 할 수도 없었고 가려 해도 코로나 검사 과정을 수없이 하여야 해서 보통 사람들도 힘이 드니까 면회를 하지 못한 거였어. 딸은 어머니에게 이거저거 필요한 것과 먹을 것을 요양원으로 보내주었어. 그런데 어머니는 딸이 보낸 것들을 얼마나 보냈는가를 확인했어. 뭔가 어머니가 마음에 안 드는 일이 생겼던 거 같았어. 어머니는 아들에게 하루에 3번씩 전화를 해. "애야 밥 먹었냐." "잘 먹고 다녀라." "운전을 늦게 하지 마라. 위험하다."
"퇴근 일찍 해라" 등등 어머니는 아들에게 전화하고 확인을 했어.
아들이 전화를 안 받으면 딸에게 전화를 했어.

딸은 어머니 전화가 짜증나는 거야. 한 번 하면 20~30분을 물고
늘어지니까. "얘, 왜 아들이 전화를 안 받는지 모르겠다. 네가 한
번 해봐라." "엄마, 아들이 알아서 할 거유. 걱정하지 마세요." 딸은
어머니의 집착에 참을 수 없어 하고, 어머니는 계속 아들과 딸을
자기 이야기 속에 넣어서 당신의 무료함을 달래보려고 했다. 화제
가 없어서 서로 할 말도 없는 것인데. 어머니는 이야기를 계속 펼
치시는 것이다. 명절이 다가오면 어머니는 옷을 사서 보내라, 호두
빵을 사서 보내라, 과일을 사서 보내라 하신다.

모든 것을 사서 보내고 용량을 물어서 대답하면 그 양을 주지
않았다고 요양사들에게 난리를 쳤다. 이번 명절에는 어머니가 반
란을 일으켰다. 사서 보낸 것들을 사무실 직원들이 교체를 했다느
니, 떼어먹었다느니, 하며 이런 곳에서 살 수 없다고 난리가 한바
탕 났던 것이다. 어머니는 아들과 딸을 불러 협박을 했다. 당신은
그곳을 떠나가겠다고, 당신을 안 데려가면 자살을 하겠다는 것이
다. 어머니의 협박과 소란은 수시로 전달됐고 전화통에 불이 났다.
94세 노인이 어디서 그렇게 힘이 나시는지 딸과 아들이 혼비백산
으로 머리를 흔들었다.

그리고 아들이 요양원을 방문했고 주지 스님과 어떻게 소통을 했는지 잠시 소란이 사라졌다. 어머니의 협박은 70세 넘은 딸에게도 상처가 되어 둘 사이는 불통이 되었다. 명절 후 세월은 흘러갔다. 그 사이 몇몇 친한 친척이 코로나로 젊었는데 세상을 떠나갔고 어머니에게 이 사실을 알려주었더니 어머니도 상처를 받으셨다. 그리고 고요하셨다. 이제 다시 어머니와 딸의 소통이 원활해져서 다행이었다. 딸은 한편으로 어머니가 불쌍해서 가슴을 앓았다. 여건이 맞으면 함께 살아도 좋을 듯한데 92세인 시어머니도 계시고 남편도 자주 몸살 앓이를 하고, 딸도 나이 들어 온전하지 못한 것이 쉽지 않다는 것이었다.

슬프니까 위로차 전화나 자주 해드리려고 전화를 했다. "엄마, 나여요." "잠이 드시는데 잠을 깨웠나요?" "아니야." "낮에 잠자면 저녁에 잠이 안 와서 안 자려고." "아침에 텔레비를 보는데, 할아버지가 88세야. 함께 살았는데, 아들 딸들과 돈을 조금 주고 자기는 혼자 살려고 떨어져 나왔대. 키울 때 자식이지 아들 딸이 남이라고 하더라. 같이 나누어 먹지도 않고 그렇게 아들 딸이 욕심을 부린대. 시집가고 장가가면 남하고 살아서 진짜 남이 되더란다. 그 할아버지가 웃겨. 아침은 집에서 먹고 점심과 저녁은 맛있는 거나 먹고 싶은 거 혼자 식당에 가서 사 먹는대. 그런데 아침, 저녁으로 밥상을 놓고 혼자 절을 하고 밥을 먹더라. 건강하게 혼자 잘 살다가 잠자듯이 가게 해달라면서 절을 하더라."

"거먹 새들도 웃겨. 거먹 새가 새끼를 낳았는데 그 암컷이 딴 새와 바람을 피운 거야. 그래서 거먹 새 궁둥이에 흰 깃털이 묻힌 거야. 갑자기 거먹 새 수컷이 암컷 엉덩이 쪽 깃털을 빨갛게 쪼아서 밑을 다 빼놓더라. 그 거먹 새의 수놈이 사람보다 더 강하더라. 대단하더라. 별거를 다 봤네."

"엄마 누구랑 텔레비전을 봐요?" "나 혼자 봐." "아무도 안 봐." "여기 할머니들 아무도 안 봐. 나만 보는 거지." "그럼, 대부분 치매 걸린 거네요." "그럼, 엄마는 편하네요. 혼자 마음대로 엄마가 좋아하는 거 볼 수 있으니까요." "요즘 집에서도 남편, 부인, 애들, 서로 자기 것 보겠다고 싸우잖아요." "거기서 엄마 혼자 좋아하는 것 볼 수 있어서 좋네요. 그리고 보다가 지금 같이 특별한 거 있으면 말해주세요. 재미있네요. 그럼 치매도 안 걸려서 좋구요." "아이고, 얼른 죽어야 하는데. 고맙구나 전화해줘서." "푹 쉬세요."

며칠이 지나고 여동생에게서 전화가 왔다.

- 언니 나 엄마한테 왔어.
- 그래, 수고하는구나.
- 언니, 핸드폰 영상 사진으로 보여?
- 응, 잘 보여. 엄마 건강하시네. 내가 사준 안경도 멋지네요.
- 언니, 내 아들 서울시 공무원 시험 합격했어.

- 축하해. 잘 됐다.
- 언니 끊어.
- 응, 수고해.

시간이 흘러간 후 엄마는 나에게 다시 전화를 했다.

- 야, 막내가 닭고기를 튀겨오고, 가래떡, 인절미, 송편, 검은 콩떡, 잡채, 김밥 등 이거저거 한 박스를 해왔어. 그런데 그것들이 아무것도 안 주는 거야, 글쎄. 그것들이 아주 못됐다니까. 나 밥도 하나도 못 먹었어. 그럴 수가 있는 거니?
- 널랑은 당체 아무것도 사서 보내지 마라. 나는 그래도 가래떡이나 닭튀김, 송편 한 쪽이라도 줄줄 알았지. 그런데 박스째 몽땅 가져가 버렸어.

그 후 시간이 흘러서 나는 여동생에게 전화했다.

- 네 아들 서울시 공무원 합격했다며. 축하한다. 그리고 엄마한테도 찾아가 주어서 고맙고. 그런데 엄마가 난리가 났다. 네가 사온 것들을 박스째 직원이 몽땅 가져가서 점심도 못 먹었다고 섭섭해서 죽겠다는 거야.
- 아이고 언니, 엄마 면회를 오는데 아무것도 가져오지 말라는 거야. 그런데 엄마가 섭섭해할까 봐 이거저거 사서 간 거지. 그랬더니 직원이 사왔다고 난리를 쳐서. 그럼 엄마 조금 드시게 하고 몽땅 가져가서 버리든지 맘대로 하라고 한 거였어. 그리고 면회할 때 김밥도 먹고 했어. 언니한테

는 거짓말을 한 거고.

- 알았어.

또 다시 엄마는 나에게 전화를 했다.

- 그것들이 박스째 몽땅 가져가서 하나도 못 먹었다고. 분해서 참을 수 없
  어 했다.
- 엄마, 막내에게 문자 오기를 아무것도 가져오지 말라 했대요. 그런데 가
  져가서 엄청 혼났대요. 그래서 그럼 어머니 조금 드시고 가져다가 버리라
  했대요.
- 그것들이 버리기는 뭘 버려. 음식을 가져다가 지들이 먹는 거지.
- 엄마, 규칙이 그렇대요 코로나로. 규칙을 안 지켜서 막내가 혼났다는 거
  예요. 그래서 막내가 버리라고 했대요.
- 그래, 당체 아무것도 사서 보내지 마라. 가져오지도 말고 빌어먹을 것들
  이 몽땅 가져가 버려서 나는 하나도 못 먹는다.
- 알았어요.

   며칠 간 잠시 엄마와 딸이 편안해졌었는데, 다시 엄마의 물욕으
로 새로운 집착과 아집이 생겨서 엄마의 속 마음을 혼탁하게 만들
고 말았다. 모든 것을 버리는 것, 특히 물욕을 버려야 마음이 고요
해지는 것 같았다.

# 좋은 아침 6

- 수영 갔다가 밥 먹고 커피 마신다. 안 하던 물놀이를 했더니 몸이 무겁네. 온몸이 마구 쑤신다. 우리 딸은 불량 엄마야. 자기 중심으로 살기 때문에 거리를 두고 산다. 그런데 애들은 저네 엄마면 죽고 못 산다. 나는 그럼 됐다고 생각해. 딸은 제 새끼들에게 절대로 싫은 소리를 안 한다. 저네 엄마는 좋은 엄마, 좋은 아빠이고. 나는 나쁜 할미일 뿐이야. 그래도 나는 잔소리가 나온다. 웅찬아, 네가 지금 6학년인데, 아직도 동물인형을 끌구 다녀? 너네 여자 친구가 보면 얼마나 웃기냐, 빨리 이별을 해라. 그럼, 아니야, 아니야 그러고 있거든. 그럼 군대 갈 때도 가지고 가겠다고 잔소리 해도 모두들 아무렇지도 않아. 여동생은 아이를 키우는 데 온 동네 사람들이 함께 키워야 한다나?…

그래도 하늘에서 떨어지는 물기둥에 튜브를 타고 내려오는 것을 3번이나 시켰네. 속력이 빨라 무척 무서운 일인데 담력을 키워주려고 입구에서 잘한다며 박수를 치고 칭찬을 해줬어. 저녁에 60세가 넘은 할미 할아비들은 쓰러져서 잠이 든 거야. 애기들이 10시도 안 됐는데 이렇게 일찍 자면 어떡하느냐고. 오늘이 마지막 날인데 더 많이 놀아야 하는데 모두가 잠자고 엄마 아빠는 어디로 놀러 갔나 보이지 않는다고. 엄마 아빠는 뽀뽀하고 놀까? 왜 안 오는 거야? 야, 엄마 아빠가 사랑해야지. 이모 할미가 아이스크림 사줄게. 그리고 나는 잠이 들었네.

- 좋은 아침. 항암적응 공부가 얼마나 힘드냐. 7번중 4번까지가 힘들겠지. 그래도 아주 힘든 2번을 마쳤다는 게 중요하다. 아프면서도 밥도 스스로 해서 영감님을 챙겼다는 것이 훌륭하다. 운동, 먹는 거, 체중유지를 잘 했다는 것이 A학점이다. 인하가 아프면서 골프하듯이 네가 좋아하는 것을 찾는 것도 좋을 듯하네. 아무튼 걷는 거 자체가 성공이니까. 다른 암 환자들은 움직이지를 못하니까. 넌 잘할 수 있을 거야. 파이팅!

- 오늘도 걸음수 9497보 걷고 영감하고 아침 먹고 2차 항암 경과 검사하러 병원 간다. 아파도 영감 챙겨 먹여야지. 그것이 숙제라. 출신은 못 속인다. 정교수님한테 A학점 받았으니 성공이다.

- 좋아요. 그것이 힘인 거요. 검사 받은 것은 괜찮은 거유? 비가 억수로 많이 오는데….

- 비가 또 많이 오네. 병원 잘 다녀왔고 피곤해서 잤더니 또 창문으로 비가 들이쳤네. 남자들이란? 같이 병원 갔다 오고 컴퓨터로 바둑 둔다고 창문으로 비가 들이쳐서 안방까지 비에 젖는 줄도 모르고 있었나 봐. 말썽쟁이 잘 있다우.

- 존재하고 있음에 감사하자고. 저녁 뭘 먹을까 고민하는 중⋯. 밥은 한 번으로 족하다고 하네. 빵 속에 이거저거 넣어 먹어야겠다네. 사실 밥 잘 먹고 운동 열심히 하고 몸이 편안하면 좋은 거지. 요즘 건강한 단백질을 찾아 먹어야 한다네. 오염된 것이 많아서. 스트레스도 없애고 즐거운 것만 생각하라네. 새로운 식품으로 자두를 먹었어. 엄청 시어서 침이 고이고 눈이 찌그러지네. 변화의 맛을 보려고. 일단 너도 이거저거를 먹어봐. 홍삼, 버섯 등도 먹어보고 식품이니까 영지버섯, 차가버섯 등도 차로 마셔보게. 암세포에 효능이 있다 하니.

- 아침에 용산 가족공원 걷고 시청 쪽에 있는 북엇국 먹고 다시 광화문 광장 오픈했다고 구경하고 성당 갔다 왔더니 피곤해서 꿈나라에 가버렸어. 저녁 때는 애들이 와서 저녁을 먹고. 움직일 수 있어서 감사했어. 긍정적인 마인드 긍정적인 마인드 하면서 자신에게 최면을 걸었지. 무수리 자리 지키는 것도 힘들구나.

- 잘했어. 그게 사는 길이야. 움직이는 것이 힘이 되는 거라고.

*

## 이십 년 전에도 무릎은 아팠네

99년 2월 초. 무릎 통증이 심했다. 전날에 너무 오래 테니스를 쳐서 그랬나. 아무래도 무리를 했나 보다. 오른쪽 뼈에 문제가 생긴 것 같다. 무릎을 펴고 굽히기가 안 된다. 서 있는 것만 간신히 할 수 있었다. 자유자재로 무릎을 움직일 수 없으니 걸을 수가 없는 것이다. 벌써 퇴행성이 오기 시작을 한 것인가? 아마도 피할 수 없는 자연현상일 것이다. 이제부터는 절대 무리를 해서는 안 된다. 이것이 심해져서 운동도 못하고 걷기도 못하면 큰일인데…. 우선 음식에 신경을 써보자. 달걀이 좋다 했으니 달걀 요리로 음식을 먹어보자.

그리고 칼슘이 좋다니 약국에서 칼슘 보충제를 사서 먹어야겠다. 파스를 통증 부위에 붙이고, 샤워기로 통증 부위와 장단지, 종아리 등에 뜨겁게 물을 뿌려서 혈관을 자극하여 원활한 피돌기를 해봐야겠다. 조금 나아진 것 같았다. 당분간 등산은 포기해야겠다. 잠시 쉬면서 수분과 단백질 섭취를 위해 노력해야겠다. 당장 슈퍼를 들러 고기를 사다가 푹푹 삶았다. 최대로 충분히 먹어주었다. 식초가 유연성에 좋다 하니 물에 섞어서 2컵을 마셔주었다. 매실도 좋다 하니 매실 차도 먹었다.

며칠 후 다시 생리가 시작되었는데 이번에는 빈혈이 일어났다. 천장이 빙빙 돌았다. 집안의 물건들도 빙빙 돌았다. 이건 무슨 현상인가 일상생활이 불가능해졌다. 병원처방은 우선 빈혈치료제를 복용하라했고, 고단백질을 먹으라 했다. 의사의 말대로 나는 열심히 고단백질과 치료제를 먹고 쉬었다. 그런데 친구 J가 시골에서 우리 동네로 이사를 오겠다 했다. 친구랑 집을 찾아서 돌아다녔다. 그것이 힘들었는지 빈혈이 다시 생겼다. 큰 낭패였다. 병원에서 종합병원으로 가라고 진단을 내렸다.

고민이었다. 별거 아닌 것을 종합병원에서 온몸을 쑤시면서 검사, 검사만을 요구할 것이라 생각하니 끔찍스러웠다. 물론 종합 병원비도 없었다. 거기에 시어머니의 생활비 올려라, 제사비 올려라, 용돈 올리라고 발악을 했다. 한숨만 나왔다. 시어머니의 요구는 들어줘야 했다. 그렇지 않으면 온 집안이 시끄러웠다. 빚을 내서라도 그 돈을 줘야 했다. 시어머니의 돈부터 마이너스 통장으로 채워드리자. 그게 속 편할 것이다. 그러면 스트레스를 덜 받아서 어지럼증이 가라앉을지도 모르니까.

친정어머니가 오셨다. 어지럼증으로 누워 있으니까 당신이 재래시장에 가서 소의 지라를 사오셨다. 그리고 지라를 잘게 썰어서 콩고물에 묻혀서 내 입에 넣어주었다. 나는 입에 넣고 그것을 물로 삼켰다. 그렇게 반복을 오랫동안 하고 누웠다. 이튿날 신기하게도 어지럼증이 가셨다. 약을 먹고 단백질을 먹고 난리를 쳤지만 어지럼증은 쉬 낫지 않았는데…. 소의 생 지라가 쉬 낫게 한다는 것이 신기하다. 여하튼 나에게 양약과 현대 의학만이 최고는 아니라는 사실이 밝혀졌다.

*

## 별개가 부러웠던 시절

방학이 되면 고모 집을 가고 싶었어. 거기는 별개가 다 있었어. 처마 밑에는 잉꼬새와 앵무새가 대롱대롱 매달린 새장에서 지저귀고 있었어. 철제 대문에는 초인종이 달렸어. 우리 집은 엉성한 판자조각으로 얼기설기 판대기를 대어서 대문을 만들었거든. 우리 옆집은 대문이 싸리나무로 엮어서 작대기로 받쳤었고. 고모네 집 마당은 사각으로 만든 시멘트 벽돌이었어. 우리 집은 처음에 맨땅이라 비가 오면 흙이 튀었어. 여름에는 메말라서 아버지가 시원한 우물물을 양동이에 담아 앞마당에 휙 뿌리셨지. 그럼 물과 함께 땅의 뜨거운 기운이 코로 휙 하고 들어왔어.

고모 집 마당은 비가 와도 흙탕물이 생기지 않고 신발을 버리지 않아 좋았어. 고모 집 언니들은 학교 갔다 돌아오면 마당에 펼쳐진 탁구대에서 시합을 하고 놀았어. 우리 동네 아이들은 공깃돌을 주워서 공기놀이, 사방치기, 자치기를 하며 놀았지. 언니네는 탁구 시합을 했고 어느 때는 전축을 틀어놓고 춤을 추며 놀았어. 언니들이 재미있게 놀면 나는 부끄러워서 얼굴이 빨갛게 익어 방구석에서 언니 친구들이 노는 것을 훔쳐보았어.

내가 가면 고모는 큰 바구니에 옥수수 강냉이 튀밥을 갖다 주었어. 언니들은 탁구 치고 잠시 쉬면서 너 왔구나 하면서 함께 강냉이 튀밥을 먹었고. 다시 고모는 식모에게 누룽지에 설탕을 뿌려서 나에게 갖다 주라고 일렀어. 안방은 넓어서 열댓 명도 더 잘 수 있었어. 마루 겸 거실에는 찻잔 세트들이 차지하고 있었어. 안방 건넌방은 다다미방으로 일본식 방이었어. 그곳은 고모네 시댁 식구들이 항상 차지했어. 시골에서 올라온 누구, 누구라든가. 그들은 작은집, 큰집 애들이라고. 항상 거기서 학교를 다녔던 기억.

거실을 지나 복도를 지나 북쪽 벽에 붙은 작은 방이 있었어. 그곳에서, 큰언니, 작은언니가 함께 썼어. 그런데 식모언니는 어디서 잤는지 생각이 안 나네. 하여튼 내 또래 남자애와 밑의 동생들은 모두가 안방에서 잠잤으니까. 나나 내 남동생이 가도 모두 안방에서 잤으니까. 안쪽으로 고모, 고모부, 동생들, 방문자들이 함께 잤어. 어렸을 때 안방이 커다란 교실 같다는 생각이었어. 동생들은 모두 잠옷을 입고 잤는데 나와 동생은 잠옷이 없었거든. 무척 부끄러웠던 생각이 들어.

고모네 집 동생들은 특별해 보였어. 어느 날 가면 바이올린에 바바리코트를 입고 레슨을 갔고. 그들이 입는 옷은 우리들 옷과 남달랐으니까. 안방에서 극장 구경을 하듯 외국영화를 보았어. 고모부가 타고 다니는 커다란 오토바이, 조그만 자가용, 고모가 입고 다니는 회색, 물색 밍크 옷 등이 내 눈에는 특별했거든. 가끔 고모부와 내 또래 남자애는 공기총을 가지고 사냥을 했다니까. 이색 물건들이 많아서 가만히 서서 쳐다보는 것만도 특별했어. 나는 그들이 보면 어땠을까. 물론 우리 고모야 내가 귀한 조카였기 때문에 나를 귀히 여겼겠지.

우리는 고모가 주는 것을 좋아라 하고 받아썼으니까. 어느 날 언니가 쓰던 스케이트를 주어 얼마나 신나던지. 언니가 입던 재킷을 주어도 신났고. 내 또래 남자애는 항상 가정교사를 옆에 끼고 공부했어. 나를 시험하면 나는 모두가 몰랐으니까. 부끄럽고 창피해서 얼굴이 홍당무가 되었지. 그 또래 애는 중학교부터 서울로 유학 간 것이지. 그래서 최고의 학부에 최고의 교수가 되었었지. 천천히 느리게 느리게 나는 그를 따라갔고 이제는 같은 지역에서 함께 살아가는 거고.

언니들과 동생들은 죽기도 하고, 살아 있는 언니들은 외국에서 자기들의 삶 방식대로 잘들 살아가고 있는 거겠지. 어느 해인가 내 또래와 내가 함께 골프를 치게 되었어. 내 또래가 나에게 말했어. "내가 너하고 골프를 치다니." … 내 삶이 그래서는 안 된다는 거였을까 생각했지. 인생은 웃겨. 항상 열심히 살아가는 사람에게도 느리지만, 좋은 기회가 더 많이 주어지는 것이 인생이지 아니었을까.

*

## 어머니에 대해 죄의식을 가지며

어머니가 무얼 좋아하는지를 딸은 안다. 맛있는 걸 즐겨하시고 당신이 요양원에서 나와 아들하고 살고 싶어하는 것을. 어머니는 아들, 아들 하며 아들을 품속에다 가두고 싶어하지. 어머니가 좋아한다고 아들을 품게 할 수는 없었지. 누나가 동생을 사랑하니까 동생의 삶도 중요했으니. 어머니는 날마다 동생에게 전화를 하신다. 아침 먹었니? 얼른 먹어야지. 잘 먹는 게 최고이니라. 돈 벌어서 뭐하게. 네 몸 잘 챙기는 게 돈 버는 거여.

점심 때가 되면 아들아 밥 먹었니? 아직요. 지금이 몇 시인데, 아직도 안 먹는 거여. 빨리 먹어야지. 알았어요. 날씨가 춥구나. 따뜻한 국물 있는 거를 사먹어. 네, 그럴게요. 시간은 흘러갑니다. 초겨울은 어둠이 빠르게 돌아옵니다. 어머니는 아들 번호를 눌러 아들을 찾습니다. 아들은 회사 일을 보느라 전화를 받지 못합니다. 어머니는 애를 태웁니다. 어머니는 핸드폰을 누르고 누릅니다. 전화 연결이 안 됩니다. 한 시간을 누릅니다. 그래도 소통이 안 됩니다.

애가 탄 어머니는 딸 폰을 누릅니다. 엄마요? 왜요? 글쎄 갸가 전화가 영 안 돼서. 엄마 지금 회사로 바쁜가 보지. 그래도 네가 한번 해보라고. 엄마, 제발 안 해도 아들이 알아서 밥 먹는다고요. 걱정하지 마시라고요. 어머니에게 화를 벌컥 내고 큰소리를 질러버린다. 그러면 알았어, 하고 끊는다. 그때부터 딸 마음은 속에서 화가 나며, 엄마에 대해 죄를 짓는 마음으로, 참았어야 하는데⋯ 하며 죄업을 저축하는구나 후회한다. 후회가 쌓여서 딸은 어머니를 모셔다가 집으로 데려올까 망설인다.

어머니를 모셔 와서 맛있는 것과 원하는 것을 해주고 싶습니다. 그러나 동생들이 또 얼마나 힘들 것인가. 어머니의 이상한 논리가 생길 테고⋯. 어머니의 비상한 머리를 우리는 따라갈 수 없습니다. 야가 이거 해왔니라. 또 누가 이렇게 해주더라. 무엇이 어떻고 이거는 틀리느니라. 저것은 옳은 거 같구나. 어머니의 시비 논란으로 형제의 논리는 엉망이 될 테고. 여하튼 94세 노인의 이론과 이치는 맞고 틀려서 머리에 통증이 생깁니다. 차라리 죄업을 내 몸에 쌓아 어머니의 이론으로 파투가 나느니, 살아가는 형제들이 마음 편하게 살 수 있게 하는 것이 좋을 것 같습니다.

*

## 핸드폰 시계를 선물 받았습니다

처음에 기뻤어. 친구에게 감사했지. 새로운 기계라 어떻게 해야 할지 몰라서. 마음을 가다듬고 또 다시 새로운 시대가 오고 있음을 느꼈어. 스스로가 새로운 기계 공부를 하는 시대로 생각했어. 조금 있으면 AI의 케어를 받아야 하니까 미리 이거저거 기계작동을 시험하고 공부하는 계기로 생각하기로 했네. 시계를 가지고 핸드폰 가게로 갔어. 거기서 연결 좀 해달라고 기사님에게 부탁했고. 시간은 많이 걸렸어. 다른 종류의 구체적인 것들은 삼성 AS 센터로 가라고 했어.

첫 화면은 날짜, 시계가 뜨는 거야. 화면을 돌리면 걸음수, 그리고 시계 그림이 뭔지 몰라, 그다음은 칼로리 소모량 같아. 다음 화면은 걷기, 달리기, 자전거 타기, 더보기가 나타나네. 그런데 더보기를 누르면 수영 장면이 나와. 그것을 누르면 3, 2, 1, 하고 셈이 나오며 나의 수영하는 장면으로 계속 움직이는 것이 측정되나 봐. 시간, 총 구간, 거리, 칼로리 등이 나오고. 다시 꾹 누르면 수영이 멈춰서는 거야. 그리고 물이 빠지는 시간 2초 간이 지나고 다시 화면을 역으로 돌려서 가위표를 누르면 수영이 멈추는 거고.

며칠이 되어 지금 익숙해져 가는 중이야. 처음에는 낯설어서 거부하는 반응이 자꾸 생기는 거고. 나이 든 사람들은 새로움을 싫어하잖아. 일단 몸이 거부하는 거지. 이제 많이 익숙해져 가는 중이라 덜 부담스러워. 이런 것은 애들, 젊은 층이 엄청 좋아하잖아. 우리 집 남자에게도 선물이 주어졌는데, 쓰지를 않는 거야. 그래서 손자에게 주었더니 좋아서 펄쩍 뛰며 좋다 하지. 나는 계속 새로운 시대에 적응하려고 애쓰려는 거고.

어제는 AS센터로 갔어. 골프 치는 데 이 시계가 거리를 잴 수 있는지를 기사님에게 물었어. 할 수 있다는 거야. 순서가 1시간 이상 걸리는데도 기다렸어. 구글 아이디를 찾고 옛날 계정을 찾고 복잡한데 기사님이 알려주려고 애를 썼어. 새로운 기계와 방식을 알려면 사실 돈도 새로 넣어야 하고 복잡한 일들이 많더라고. 두어 시간 걸려서 처리를 했는데 소액 결제를 다시 해야 하는 과정이 복잡해서 완결을 못하고 돌아왔네. 시스템은 다 해 놓았는데 완결을 못해서 아쉬운데 다시 시작해야 할 것 같아.

모든 것을 느리게, 천천히, 나 혼자 속으로 나를 칭찬하며, '괜찮아. 천천히 하면 돼, 걱정하지마' 하면서 마음을 다독인다니까. 젊은 애들을 이길 수 없지, 빠를 수도 없고. 그러나 천천히 느리게 따라 가면 된다는 거지. 그리고 뭔가 이루어지면, 즐겁고 성취감을 즐길 수 있을 거야. 날마다 파이팅을 외치며 사는 거라고.

*

# 좋은 아침 7

- 애기들을 못 봐서 힘들었지? 수시로 손자들과 어울려서 놀다가 못 보면 엄청 보고 싶잖아. 어렸을 때 나도 그랬어. 그런데 그것들이 크면 달라져. 할머니 빨리 갔으면 좋겠다. 나 텔레비전 봐야 하는데. 엄마 할머니 안 왔으면 좋겠다 한다니까. 할머니가 와서 잔소리하는 것 싫고 내 맘대로 못하게 하는 게 싫다는 거지. 이제 우리 몸 챙길 때야. 바다의 파도가 내 몸에 부딪히면 어깨가 아파 오고 다리 근육이 아프다니까. 애기들은 파도

가 신나지만 우리 몸은 그 파도를 이겨내지 못하는 거야. 우리 나이가 그렇더라. 우리 몸을 지탱하지 못하면 모든 자식들이 도망갈 거야. 우리는 파이팅하며 잘 먹고 운동 열심히 하자.


- 오늘은 힘든 날이었어. 수영장에서 나와 샤워를 하고 옷을 입으려고 옷장으로 가는데 갑자기 발바닥, 왼 발바닥에서 아픈 통증으로 기절할 지경이었다오. 주저앉아 발바닥을 확인하는데(안경을 안 썼으니까) 귀걸이 심이 발바닥에 찔려서 딱 붙은 거야. 눈을 감고 귀걸이 심을 뽑았지. 집에 와서 연고 바르고, 반창고 붙였지. 그리고 김동훈씨 소풍갔다고 전화를 받았는데, 내가 기절하겠더라고. 점심 먹고 신촌 세브란스 장례식장 갔는데, 접촉사고가 BMW와 생겼어. 한 시간 동안 조사 받고 돈 240만원 물어 주려니 안타깝더라. 외제차가 부딪힌 곳은 실금으로 내 눈에는 보이지도 않았어. 한참 동안 보험사 부르고 수리처리 확인하고, 다시 장례식장으로 가서 문상 하고 왔어. 남편 동창이고 우리 집 옆에 사는데 인생무상이었어.


- 오늘 큰일 날 뻔했구나. 여자들 귀걸이가 문제다. 얼마나 아프고 놀랐냐. 아침에 네 전화받고 하루종일 마음이 아프더라. 아직 소풍 갈 나이는 아닌데…. 신촌 세브란스 주차장이 복잡하더라. 오늘 일진이 나쁜 날, 빨리 지나가라. 얼른 쉬렴. 마음도, 몸도, 너무 힘들었겠다.


- 어제 다친 발 괜찮니? 얼른 치료 잘 해. 목요일, 금요일 시간 있니? 만나고 싶어서.

- 금요일 너네 집으로 10시까지 갈게. 우리 나이는 무거운 짐을 짊어지고 사는 거 같아. 번개팅으로 외국에서 온 친구와 새벽에 골프 왔어. 무릎, 발바닥, 어깨, 허리 등에 온통 파스로 도배하고 진통제 먹고 오는데 배가 갑자기 아파서 혼이 났네. 골프옷 갈아입고 무릎, 어깨, 허리 등을 밴드로 묶고 골프를 치고 있으니. 거기에 왜 그리 기침은 나는지. 어제 장례식장 에어컨이 너무 셌나 봐. 서둘러서 오는 바람에 지갑도 안 가져왔네. 사는 것이 그런가 봐. 그래도 네 문자 받으니 기뻤어. 이렇게 움직이고 골프를 치러 왔으니 성공인 거지. 우리 무거운 삶을 잘 견뎌보자. 경제적으로도 힘든 일이 자꾸 생기네. 하여튼 잘 견뎌보자. 만날 때, D친구 Y친구도 함께 만나자.

- 좋은 아침. 수영장 언니가 자기 딸이 만든 비스킷을 하나 주었어. 먹어보라고. 달콤했는데 마음과, 몸, 주변 세상이 달콤해지네. 사는 게 별거 아닌데. 김동원씨가 그렇게 쉽게 가버린 것을 보니까 내가 아꼈던 것이 별개 아니더라고. 그래서 서랍에 있던 것들을 몽땅 버렸어. 언젠가 버릴 것이니까.

- 테니스 쳤나요? 어제 컨디션 좋다고 아침부터 움직이고 딸이 출장 왔다가 집에서 밥 먹고 바쁘게 보냈더니 힘들어서 많이 쉬었어. 나도 정리하고 살아야 되는데 아깝다고 못 버리니…. 출신은 어쩔 수 없나 봐. 내일 아침 만나자.

- 테니스 비 맞으며 치고 회원들 맥주 먹자 해서 지금 맥주 사 주고 있어. 내일 봐.

*

## 아침에 열무, 얼갈이 김치를 담갔다

마른고추를 불리고 자르고, 빨간 생고추를 가위로 잘라서 함께 믹서에 넣었다. 양파, 무, 마늘, 생강, 배, 새우젓, 까나리 액젓, 마른고추 등과 잘 갈리게 망고주스를 넣어 믹서를 돌렸다. 열무와 얼갈이를 씻어서 물기를 빼고 잘라서 큰 통에 켜켜이 소금을 뿌려서 절여놓았다. 물 2~3리터를 함지박에 넣고 주머니에 간 양념을 넣어 치댔다. 그리고 큰 김치통에 양념 주머니를 바닥에 깔고 그 위에 열무와 얼갈이 절인 것을 켜켜이 넣었다. 그리고 함지박 양념물을 채소 위에 끼얹었다.

맛은 짤 수도 있고 싱거울 수도 있었다. 대량 대충하니까 간이 맞을 수도 있지만 그렇지 않을 때가 대부분이었다. 그럴 때 싱거우면 소금을 더 넣을 테고, 짜면 냉수를 더 넣을 작정이었다. 정성을 들여 했다고는 하지만 할 때마다 다른 김치맛이 났다. 오늘 김칫국 맛은 너무 달았다. 먹다 만 배를 몽땅 넣었더니 단맛이 강했다. 아깝다고 단맛 났던 복숭아쨈도 털어넣었더니 그런 거 같았다. 너무 달면 냉수를 더 넣을 것이고 국물을 버릴 수도 있었다. 인생이 그랬다. 간이 딱 맞을 수 있는 게 아니었다.

골프 운동을 가도 그랬다. 드라이버를 멋지게 힘 있게 친다고 원하는 곳으로 잘 뻗어나가는 게 아니었다. 좌로, 우로, 아니면 호수나 산으로 삐쳐서 사라져 가는 경우가 허다했다. 거기에 서너 번 공을 치며 가까이 갔을 때, 그린 위로 어프로치를 해도 그랬다. 길어서 그린 뒤로 넘어가든지 짧아서 앞에 떨어지든지, 아니면 벙커로 떨어지게 되는 것이 많았다. 프로마냥 딱 맞게 그린 위로 떨어져서 홀컵으로 넣을 수 있는 곳에 알맞게 떨어지지 않았다. 인생이 그랬다. 길거나 짧거나 하는 것이지 알맞게 딱 맞추는 것이 어려웠다.

이것이 왜 그렇지? 왜 안 되는 거야 하며 자책을 하고 주변 사람들을 불편하게 한다고 좋아지는 것이 아니었다. 그냥 스스로 자신을 달래면서 이것도 공부다라는 생각을 하든지 아니면 이것도 즐거운 수행이다 생각하면 매사가 편안하게 생각할 수 있었다. 나는 요즘 공부할 일이 많아졌다. 나이가 들수록 잘 안 되는 것이 많고 잘 됐다고 하는 게 사이드로 이탈되는 것들이 많아지는 것이다. 물론 더 나이 들면 평범한 일상들을 할 수 없어서 고통스러운 일이 얼마나 많아지겠나. 미리미리 스스로 자신을 다스려서 매사를 수용하며 긍정적인 마음으로, 존재함에 감사하며 죽는 날까지 조용히 소풍가기를 기원하려 합니다.

*

## 지금 아무 생각이 없습니다

컴퓨터와 마주하고 있습니다. 남자는 세수하고 있습니다. 몸은
편안합니다. 날씨는 10.7도라고 핸드폰에 표시되었습니다. 머리에
서 아무 생각이 일어나지 않습니다. 이게 행복일 것 같습니다. 새
벽에 아니 에르노가 지은 '남자의 자리'를 조금 읽었던 생각을 했습
니다. 책상 위에 그 책이 있으니까요. 겉표지에 '삶이 먼저, 문학은
그다음이다.'라고 적혀 있습니다. '남자의 자리'는 아버지와 그의 인
생에 대해 그리고 사춘기 시절 그와 나 사이에 찾아온 이 거리에
대해 말하고 쓰고 싶었습니다. 계층 간의 거리나 이름이 없는 특별
한 거리에 대해, 마치 이별한 사람처럼. 본문 중에서 뽑은 글이 표
지를 장식했습니다.

이 글을 읽고 나는 희망을 보았습니다. 내가 쓰는 글은 무엇인가
잘못하고 있다는 생각을 했거든요. 내가 쓰는 글은 주변 사람들을
욕하고 지적질을 하는 장면들이 너무 많아 죄의식을 가졌기 때문입
니다. 처음에 글을 쓰겠다고 생각한 것은 강사를 퇴직하고 갑자기
할 일이 없었습니다. 물론 집안 일과 가정 일은 많았는데 내가 하던
강의가 사라졌다는 것이 이상했습니다. 뭔가 해야 하는 일이 있어야
할 것 같은. 매사가 허탈했습니다. 나만의 일이 있어야 했습니다. 적

어도 20년 이상 나만의 일은 무엇이어야 할까를 생각했습니다.

그림? 농사 짓는 일? 사진찍기? 나무심기? 텃밭 가꾸기?… 내가 하던 일과 가장 가까운 것이 무엇일까? 책 읽기를 좋아하니 그것과 관련되는 일을 시작해 보자. 그럼 글쓰기다. 어떤 종류로? 그냥 쓰고 싶은 거를 생각나는 대로 써보자. 글쓰기는 그렇게 시작했다. 처음에 글쓰기는 시집살이로 힘들어서 살아간 이야기기 많았다. 그런데 그것은 나를 치유하는 글이 되었다. 30년 이상 내 안에 묵혔던 것들이 글을 통해서 나를 치유했고 시댁이라는 네모진 틀을 벗어나 이제는 나에게 자유를 선사했다.

이제는 글을 통해서 나를 관찰하며 고요하고, 평화로운, 자유를 누리며, 어려운 일을 지혜롭게 잘 극복할 수 있는 삶을 살고 싶었다.

*

## 어머니에게 묵언으로 거리를 두다

어머니는 자주 전화를 하신다.

- 야, 너 큰딸이냐?

- 예, 엄마.

- 나 여기서(요양원) 못 살겠다. 나 여기서 살라고 했는데 정말 못 살겠다.

- 엄마 나 엄마에게 신경을 쓸 수가 없어요. 큰 사위가 많이 아파요. 코와 목구멍과 귀에 염증이 가득 차서 귀가 안 들리고 여러 가지로 힘들어요. 수술해야 할지도 모르고요. 날마다 병원을 가는데 쉽지 않아요. 목소리 도 나오지 않고요.


- 네 나이가 많은데 너보고 신경 쓰라는 게 아니라 네가 알고 있으라는 거야.

- 알았어요.


- 난 말이다, 도저히 여기서 못 살아. 어느 빌어먹을 것이 와서 텔레비전이 안 나온다면서 리모컨을 가져가서 갖다주지를 않아. 다 저녁에 이제 가져 다주지를 않나. 여기보다 더 좋은 데가 얼마나 많은데, 이보다 못한 데가 어디 있다고, 나 여기서 못 산다. 막내에게 나를 다른 곳으로 옮기라고 해 야겠어. 내일이 토요일이지? 내일은 시간이 있을 테니까.


- 엄마, 그런데 엄마가 다른 곳으로 가시면 국가 보조금을 못 받아요. 요양 비 내가 70만 원을 내고 국가에서 150만 원을 보조하는데 지금은 할 수 있지만 다른 곳으로 가시면 동생들이 연금 100만 원을 타서 어떻게 150 만 원씩을 낼 수 있을까요. 나도 퇴직한 지 10년이 훨 넘었는데 70만 원 이상은 못 내요.

- 그래도 나는 여기 못 있겠다. 나는 나갈란다. 너는 신경쓰지 말고 알고 있
  으라고.
- 네, 알겠어요.

시간은 흘러갔다. 남편이 어느 날 말을 했다.

- 어머니가 간곡하게 말씀하시는데, 요양원 시설이 콘도처럼 좋고 환경도
  좋은데, 어머니가 싫다 하시니 작지만 서로 오고 가는 정 있는 데로 옮겨
  드리면 어쩔까?

- 어머니 연세가 94세예요. 대부분 치매 걸려서 어머니 혼자 텔레비전을
  보실 텐데, 간호사들이 지직거릴 때 고치려고 하다 보니까 그렇게 시간
  이 걸릴 수도 있겠지요. 작은 데 간다고 어머니 성격이 좋아진다는 보장
  도 없어요. 어머니는 뭐든 대장이 되고 싶은 거예요.

그 후 다시 남동생네를 만났다. 식사를 하며 이야기를 했다.

- 며칠 전 어머니가 요양원 못 있겠다고 난리를 치던데, 전화 안 왔니?
- 난 누나, 어머니 때문에 고민이 많아. 어머니가 지금 삐지신 거 같아. 날
  마다, 8시 15분에 전화를 하고 하루에 3번 전화를 하는데, 갑자기 전화
  를 안 하시는 거야. 혹 요양원에서 어머니를 어찌하게 하셔서 돌아가시게
  하지는 않을까 걱정스러운데, 전화를 못 하겠는 거야. 그리고 엊그제, 요

양원 간호사님에게서 전화가 왔는데, 어머니가 직원들에게 폭언을 하며 욕을 마구 하신다는 거야. 그래서 직원들이 힘들어서 죽겠다는 거야.

- 그렇구나. 이제 어머니가 악에 받치시는가 보다. 자기 맘대로 안 되니까.
- 누나, 난 걱정이 많아. 어머니를 어떻게 할 수가 없다고. 모실 형편도 아니고, 모실 수도 없고, 전화 하는 것이 무서워.

- 할 수 없지. 이제 어머니도 수용하시는 것을 배워야지. 힘도 없고 걷지도 못하시면서 간호사들에게 언어폭력을 하면 누가 좋아하겠나. 자식에게도 협박을 하면서 괴롭히면 모두가 떠나가는 거지. 그래, 어머니가 수용하는 것도 부처님의 수행방법이라 생각하시게 깨달았으면 좋겠다. 차라리 전화하지 말고 침묵으로 우리도 어머니에게 스스로 자신을 조용히 수행할 수 있게 하는 것이 좋겠다.

마음은 불편하지만 인간은 죽음을 받아들이며, 조용히 수용할 수 있는 힘을 길러야 할 것 같았다. 그래서 아마도 인간은 자기를 돌아보는 명상공부를 해야 하나 보다. 스스로를 돌보고 스스로 할 수 없는 것을 돌봐 주는 사람들에게 감사할 줄 아는 사람이어야 했다. 그것은 모두를 평화롭게 하며 자신을 자제하고, 모든 것에 감사하는 일이 될 것이었다.

*

나이를 먹을수록 사람들은 자기의 검은 그림자를 숨기고 싶어한다

A 친척이 있다. 그는 어렸을 때 그렇게 부유하지 않았어. 그러나 시집을 아주 잘 갔어. 아니 신랑을 잘 만난 거지. 그 신랑이 사업을 잘 했으니까. 여러 분야를 다양하게 사업을 벌였는데 벌이는 것마다 대박이 났어. 높은 빌딩이 몇 개가 되었고 외제 차에, 비싼 아파트를 자랑하는데 친척들은 몇 시간을 들어주어야 했어. 그리고 그먼 친척 A는 어느 날부터 목이 뻣뻣하고 눈이 높아져서 안하무인격이 되었어. 사람들은 A를 교만하다고 욕하기 시작했고. 어느 날, 딸이 시집을 가는데, A는 말했어. "저 놈은 전생에 무슨 나라를 구했는지 내 딸을 신부로 데려가는 거야?" 하며 사위를 헐뜯었어.

그 후 아들이 장가를 가는 거야. 그런데 A는 또 다시 "저년은 전생에 무슨 나라를 구했는지 내 아들을 빼앗아 가는 거야?" 하며 욕을 했어. 그러니까 딸과 아들이 결혼한 상대가 A 마음에 들지 않았던 거지. 자식이 좋아서 사는 거지 시부모가 며느리를 데리고 사는 것이 아니잖는가. 지금이 무슨 조선시대도 아니고 애들이 좋아하는 사람을 선택하는 것이 마땅한 것이라 생각했어. 그런데 올바른 사람이라면 자기네 가족이 되는 사람을 욕하고 헐뜯는 것을

듣는 것은 즐겁지 않았어. A는 어릴 때의 어두운 그림자를 가졌던 사람으로 나는 알고 있어. 그의 환경, 그의 처지, 그의 부모가 온전하지 않았던 것들도.

그런데 지금은 돈으로 하늘만큼 높아졌기 때문에 돈이 부족한 사람들은 그에게 하찮은 존재로 보이고 있다는 것이 슬픈 일이 되는 것이야. 이제 나이도 많아졌는데, 돈 쓸 일이 뭐가 많다고. 나는 그런 사람을 보면 참을 수가 없는 거야. 나이가 더 들면, 수족을 못 쓰게 되고 욕했던 가족의 도움을 받아야 하는데. 그렇게 험한 소리로 그들을 욕했던 것들이 그들에게 이미 알려지지 않았겠나 싶어. 말 없는 것이 천 리를 간다고 시댁 어른들의 마음을 젊은이들이 읽어서 마음에 새기고 있을 것이리라.

이제 다시 후반전의 인생을 새롭게 살아야 해. 항상 부드러운 마음을 가지고 가족이나 주변 사람들에게 따뜻하고 온화한 마음으로 함께할 수 있어서 감사함을 가져야지. 물론 밉고 싫은 사람도 많아. 입만 가지고 사람들에게 지적질을 하며, 돈 한푼 안 쓰고, "돈이 너무 많아서 우리들은 가진 돈을 다 못 쓰고 죽을거야"라는 말만 되풀이하는 자들도 많지. 어쩌면 너무 지나치게 돈에 대한 집착으로, 평생을 살며 돈을 모았기 때문에 돈을 쓸 수 없는 거야.

사실, 그들도 사업가처럼, 펑펑 쓰고 싶은 마음이 왜 없겠는가.

그럴 수 없다는 것이지. 조금 체면을 구기고 남이 사줘서 먹으면 된다는 의식. 그것이 오랜 세월이 지나면 그런 방식은 아예 굳어져 버리고 말아. 그래서 그 방식도 돈 잘 내는 사람은 당연히 입만 가져와도 너는 나를 사줘야 하는 것이 당연하다는 투의 방식으로 매너가 만들어지고 말더라고. 그러다 보니 일반적인 사람들은 이거는 아닌데 생각하는 거야. 누가 서너 번 밥을 사면, 자신이 얻어 먹었으니 한 번은 사려고 노력을 해야 한다는 거지.

물론 너무 철저한 사람들도 있어. 네가 한 번 샀어? 그럼 다음은 내가 사야 해. 그러면서 왔다 갔다하지. 그들은 정서가 비슷해서 서로 돈독하고 친해지는 거야. 나이가 들어 갑자기 사람들과 주변 친구들이 많이 세상을 떠나네? 아니면 아픈 사람들이 많아. 파킨스, 치매, 암 등이 많이 걸려 있네. 죽음은 우리의 악한 마음을 달래주고 있어. 그래서 죽음이 모든 것을 용서할 수 있나 봐. 많은 친구들이 말도 못 하고, 알아듣지도 못 하고, 걷지도 못 하는 이가 많네. 그런데 내 몸과 정신, 신체가 온전하니 나는 모두에게 감사해야지. 그래서 나는 요즘 항상 감사합니다. 감사합니다를 외치며 살아.

그래서인지 매사가 잘 풀리는 기분이야. 아마도 복이 들어오는 기분이야. 큰딸애에게 전화가 왔어.

- 엄마 내일 몇 시까지 가요?(사위 생일상 차려주기로 했거든)

- 응, 오후 6시 반까지. 아빠가 홍 가리비도 시켰어. 맛있을 거야.

- 응, 맛있겠다.

- 야, 애기들 운동 좀 잘 시켜라. 이제 몸이 중요해. 100년을 살아야 하니까. 공부 잘 하는 것도 중요하지만 몸이 더 중요하다고. 나는 너네에게 테니스를 시켜서 너네가 테니스를 즐기며 살잖아. 승현이가 그러더라. 엄마가 테니스를 가르쳐준 것이 가장 고맙다고. 너네는 테니스 치니까 몸에 대해서 걱정 안 하니까 좋아. 여기 약사 봐라. 49세에 쓰러져서 고생하는 거. 애기들, 네 남편 열심히 운동시키는 게 중요해.

- 알았어요.

- 그리고 무조건 감사할 줄을 알아야 해. 너네 식구에게 감사합니다를 강조해라. 그러면 복이 온다고. 그게 가장 중요한 마음이야. 감사하면, 아마도 복이 철철 넘치게 들어올 거다.

- 엄마, 그 말 부처님 말씀보다 더 좋네요. 그거 엄마 책에 써요.

- 알았어.


이튿날 사위 생일상을 차렸다. 전에 먹었던 홍 가리비를 통영에 3킬로 주문했는데 그것을 살짝 오븐에 구웠어. 가성비가 좋고 싱싱해서 맛이 게살 먹는 기분이었어. 애기들이 좋아하는 닭날개를 굽고, LA갈비, 회 2팩으로 상차림을 했지. 끝으로 맛있는 케이크에 촛불 3개를 켰어. 우리 집은 누구나 3개를 켜. 축하노래를 부르고 축하금 봉투를 주었고. 마지막으로 과일과 요거트 아이스크림으로 끝을 내는 거지.

큰손자 키가 아빠보다 더 컸어. 작은애도 얼마나 컸는지 놀라웠어. 10대가 넘어가니까 할머니와 할 얘기도 없더라고. 큰딸이 자기네 성당 멤버들과 함께 어울리는 이야기를 했어. 자기가 성당 오빠 애기들의 대모라서 가끔 만남을 가진다나 봐. 그 오빠가 서울대를 나오고 일본 회사에 근무를 했고 능력이 좋아서 연봉이 아마 많을 거라는 거야. 그런데 지금 수지에 산다나 봐. 함께 가족 모임을 하는데 그 언니가 참석을 안 한다는 거야. 바쁘다며 얼굴만 보여주고. 그래서 오빠랑 놀다가 헤어지는데 그 언니가 제주도 언니고 성당 다닐 때 전문학교 나왔대나. 서울대 오빠를 꼬드기려고 그렇게 잘했대. 희생적으로. 그런데 애기 둘 낳고 변했다는 거야. 애기들은 그냥 시리얼로 배를 채워서 학교에 보내나 봐. 남편은 회사 다니느라 바쁘고.

그런데 그 언니는 승마를 하러 다닌다네요. 일주일에 4번. 자기 말도 있고 4마리가 있다나? 나는 갑자기 "그년 미친년 아녀?" 애들은 갑자기 나에게 "엄마 무슨 그런 막말을 해요?" "그년은 정말 미쳤구나. 말이나 요트 소유하는 것은 재벌이나 하는거야." "정착비만도 한 달에 500만원씩 내야 하는데, 말은 생명이 있으니 관리비가 더 엄청 비싸겠지." 나는 말이 안 나왔어. 그 남편과 애들이 불쌍했지. 그리고 혹 "그년 바람난 거 아냐?" 했더니 사위의 머리가 뭔가 이상한 폼으로 끄덕였어. 그 형이 토요일 일요일도 바빠서 멀리 출장을 갔다는 거야.

그리고 그 언니는 애들과 상관없이 토요일과 일요일은 교회에서 산다는 거야. 어쩌다가 그 애들이 우리 애들을 보면 좋아서 어쩔 줄을 모르면서 행복하다는 거고. 야, 또 어떤 집 망하는 것이 보이고 있으니까 내 가슴속에서 불이 나는 거야. 열심히 대기업에서 돈을 버는 성당 오빠의 처량한 모습이 퇴직후의 모습으로 나타나는 거 있지. 요즘 여자들은 모든 음식을 사 먹고 대충 해결하는 거야. 여성이 직장을 다니면, 이해할 수 있어. 문제는 집에서 펑펑 노는 것들이 쿠팡에 시켜 아파트 입구에 산더미처럼 쌓아놓고 배달을 시켜 먹는다는 거지.

왜 나는 그런 불성실한 사람들을 보면 참을 수 없어 하는지 몰라. 사실 내 딸도 나는 참을 수 없는 부분이 많지. 꼭 저 혼자 테니스를 치러 주말에 나가요. 가을만 되면 테니스 대회를 하니까 새벽부터 리그전에 참가하려고 밥을 해 놓고 무조건 나가는 거야. 나는 그 꼴을 참을 수 없어 했지. 언젠가는 테니스 라켓을 부숴 버린 적도 있다니까. 그리고 결국 다시 사줬지만. 살아가면서 집집마다 사연이 많을 거야. 그러나 사람들은 자기네의 좋은 점만을 말하는 거지.

나는 요즘 최대로 데드라인을 만들었어. 애들이 이혼 안 하고 암 안 걸리고 저희들끼리 지지고 볶고 잘 살면 된다는 것으로. 다른 집 친구들은 자기 집이 크고 애들 집이 작으면 서로 교체해주고 부모가 작은 집에 가서 사는 집이 많더라고. 나는 한참 고민했지. 그렇게 해야 그것이 옳은가를. 그런데 나는 그것은 아니라는 생각을 했어. 우리가 얼마나 열심히 노력하며 밤잠을 설치고 여기까지 오면서 살았는데… 애들은 우리에게 지금까지 혜택을 받고 살고 있잖아. 우리는 지금도 부모님에게 모든 것을 지원하며 수틀리면 욕먹고 혼나면서 이 나이까지 살고 있는데, 라는 생각이 들더라고.

어떤 할머니는 손자들 과외비를 보태주고 유학비를 보태준다는데, 나는 그것도 아니라고 생각해. 돈이 썩어서 남을지 모르지만. 큰딸이 우리 옆에 22평에 사는데, 애기들이 100킬로로 성장했으니 얼마나 좁겠어. 나는 그것도 큰 공부라고 생각해. 좁게 사는 것 그 자체가 공부라는 거지. 생활의 결핍만큼 큰 공부는 없다는 거야. 나는 가끔 숲과 들을 생각해. 큰 나무가 있고 잡초가 자라는데 각자 자기에게 맞게 싸우면서 숲과 들에서 잘 자라잖아. 그렇게 생각하니까 마음이 편해지는 거야.

일본의 큰스님이 죽으면서 자기가 죽고 나서 큰 난리가 나면 남겨진 글을 읽으라 했대. 그것을 펼쳐보니까 '걱정하지 마라. 어떻게든 잘 될 거다'라는 단 두 줄이 적혀 있었다고 들었어. 맞아 나도 그래. 뭐든 '느리게, 느리게, 걱정하지 말자. 모든 것이 해결될 것이다'라고 생각해. 젊어서는 큰딸이 애기들과 사위를 남겨두고 테니스에 미쳐 있어서 난리를 쳤던 일이 얼마나 많았겠나. 이제 애기들이 커버리니까 너네들끼리 알아서 잘 살겠지 했더니 잘 돌아가더라고. 이제는 저희들끼리 무언의 시스템이 생긴 거 같더라고. 저번에는 큰딸이 테니스를 우승해서 우리에게 밥을 사더니 이번에는 준우승을 했다나. 30만원 상금을 받아서 저네 아들, 딸, 남편에게 5만원씩을 나누어 주었다나 봐.

나이가 들어서 여자애들이 우울증에 걸려서 자살을 하고 암에 걸려서 병원에 다니는 것을 보니까 차라리 딸들이 테니스를 쳐서 행복해하는 것이 낫겠구나 하는 생각이 들어. 사실 어렸을 때 너무 아파서 죽을 만큼 병원을 많이 다녔기 때문에, 나는 없는 레슨비를 들여 운동장에 세웠거든. 나이 들어서도 그대로 레슨을 시킨 거고. 그러다 보니까 선수급이 되었고 나이 많은 언니들이 우리 애가 젊으니까 계속 게임을 함께 하고 싶으니까 불러댄 거고. 그 언니들은 애들이 다 커서 할 일이 없는 거고. 딸애 애기들은 엄마가 필요한 애기들이니까 내가 속을 태웠지.

세월이 흘러 애기들이 커버려서 나는 마음이 놓여. 이제 각자 알아서 자기들의 공부를 책임지며 바르게 살면 될 거 같아. 이번 생일에 손자들이 유튜브만 보고 각자 노니까 할 이야기가 없더라고. 그래서 나는 큰손자에게 제안을 했어. "너 유튜브도 좋지만 한 달에 책 한 권을 읽어야 한다." 했더니 "네, 할머니 읽을게요." "그럼, 1년에 12권쯤 읽어. 할머니가 10만원 줄게. 알았지?" "그럴게요." "그 대신

무협지는 안 돼. 그리고 300페이지 이상이어야 해." "네, 그럴게요."

그리고 생일 잔치가 끝나고 줄 게 없어서 고구마 한 박스 시킨 것을 들려 보냈어.

*

## 가을의 시와 편지를 친구가 보냈네

복잡한 세상의 흐름을 잠시 잊고 친구가 보낸 시를 읽었네. 시를 보내준 친구야, 고마워. 계속 어머니의 전화 벨이 울리고 있네. 일단 거절을 눌렀지. 이제 좀 쉬고 싶었어. 어머니 전화를 받으면 속이 시끄러워져. 내 어머니가 왜 그리 힘들게 하는지. 여동생은 징징 짜며, 괴로워 죽겠다고. 남동생은 어머니가 삐져서 아들에게 전화를 하지 않는 것이라고. 아들은 그것이 불안해 죽겠다고. 어머니는 날마다 요양원에서 3번씩 전화를 한다는데…. 이제 어머니의 귀한 존재는 자식들에게 시효가 지났나 봐.

평생을 어머니의 뜻대로 당신 주장을 내세웠는데. 자식은 이제 어머니의 뜻을 거슬러야 살 수 있는 것이라고. 막내 여동생도 육십이 넘으니까 허리가 삐끗하여 걸을 수가 없으니 말이다. 어머니는 계속 말하신다. 당신을 휴일에 데려다가 자기가 먹고 싶은 것을 사 먹여 달라고. 그동안 가깝게 사는 막내네가 먹을 것을 바리바리 싸 가지고 가서 어머니를 만나 드시게 했고, 어머니를 기쁘게 했지. 그런데 코로나로 싸 간 모든 것을 버리든지 사무실에서 처분해야 했어.

먹고 싶은 것을 못 먹어서 어머니는 참을 수 없었고 사무실 간호사들이 모두 가져갔다고, 당신에게 하나도 주지 않았다고 난리를 치시는 거야. 수틀리면 간호사들에게 어머니는 욕을 퍼부었다는 것이고. 우리는 미안해서 고개를 들 수가 없었어. 죽음의 길에 들어서면서, 인간은 또 새롭게 살아가는 공부를 해야 하는 거 같아. 나이가 구십, 아니 백 살이 되어도 자기 자신을 자제하는 공부를 해야 하는 거 같아. 스님들의 수행, 혹은 수도사의 수사같이 스스로를 갈고 닦아 주변 사람들에게 항상 감사하는 사람이 되어야 할 거 같네.

어머니 자식은 자기 소유의 물건이 아니네. 자식은 이미 하나의 존재로 그들만의 행복을 찾아야 하는 사람들이네. 어머니를 무조건 어머니 뜻대로 모셔야 한다는 의무는 없을 것 같네. 당신에게 도움을 줄 수 있는 대로 당신은 기다려줘야 하고 감사해야 한다는 것이네. 당신이 자기 뜻대로 안 해 준다고 자식을 욕하고 화를 내

면, 자식은 멀리멀리 도망갈 수밖에 없다는 것을 아셨으면 좋으련
만…. 나는 생각했어. 어머니도 사시는 한, 열심히 마음의 공부를
하셔야 한다는 것을.

*

## K친구 오랜만이네

잘 살고 있지? 그냥 문자 보내네. 하도 주변 친구들이 이 세상을
떠나니까. 그럼 됐네요. 잘 살고 있으니까요. 건강하셔. 그 후 전화
가 왔다. H친구가 지금 힘들다 했다.

- 어디가 아파?
- 응, 폐암 말기래.
- 그전에도 아팠잖아.
- 그래.
- 그래서 항암치료를 10년째 받고 있고 지금까지 잘 살았는데 갑자기 숨을
  쉴 수가 없다나 봐. 배에 복수가 찼다는데….
- 그럼, 힘들어. 마지막 온몸의 세포가 생명이 다한 거랬어.

- 우리 제부가 말기 암이었어. 그런데 3일 산다고 했는데, 7년 살았거든.

- 대단하네.

- 그런데 멋지게 살았어. 여행하며, 모든 재산 현금으로 돌려놓고 해외 여행하며, 하고 싶은 거 다 하고 행복하게 살았어. 그런데 마지막에 복수가 차더라. 그리고 더 이상 안 되는 것을 알고 연명치료 하지 말라는 각서를 쓰고 호스피스동으로 스스로 옮겨갔어. 그때 많이 울었어. 그리고 며칠 있다가 갔어.

- 그랬구나.


- 우리 나이가 이제 죽을 때인가 봐. 우리 제부 제일 잘하던 서울대 출신 K 친구 죽었잖아.

- 그래? 나 몰랐는데?

- 몇 년 됐어.

- 내가 가장 존경하던 친구고 부러운 친구였는데….

- 너네 남편 아직도 돈 버니?

- 그럼.

- 네 남편 짱이구나.

- 그래서 요즘 나는 내 삶이 건강해서 하루에 3번 고맙습니다라고 기도해. 형제들도 고맙고. 모두가 잘 살고 있으니까. 큰언니 작은언니, 동생들이 모두 다 신부님 밑에서 수도자들처럼 살아. 봉사의 집에서 밥해주며. 봉사, 아니 참봉사를 365일 하고 있으니까. 우리 집안 같은 사람들이 없어. 나만 대충 살고있는 거야. 아마도 형제들의 봉사로 내가 옆에서 복을 받

고 있는 거 같아.

- 아픈 친구들이 보고 싶어. A친구가 엄청 똑똑했고, B친구도 엄청 똑똑했는데 모두 파킨스병으로 움직이지를 못한다니까 안타까워 죽겠어. 우리 집 옆에 아줌마가 파킨스병으로 10년을 앓았는데, 5년전만 해도 잘 걸어 다녔으나 이제는 애기 걸음마도 안 되나 봐. 휠체어에 앉아서 다니더라고.

- 제부가 서울대 나왔는데 그 친구들이 모두 똑똑했거든. 그런데 그 친구들이 은행원이었는데 모두들 암으로 죽었어. 폐암, 간암, 대장암으로.

- P친구도 유방암이라던데. 맞아?
- 그런 거 같아.
- Y친구는 파킨스병이라며?
- 응, 그렇다고 해.
- 웬일이냐?
- 그러게.

- 그런데 웃기게 시어머니 모신 사람들은 모두 암에 걸렸다? 초등학교 선생 했던, K친구, C친구, J 친구, o친구 등.
- 옛날에 부모님 잘 모시면 뭐 복이 돌아온다느니 윤리, 도덕적인 것으로 우리를 조여 왔는데, 70세 이후 그들이 모두 암에 걸렸으니…. 그만큼 스트레스가 많았던 거지.

- 공부 잘 해서 서울대, 하버드대 나오면 뭐하냐? 인간이 돼야지. 나는 이준석을 보면 공부 잘 하는 것이 뭐가 필요하냐? 그거는 부모가 잘못 키운 거지. 열심히 키우되 인간답게, 서로 융합하며 서로 돕는, 그리고 자기를 희생하며, 사회와 국가를 위하는 사람이 좋은 거 같아.
- 너 그게 무슨 소리니? 난 이준석 팬이야. 걔가 어때서? 멋있잖아.
- 그게 올바른 정치인이냐? 제 잇속만 밝히고 무슨 당 대표냐? 핸드폰만 들여다보며, 엉뚱한 짓거리만 하는데. 그것도 올바르게 당 대표가 된 게 아니잖아. 역선택을 해서 좌파의 도움으로 된 거지.
- 아이 난 몰라. 난 그 애 팬이야. 나에게 말하지마.

이렇게 생각이 다른 것이구나. 우리 사이는 거리가 아주 먼 곳이구나. 그렇게 고등학교 때 친했는데…. 시간은 잠시 멈췄다가 흘러갔다.

- 우리 엄마가 마지막에 성당에 다니셨는데, 성경공부를 아주 열심히 했거든. 엄마가 돌아가실 때쯤, 삶과 죽음의 공간에 있었던 거 같아. 엄마가 꿈속에서 하느님이 하얀 옷을 입고 와서 배를 쓰다듬어 주셨다는 거야. 그리고 곧 돌아가셨거든.

- 그랬구나. 그래, 늦었네. 아프지 말고 잘 살아. 그럼 언제 시간 있을 때 만나. 안녕.

*

## 어머니를 보고 다시 마음의 공부를 해야 할 거 같았다

어머니가 돌아가실 것 같아서 항상 조바심을 내며, 걱정하고 안타깝고, 슬프고 눈물을 짜던 시기는 지나갔다. 요양원 4년 차로 계시면서 모든 안타까운 감정이 사라졌다. 그만큼 나도 스스로 늙었기 때문이었다. 요즘 가장 친한 친구들이나 남편 친구들이 이 세상을 수시로 떠났고, 떠나는 길 위에서 서성대는 친구들이 많았다. 수명이 길다고들 하는데, 갑자기 떠나는 친구들을 보면 우리도 이제 데드라인 선에서 부모들과 함께 선을 밟고 서 있는 세대가 됐다. 엊그제는 60세가 안 된 후배 친구 남편이 소풍을 갔다.

그 상황은 내가 너무 오래 산다는 느낌이었다. 거기에 어머니의 민원처리 요구는 반갑지 않았다. 자식으로서 최선을 다할 뿐이었다. 어머니의 요구는 동생들을 날마다 괴롭히는 수준이었다.

- 야, 뭐 하니? 밥 먹었니? 밥은 잘 먹어야 해. 그게 건강한 거야. 너 어디니? 일요일이지? 토요일이지? 누구가 어떻다더라. 옛날에 어떤 사람이 어떻다는구나. 엄마 그 말 백만 번은 들었을 거야. 그렇냐? 나, 여기서 못 산다. 나 다른 데로 데려가 줘라. 여기는 나쁜 놈들만 있더라. 네가 안 데

려가면 내가 길거리로 나가서 서 있을란다. 흔해 빠진 게 시금치인데 왜 시금칫국을 안 끓여주나 모르겠다. 여기는 이게 안 좋고 저게 안 좋고. 더 좋은 데가 얼마나 많은데, 나를 이곳에 있게 하느냐.

- 엄마, 난 지금 다리와 허리가 아파서 침을 맞고 있어. 엄마를 케어할 수가 없어요. 허리가 아파서 일어설 수가 없는데. 그리고 엄마가 병원이 있는 그 요양원에서 나오면 국가 보조금 150만 원을 받을 수가 없어요. 거기에 내가 70만 원을 내는데 그 이상은 낼 수가 없어요. 우리도 퇴직한 지가 10년이 넘고도 넘었잖아요. 다른 동생들은 퇴직하고 100만 원짜리 연금 자들인데 자기들 먹기도 살기 힘든데, 엄마를 도울 수 없지요. 그런데 다른 요양원에 가면 보조를 못 받으면 결국 누워 있는 엄마는 똥 치우는 사람이 없어서 결국 똥구덩이에서 살다가 가실 거예요. 막내도 요즘 허리가 아프다잖아요. 엄마가 이해를 하셔야지요.

거기에 요즘, 수명이 기니까 시어머니나 친정부모 모시던 자식들이 스트레스로 암 발생률이 높잖아요. 당장 내 친구들, 시어머니 모셨던 사람들이 암 안 걸린 사람이 없어요. 만일 내 동생들이 엄마 때문에 스트레스 받아서 암에 걸리면 엄마 슬프잖아요. 엄마도 좀, 말하고 싶어도 자제를 하세요. 하루에 몇 번씩 동생들한테 전화를 하지 마세요. 뭐든 필요한 것은 나에게 전화를 하세요. 보내줄 테니까요.

몇 번의 전화로 나에게 민원 처리 해줄 것을 당부했다. 그러면,

야 그거 언제 오냐? 보냈냐, 안 오네, 다시 보냈냐, 왜 안 오는 거냐 등등 물건이 도착할 때까지 전화를 하셨다. 그러면서 가끔은 당신이 필요한 말만을 하신다. 우리가 말을 하는 것은 듣지를 않고 듣고 싶은 것들만 들으신다. 그러니 남이 아파도, 어떤 급한 사정을 고려하지 못하고 요구만 하시는 것이다.

*

## 비젼 참치회

점심 때가 되었네. 나는 멋진 식사를 하고 싶었어. 가을이고 특별한 날이라고 생각하고 싶었어. 옛날 동네에 왔거든. 그곳은 오래전에 친구가 나에게 자기 집을 인수 받으라고 했던 곳이거든. 벌써 10년 전 이야기야. 그곳에 일이 생겨서 오랜만에 그 동네에 들렀어. S동네야. 그곳만 가면 시골 도시에 온 것 같아. 길거리 포장마차에 간이용 따뜻한 옥수수, 햄버거, 만두, 찐빵 등을 파는데 왜 그리 정겨운지 모르겠다. 시골 난전 시장 패션과 운동화 등을 팔기도 해. 길거리 바구니에는 온갖 과일을 팔아. 우리 집 근처보다 가격이 저렴하여 이것도 사고 쉽고, 저것도 사고 싶지만 무거워서 들 수가 없네.

여기저기 볼 것이 많아. 옛날보다 높은 건물이 많아졌어. 큰길과 전철역 주변은 빼곡히 빌딩과 아파트, 오피스텔이 하늘 높이 솟아 버렸어. 뭔가 허술하면서 화려함이 정겨웠어. 사거리는 둥글게 원형으로 차가 빙빙 돌게 했네. 신호등 없이 자연스럽게 하려 했나 보네. 뒷길은 술집이 많았는데 주택과 음식점이 자리를 차지했어. 새 길로 도시를 단장하고 새로운 가게로 도로 주변을 채워서 새롭게 보이네. 구청도 새로 들어와서 번화가로 변했어. 뒷길 따라 작은 공원을 거쳐서 공공 화장실도 깨끗하고 그곳에서 잠시 쉬었지. 동네 주민들이 모여서 이바구를 했어.

나는 집 소유의 지역에서 세입자들과의 문제를 해결하니 시간이 많이 흘렀어. 주변을 돌아서 맛있는 곳을 찾기로 했어. 영양식을 찾았지. 마침, 비젼 참치회라는 간판이 보였어. 그 집으로 들어갔네. 그곳에서 참치회를 시켰어. 정말 환상적이었어. 빨간색에 흰 줄무늬가 있는 살, 배 부위인 엷은 우유색살, 동그랗게 말린 붉은 부위 등 다양한 부위를 접시에 무채를 깔고 노랑꽃과 함께 장식해서 나왔어. 아름다운 예술상이었지. 일식 된장과 초절임 마늘과 생강도 입맛을 돋우었어. 참말로 맛이 있었어. 우리 집 근처에서는 너무 비싸서 엄두도 못 내는데, 먼 곳으로 와서 먹게 되었네. 그 맛은 행복 자체였다니까.

참치회가 많아서 생선구이, 달�걀찜, 옥수수 치즈 구이 등은 손을 안 댔다니까. 정신없이 맛을 음미하며 회를 즐겼어. 마지막으로 알밥에 무 명태탕으로 식사를 끝내고 과일을 먹었어. 진짜 대만족이었어. 그렇게 먹기가 쉽지 않은 건데 하여튼 행복한 식사였다네. 우리가 어디를 가든 먹는 것이 중요하긴 한 거야. 여행지는 잊어버려도 맛있게 먹은 음식은 기억을 한다니까. 그렇게 여행보다 맛있는 입맛에 더 행복한 가치가 있어서일까? 아니면 감각적 기능이 더 그쪽으로 발달을 해서일까?

주변 사람들에게 물어봐야겠다는 생각이 들었다. 어쩌면 각자의 기능이 다를 수도 있겠지. 사람마다 유형이 다르니까. 난 말이야 먹는 것이 더 중요한가 봐. 그러고 보니 내가 너무 원시적인 인물이라 부끄러웠어. 다시 전철을 타고 집으로 돌아오는데, 백화점 옆 난간에서 비둘기가 떼로 모여 앉아서 저 멀리 높은 빌딩 숲을 내려다보며, 재잘거리고, 똥을 무더기로 싸고 있었어. 밑에서는 아줌마가 비둘기 똥을 치우는데… 나는 웃었어. 그래, '너네들 지금 거기서 지금 뭐하니?' 비둘기는 아랑곳하지 않고 빌딩숲을 보고 자유를 만끽하고 있는 거 같았어. '너네야말로 정말 자유인이구나.' 우리 인간도 저들 비둘기처럼, 자유롭게 살아가면 좋겠는데….

## 좋은 아침 8

- 어제 날씨가 술 먹기 좋은 날이었지. 11월 골프 안 간다고 하니까 섭섭하면서 마음이 편하다. 11월 3일 6차 항암주사 맞고 의사샘이 언제 수술 날짜를 잡을까? 약속도 지켜야 하고 못 지키면 믿을 분은 백 회장님? 혼자 시나리오를 썼다. 앞으로 걱정없이 치료 잘 받을게. 이따가 만나.

수영 갔다 왔니. 오늘 6000보 걷고 샤워하고 영감과 아침 먹었어. 평범한 일상이 너무 감사해. 네가 준 차가버섯을 두 번째 우렸는데도 빛깔이 여전히 짙더라. 귀한 것을 아낌없이 주는 친구 고마워.

- 수영 갔다가 갈비탕 끓여놓고 미국에서 온 친구 만나러 가려니까 바쁘네. 강황물, ABC주스, 과일 등을 챙기고 쓰레기를 안 버려서 이거, 저거, 빨래도 챙겨야 하고, 하여튼 무수리가 바빠서 좋네. 어제 넌 참 씩씩했어. 그렇게만 유지해도 좋아질 거 같아. 땀이 나게 움직여.

- 오늘은 할아버지 쉼터에 왔어. 엊그제 A와의 논쟁이 생각났어. 어쩌다 B를 욕하면 걔가 그럴 만한 일이 있을 거라는 둥, 이재명이가 옷을 멋지게 잘 입고, 윤석열이는 어쨌다는 둥, 암 수술을 하고 너무 잘 산다는 둥, 도대체 어느 편인지 알 수가 없어. 남이 이야기를 하면 반기를 드는 꼴도 밉

고. 그럼 지가 예술을 하든지. A는 만나면 기분이 안 좋아. 너는 그렇게 잘 하는데, 상처받지 말아. 난 원래 개무시하니까 괜찮지만 말이야.

- 아침에 가족공원 걷고 미사 보고 브런치 먹고 집에 왔어. 나도 A를 만나면 공감능력이 없으면서 잘난 척하니까 속상하고 안타깝다.

- 너 강황 꼭 먹으래. 우리 딸이 지가 염증이 많으니까 진한 강황 한 컵을 마시고 테니스 치고 오면 온몸에 있던 염증이 사라진대.

- 좋은 아침. 친구가 실버타운으로 가려고 준비하고 있으니까 마음이 무겁네. 아침에 면티, 면바지를 어머니에게 사서 보냈는데, 관리 직원이 이름을 써서 가져온다더니 옷을 바꿔치기 했다고 난리를 치며 나에게 전화를 했어. 요즘은 함께 사는 남자와도 부딪히는 일이 자주 생기네. 내게 문제가 있나 봐. 이럴 때는 강력한 극기 훈련을 해줘야 한다는 생각을 해. 고마운 줄은 까먹고 나만을 생각하는 버릇 때문일 거야. 조용히 책을 읽으며 나를 반성해야겠다.

- 치과에 왔어. 어떤 친구가 벌써 실버타운이야? 어머니께 효도하는 것도 정말 힘들지. 내가 전에는 친정어머니, 나중에는 시어머니… 끝이 안 보이더라. 오늘 테니스 치지? 책도 쓰고, 음식도 만들어 먹고, 아무튼 신안 샘 존경스럽다. 우리 딸 흉보았는데도 손자, 손녀, 딸 꿈을 꾸었어. 그 애들이 나에게 기쁨을 주었나 봐.

- 그럼, 그럼. 손자들이 우리의 기쁨이었잖아. 손자 없는 집이 얼마나 많은데. 친구가 죽었는데, 그 집에 손자가 없어서 더 슬펐다는 생각을 했어.

*

# 11월 초 마지막 가을을 생각했다

온통 산이 붉었다. 여기를 봐도 가을, 저기를 봐도 가을이었다. 노란색과 붉은색, 연초록이 한데 어울려 산이 말했다. 여기는 아름다운 가을, 가을이야 하고 외쳤다. 나는 안갯속을 뚫고 골프장 내로 들어왔다. 첫 홀은 아직 어둠이 가시지 않았다. 날씨는 차가웠다. 물든 나무들은 안갯속을 비집고 자기 색을 뿜냈다. 올해 유난히 아름다움을 느꼈다. 예전에는 가을을 보지 못하고 가을이 가면 벌써 가버렸네 했었는데…. 가을을 깊이 느끼고 있는 것이 인생이 너무 많이 지나쳐 가서 나에게 느껴지는 것이 아닐까.

공을 치는 것보다 주변 풍광에 이끌리며 참 아름답구나를 느끼는 것이다. A친구나 B친구, C친구도 그랬다. 젊어서, 그들은 오로지 골프의 스코어에 몰입했다. 누가 더 많이 공을 멀리 보냈느냐. 누가 더 잘 쳤냐. 누구보다 더 잘 쳤으니 누가 속이 상했고 못했던 친구가 더 잘 쳤기 때문에 시샘 많은 A 친구가 속이 상해서 참을 수 없어 했는데…. 그런데 그런 것들이 이제 문제가 되는 때가 아니었다. 나는 이 자리에 참석해서 공을 치고 있는 자체가 감사했다. 이미 한 친구가 이 세상을 떠나버렸다. 함께 했던 친구였는데 그 친구는 암으로 1년 전에 세상을 떠났다. 내 나이가 이제 세상을 떠나도 아깝지 않은 나이가 되어버렸다. 물론 우리 부모들은 90세가 넘었고 잘 살아계시지만 가까운 친구의 죽음으로 나의 존재를 다시 생각했다.

무조건 살아 있음에 감사하는 마음으로 세상을 보는 마음을 키워야겠다. 나이 들면 어둡고 힘든 그래서 옆에 서 있는 사람들을 우울하게 하는 것은 즐겁지 않았다. 항상 명랑하고 즐거운 웃음으로, 매사 행복하기를 빌었다. 공을 친 거리가 더 나가면 좋고 덜 나갔으면 그다음 더 잘 쳐서 더 나가게 하면 될 것이었다. 스코어가 잘 나왔으면 감사하고 못했어도 건강하게 참여할 수 있어서 감사했다. 마음이 여유로워서 주변 가을의 풍광이 더 아름답게 보였다. 왜 그리 예전에는 아름다움을 느끼지 못했을까? 항상 초조하고 다음 일을 해야 하고 끝이 나면 또 다른 일에 열중해야 하는 것 때문일 수도 있었다.

이제 마음을 내려놓고 모든 것에 감사하며 살고 싶다. 이렇게 지금까지 존재하며 살고 있는 자체가 감사했다.

*

## 좋은 아침 9

- 오늘 힘든 공부 하는 날이네. 잘 견디고 있겠네. 법륜스님 말씀이 윤회는 행복과 고난이 계속 반복되는 것이고, 그것이 인생이라고 설명하더라. 너에게 곧 행복이 찾아오겠지. 가을이 한창이라 단풍이 아름답네. 올해는 더 가을을 느끼게 하네. 그만큼 나이가 들어서이겠지. 가을 음악도 가슴에 더 다가오는 거 같아. 어제 골프장에서 남편 친구가 생각난다고 남편이 그리워하더구만. 그 부인을 데려가려 해도 눈물 나서 어렵다 했어. 삶이 슬프고 그리워하며 생각나게 하는 것들이 짜이는 게 아닌가 했어. 너네 집에서 맛있는 거 먹고 내가 만들어 간 사이비 음식을 평가하며 영화 보던 생각이 난다. 멋진 화려한 흰색 난과 분홍색 난꽃이 유리창 너머로 반겼는데.

또 다시 한번 네 몸이 건강해지면, 샤브샤브라도 맛있게 만들어 먹어야겠다. 멋진 추억을 만들게. 공부 잘 하고 오서.

- 사진 보낸다. 창경궁 회화나무와 정동길 520년 회화나무야. 덕수궁 돌담길 은행나무가 노랗다. 정동길 나무들은 털실 옷 입고 자태를 뽐낸다. 아침에 검사받고 1시에 입원이라 정동길 걷고 점심 먹었어. 갈 곳도 많고 보여주고 싶은데… 잘 이겨낼게. 신안샘, 항상 받기만 한 사랑 마음속에 간직할게.

- 진짜 사진을 보니 멋진 가을이구나!

- 나무는 때가 되면 낙엽들이 떨어져서 자신을 완전히 드러내서 비움의 미학을 보여준다. 그것을 제일 좋아했던 박수근 나목. 수레바퀴에서 자신을 완전히 드러낸 것이 똑같네요.
- 무슨. 그렇구나. 이제 나도 비움의 철학을 공부해야겠습니다.

- 마지막 관문이라 그런지 늦게까지 주사를 맞는데도 잠이 안 오더라. 아침에도 일찍 일어나서 책 보고 있었다. 역시 모든 병은 스트레스에서 오나 봐. 나도 그랬다고 생각한다. 좋은 아침이고 컨디션이 제일 좋다. 신안샘이 옆에서 격려 많이 해주었지. 너하고 맞짱 뜨도록 살아야지!

- 하하. 그러셔요. 맞짱을 떠봅시다. 어제저녁에 목이 따끔했는데 기침이 계속 나와서 내과에 갔다가 약 타왔네. 왼쪽 발가락에 발톱 무좀이 심한지 성이 나서 걷기가 힘들어. 몇 년 동안 약 바르고 그만그만하더니만. 친구가 그의 무좀 발톱을 레이저로 치료 열심히 받았는데도 안 없어진다더니… 나는 같이 살려고 했는데 오늘은 왼발을 디디기가 힘드네. 밤사이 안녕이 쉽지 않은가 봐. 인생은 그러면서 사는 거겠지.

롯데마트에서 2~3일 지나, 새 제품이 들어오면 50% 세일을 하니까 더덕이니 연근 등이 아까워서 사왔더니, 모두 해 먹을 수도 없어서 껍질을 벗기고 그냥 소금과 소주를 섞어서 뿌려놓았다니까.

상할까 봐. 나중에 모두 물을 빼서 살짝 건조시켜 고추장이나 간장에 박아 놓아야겠지. 공연히 아깝다고 사다놓고 속 썩이네. 이것도 욕심인데…. 아침부터 친정어머니, 밀어서 걸을 수 있는 바퀴 달린 것을 사달라고 난리 났다. 남편은 치과를 갔거든.

하여튼 치료 공부 잘 끝내고 오셔. 그리고 단백질 잘 챙기고 운동 열심히 하여 맞짱을 뜨고 삽시다.

*

## 지금부터 25년 전 나는 무엇을 했나 생각했다

어지럼증이 자주 일어났다. 연초 2월에 일어났던 병들도 다시 일어나서 병에 대해 생각을 많이 했다. 그때는 40대 후반이었다. 질병이 혹 고질병으로 나타나서, 일생을 고통의 나날로 보내게 될지도 몰랐다. 주변에 더러 비슷한 또래 친구들이 죽는 경우가 있었다. 영양에 많이 신경을 썼다. 못 먹는 붕어찜도 먹어보고, 한약, 철분약, 어머니가 해준 지라를 물로 약처럼 삼켜봤다. 어지럼증을 위해서. 운동도 열심히 했다. 특히 등산을 통해서 맑은 산소를 마시려 했다. 휴일이 되면 운악산, 축령산, 서리산 등반을 하여 허리 근육을 강화하려고 애썼다.

　지리원의 의원직으로 발탁되었다. 박사 논문을 빨리 마쳐야 한다는 강박관념으로 머리가 아팠다. 어지럼증이 계속 다시 나타나서 일상생활이 어려워졌다. 오랜만에 만날 친구와도 약속을 취소했다. 그다음 날 약을 먹고 취소한 친구를 만났다. 우리는 오랫동안 못다 한 이야기를 했다. 그의 좌절감 이야기가 나를 자극했다. 저녁에 잠이 오지 않았다. 이튿날 어지럼증이 더 심해졌다. 무엇때문에 어지럼증이 생기는지를 생각해봤다. 신경성? 먹는 것이 부실해서? 지나치게 잠을 설치는 것? 건강의 소중함을 다시 깨달았다. 건강해야 삶의 가치를 느낄 것이었다. 지리원에서 위촉 동의서가 왔다. 내가 잘 해내도록 힘을 달라고 신에게 기도했다.

　시간이 빨리 지나가는 것이 안타까웠다. 친구 R을 데리고 도서관에 갔다. "너는 글을 잘 쓰니까 작품을 써봐라. 넌 김수현 같은 소설을 쓸 수 있을 거야. 너의 정열적인 사랑의 이야기를." 시대별로 작품구상을 구체적으로 쓰라고 권고했다. 무엇인가 할 수 있도록 제시해 주고 실천하게 해 주었다. 논문이 계속 지연되어 속이 탔다. 어지럼증이 조금씩 계속되어 힘들었다. 돈만 생각하면 머리가 아팠다. 가끔 친구들은 자기 돈은 엄청 아끼면서 상대방의 돈은 아까워하지 않음에 화가 났다. 우리 가족은 무조건 돈을 아끼며 살아야 했다. 나는 인색한 엄마가 되어야했다.

내가 10년 넘게 살아온 집을 팔아야 했다. 그래야 새로 분양받은 집에 대해 돈을 지불할 수 있었다. 9700만원에 팔았는데 계속 사는 사람이 돈을 더 깎으려고 해서 힘들었다. 그동안 가구가 없이 비좁은 집에서 살았는데 이제는 가구를 갖추고 살기로 했다. 소파, 농, 침대, 책상, 걸상 등을 모두 사 버렸다. 애들에게도 식탁에서 공부하던 것을 책상에서 할 수 있게 했다. 마음이 복잡했다. 그러나 마음을 비우고자 노력하며 오로지 마지막 논문에만 신경 쓰려고 노력했다. 70페이지쯤 논문을 썼다. 다시 30페이지 더 써야 했다. 여기저기 통증이 일어났다. 10년을 묵혀서 박사학위 논문을 써서 내야 학위를 준다니 말이 안 됐다.

노교수의 철학은 부당했지만 어쩔 수 없었다. 마음을 비우자. 여러 가지 고통을 분담하며 열심히 하는 것이 방법이다. 아파서 암에 걸리는 것보다 훨 낫다고 생각하자. 마음을 비워 주변부터 정리하며 살자. 밥이 필요한 사람은 밥을 사주고, 정이 필요한 사람은 정과 사랑을 주며, 나만의 공간을 만들어서 무엇이든 가득 채울 수 있게 만들자. 이번 학기에 논문 3편을 써야겠다. 10년 후에는 새로운 학문의 세계가 나타날 것인데 새로운 학문에도 관심을 가져보자.

벚꽃이 만발했네. 아름답구나. 날씨는 화창하다. 그러나 마음의 여유가 없다. 논문 서류 심사가 시작되었다. 이제부터 조용히 논문 완료에 최선을 다해야 했다. 번잡함에서 벗어나야 했다. 고독해야 논문에 대한 집중이 뛰어났다. 옆에 있는 R친구와 나는 고독을 배워야 했고, 알아야 하며, 고독에 적응하며 익숙해져야 했다. 그러면 고독을 나중에는 즐길 수 있을 것 같았다.

*

## 11월 마지막 골프예약 하기

난 한 번도 예약을 할 수가 없었다. 회원들이 예약하는 날 3천 명이 일제히 10시 타임에 맞춰 예약을 했다. 나이 많은 사람들은 젊은이들의 손놀림을 따라잡을 수가 없었다. 컴퓨터 자판에서 빠르게 자기가 원하는 타임을 찍는 것은 하늘의 별을 따는 것과 같았다. 회원이지만 예약을 할 수 없는 허수아비였다. 그렇게 오랫동안 지냈다. 그런데 드디어 예약을 하게 되었다. 갑자기 무슨 황금의 돈을 버는 기분으로 최고의 날이 되었다. 스스로 예약을 했다는 것이 대견했다. 너무 즐거워 펄쩍 뛰고 싶은 마음이었다.

이 나이에도 이렇게 기쁜 마음을 가질 수 있다는 것이 행복했다. 어려운 시험을 봐서 삼천 명을 떨어뜨리고 붙은 기분이었다. 먼저 네이버 초시계를 켰다. 10시 20분 전부터 컴퓨터에 앉았다. 초 단위를 셌다. 45분부터 손가락 연습을 했다. 59초가 되면 컴퓨터로 예약 날짜를 눌러서 확인하고 안 되면 새로고침을 눌러보는 작업을 10번 정도 연습한다. 그리고 9시 59분 59초가 되면 곧바로 예약 날짜를 찍고 안 되면 곧 새로고침을 눌러서 다시 화면을 뜨게 만든다. 그 작업을 계속한다. 그러나 우선 화면이 먹통이 되어 뜨지를 않는다. 10초가 되면 이미 모든 장이 끝났던 것이다.

그런 작업을 계속했지만 예약은 할 수 없었다. 그런데 오늘 드디어 예약을 했다는 것이 신기했다. 정말로 뭔가에 홀려서 만들어진 느낌도 나고 신기했다. 이렇게 기분이 구름에 둥둥 떠서 구름 속을 거니는 느낌이 든다는 것도 즐거웠다. 어려운 시험에 합격 통지를 받아 너무 기분이 좋아서 주체할 수 없었던 기분이 들었다. 여하튼 오늘 하루는 즐거운 행운의 날이었다.

마침, 남자는 예약이 끝난 날짜를 확인하면서 누군가 예약을 취소하는 것이 없을까 하고 골프클럽 사이트를 뒤졌다. 마침, 한 곳을 찾았다. 즉시 예약을 하여 날을 잡았다. 11월 초였다. 멤버를 찾아야 했다. 티업 시간이 너무 일러서 사람들은 선호하지 않았다. 대부분 직장인이라 주중에 사람을 모집하는 것은 쉽지 않았다. 거기에 골프요금이 대대로 인상되어 젊은이들은 힘든 일이었다. 나는 고민했다. 처음에는 S를 불렀다. 그는 직업이 있어서 안 되었다. 그다음 H를 불렀다. 그는 이제 막 배우는 사람이었다.

H야, 시작한 지 얼마 안 되지만 그래도 먼저 머리를 올리는 것이 중요하네. 그래야 필드의 흐름을 알 수 있는 것이라고. 그 흐름을 이해해야 운동의 흐름을 공부하며 연습할 수 있는 거라 했다. 곧 그에게서 답이 왔다. 해보겠다고. 그렇게 우리는 서로 만나서 골프를 치게 됐다. H의 남편은 마음이 따뜻하고 편안하며 상대방을 배려하는 예의 바른 사람이었다. 물론 H도 마음이 남편과 비슷했다. 우리는 정서가 잘 맞았다. 필드에서 만나 몸 풀기 운동을 하고 공을 쳤다.

H가 공을 쳤다. 잘 맞았다. 그는 공을 치고 달렸다. 그 뒤를 따라 우리는 공을 치며 함께 걸었다. H는 처음이라 달려가서 치고 또 달려가서 쳤다. 처음 내가 머리 올릴 때가 생각났다. 나도 그때 달리고 달리고 하며 쳤던 기억. 어느 채로 쳐야 하는지도 몰랐고, 낯설어서 남에게 피해를 주지 않으려고 노력했다. H도 그랬다. 그러면서 잘 따라왔다. 여하튼 4~5시간을 벌판에서 공을 치고 이야기하고 웃고 떠드는 것은 서로를 굉장히 친밀하게 하는 일이었다. 새벽부터 만나서 하루종일 함께하는 일인 것이다.

우리는 금방 친해졌고 서로가 오랫동안 만났던 관계처럼 무척 친근해지는 것이 신기했다. 골프 운동이라는 것이 그랬다. J골프장은 산 중턱에 있다. 위치는 경기도 안성과 충북 진천 사이에 있다. 그래서 가격이 경기도보다 쌌다. 일단 나와서 운동을 하면 소풍 온 거처럼 즐겁고 행복했다. 필드에 서서 멋진 샷으로 드라이버로 힘껏 치는 맛은 한 방에 스트레스를 날려보내는 것이었다. 물론 항상 잘 되지는 않았다. 잘 안 되면 그다음 채로 다시 힘껏 쳐서 멀리멀리 보내려 했다. 그린 근처에 오면 적당히 그린 쪽으로 잘 올리는 것이 중요했다. 그러나 공은 쉽게 올려지지 않는다.

그래서 골프는 인생의 한 장면 같았다. 공은 홀컵으로부터 멀리 가든지 아니면 짧아서 그린 위 근처에 못 미쳐서 게임하는 중에 사람의 애간장을 녹였다. 잘되면 환호를 불러오고 잘 안되면 아쉬워서 참을 수 없어 했다. 아마도 그런 것을 즐겨서 돈 내기 게임을 하는지도 모른다. 나이 많은 사람들은 욕심을 내서 잘 치려는 것 자체가 몸을 살리는 길인 거 같았다. 주변 사람들을 보면 그중 골프 치는 사람들이 건강해 보였다. 나는 친구들에게 강조했다. 골프 치는 돈을 아까워하지 말고 아파서 병원에서 물리치료 받는 것보다 나은 것이라 생각하라고. 골프를 치기 위해 몸을 만들려고 단백질을 챙기고, 몸 근력을 키우기 위해 각자 애를 쓰는 일이 그런 것 같았다.

*

## 11월 근처에 생일을 가진 식구들 모여서 밥 먹자

남편과 같은 달에 생일을 가진 사람을 중심으로 식구들이 모였다. 여동생은 아침부터 왔다. 우리는 고투투어(고속터미널 지하상가)로 산책을 했다. 속옷과 겉옷을 샀다. 우리는 사냥하듯 온갖 물품들을 매의 눈으로 살펴보았다. 상의, 하의, 어린이 옷, 어른 옷 등을 세심히 살폈다. 털옷은 너무 두껍고 얇은 천옷은 너무 얇았다. 적당한 옷을 찾아보자며, 여기저기를 살폈다. 반짝반짝 별들을 물품에 붙여서 크리스마스를 생각나게 했다. 캐럴 노래도 간간이 들렸다. 벌써 2023년 표기를 하여 손님을 부르는 가게도 있었다. 6학년이 넘어가니 여동생도 허리가 아팠다. 세월은 어쩔 수가 없는 일이었다.

일만 오천 보를 걸으니 점심 때가 되었다. 동생은 짜장면을 먹고 싶어했다. 우리는 청룡각으로 향했다. 남편은 잡채밥, 우리는 간짜장을 시켰다. 양파만 가득 들어 있었지만, 오랜만이라 짜장면의 특유한 향이 입맛을 자극했다. 식사 후 공차로 입가심했다. 어렵게 카드기에서 주문을 했고 조선 구스한 누룽지 스무디를 시켰는데 얼마나 맛이 있던지 우리는 환호했다. 어, 이렇게 맛있는 거야? 별로 맛이 없을 것 같았는데, 맛있었다. 우리 취향에 딱 맞았다.

돌아오면서 동생은 케이크를 사고 나는 맥주와 과일, 고기를 사서 집으로 돌아왔다. 곧 딸네를 부르고 이바구를 하며 떠들고 놀았다. 오후 6시경에 상차림을 했다. 주 메뉴는 구룡포 홍게 자숙과 딸네가 쪄온 홍가리비였다. 거기에 양주 폭탄주를 한잔씩 돌리며 생일 축하로 축배를 했다. 딸들은 좋아 죽었다. 맛있는 폭탄주를 얼마나 좋아하는지. 곧 시키고 딥스 피자가 도착하고 치킨이 상에 올려졌다. 애기들은 각자 좋아하는 음료로 축배를 했다.

몇 시간을 떠들며 놀다가 케이크와 포도, 과일로 마무리를 했다. 밖에는 비가 주룩주룩 쏟아졌다. 겨울비가 아니라 여름 장맛비처럼 쏟아졌다. 먹고 남은 음식을 큰딸네에게 싸서 보내고 남동생네와 여동생은 우리 집에서 쉬며 TV 인간극장 드라마를 보다가 잠들었다. 아침에 여동생은 일찍이 떠나갔고 남동생네는 아침 식사 후 우리랑 한강 투어를 갔다. 가을 풍경을 구경하고 한강의 웅장한 강줄기를 프랑스 센강, 영국의 템스강과 비교하며 한강을 더 높이 찬양하며 걸었다.

다시 시내로 돌아와서 굴 콩나물국밥과 선지해장국을 시켜 먹었다. 뜨거운 국에 호남지방의 막 담은 김치 겉절이로 밥을 먹었다. 얼마나 맛이 있던지. 흰 쌀밥에 겉절이를 얹어 먹는 그 맛은 최고였다. 이마에 땀이 송글송글 맺혔다. 식사 후 다시 커피숍으로 이동했다. 우리는 마지막 골프 타임을 회사가 바빠서 놓쳤다. 다시 신년에 멋진 곳에서 골프를 쳐보자고 약속을 하고 헤어졌다. 보람된 생일 파티였다.

*

## 갑자기 어떻게 써야 할지를 모르겠다

왜 나는 쓰고 싶은가. 그러다가 나는 잘못 쓰고 있다는 생각이 들었다. 지루한 일상들을 나열하는 것이 못마땅했다. 그러나 아니 에르노가 쓴 책을 읽었을 때 그의 체험기를 문학으로 본다는 것이 내 마음에 들었다. 작가들이 쓰는 허구적 소설보다 아니 에르노가 쓰는 자전적 작품을 더 문학적 가치가 있는 걸로 보는 그의 생각. 그것은 나의 생각과도 같았다. 나는 원래 체험적 문학을 좋아했다. 다른 예술도 작가 스스로의 체험을 녹여서 작품을 창작하는 것에 더 진실적 가치가 나타난다는 생각을 한다. 그런데 내가 쓰는 글이 너무 일상적으로 지루하게 길어지는 느낌이 싫어졌다.

아니 에르노처럼 간결하지 못했다. 처음은 그렇다치고 스스로 반성할 일이 생겼다. 어떡하면 간결하고 쉽게 지금의 시대를 나타낼 것인가. 길지 않게 짧으며, 단순하고 간결하게…나는 고민해야 했다. 뭔가 정열이 식어버린, 적극적이고 열렬하고 간절함이 없다는 생각. 글이 그랬다. 다 식어 빠진 것을 억지로, 배고파서 먹을 수밖에 없다는 뜻? 이거는 아니잖은가. 찬란한 태양처럼은 아니더라도 바람이 솔솔 불어오는 한강의 푸른 파도처럼, 자신을 달래주는 시원한 물줄기의 희망이 있기를.

뭔가 생각이 막혀 있을 때는 책상 위의 책을 읽었다. 오쇼 강의 '금강경'을 읽어본다.

붓다는 말한다. 만일 어떤 사람이 금강경 안에서 사행시 하나만이라도 꺼내어 남에게 들려준다면 그의 공덕은 한량없이 크다. 위대한 선사 중 한 명인 혜능은 금강경의 단 4줄을 듣고 깨달았다고 전해진다. 그는 시장통을 지나가고 있었다. 그는 무엇인가를 사러 가는 중이었으며, 깨달음에 대해서는 생각조차 하지 않고 있었다. 그런데 어떤 사람이 길가에서 금강경을 읽고 있었다. 그 사람은 평생 동안 금강경을 읽어온 사람이었다. 아침저녁으로 금강경을 외는 것이 그의 일과였고 의식이었다.

그때는 저녁때였다. 시장문을 닫고 있었다. 그때 혜능이 그곳을 지나갔다. 혜능은 단 4줄을 들었을 뿐이다. 그런데 엄청난 충격을 받고 그 자리에 멈추어섰다. 그는 밤새도록 그 자리에 멈추어 서 있었다고 한다. 아침 무렵 그는 완전히 다른 사람이 되어 있었다. 단지 듣는 것만으로? 그렇다. 어떻게 듣는지를 안다면 충분히 가능한 일이다. 혜능은 순수한 마음의 소유자로 훌륭한 사람이었다. 붓다는 이 경전이 귀중하다고 말한다. 그대가 가슴을 활짝 열고 주의 깊게, 완전히 몰입하여 듣는다면 이 경전이 그대의 삶을 변형시킬 것이라고 붓다는 말한다.

　나는 읽으면 읽을수록 어렵고 난해하다. 깨달음이 없어서이겠지만. 깨달음을 갖는다는 것 자체가 어렵다. 다만, 이 책을 읽으면 마음이 고요해진달까? 머리가 시끄럽고 빛의 찬란함으로 일어나는 어지럼증을 고요하게 하는, 침묵으로 마음을 다스릴 수 있는 부분이 생겨나는, 나의 진정함, 진솔한 어떤 것들이 나를 존재하게 했다.

*

## 자기만의 창작을 만든다는 것은 위대하다

"사대부가 난을 쳤다면, 나는 파를 그렸다." 제 34회 이중섭미술상 수상자 정정엽의 말이다. 2014년 어느 날, 화가 정정엽씨는 부엌에서 화업의 새로운 전기를 마주한다. "요리하려고 상자를 열었는데 감자에서 초록빛이 보였다. 멈칫했다. 물도 없는 데서 거기서도 살겠다고 싹을 틔운 게 아닌가. 나는 걔를 버려뒀는데 걔는 스스로를 버리지 않았다." 그것에서 그는 생명의 경이와 조형적인 충격, 무심코 대해 온 식량에서 미추의 이중성을 비로소 발견했다.

그래서 정정엽씨는 '살림의 화가'다. 곡식이나 과일, 채소 같은 함부로 지나치는 사소함에서 미학을 발굴하는 작업을 30년 가까이 지속하고 있다. '싹' 연작이 대표적인 증거다. 그는 작업실을 구하려 열 다섯 번 다녔다. 그리고 '나의 작업실 변천사'라는 일기식 책을 냈다. 연이 닿은 경기도 안성 미리내 화실에서 고들빼기, 당귀, 달래… 밥상에 오르는 나물을 화폭에 옮겼다. 여기서 '살림의 사군자'가 태어났다. 옛날 양반들이 사군자를 그렸는데, 그는 먹기 위해 파를 다듬으며 파의 아름다움을 그렸다. 거기에 여성의 노동이 담겨 있는 그림이 되었다.

시골의 숙명은 벌레다. 밤만 되면 통창에 나방 떼가 달라붙었다. 경악했다. 몇 년이 지나니 그들과 더불어 살 수밖에 없다고 생각했다. 그 후 나방은 밤의 여왕이 됐다. 그리고 그곳의 원주민은 얘네들이었다는 생각. 그 후 얘네들과 친숙하고 공존해야 한다는 생각을 했다. 그의 그림은 그래서 정제된 문명에 대한 반성으로 나아갔다. 너무나 매끈하고 깨끗한 것만 추구해서는 안 된다는 생각. 우리는 원초성을 생각하는 것이 중요했다. 그래야 못생긴 사람들도 살 수 있다고.

나는 그 작가의 철학에서 많은 것을 깨달았다. 우리는 그동안 너무 많이 발달된 문명에 이끌리어 자신이 휘둘리어 살아갔다는 생각. 그 세계에서 요구 되는 기계적 속물로 우리는 전락하고 살았다. 이거, 저거, 요기, 조기… 좋은 것, 맛있는 것, 아름다운 것, 화려한 것… 가도 가도 끝나지 않은 길을 찾아서 달려만 가고 있었다. 이제 나는 멈춰야 했다. 내 자신의 고요한 것을 찾아야 했다. 나의 것은 무엇일까. 나는 이제 시작인 것이다. 내 거, 그것은 무엇일지….

*

올해의 망년회로 수영팀이 강화도 1박 2일을 하기로 했다

남편은 강화도 일정을 도표로 짜서 보냈다. 수영팀은 와우! 와우! 하며 환호를 올렸다. 나는 새벽부터 바빴다. 갑자기 8명이 잘

수 있을까? 이불을 한 채 더 가져가야지. 프라이팬도 하나 더 가져 가야 되겠지. 밥솥도 큰 것으로 가져가야겠네. 수영팀은 젊어서 밥을 많이 먹을 것 같은데, 쌀도 넉넉히 가져가야지. 집에 있는 과일 다 가져가야겠군. 감, 바나나, 사과, 토마토, 양념거리 등도 챙겨야지. 새벽에 수영 전 30분 빠르게 일어나야겠군. 잠을 설쳤다. 어떻게 잠을 잘까 고민했다. 셋 부부에게 둘씩 자는 것으로 요와 이불을 우리까지 넷을 준비하고. 작은 방은 우리가 큰 방은 MT식으로 펼쳐서 포개 자라고 하면 되겠네.

우리는 수영장에서 수영이 끝나자마자 Y, O, K 팀에게 햄버거와 두유를 나누어 주고 외포리 젓갈 시장에서 10시에 만나자고 약속했다. 차가 올림픽 대교를 통해서 강화도로 빠르게 직진했다. 차가 밀리기는 하나 속력이 빨랐다. 아마도 8시경이라 그럴 것이었다. 강화도에 빠르게 도착했다. 곧 젓갈시장으로 들어갔다. 젓갈과 회, 서더리, 굴 등을 주문하여 저녁 5시 반에 가져갈 것으로 예약했다. 주차장에서 Y, O, K 팀을 만나 내가면 숙소로 이동했다. 숙소에 짐을 풀고 보일러를 올리고 집 세팅을 했다. 외포리로 이동하였다.

바닷길을 걸어 갯바위를 산책했다. 바위에서 고양이가 소리를 쳤다. Y가 고양이 밥을 갖다 주었다. 왜 고양이가 바위에 목줄이 묶여서 걸려 있지? 모두가 상상을 했다. 나는 '아마도 지금 바닷물이 들어와서 뱃사람이 고양이를 바위에 묶어두고 고기잡이 갔나 보지요. 아니면 저기 옆 바위에서 굿을 하는 사람들이 여기에다 매어 놓았겠지요. 왜냐하면 Y가 준 밥을 잘 먹지 않고 몸이 통통하니까요. 길에 버린 고양이는 아닌 것 같네요.' 우리는 상상을 하고 주변에서 인증샷을 찍었다. 이동하며 돈대를 구경하고 하산했다.

　남편이 예약한 칼국수집으로 갔다. 사람들이 이미 꽉 찼다. 거기서 새우튀김과 칼국수를 먹고 2팀씩 한차를 타고 석모도로 이동하여 하리 선착장으로 갔다. 항구에서 절차를 밟아 배를 타고 서검도 미법도를 돌아 바다를 관광했다. 바다 위에서 O, Y, K 팀 부부는 선상의 영화 장면을 회상하며 배 선두에서 바람을 타고 양손을 벌려 날아가는 장면을 멋지게 찍었다. 2시경 보문사로 이동했다.

　4시경 민머루 해수욕장 주차장으로 갔다. 차가 가득 찼다. 평일에는 차가 없는 곳이다. 여성들끼리, 혹은 남성들끼리 발을 들고, 손을 들고 줄을 서서 펄과 모래사장의 경계선 위에서 바다를 향한 손짓, 하늘은 서산으로 해가 지고 있는 낙조의 구름들이 해를 가리고 있는 모습이 장관이었다. 다음 사진은 배를 타고 가면서 찍었다. J, H, O, N이 뱃머리에서 바람에 머리카락을 휘날리며 파도를 타고 작은 섬으로 달려가는 모습이었다. 선실에서는 모두가 마스크를 입에 쓰고 거리를 두고 찍었다.

이튿날 대룡시장 입구에서 J, H, O, N 부부가 팔짱을 끼고 찍었다. 즐거운 모습으로. 벌판에서도 찍고, 고려저수지에서도 부부가 주먹 쥐고 찍었다. 대룡시장에서 호떡 먹으려고 기다리는 장면, 도넛 사는 장면, 교동초등학교 졸업 5명 1913년 표지판에서 찍은 할아버지 할머니 모습도 사진에 끼워 넣었다. 시장은 복잡했지만 볼거리 먹을거리를 함께 했던 장면이 찍혔다. 모두들 즐겁고 행복한 모습이었다.

*

## 11월은 나를 잊어야 하는 날이었다

세입자, 골프, 테니스, 수영, 생일잔치, 형제 모임 참석으로 조용한 날이 없었다. 친구들은 젊어서 좋네, 움직일 수 있어서 좋네라고 말한다. 나는 고요하고 조용했으면 좋겠다는 생각을 했다. 너무 바쁘니까 몸은 항상 열차를 타고 움직이는 느낌이 났다. 마음은 덩달아 소란하여 이쪽, 저쪽으로 이동하기 바쁘니까, 정신이 없었다. 또한 가는 곳마다 맛있는 것을 먹었지만, 나의 입맛은 음식의 맛을 알 수 없었다. 거기에는 진정한 것들을 찾을 수 없었다.

그것은 혼이 빠져서 마냥 떠다니는 삶이 되었다. 나는 차분하고 고요한 혼자의 시간이 필요했다. 그런데 그러지를 못했다. 사람들은 혼자가 되어 외롭다고 하는데 나는 외로움이 그리워졌다. 언제나, 좀 홀로 있는 시간을 가질 수 있을까를 생각했다.

기도처에 작은딸의 100일 기도를 청탁했다. 결혼을 하면 좋고 안 해도 할 수 없지만 그 애의 삶이 평탄하고 좋은 기운을 받게 하기 위해서였다. 너무 슬프고 힘들지 않은 삶을 위해서 기도를 부탁했다. 그 애에게 매사 나쁜 기운이 좋은 기운으로 이동하기를 바라면서 말이다. 여하튼 그 애와 나의 관계는 수평적이 되었다. 우리는 서로 보이지 않는 갈등이 있었고, 나는 그 애를 그 애는 나를 서로 외면하며 공격하는 일이 많았으니까. 나는 수시로 그 애를 위해 기도했다. 그 애가 편안하고 슬기롭게 삶을 유지하기를 바라면서.

우연히 K친구가 작은딸에게 남자를 소개하겠다 하는데, 이제 내 마음은 편안했다. 어떻게 그것을 성사하기 위해서 애쓰던 시기는 지나가 버렸다. 그것은 하나의 남의 이야기였다. 그 애는 수시로 나에게 경계선을 넘지 말라고 나에게 경고장을 날려서 나를 혼냈기 때문인지도 모르겠다. 그 애에게 당하는 수모로, 그 애의 삶을 어찌할 수 없어서일지도 모른다. 아니면 오랜 세월에 지쳐서 네 삶은 네 거고, 내 삶은 내 거라는 방식이 생긴 마음의 패턴일 것이리라. 여하튼 우리는 지금 보이지 않는 상황으로 이동하고 있을 것이다. 어떤 방식이든.

지금 글을 쓰면서 몸과 마음이 편안해졌다. 분명 나를 고요하고 편안하게 하는 느낌이 들어 기분이 좋다. 아무것도 하지 않고 오랫동안 이렇게 있었으면 좋겠다. 그러나 나를 부르는 소리가 들린다. 일어서야겠다. 혼자 있는 친구들은 지금 너무 외롭겠지. 인생은 그랬다, 외롭든지, 시끄러워서 힘들든지. 중간은 없었다. 골프에서도 그린 위로 공을 올릴 때, 너무 길어서 홀컵을 넘어가든지, 짧아서 지나치게 못 미치든지. 딱 맞게 홀컵 쪽으로 보낸다는 것은 힘든 것이었다. 아니면 딱 맞게 그린에 올리는 것은 프로들만 할 수 있는 일인 것이었다.

*

## Y시를 탐방했다

남자네 형제 모임이 있는 날이다. 넷째 삼촌의 죽음 후에 우애를 돈독하기 위해서였다. 아이들이 대부분 결혼을 했고 형제들이 대부분 퇴직했으니 남은 인생도 얼마 안 남았다는 생각이 들었다. 시어머니는 구순이 넘었어도 아직 건장하시다. 12시경 Y시에서 만나골 냉면을 먹고 Y시장을 둘러보았다. 사과와 감, 귤 같은 가을 과일이 길 위 노상에 널려 있었다. 탐스러워 먹음직스러웠다. 일행은 호떡을 사 먹고 과일을 사고 여기저기 시골에서 가져온 배추, 무, 버섯 등을 둘러보며 시장을 탐방했다.

그리고 대로를 지나 시냇가 산책길을 따라 걸어서 숙소로 향했다. 구 도로에 작은 숲길들이 조성되었다. 그 길은 휴식 공간이 되었고 아름답게 변화해서 운치가 좋았다. 우리들은 한참을 걸어서 숙소로 들어왔다. 숙소의 전경은 멋있었다. 넓은 잔디밭과 댑싸리 나무를 화분에 담아 꽃처럼 장식하여 우리를 반겼다. 입구를 지나 숲길을 지나 잔디밭을 지나면 곧 숙소 로비였다. 그곳에서 인증 사진을 찍고 지정된 방 301호로 입실했다. 한실이 넓어서 대운동장만 했다. 전망도 좋았다. 짐을 풀고 사우나 온천장으로 이동했다. 뜨거운 탕과 냉탕 3종류와 습식, 건식 찜질방이 있었다. 거기서 서너 시간 휴식을 하고 석갈비집으로 이동했다. 맛있는 석갈비와 맥주로 건배를 하고 저녁 산책을 하고 숙소로 들어왔다. TV에서는 카타르에서 축구경기 하는 것을 중계했다. 2차로 과일과 음료 와인을 즐기며 이바구를 했다.

시어머니의 뒷담화가 시작되었다. 새벽부터 시어머니의 전화 이야기를 했다.

- 야, 우리 어머니 대단하셔. 우리가 어떻게 어머니 몰래 형제들이 모이는 것을 아시는지 새벽부터 전화를 하셨네.

- 형님, 우리 집에도 시어머니가 전화를 하셨어요.

- 참 별일이네요. 어머님이 뭔가를 아시나 봐요.

- 저(둘째네)는 어머님 전화만 받으면, 밥을 못 먹고 알레르기가 심해서 받을 수가 없어요. 그래서 못 받아요.

- 이번에 저(막내네)는 아예, 전화코드를 빼버렸어요. 작년에 M(아들)에게 전화를 해서 아빠 어디 가셨냐고 할머니가 물어서 모른다고 했더니 할머니가 너 거짓말하면 죽여버린다고 하셔서 M이 충격받았어요. 할머니가 무슨 그런 소리를 하시는지 모르겠다면서 얘기를 했어요.


- S(둘째네 아들)에게 할머니가 아침에 전화를 했대요. 그런데 출근하느라 바빠서 전화를 못 받다가 운전하면서 할머니 전화를 받았는데 할머니가 욕을 하면서 왜 전화를 안 받았냐고 혼을 내시더래요. 그래서 S가 그럼 나 직장 그만두고 거기 가서 살까요 했더니 더 화가 나셔서 이놈이 미쳤냐면서 소리를 치고 너네 에미 애비는 왜 전화를 안 받느냐면서 내가 뭐를 그렇게 잘못했냐면서 둘째네를 욕하시더래요.


- 새벽에 어머니 전화가 왔는데 어제저녁에 감기약을 먹어서 형이 못 받더라구요. 그래서 7시경 다시 전화를 했는데 어머님이 어제 얘기, 그제 얘기 다시 하시며, 여기저기 아프시다고 하셔서 약을 드시라고 했대요.

- 나(큰형)는 전화는 잘 받아.

- 큰형은 어머님의 사랑을 많이 받았으니까요.
- 그럼, 어머니한테 전화 오면, 셋째 좀 사랑의 전화를 해주시라고 할까?
- 아니요. 큰형님이나 어머니에게 큰 사랑을 받으셔요.
- 아니지, 어머니의 사랑을 골고루 받아야지.
- 형, 난 그런 사랑 안 받아도 됩니다. 큰형님만 받으셔요.
- 우리는 어쩌면 어머님 때문에 이렇게 공통화제를 가질 수 있을 거예요. 두고두고 이야기를 해도 지루하지 않고 영원한 스토리로 남을 거예요. 그렇지 않으면 서로 남남이 되어 형제와 동서 간의 끈끈한 정이 없을 테니까요.

그렇게 숙소에서 하룻밤을 묵고 이튿날 해장국으로 조찬을 하고 팔학년까지 건강한 모임을 약속하고 헤어졌습니다.

*

## 화려한 N호텔 뷔페식당 탐방

티켓이 생겨 뷔페식당을 탐방했는데 사람들이 가득 찼다. 직원의 안내로 창가에 앉았다. 오랜만에 방문한 장소였다. 앞에는 어린 아들 둘과 엄마 아빠로 4가족이, 그 옆 테이블에는 젊은 연인에 늙은 할머니가, 그 앞에는 대가족이 긴 테이블을 꽉 채웠다. 우리 테이블은 여동생네 내외와 우리 부부가 앉았다. 사람들은 부지런히 음식을 담아 맛있게 먹기 시작했다. 사람들은 뭘 먹을까 고민한다. 나는 우선 생선초밥 3조각을 접시에 담고, 게 맛살 큰 것과 샐러드를 가져와서 먹었다.

두 번째 접시는 LA갈비, 미국 스테이크, 몽고 스테이크, 샐러드를 담아서 먹었다. 맛있었다. 세 번째는 양갈비, 샐러드, 여러 가지 튀김을 가져와서 먹었다. 이제 더 이상 먹을 수 없을 거 같았다. 남자들은 중식요리, 연어회, 광어, 참치회, 육회무침 등 다양한 요리를 갖다 먹었다. 후식은 과일, 케이크, 커피, 아이스크림으로 식사를 끝냈다. 음식이 깔끔하고 맛이 있었다. 직원들이 즉석에서 굽고 튀겨서 맛이 좋았다. 후식도 맛이 좋았다. 남자들은 그동안 먹지 못한 음식을 푸짐하게 즐겼다.

인간의 본능은 아마도 맛있는 것을 찾아 먹는 것, 그것이 인간의 본능이 아니겠는가. 우리들은 L호텔 뷔페를 예약하고 음식을 찾아 먹는 것에 만족하고 즐거워했다. 나는 그들과 약속을 했기 때문에 즐거운 식사를 할 수 있었다. 그렇잖으면 대충 라면이나 찬밥 한술로 땜질했을 텐데 말이다. 그런 거 보면 인간은 항상 모이고 헤어지고 다시 모이고를 반복하면 행복해지는 것이 아닐까. 혼자 고독하게 사는 것, 그리고 명상을 하는 것도 좋지만, 여럿이 모여 함께 이거저거 이야기를 하며 맛있게 먹으며 즐기는 것이 얼마나 행복한 것인가. 그것은 내적인 부정적 이미지를 사라지게 하고, 긍정적 이미지를 극대화하는 것이다. 그 이미지는 서로를 화합하고 결속하는 힘인 것이다.

*

## 나는 글이 짧고 간결하며 감동이 있었으면 좋겠습니다

- 좋은 아침. 나는 부처님 말씀대로 미워하지 않는다. 걱정하지 않는다. 주문을 외웠다네. 가끔 어머니는 요양원에서 깽판을 놓으시거든. 자기 새 옷이 바뀌었다고. 아니면 TV채널이 안 켜진다고. 오늘은 셋집에 청소하러 가야겠다. 그래야 세입자가 들어오겠지. 자기는 열심히 몸 건강 챙기셔. 다시 치료받으러 가야 하니까.

- 백조처럼 우아하게 돈 버는 것 같아도 물밑 작업이 9/10 모든 문제를 긍정적으로 생각하니까 그러지. 넌 훌륭해. 비 오는데 잘 다녀와.
- 오늘 일 잘 보았니? 오늘 총무 K를 만났어. 동창회 일을 마무리하고 싶어서. 10월 26일 국립중앙 박물관에서 만나 마무리를 하자고 했어.

- 잘 돌아왔지. 알았어. 기억할게. 세입자 문제가 복잡해서 문제가 많아지네. 한다고 하다 안 한다고 하니까. H친구 어머니가 아산 병원에서 수술했다네. H가 애 많이 쓰더라. 남동생이 어머니도 안 챙기는데 어머니가 자기 집 팔면 동생네 아들(손자)까지 챙긴다면서 괴로워하더라. 자기네 사 남매 챙길 것도 얼마 되지 않는다면서. 오후 늦게 후배가 전화를 해서 서너 시간 전화를 했다네. 이제 다들 심심한가 봐. 난 할 일이 태산 같은데…. 오늘 새벽에 남편 친구 부부와 운동 나왔어. 비가 많이 와서 수중 게임 했다네. 치료준비로 몸 잘 챙기고 있겠지? 파이팅이야.

- 공 잘 쳤니? 너무 피곤해서 실력발휘 못 했겠다. 넌 바쁜 사람인데 두세 시간씩 통화를 했구나.
- 수중 골프를 치면서 세입자들의 전화 때문에 남편이 대신 쳐주는 때도 있었어. 세입자가 아파트에 살던 아이들이라 원룸에 살지 못하면서 계속 물어보는 거야. 요즘 아이들은 헝그리 정신이 없어서 힘들더라. 비가 많이 오네. 차도 많이 밀려.
- 조금 전에 T할머니가 8월에, 크리스마스 선물을 보내주셨네. 항상 고마워. 잘 먹을게.
- 잘 견디고 치료받고 오셔. 난 요즘 일이 바빠서 정신이 없네.

- 좋은 아침. 셋집 계약하러 가는데 할지 안 할지 모르겠네. 인생이 그런가 봐. 해도, 안 해도 인생은 흘러가잖아. 그냥 인생은 짐을 지고 다니는 거야. 네 치료도 짐을 등에 지니고 다닌다고 생각하라고. 치료 잘 받고 오셔.

- 어제 늦게까지 지방 갔다가 왔는데. 넌 early bird야. 넌 역시 마인드가 남다르다. 나도 아침 산책으로 9000보 걷고 조금 있다 병원 가려고. 인생에서 열심히 지내는 것이 최고여.

*

## 어떻게 우리를 보고 그런 소리를 하는 거야?

남자는 나이 들어서 화내는 일이 없었다. 젊어서는 식당엘 가면 폭풍 화를 내서 함께 밥 먹으러 가는 사람들이 힘들어했다. 물론 남자가 화를 내는 것은 정당한 일이었다. 서빙하는 언니들이 식탁을 느리게 차려서, 아니면 부족한 반찬을 갖다 달라고 했는데 가져오지를 않는다든가 하여튼 이거저거 상차림이 잘못됐고 시간이 지연되는데도 심부름하는 사람들이 느려서 속이 터질 때 일어났다. 그럴 때 남자는 언성이 높이 올라가서 호떡집에 불이 나듯 고함소리가 하늘을 찔렀다. 목청도 좋아서 큰 함성으로 나타났다.

주변 사람들이 커다란 함성에 놀라 자빠질 정도였다. 노기가 충천하여 애들도 숨죽이고 숨을 못 쉬었다. 함께 따라간 장모님은 결

317

국 놀래서 가슴이 떨려 식사를 못 했다는 것이다. 정당한데 그 정당함이 물의를 일으켜버리는 것이다. 남자는 원래 성격이 칼 같았다. 반듯했다. 옳고 그른 것이 분명했다. 직장 일도 똑 부러졌다. 그것이 그의 성격이었고, 공무원이니까 그 성격이 먹혔다. 그러나 일반적 일은 그럴 수가 없었다. 남자는 식당에 가면 그런 일이 많았다. 식당 일은 기계적으로 시간이 맞춰지지 않았다. 남자는 잘못되는 것을 참을 수 없었던 것이다.

어느 날 딸아이가 식당에서 돌아오면서 자기가 식당 아르바이트를 하는데 아빠 같은 손님이 힘들다면서 아빠가 딸이라고 생각하고 이해를 해줬으면 좋겠다고 한 후 남자는 그런 일이 없어졌다. 세월은 흘러갔다. 수십 년이 지나갔다. 남자는 가족이나 주변 친구, 운동 멤버 회원들에게 존재하지만, 있는 듯 없는 듯 그러한 존재로 존경받으며 살아왔다. 그런데 이번에 속옷 파는 매장에서 옷걸이에 펼쳐서 걸어놓은 몇 벌의 속옷을 고르면서 어떤 종류로 살까 고르고 있었다. 때마침 매장직원이 와서 나에게 큰 소리를 질렀다. 그렇게 함부로 속옷을 펼쳐놓으면 어떡하냐고. 노기가 있는 큰 목소리였다. 갑자기 남자가 화를 냈다.

더 큰소리에 노기가 찬 목소리로 여기 있는 거 펼치고 있다고. 새로 접힌 것을 펼치는 게 아니라며, 매장 언니를 혼내주는데 그렇게 강하게 소리칠 수가 없었다. 그것도 서너 번씩이나. 내가 소리를 억제하려고 애써도 소용없었다. 나는 생각했다. 왜 남자가 갑자기 이렇게 노기가 든 소리를 낼까? 수십 년 동안 그러지를 않았는데…. 생활이 너무 바빠서 운동을 못 해서일까? 테니스도 못 하고, 수영도 못 하고, 등산도 못 하고. 어쨌든 시간이 흘러갔다. 그리고 테니스를 치고, 등산도 하고, 수영도 했다. 그리고 골프도 쳤다. 그 후 남자는 고요하고 있는 듯 없는 듯 시간을 보내고 조용해지는 느낌이었다.

남자와 여자는 나이가 많아질수록 폭풍 같은 화를 더 잘 내는 것 같았다. 생활이 찌들어, 가난해져서일까? 특히 옛날 남자들은 아프리카의 남자들같이 자기 부인을 수시로 때리고 욕을 했던 어렸을 때의 기억이 있다. 또 온 동네를 시끄럽게 떠들며 자기 가족을 때리는… 그래서 꼬마들은 아버지를 피하며 살았던 생각. 항상 그런 아버지는 술에 취해 있었다. 그에 비해 지금의 아버지들은 과거의 아버지들보다 양반이었다. 그리고 여자보다 남자들은 분명 수명이 짧았다. 아마도 술과 담배로 건강이 안 좋아 수명이 짧았으리라. 남자들은 퇴직 후 농경시대가 아니었으니 남자들은 할 일도 없었고, 함께 놀 사람도 없었으니 성격은 괴팍하고 짜증으로 가득 찼으리라.

그들은 경제활동을 하지 못하고 남아 있는 돈도 많지 않았을 테고. 그런데 그들은 평생 대접을 받고 살아온 대로 살아가려 했을 것이다. 여기에 가족의 분란이 생길 수밖에 없는 일인 것이다. 나이가 들수록 몸은 불편해져 가면서 서로 도우면서 화합하고 의사소통을 하며 산다는 것이 쉽지 않은 것이다. 그러다가도 친한 친구가 갑자기 죽으면 그때 가족의 소중함을 깨달아 서로 따뜻한 마음이 생겨 돈독해지기도 했으리라. 그리고 남자 여자는 허무한 인생을 생각하겠죠.

그리고 이제 얼마 남지 않은 인생을 생각하며 반성하겠죠. 그러면서 남자와 여자는 서로를 이해하고 서로를 방해하지 않고 구속하지 않는 생활 방식을 만들어 내겠죠. 그리고 끝으로, 그들은 이제부터 잘 먹고, 잘 싸고, 잠 잘 자면서 행복하게 살다가 비슷하게 소풍가자고 기도하겠죠.

*

## 화가 문신 작품에 푹 빠졌다

문신은 한국인 아버지와 일본인 어머니에게서 태어났다. 어릴 때 아버지의 고향 마산으로 와서 숙부에게 길러졌고 그림을 좋아해서 일본에 가서 공부했다. 가족 몰래 일본으로 가서 아르바이트를 해서 학비를 마련했다. 거기서 힘든 일을 많이 해서 고생이 많았다. 다시 한국으로 와서 그림을 그렸다. 돈을 모아 프랑스로 가려고 했는데 여권이 늦어져서 기다리다가 돈을 다 써 버렸다. 나중에 여권이 나왔는데 돈이 없었다. 간신히 비행기표 비용만 가지고 프랑스로 떠났다. 거기서 할 일이 없어서 굶어야 했다. 다행히 프랑스에서 화가로 활동하는 한국인들이 아르바이트 일을 마련해주었다. 그 일은 고성을 수리하는 일이었다.

고성을 수리하면서 문신은 건축자재를 이용하여 수리하는 일들이 자신에게 즐거운 재질임을 알았다. 그 후 그는 화가에서 조각가로 변신하게 되었다. 그는 대칭을 가지는 조각품을 만들었다. 그는 파리에서 추상 회화로 작품을 만들었고, 나무를 재료로 한 독자성을 창조했다. 따라서 국제적인 조각 심포지엄에 초대되어 자기만의 독창적이고 좌우대칭적인 공간 구조를 신비롭고 생명감 있는 것으로 창조했다. 특히 아프리카산 흑단나무와 쇠나무 등을 힘겹게 깎고 파고, 표면을 마치 철조처럼 느낌을 창출해 냈던 것이다.

1980년경 귀국하여 마산에 정착하여 시멘트리 조형 작업을 했는데, 주로 브론즈와 스테인리스 금속 작품을 마산과 서울, 전국 곳곳에 설치하였다. 타계하기 전 자력으로 자신의 미술관을 마산에 건립하여 스스로를 영구히 기념화하였다.

문신 작가의 작품 고뇌는 스스로 힘들게 아르바이트를 통해서
얻은 고통의 산물로 보였다. 그런 점이 훌륭했다. 머리로 깨닫는
게 아니라 몸을 써서 힘든 작업을 통해 화가의 영적인 혼이 깃든
작품인 것이다. 흑단나무는 사람들이 선호하는 재료가 아니란다.
너무 단단하여 작업하기가 힘들다는데 그는 그것이야말로 자기가
해내야 하는 것이라 했다. 어려움을 극복하는 극기적인 예술의 힘
이며, 혼? 여하튼 그를 존경하게 된다. 작업도 스스로 혼자 힘으로
했단다. 제자의 도움을 받지 않고. 박물관도 혼자 스스로 모든 것
을 만들었다니, 정말 존경스럽다. 작가의 창작 작품 모든 것들이
영원히 빛나기를 기도드린다.

\*

## 어떻게 사는 삶이 잘 사는 삶인가를 생각해본다

스스로 당당하게 자신 있게 사는 삶이 좋아 보인다. 남에게 피
해를 주지 않는 삶이 좋겠지. 거기에 남에게 베풀 수 있으면 더 좋
은 삶일 것이다. 자기의 행동이 반듯하고 깨끗해서 구김살이 없는
삶도 좋겠고. 매사 용감하고 씩씩한 삶이 좋다. 국민 배우 김혜자

씨는 남편이 먼저 죽을 때 자기가 배우생활을 하느라 너무 바빠서 챙겨주지 못했음을 후회했다. 우리의 삶은 가정을 잘 챙기고, 각자의 역할을 충실히 하며, 가족 간의 힘든 일이 없어야 좋은 삶이 되는 것이다. 가수 장윤정씨의 어머니같이 딸이 벌어오는 돈을 탕진하는 가족들이 얼마나 많은가.

수많은 배우와 연예인들이 그들의 가족 때문에 고통받았고 가족 때문에 자살도 했다. 결국 그 사람들은 불행한 사건의 주인공이었다. 가족이지만 경계선을 잘 지키는 것이 중요하다. 자식은 부모를 존경하고 부모는 자식을 사랑하는 관계 말이다. 서로 종속관계가 되어 자식이 부모를 지배한다든가 부모가 자식을 지배하는 관계는 불행의 씨앗이 된다. 서로 공존하는 관계가 중요하다. 물론 타인 관계도 그렇다. 같은 동료, 혹은 선후 관계도 그렇다. 관계가 좋으려면 서로 존중하는 관계가 이루어져야 한다.

한참 아래 후배라도 존중하고 존중받는 관계가 훌륭해 보인다. 서로 구속하지 않으며, 의견을 충실히 소통할 수 있는 것이 좋다. 의사 소통이 원활하여 좋은 의견을 이끌어 내어서 결론을 내면 그렇게 좋을 수가 없을 것이다. 그런데 어떤 의견이 나오면 나오는 대로 부정적인 반응으로 나오는 사람이 꼭 있는데 그런 사람은 좋은 삶이 되지 못한다. 상대방에게 반감을 살 수 있게 한다. 우리 집 남자는 자기가 아닌 것은 아니라고 한다. 나도 남자의 의견을 대부분 수용한다. 그러다가도 나는 뿔이 나면 나는 선언한다.

예를 들어 내 나이 49세 때였다. 나는 해외 여행을 가는 것이 꿈이었다. 우리 집 남자의 직장동료는 유학을 가고, 외국의 지점으로 근무를 갔다. 그들은 수시로 여러 나라를 근무하고 필요하면 근무지를 옮겨 다녔다. 우리 집 남자는 선배니까, 아니면 후배니까 그들이 원하는 대로 근무지를 남자 대신 가게 했다. 일이 바빠서, 아니면 북한이 수시로 일을 벌여서 자기가 책임을 다해야 하니까. 나는 화가 났다. 남자여, 열심히 국가를 위해서 일하고 나라를 지키십시오. 나는 애들 데리고 떠납니다.

그래서 나는 애들을 데리고 49세 잔치로 은행돈 2000만원을 빌려 유럽여행을 떠나가 버렸다. 한 달 반 동안 유럽을 여행했을 때 내 속이 시원했다. 매사 통쾌했다. 지금도 그때 생각을 하면 얼마나 행복한지 모른다. 그래도 남자는 습성이 남아서 중국의 조카가 고모와 고모부를 상하이로 초청했다. 회사에서 준 집이 크고 좋아서 오랫동안 살다 가라고. 남자는 북한의 시비가 크게 일어나서 가면 안 된다는 생각을 했다. 나는 손바닥으로 나라를 잘 지키고 있으시오, 나 혼자 가겠오 했더니 마지막 비행기표 티켓을 끊을 때 결국 함께 갔던 생각이 난다.

우리 집 남자니까 그렇지, 남남이면 어쩔 수 없이 우리는 의견충

돌로 헤어져야 하지 않았을까. 그래서 나의 철학은 오는 사람 안 막고, 가는 사람 안 붙잡는다는 것이다. 매사 자연스럽게 하는 것이다. 그런 삶이 쿨하고 편하다는 생각이 든다. 어찌 어찌하여 할 수 없다고 하면 하지 않으면 된다. 그러나 하고 싶으면 자기 생각대로 하는 것이다. 그게 편한 것이다. 그래서 여행을 함께 하기로 했는데 갑자기 빠져야 하는 이유가 생기면 거기에 맞춰 여행을 시행하면 되는 것이다. 60%만 실행하면 성공하는 것으로 생각하기 때문이다. 마지막으로 나 자신 매사 수용적인 마인드를 가지고 용감하게 사는 것이 중요하다고 생각한다.

*

## 병원 이야기

- 어제 병원에 11시에 와서 이거저거 검사받고 1시쯤 입원해서 2시부터 항암주사 맞았는데 잘 안 들어가서 오후 9시 30분에나 끝났어. 아침에 일부러 걷고 왔는데도 잠이 안 오더라고. 후반에야 힘이 들어서 잠이 왔어. 그래서 좀 덜 지루했어. 입원할 때마다 옥이가 준 예쁘게 그려준 고무신을 실내화로 신었어. 옥이에게 고마워서 문자 보냈지. 어제 수영, 테니스

를 쳤겠네. 넌 스포츠 women이야. 오늘 친구들 만난다며. 정담 많이 나누세요.

- 장합니다. 큰일했네. 오늘도 마무리하고 씩씩하게 오시게. 어제 아현동 원룸 세입자가 10시에 온다기에 가서 열심히 청소하고 학생이라 보증금도 안받고 월세를 깎아주었어. 단기 임대를 달라고 해서 마음대로 살다가 가라고 했어. 그런데 청소업체를 불러서 다시 청소를 해달라고 하는데, 거기서 살 수 있을까 몰라. 아파트와는 다르니까. 부동산에 부탁을 하고 돌아왔어. 곧 테니스장으로 갔고 운영진에 추석선물을 나누어주고 돌아왔는데 좀 힘들었어. 지금 일어나서 아침 먹고 친구들 만나러 가야지. 내일은 수영장에 일하는 언니들에게 선물 돌리려고. 시동생이 추석 때 뭐 해 주느냐고 묻는다는데, 뭐라도 음식을 해야지. 이런 게 사는 걸 거야. 노교수님들에게 선물을 주었더니, 그동안 못다 한 이야기를 두어 시간이나 하셨다네.

- 좋은 아침. 수영 갔지. 나도 아침 산보했어. 은퇴하신 분, 주위 친구들에게 변함없이 베푸는 너에게 꼭 좋은 일이 생길 거다. 병원에서 집으로 오니까 너무 좋아서 저절로 움직여진다. 병원이나 요양원은 우리 체질이 아닌가벼. 특실도 다 필요 없더라. 문 열어놓고 시원한 공기 마시는 것이 최고의 행복이었네.

- 네 몸속에서 쓴맛이 별거 아닌 것이 되나 보다. 힘든 것을 할수록 적극적

으로 몸이 대응하는 힘이 강해지겠지. 이제 계속 힘을 내서 몸을 유지하며 건강식을 먹고 힘차게 산책을 하는 거야. 병원에서 치료받고 걸어서 나오고 집에서 편안하게 쉴 수 있으면 축복인 거야. 모두가 감사하게 생각하자.

*

## 테니스장에서 주민등록증을 요구하네요

운동멤버의 확인을 위해서라네요. 모르고 작은딸이 자기 초본을 떼어왔어요. 거기의 주소를 보면서 우리의 역사가 그곳에 있음을 알았네요. 우리가 이사 한 것이 21번이었어요. 참, 많기도 하네요. 다른 사람들은 한 곳에서 평생을 살았을 텐데… 기억에 남아 있던 곳이 생각나요. 큰딸을 낳고 나는 교사직을 퇴직하고 진해로 이사갔어요. 거기서 남편이 해군 장교로 근무했거든요. 셋집이 2층 집이었어요. 주인이 배 타는 선원이었는데 돈을 벌어 2층 양옥집을 지었어요. 그리고 1층은 세를 놓아 우리가 살았고 2층은 주인네가 살았어요. 그 집 아들들의 이름이 산과 바다였어요.

남편이 출근을 하면 이웃집으로 놀러 다녔어요. 눈만 뜨면 옆집 애기가 우리 딸 이름을 불렀어요. 담 너머로요. 그 애기는 준이로 16개월, 우리 딸은 진인데 막 100일을 지났어요. 준이네는 언니가 9살이었어요. 아빠가 대한통운 회사를 다녔어요. 장난감이 많았고 공터가 많아 애기들이 장난치고 돌아다니기에 좋았어요. 처음에는 낯설고 모르는 사람들이었는데, 주변에 젊은 엄마들이 세 들어 사는 사람들이 많았어요. 우리 뒷집은 우리 집과 똑같이 양옥으로 지은 집으로 아래채는 나이 드신 부부와 자식, 할머니가 살았고 위층은 새댁이 세를 살았는데 그 집 아들과 우리 딸이 동갑내기였어요. 이름은 태화였고요.

태화네는 여행사를 했는데 잘 살았어요. 동네 이름이 여좌동이었는데 주민으로 군무관이 많이 살았어요. 해군기지가 있었고 해군 사관학교가 있어서 해군과 관련된 곳이 많았어요. 앞집도 군무관, 서쪽편에 사는 사람도 우리 또래인데 군무관이었어요. 동쪽편 큰 부잣집은 군무관 집인데 무슨 군수물 자재를 운송하는 일을 한 군무관이었어요. 넓은 잔디와 실내에는 화려한 장식품들이 많았어요. 진해는 3월이 되면 모든 주민이 나와서 부역을 했어요. 진해 꽃잔치를 위해 주민이 나와서 청소를 했어요. 어느 날 태화 엄마가 태화가 돌이라고 동네 주변 아줌마를 초청했어요. 나는 얼치기라 우연히 그 집을 가게 되었어요. 일본 도자기 그릇에 음식을 화려하게 차렸는데 나는 깜짝 놀랐어요.

우리 시대에 결혼할 때 그런 도자기 그릇을 혼숫감으로 사오기가 쉽지 않았거든요. 대단하구나 생각했지요. 어쩌다가 부잣집에서 반상회를 한다고 참가하면 대형 코끼리와 여러 가지 금 장식품이 우리를 반기는데, 웬 딴 세상 같았어요. 그렇게 이리 저리 어울리면서 초년 애기엄마끼리 친구가 되었어요. 아빠가 해사를 졸업한 한수 엄마, 태화 엄마, 준이 엄마, 진이 엄마, 초년인 군무관을 아빠로 둔 동환 엄마 등이 수시로 모였다. 대부분 집이 넓은 준이네 집에서, 아침밥 먹고 설거지하고 빨래한 후 아기를 데리고 모였다.

태화네 집에서도 자주 모였다. 태화 엄마는 대구 여자였고, 알뜰했죠. 나는 어리바리했고 매사 덜떨어졌다는 생각. 그들은 일상생활에 익숙했고, 나는 그때 무엇이든 배워야 했죠.

- 준이 엄마, 도라지를 어떻게 무쳐요?
- 껍질 벗긴 도라지를 기다랗게, 먹기 좋게 잘라서 소금으로 박박 문질러서 주물러요. 그래서 쓴맛을 빼요. 그다음 오이를 아주 얇게 저며서 꼭 짜고 물기가 없는 도라지와 섞어 고춧가루, 고추장, 식초, 설탕을 넣어 주물러서 먹으면 맛있어요.

우리는 준이네 집에서 엄마끼리 놀고 애기들은 애기들끼리 놀았던 것이다. 그런데 어느 날 태화 아빠가 주선해 주어, 새댁들은 모여서 부곡온천을 방문했다. 난생 처음 남쪽지역 온천을 갔다. 물이 뜨거웠다. 그런데 우리 아기가 몹시 아파서 힘들었다. 그 후 진은 얼굴에 항아리 손님이 와서 수술을 했다. 외과 병원에 갔는데, 의사 선생님은 아기 볼에 구멍을 뚫고 세심철을 넣고 휘휘 돌렸다. 아기는 기절초풍으로 울어버렸고 의사 선생님은 볼때기에 있는 고름을 짜냈다는 생각.

진해에서 가장 좋아하는 백장미 제과점, 거기서 먹는 흰 앙꼬가 든 도넛이 생각났다. 새댁끼리 몰려다니며 시장 구경을 잘 다녔다. 금방 잡아온 바닷장어, 미더덕, 조개와 푸성귀를 사다가 음식을 만들었던 기억. 10개월이 되어 진이가 목욕탕까지 걸어서 갔는데, 사람들이 10개월짜리가 너무 잘 걷는다고 놀라워했다. 마산에 사는 사촌 언니가 우리 집을 찾아와서 너네 커피잔이 너무 작다는 말에 처음으로 수입품점에서 커피잔 세트를 5만 원에 샀다.

월급이 4만 원인데 5만 원짜리 커피잔을 사다니⋯. 언니네는 모두가 외제품인데 내가 가진 것들은 싸고 싼 그릇뿐이라 처음으로 외제 커피잔을 마련한 것이었다. 그때는 왜 그리 부족한 게 많았던지. 그 당시는 빈부의 차이가 많았다는 생각이 든다. 그때에도 돈이 있으면 사람들은 그릇과 옷, 커피 등을 외제품으로 샀다. 그것에 가치를 크게 두었던 것 같았다. 언니네는 우리 집을 방문할 때 자가용을 가지고 방문했다. 나는 일반 주택, 언니네는 마산의 아파트에 살았다.

아파트에 사는 사람은 중산층이고 지식인이며, 외제품으로 장식했고 여행을 다닐 때 호텔을 이용했다. 그것은 일반적인 사람에게 상상할 수 없는 문화였다. 밥을 못 먹는 사람이 많았던 시대였기 때문이었다. 그 당시가 70년대 말~80년대 초였으니, 지금 2022년 시대에 비하면 거의 40년 전의 일인 것이다. 지금은 거의 누구나 해외직구로 사고 싶은 것을 다 살 수 있는 시대이고, 대부분 각자의 자가용을 가지고 사는 시대이며, 해외 여행을 가고 싶으면 언제고 가는 시대가 되었으니…. 지금 시대에 우리나라는 정말 전 세계에서 아주 잘 사는 나라로 변신했던 것이다. 그래서 나는 우리나라가 자랑스럽다.

만일 이재명이 대통령이 되었다면 끔찍한 나라가 되었을 텐데…. 윤석열이 대통령이 되어 신의 한 수로 나라가 살게 되었으니 얼마나 다행스러운지 천국에 계신 모든 신께 나는 감사하는 것이다.

## 끝임 이모

몇 년 동안 연락이 없이 살았는데 아직도 자기 꿈을 실현한 그 2 층 집에서 자기가 좋아하는 감나무와 살고 있겠지. 오랫동안 허리와 자궁이 안 좋다고 수술을 해야 한다 했는데….

- 이모 나여.

- 나가 누구?

- 나라니까.

- 응, 너구나.

- 잘 살고 있네 이모.

- 지랄, 그럼 잘 살고, 집 지키고 있지.

- 근데 이모 몇 살이야?

- 병원에서 77살이라 적기도 하고, 78이라 적기도 해서 내 나이를 까먹었어.
  네 나이는 얼마지?

- 이모 내 나이도 7학년이 넘었어. 근데 이모가 몇 년생이야?

- 45년생.

- 그럼 이모는 78세인 거야.

- 그렇구나. 너네랑 여행 간 것이 그립다. 그때가 좋았는데. 글쎄 여행 갔다
  가 돌아올 때 남은 달러를 어떻게 해야 할지 몰랐어.

- 그거 은행 가면 다 바꾸어줘.

- 누가 그래서 농협에 갔더니 바꿔주더라. 그런데 한 장은 안 바꿔주데? 그래서 그냥 가져왔어.

- 그거는 너무 잔돈이니까 그랬겠지.

- 야, 우리 식구들은 큰외삼촌 교통사고로 돌아가셨지 아무도 안 가셨어. 큰언니, 작은언니 모두가 살아계시잖아.

- 모두가 백 살은 사실 거야. 우리 시어머니도 100살은 사실 거고. 아프지 마시고 며칠 앓다 가시면 최고인 거지. 작은외삼촌 만났어?

- 저번에 외삼촌과 외숙모 만났어. 근데 오빠가 허리 수술을 하고 꼬부라져서 완전 늙어 보이는 거야. 거기에 곤색 바지와 곤색 누비 잠바를 입혔는데 쪼그라들어서 더 왜소하고 볼품이 없는데 올케 언니가 밉상이더라. 저만 잘 차려입은 거야. 그래서 옷을 구경하다가 오빠 옷을 20만원 주고 자주색으로 사 입혔더니 기분이 좋더라. 예쁜 자주색을 입혀야지 같은 곤색을 입히니까 색깔도 안 맞고 그게 뭐냐. 올케언니는 왜 색깔도 못 맞추는 거야.

- 잘 했네. 70살 넘으면 다 가난해. 그중 이모가 부자인 거야.

- 아니 오빠가 연금 200만원 타는데, 괜찮잖아.

- 이모, 삼촌 제주도 땅 산 거 융자 내서 샀잖아. 그런데 땅도 안 팔리고, 세금도 많고, 거기에 땅에 대한 부금 들어가지, 아파트 관리비 내고 하면 쓸 게 없지.

- 우리 식구들은 아껴서 버릴 게 없어. 어떤 사람이 그랬어. 똥도 버릴 게 아니라고.

- 그거는 맞지. 그런데 돈이 아까워서 형제끼리 만나지도 못했잖아. 그거는

아니지. 내가 주선해서 이모 삼촌들이 만나게 된 거잖아. 여행도 가고.

- 그렇기는 그래. 너 아니었으면 여행도 못 갔을 거야.

- 너 이원 가봤냐?

- 시아버지 산소를 화장해서 납골당으로 모셨어.

- 그 땅 그럼, 뭐했니?

- 호두나무니 과일나무 등을 심었어.

- 그 땅 팔 수도 없겠다.

- 그냥 놔두는 거지.

- 코로나 땜에 만나지도 못하고 힘들어 죽겠다.

- 내년이면 괜찮다는데, 언제 시간 나면 만나.

- 내년에 가 봐야지. 만나서 이바구도 좀 해야 하는데….

- 잘 살고 있어, 이모.

- 그래 알았어.


\*


# 나와 정서가 맞는 사람들


나는 우선 솔직한 친구가 좋다. 타인을 배려하는 사람도 좋다.

그러나 타인을 지나치게 배려해서 스스로 자신을 힘들게 하는 것은 못마땅하다. 우리는 적절하게 상대방을 배려하되 서로가 편안해야 한다. 자신을 드높여서 뭔가 잘났음을 나타내려 하는 사람은 싫다. 상대방을 계속 지적질하여 자신이 우위임을 나타내려 하는 것도 못마땅하다. 서로가 공존하되 네가 내가 되고 내가 네가 되듯 조용하고 고요하여 있는 듯 없는 듯한 것이 좋다. 함께 함에 있어 뭔가 불편함이 느껴지면 그것은 분명 불편함일 것이다.

서로 만날 때, 웃음이 있고 즐거우면 그것이 좋았다. 만나면 우리는 걷기를 좋아했다. 어떤 친구, 사람은 좋은데 자기 속에 있는 것을 뭐든지 묶어서 갈비뼈에 가렸고, 가렸던 것을 포장해서 예쁘게 보여주는 것을 좋아했다. 그렇게 포장해서 아름답게 보여주면, 자기 속에서 썩어지던 것이 아름다워지는 것인가? 결국 그 친구는 암으로 죽어가고 있었기에 나는 그 친구가 불쌍했다. 꼬마 아이들 같이 노인이 되어도 손을 들고 선생님을 부르며, 맞추기 게임에 선수가 되듯이 잘났다는 것을 표시하는 노인이 안쓰럽다. 왜 그리 기를 쓰고 자기가 잘났다는 표시를 하고야 마는 것일까. 천성이 그런 것을 이해하지만 매번 자중하지 못하고 잘난 척을 해야 하는 그 모습은 아름답지 않았다.

자기 말은 하지 않으면서 남의 말에 시비를 가려 평가하는 모습도 좋아 보이지 않았다. 친구가 친구의 장단점을 말하다가 그 친구는 무엇이 잘못한 거 같다고 이야기할 때, 옆에 있던 친구가 그 친구가 무슨 이유가 있어서 그럴 것이라 말한다. 그러면 그렇게 말하는 자는 나쁜 사람이고 저는 엄청 이해심 있는 자로, 말하는 자가 되었는데, 그 사람, 정말 재수 없는 자로 여겨졌다. 그 친구는 매사 그랬으니까 말이다. 어쩌다가 그런 것이 아니었다. 항상 이해심이 깊고 따뜻한 사람으로 인정받고 싶어서일까?

항상 돈이 많아서 다 쓰고 죽지 못한다는 말을 자주 하는 것도 꼴불견이다. 그렇다고 그 친구가 항상 돈을 써서 친구들을 즐겁게 하는 것은 아니니까 말이다. 자기 돈을 묶어두고 자기 돈을 아까워하며, 남이 쓰는 돈은 당연시하는 모습도 아름답지 않았다. 사람의 모습은 여러 종류였다. 내 돈이 아까우면 남의 돈도 아까운 것이다. 또 어떤 이는 내 돈이 아까워서 쓰면 안 되는 사람, 또한 남의 돈도 아까우니까 쓰지 말자는 사람이 있다. 그럴 때 나는 난처하다. 여하튼 나는 돈 쓰는 것이 자유롭기를 바랐다. 그리고 각자 자기가 쓰고 싶을 때 쓰기를 바라며, 남이 쓰든 말든 시비를 걸지 않기를 바랐다.

너도 돈 쓰지 마라, 나도 안 쓸 테니까. 이 이론은 내 가슴을 답답하게 했다. 내가 쓸 테니 그럼 너는 쓰지 마셔. 나까지 돈 쓰는 것을 막지나 마셔. 우리가 살면 얼마나 산다고. 나는 생각했다. 한 달에 100만원을 나만을 위해서 더 쓰고 살기로. 10년이면 1억2천만원을 더 쓰고 갈 것이고, 20년이면 2억4천만원을 쓸 것이다. 재수 나빠서 30년을 더 살면 3억 6천만원을 나만을 위해서 더 쓰고 갈 것이라 생각했다. 그런데 늙어서 돈을 쓰러 다닐 수나 있을까 몰라. 건강할 때 즐겁게 쓰고 살 수 있으면 그것이 최고이지 않겠는가.

*

## 오늘 수영은 자유수영 하는 날입니다

자유수영 하는 날이구나. 그것은 스스로 자유롭게 자기 마음대로 수영을 한다는 것이 즐겁습니다. 보통 때는 코치 선생님의 지시를 받습니다. 처음에 패널을 들고 자유영 발차기, 배영, 평영, 접영을 합니다. 코치 선생님은 다시 맨 앞 사람부터 패널 없이 자유영 4바퀴, 배영 2바퀴를 돌라고 합니다. 그리고 잠시 쉬어서 수중 체조를 하며 한 바퀴 돕니다. 숨을 고르고 평영 3바퀴, 접영을 3바퀴 하되 갈 때는 오른손만으로 접영을, 올 때는 왼손으로 접영을 하게 합니다. 그러면 30분이 흐릅니다.

코치 선생님은 계속 25미터 수영장을 돌게 하기도 하고 때로는 밖으로 나와서 다이빙을 49분까지 훈련시킵니다. 자유영, 배영, 평영, 접영 순으로. 거의 20바퀴를 돌면 수업은 끝이 나고 마무리 체조를 합니다. 수영장에서 나는 왕언니입니다. 대부분 20대, 30대, 40대, 50대, 60대인데 나는 70대인지라 그렇습니다. 50대 언니들과 4년을 함께 시작했는데, 그 언니들은 높은 급수로 모두 넘어갔습니다. 나는 2레인에서 3년 이상을 머물렀습니다. 젊은 친구들과 함께하면 나는 한참 뒤떨어집니다. 발차기가 느리고, 팔 힘이 없어서입니다. 거기다가 다리 심줄이 파괴되어 3년을 소염제를 복용하고 수영했습니다. 다시 오른쪽 어깨 근육이 파열하여 소염제를 먹고 오른팔을 움직이지 않고 수영을 했으니까요. 이제는 그런 대로 몸을 움직일 수 있어서 수영하기가 수월합니다.

2레인은 사람이 많아 복잡합니다. 초보자였던 1레인 사람들이 올라와서 함께하기 때문입니다. 나는 맨 끝자리를 지키며 앞선 사람을 따라갑니다. 그런데 사람이 많다 보니 마지막 주자로 떠나지도 않았는데 맨 앞 선두주자가 한 바퀴를 돌아와서 대기 할 때 나는 괴롭습니다. 선두주자는 잘 달리니까 나는 빨리 달려가지만 뒤따라오는 선두주자가 나보다 빠를 수밖에 없으니까요. 난감해서 나는 그 선두주자에게 먼저 가라고 합니다. 그러면 계속 그런 현상이 일어나니까 질서가 파괴되니까 불편해진답니다.

그러면서 내 앞에 선 사람은 지금 막 1레인에서 올라온 사람이라 아직 수영의 달인은 아니지요. 우리는 4년을 2레인에서 달렸으니 그 사람보다는 빠를 수가 있으니까 난감합니다. 뒤에서 빠르게 오지요. 앞사람은 느리게 가지요. 나는 그냥 서 있을 수밖에 없잖아요. 가끔 초보자는 엄청 빨리 달려가지만 지치게 되거든요. 결국 지쳐서 쉴 수밖에 없지요. 그러면서 속마음은 불쾌한가 봐요. 나를 따라잡으려고 애쓰면서 서둘러 빨리 따라와서 내가 먼저 가라고 합니다. 그런데 가다가 지쳐서 또 쉽니다.

나는 2레인에서 조용히 수영하고자 하는데, 그게 안 되더라고요. 코치 선생님의 취향이 다른데, 적어도 질서가 파괴되지 않게 선두와 끝이 구분되게 해주시면 좋겠습니다. 어떤 초보자는 나를 혼냅니다. 나는 중간에 줄을 맞추기 위해 1미터 전에 돌아서 앞 사람과 뒤 사람 사이의 간격을 맞추고자합니다. 내가 한 발짝 빠르게 돌면 뒤처짐이 없어질 테니까요. 그런데 1레인에서 막 올라온 사람은 그래서는 안 된다는 거지요. 그러면 다시 질서가 파괴되어 자기 위치를 잃어버리게 되거든요. 나는 할 수 없이 시비를 걸거나 말거나 나는 계속 이어지는 줄을 뒤따라 가면서 질서가 유지되도록 노력할 뿐입니다.

나의 수영시간을 계산해보면, 25미터 수영장을 한 바퀴 도는 데는 2분이 소요됩니다. 우리 수업시간이 50분이면 25바퀴를 계속 돌면 수업시간이 끝이 납니다. 그러나 중간에 선생님의 지시와 중간체조,

잠시 쉬면서 걷기운동 등에 소요되는 시간을 10분 잡으면, 아마도 20바퀴를 돌면 수업시간이 끝나지 않을까 생각합니다. 그런데 토요일은 자유시간으로 개편되었어요. 토요일은 심리적으로 편안해집니다. 2레인은 사람이 많습니다. 1레인에서 올라온 사람들, 3레인으로 가라고 선생님이 지시했는데 그곳은 힘들다고 안 올라가는 사람들, 나같이 만년 유지하는 사람들이 많아서 그러는 것 같습니다.

여하튼 토요일은 아마도 25바퀴를 쉬지 않고 나는 수영장을 돌며 수영을 합니다. 아무도 제재하지 않으니까 스스로 수영규율에 맞추어 운동을 할 수 있어서 좋습니다. 그래도 젊은이들과 나는 수영방법이 다릅니다. 젊은이들은 빠르게 속력을 내서 달려갑니다. 나는 느리게 즐기면서 둥둥 떠서 갑니다. 나는 지치지를 않습니다. 그러니까 쉬지 않고 계속 돌고 돌고를 합니다. 젊은이들은 가서 쉬고, 또 가서 쉬고를 반복하고요. 그러니까 아는 언니가 나에게 언니는 어떻게 쉬지를 않고 수영을 하느냐면서 대단하다고 합니다.

나는 대답합니다. 내가 테니스를 40년 친 사람이니까 체력이 쌓여서 그럴 거라고 답합니다. 우리 나이는 이제 서서히 근육이 줄어들고 온몸에 염증이 생겨 병원에 갈 일이 많습니다. 그래도 나는 그만그만하면서 견디는 것이 다양한 운동을 하고 단백질을 흡수하려고 노력하는 것이 혜택을 보고 있는 것 같습니다. 주변 친구들이 파킨스병, 알츠하이머, 치매, 각종 암, 당뇨 등으로 고생을 하고 있는 것을 보면 가슴이 아픕니다.

나는 다행히 스포츠를 좋아했기 때문에 성인병에 걸리지 않았다고 생각합니다. 원래 체력이 약했기 때문에 사실은 병을 달고 살았습니다. 위장병 10년, 허리통증 20년, 폐질환으로 수년, 지금도 앓고 있지만, 다리, 어깨, 무릎, 눈, 귓병 등으로 안 거친 곳이 없었지만, 지금까지 좋아하는 운동을 계속할 수 있어서 매사 감사하게 생각합니다. 제발 내가 죽는 날까지 스포츠를 계속하다가 어느 날 갑자기 잠을 자다가 죽었으면 좋겠다고 기도를 하고 있으니까요.

*

## 나는 왜 쓰는 것을 좋아하는가?

진정으로 쓰는 것을 좋아하는 것일까? 갑자기 과거가 생각났다. 남자가 군인 제대를 했고 여자는 남자와 아이 둘을 키우며 과천에서 살았다. 집이 너무 추워서 큰애가 감기로 아픈 일이 많았다. 여자는 오줌소태가 난 애기들을 데리고 소아 병원에 자주 다녔다. 여자는 추위가 싫었지. 주공아파트는 아침 저녁 보일러를 틀어주었는데 벽과 창이 부실해서 온기가 모두 다 빠져나갔어. 하루 종일 냉기를 애들과 견뎌야 했지. 지금에야 내가 왜 그리 추워하는지를 알았어. 내가 저체온자라 항상 추웠던 거야. 그래서 나이 들어 에어컨만 켜면 저체온증으로 몸살을 앓은 거지.

젊어서도 그랬는데 그걸 모르고 추워서 벌벌 떨며 옷만을 잔뜩 껴입고 살았어. 거기에 정신적인 면으로 항상 흐릿하고 몽롱하며, 온몸이 쑤시고 아픈 거야. 죽을 것처럼. 몸에서 피가 뚝뚝 떨어지면 그 아픈 곳을 찾아 병원에 갔겠지만, 시름시름 아픈데 어디가 아픈지도 모르겠고, 죽을 만큼 아프지만 죽어지지 않는. 어느 때는 몸을 쓸 수 없을 만큼 아픈 거야. 눈도 잘 안 떠졌던 거고. 스스로 어찌할 수가 없었어. 그런 날이 계속되었지. 힘이 없으니 집안 일도 할 수가 없었어. 남자가 출근을 하면 비몽사몽 애들 밥 챙겨주고 이불 쓰고 누워 있는 거야.

이거는 아니라는 생각은 있는데…. 그러면서 애기들 데리고 놀이터에 가고 그네도 태워주고 모래놀이도 해주려 애썼지. 그때는 여자의 삶에 대한 희망도 없어 보였어. 날마다 그날이 그날이니까. 그리고 우연히 작은애가 놀이터에서 걸음마를 하는데 애의 다리가 곧지 못하고 오리형으로 절룩거리는 거야. 갑자기 숨이 막히면서 아니 작은애가 불구가 되는 게 아닌가 생각했지. 저녁에 남자와 상의를 하고 이튿날 병원으로 달려갔어. 작은애는 업고 큰애는 걸려서 서울 사당동 근처 외과병원으로 갔지. 애기를 진찰하고 의사는 철심으로 만든 구두를 신겨야 한다는 거야.

나는 고민했어. 월급 20만원을 타서 우유값도 없는데 무슨 치료용 구두를 맞출 것인가 말이다. 집에 와서, 집에 있던 돌 반지 백일 반지와 예물로 받은 금으로 된 것들을 모두 갖다가 팔았어. 그 돈으로 교정용 구두를 맞췄는데 그때부터 애를 엎어서 재웠어. 다리도 교정하고 얼굴 모양도 넓적해지지 않기 위해서. 밤샘을 하며 두 시간마다 애기가 울어서 어르고, 우유 먹이며 다리를 교정했다니까. 그러는 와중에 남자는 나에게 말했어. 집에서 한 번 공부를 해보라고. 교직에 있다가 집에 있으니까 갑자기 몸이 풀어져서 몸이 아플 수도 있다는 거야.

옆집의 친구 부인이 대학원을 다니기도 했고. 그 후 나도 공부를 시작하려니 장난이 아니더라고 새로 영어 공부를 처음부터 해야 하니까. 어쨌든 나는 처음으로 토플공부를 하게 되었지. 공부에 집중을 하다 보니 어느 날부터 무기력증을 벗어나고 몸에 힘이 생기더라고. 그래서 공부를 하게 되었고 생활이 바빠졌으며, 수시로 등산을 갔고, 산책을 했지. 몸이 나아지면서 운동량이 늘어난 거였어. 바쁜 생활 속에서 테니스를 치고, 등산을 갔고, 늙어서는 수영까지 하게 되었네.

퇴직을 하고 또 다시 횡설수설하다가 글을 쓰게 되었고 이제는 생활이 되어버린 것이었네. 그런데 원래 책을 좋아하고 스토리를 즐기는 편이었어. 그런데 시집살이로 부당한 일들이 많았는데 가슴으로 삭이다 보니 어느 날은 분통이 터졌지. 그 분통을 글로 썼더니 어찌나 통쾌한지 속이 시원하더라고. 병원에 가서 보약 먹은 거보다 더 좋더라니까. 이제 글 쓰는 것과 나는 그냥 함께하는 생활인인 거지. 얼마나 다행인지 몰라. 내가 만들어 내는 것이 있다는 것이. 글을 쓰면서 잘못되는 것은 반성하기도 하고 부족한 마음은 풍족한 마음으로 바꾸려고 노력도 해보는 거야.

한때는 미웠지만, 서로 용서하며, 돈독해지려고도 하고. 이곳은 마음의 장이기도 해. 나만의 공간으로 매사 정직하고, 성실하며, 힘든 것을 잘 극복하여, 어려움을 극복하고 모든 사람들이 평안하고 자유로우며, 즐겁고 행복하게 살기를 기원하는 곳이기도 하는 거야.

*

## 겨울의 날씨가 갑자기 영하 십도였다

12월의 중순, 벌써 올해의 막달이라는 것이 내 마음을 짠하게 했다. 겨울의 추운 날씨가 씽씽대며, 찬바람을 몰고 오는 기세는 내 마음과 온 세상을 쓸어버렸다. 내 마음을 달래보자. 그런 것이 무엇일까. 우선 집을 떠나보자. 나는 Y친구를 데리고 한강을 따라가다가 강화도로 갔다. 먼저 숙소가 있는 집으로 갔다. 추웠다. 보일러를 켰다. 그리고 강화읍으로 가보자고 했다. 거기는 며칠 전 박물관에서 공부했던 외규장각이 있었다. 그곳은 정조가 외규장각을 강화도에 지어, 왕실 관련 도서를 보관했던 곳이었다. 그런데 외규장각은 병인 양요(1866년) 때 프랑스군이 강화도를 습격하여 서적을 약탈하고 외규장각과 여러 건물 모두를 파괴해 버렸던 곳이었다. 그곳은 1995년부터 2001년까지 발굴 조사하여 2003년에 건물을 복원하였다.

그곳은 고려시대 궁궐이 있던 곳이기도 했다. 고려가 대몽항쟁을 위해 고종19년(1232년)에 도읍을 개성에서 강화로 옮긴 후 궁궐을 건립하고 39년간 사용했으나 몽골과 화친하여 환도(1270년)할 때 몽골의 요구로 궁궐과 성곽 등을 모두 파괴하였다. 조선시대에는 왕의 행차 시에 머무는 행궁 외에도 유수부 동헌, 이방청, 외규장각, 장전, 만녕전 등을 건립하였으나 병자호란과 병인양요 때 대부분 소실 되었다.

1866년, 프랑스는 천주교 탄압사건을 구실로 '병인양요'를 일으키고 강화도를 점령하였다. 그러나 조선군의 분전으로 수세에 몰린 프랑스군은 대량의 은괴와 외규장각에 보관되어 있던 의궤를 189

종, 340여책, 기타 자료 등을 약탈하고 모든 관아에 불을 지르고 퇴각하였다. 우리는 승평문을 통과해서 새로 복원된 동헌, 이방청, 강화동종, 외규장각을 둘러보았다. 새로운 역사관을 느끼며, 그 앞에서 사진을 찍었다.

갑자기 흰 눈이 펑펑 쏟아졌다. 눈을 맞으며 우리는 걸었다. 그 앞에는 문학관과 최초로 세워진 초등학교 건물에서 학생들이 수업을 했던 곳이었다. 담벼락에는 '그땐 그랬지!'라는 제목 아래 찍힌 사진을 구경했다. 1967년 운동회 날 청군, 백군 간의 '기뺏기' 경기 장면이 있었다. 아, 우리 때도 그런 운동회를 했는데…. 가을 운동회날 나는 즐거워서 잠을 잘 수가 없었습니다. 엄마는 운동회를 가기 위해서 음식을 장만했습니다. 멸치를 볶았는데 짭짤하고 달콤했으며, 찐득거리게 조청을 넣어서 볶았습니다. 그것을 먹으면 무슨 맛있는 조청 과자맛같이 달콤했습니다.

검은콩 졸임도 반찬보다 조청의 달달한 맛을 더 즐겼습니다. 파란 애호박을 들기름에 튀기듯 지져서 양념장을 뿌려서 채반에 곱게 담아 오셨습니다. 오뎅, 다꽝 등도 챙기셨고, 김밥을 정성껏 싸서 채반 가득히 담아 오셨습니다. 그리고 삶은 달걀 먹는 맛도 최고였습니다. 직장에서 시간을 내서 오신 아버지는 달리기 계주에 서서 열심히 달리는 나에게 수건을 흔들고 위로하며, 빨리 빨리를 외쳤습니다. 나는 달리기를 잘했습니다. 결국은 청백전 마지막 주자로 내가 뛰게 되어 아버지가 엄청 기뻐했습니다.

　우리 팀이 계속 뒤떨어져서 상대편에게 지고 있었는데 내가 마지막 주자로 빨리 달려가 상대편 주자를 물리쳤는데, 온통 학생과 선생님이 만세를 부르고 박수를 치며, 난리가 났습니다. 그렇게 나는 마지막 테이프를 끊은 때를 기억했습니다. 초등학교 운동회 60년 전의 기억이 났습니다. 우리는 시장통으로 걸어갔고 거기서 전주식당을 찾았습니다. 날씨가 매서웠습니다. 이런 날은 하얀 눈과 함께하는 소머리국밥이 제격이었습니다. 우리는 소머리국밥에 깍두기를 맛있게 먹었습니다.

　나는 사장님에게 물었습니다. 이 깍두기 어떻게 담그는가를. 그것은 양파를 넣고, 마른 고추를 갈아서 밥 반 공기, 매실, 마늘을 넣는다고. 그리고 합치액젓을 넣으면 맛있다는 것이었다. 우리는 곧 외포리 젓갈 시장으로 갔다. 합치액젓을 찾았다. 그 젓갈은 보이지 않았다. 그런데 찾을 수 있었다. 나는 기쁜 마음으로 돌아왔다. 꼭 맛있는 깍두기를 담글 것이라는 희망을 가지고….

\*

## 어머니의 전화

어머니는 전화로 이야기하는 것을 좋아한다. 전화를 하면 하루 종일 붙들고 이야기만 하고 있을 것이다. 어머니 이야기는 날마다 당신의 마지막 친구들이야기를 하신다. 친구 아들 백헌이가 군대에 근무하다 전역을 해서, 나중에는 택시기사를 했는데 고혈압으로 쓰러져서 죽었다고. 그의 아들딸은 너무 뚱뚱해서 시집, 장가를 못 갔다는 둥. 그 애들이 먹을 게 없어서 그네 애들 이모가 수건 공장을 하는데 거기서 일을 해서 밥을 먹는다고. 신흥동 사는 아줌마는 아파도 병원에를 가지 않고 죽었다고. 그 아줌마 막내딸이 간이용 가스레인지에 불을 붙이다가 가스가 폭발하여 죽을 뻔했다는 둥. 자기는 고생해서 4남매를 모두 대학을 가르쳤는데 그 친구들은 고등학교와 2년제 대학만 보냈다며 자신을 추켜세웠다.

그럴 때 나는 우리 어머니는 훌륭하십니다고 칭찬을 해줍니다. 이 이야기는 전화를 할 때마다 똑같이 반복을 하는 메뉴입니다. 그래서 이번만은 다른 이야기를 하게 하려고 하지만, 어머니는 계속 자기 말만 되풀이를 하십니다. 내가 말을 하면 둘이 똑같이 자기 이야기를 하고 있는 것입니다. 간신히 어머니 이야기를 마치고 질문으로 물었습니다.

- 엄마 외할머니와 외할아버지 돌아가시는 것을 엄마가 보았어요?

- 보았지.

- 외할머니 어떻게 돌아가셨는데요?

- 5일 동안 할머니는 아무것도 안 먹어. 눈만 감고 있어. 매일 춥다고 야단을 쳐서 불을 땠어. 너무 더워서 나는 잠을 잘 수가 없었어. 그런데 할머니는 무조건 춥다고 했어. 죽기 전에 얼마나 썩은 내가 나는지 코를 들 수가 없었어. 숨을 쉴 수가 없었던 거야. 5일 동안 물도 안 먹어, 물을 주면 손으로 미는 거야. 아무것도 안 먹고 5일 있으니까 할머니가 죽었어. 죽기 전에 그렇게 냄새가 나더니 죽으니까 냄새가 안 나더라. 그래서 안방에서 형제들이 할머니 옆에서 그냥 잠자고 먹고 했어. 산 것처럼.


- 외할아버지는요?

- 둘째 이모 딸이 결혼할 때 할아버지가 위독하다 해서 형제들이 모두 시골로 갔잖아. 할아버지는 2일 안 먹은 거 같아. 그리고 썩은 냄새가 하나도 안 나는 거야. 그런데 무조건 오줌과 똥을 계속 싸고, 또 싸고 하는 거야. 나중에는 싸는 것을 마당으로 치우고 벼 껍질인 왕겨를 쏟아부어 버무려서 버렸어. 처리하기가 곤란하니까. 계속 쏟아지니까. 2일 후 그리고 돌아가셨어. 할아버지는 돈이 많았어. 그리고 미리 써 놓은 노랑 봉투에 재산을 분배해 놓았어. 죽기 전에. 그러니까 싸울 일이 없었어. 돈도 많이 들어왔고. 그런데 할아버지 형제들인 둘째와 막내네에게 땅은 주었는데 땅문서는 안 준 거야. 그들이 땅에서 농사는 지어먹었는데 동생들이 모두 죽었으니까 땅문서를 더 안 준 거지. 그런데 주변에서 그 문서를 달라

고 야단이 났는데, 할아버지가 80세 넘어가니까 문서를 주었어. 주자마자 그것들이 둘째네는 이원읍으로 이사를 가버렸어. 그럴까 봐 땅 문서를 안 나누어준 거지. 막내네는 인천으로 땅을 팔아서 이사를 가버린 거야. 동생이 살아 있을 때는 술과 노름을 해서 안 준 거고.

- 아들 인영이 죽음도 보았어?
- 그때 암이 심해서 날마다 안 아픈 주사를 놓아달라고 얼마나 사정을 하던지. 인영이가 그러더라. 엄마 나도 엄마 같은 마누라 얻을 거라고 말하더라. 그래서 내가 가만있어, 얼른 병부터 나아야지 그랬어. 그리고 심해지니까 호스피스동으로 이동하더라. 내가 데리고 내려가니까 의사 선생이 깜짝 놀라워했어. 병실에서 씨름을 하다보니 내 머리가 하얗게 세어 버렸잖아. 엄마를 청춘으로 보다가 새하얀 노인이 되었다며 놀라는 거야. 거기서 인영이 눈이 새빨갛게 울었어. 저도 울고 나도 울고. 그리고 2일 후 죽었지.
갑자기 어머니가 울면서 이야기를 계속했다.

- 엄마 그래도 시골에서 시집와서 아버지 때문에 도시에서 살았으니 성공한 거잖아.
- 처음에 선을 봤어. 너네 아버지가. 그런데 나를 보고 마음에 들었는지 너네 아버지가 밥을 먹고 사주를 써놓고 가버린 거야. 그런데 네 할아버지한테 막대기로 혼이 났다는 거야. 너만 맘에 들면 되는 거냐고. 다시 신랑과 시어른이 온 거야. 그때, 엄마네 작은어머니가 방문에 침을 발라서 구

멍을 뚫고 신랑과 시어른을 몰래 봤다니까. 어쨌든 외할머니네가 잘 사니까 뭐든 잘 해주니까 아무 소리가 없었던 거야. 그리고 사주를 다시 써놓고 갔던 거야. 그 후 결혼을 한 거지. 외할아버지가 혼수 장만을 많이 해주셨어. 꾀꼬리로 시집을 갔더니 동네 사람들이 깜짝 놀라는 거야. 장롱이고 화장대고 별별 것을 다 해갔는데 놓을 데가 없는 거야. 결국 새살림을 모두 헛간에 갖다 놓았다니까.

어머니 말씀은 길어졌고 이야기를 많이 들어주었더니, 어머니는 고맙다, 하면서 전화를 끊었다.

*

## 내 친구 얌전히

얌전히는 나의 40년 지기 친구이다. 고교동창인데 그렇게 얌전할 수가 없다. 미모를 가져서 학창시절부터 선생님들이 예뻐했다. 키가 작아서 인형 같았다. 졸업 후 얌전히를 만난 것은 여러 번이었다. 처음에 우리가 살던 T시에서 오랜만에 버스 안에서 만났다. 그 후 다시 삼십대 후반에 고속버스를 함께 타고 서울로 왔다. 같은 동네에서 살았다. 그런데 전화번호를 잊어버렸다. 어느 날 공중전화에 비치된 전화번호부 책에서 얌전히 남편을 찾았다. 그 당시 그의 남편은 정치가였다. 같은 동네 같은 이름이 4명이었다. 네 명에게 전화를 걸어서 얌전히를 찾았다.

그 후부터 우리는 모였다, 헤어졌다를 반복했다. 그리고 얌전히 남편은 바빴다. 직장에 다녔던 나와 남편은 일요일이 되면 등산을 했고, 등산을 갈 때 얌전히도 참가시켰다. 그 후 우리는 동네에서 만나는 반포 산악회로 호칭을 붙이고 등산을 갔다. 주변 산은 많았다. 축령산, 관악산, 북한산, 삼악산, 청계산, 호명산, 마니산, 태백산, 덕산 등을 갔다. 산행을 할 때 집에서 먹던 음식을 모두 썼다. 먹기 싫은 것도 산꼭대기만 가면 달았다. 그래서 도시락 이름이 반포 한정식이 되었다.

40년을 함께 등산을 했기 때문에 끈끈한 정이 깊었다. 얌전히는 우리의 식구처럼 존재했다. 어느 날 남편 생일 후 음식이 남아서 친구들이랑 얌전히를 초대했다. 그때 반주로 포도주를 반 잔씩 주었다. 얌전히는 술을 먹지 못 한다 했다. 남편도 못 마셨기 때문에 술을 한 번도 먹어본 적도 없었다. 세월은 흘러갔습니다. 어느덧 우리 나이가 7학년이 되었습니다. 그리고 어느 날 얌전히가 술을 못 먹는 게 아니라 안 먹어서 못 먹는 줄 알았던 것입니다. 등산 후 양꼬치집에서 남편은 소주를 한 잔 주고 느끼하니까 마시라고 권했다.

그날 기적이 일어났습니다. 얌전히가 소주가 달다고 했다. 나는 소주 한 잔에 온몸이 빨갛고 가렵고 야단이 났는데, 그녀는 몇 잔을 먹어도 괜찮았다. 다시 노래방에 갔다. 노래방 기기에서 신청곡을 불렀는데, 어쩌다가 모르는 노래가 나오면 얌전히가 마이크로 노래를 해버렸다. 이게 뭔 일이냐며 우리는 깜짝 놀랐습니다. 자기도 모르게 술을 먹었더니 흥이 난다는 것이었다. 얌전히는 70세에 그의 기질을 재발견했던 것이다. 하여튼 기절할 일이었다.

갑자기 한파가 몰려와서 강화도 보일러를 점검하고 세금도 내야 해서 남자와 내가 가기로 했다. 가는 김에 얌전히에게 시간이 있으면 가겠냐고 물었더니 좋다고 했다. 우리는 얌전히를 만나 차에 태웠다. 그리고 강화도 외포리 젓갈시장으로 향했다. 주차를 하고 젓갈시장 안으로 들어갔다. 횟감은 많았다. 싱싱한 낙지, 조개, 왕새우, 여러 가지 젓갈 등을 주문해서 샀다. 산 것들을 들고 차를 타려니 저녁 바다가 보였다. 바다는 호수처럼 잔잔했다. 해가 서산으로 넘어갔다. 여기에 와서 바다를 보면 나는 마음의 힐링이 느껴졌다. 우리는 한참 바다를 쳐다봤다. 차가운 어둠이 서서히 몰려왔다.

북쪽에서 몰아치는 찬바람이 몸을 훑어갔다. 온몸에 찬기가 돌면서 몸이 떨렸다. 우리는 빨리 차에 몸을 실었다. 남자는 운전을 하여 숙소로 이동했다. 먼저 따끈하게 보일러를 틀었다. 시간이 걸렸다. 그사이 대충 청소를 하고 저녁상을 차렸다. 식단은 쉬웠다.

회를 식탁에 차리고 야채를 놓으면 되었다. 방도 따뜻해졌다. 남자는 우아한 음악을 틀었다. 식탁에 앉았다. 남자는 우리들의 잔에 맥주와 소주를 섞어서 따라주었다. 첫잔은 축배의 잔으로 우리 모두 건강합시다며 소리쳤다. 술이 한두 잔씩 돌았다. 우리는 술기운이 올라왔다.

갑자기 얌전히가 말했습니다. "제가요 이렇게 술을 먹고 노래하는 사람이 아니에요." "그런데 제가 술을 먹으니까 막 돌아가네요. 제가 노래를 하나 불러도 될까요?" "좋아요, 부르세요." "립스틱 짙게 바르고 부르면 안 되나요?" "좋아요, 부르세요." 남자는 얼른 핸드폰 반주를 틀어주었다. 얌전히는 간드러지게 음조를 꺾어가며 잘도 불렀다. 그리고 "한 곡조 더 부르면 안될까요?" "좋습니다." "연분홍 치마가 봄바람에 ~를 부르고 싶어요." "가사를 보여줄까요?" "아니요 괜찮아요." "그 노래 제목은 봄날은 간다"입니다. 그녀는 즉시 간드러지게 꺾어 가며 노래를 멋지게 또 불렀다. 우리는 잘했다고 손뼉을 쳐주었다.

그녀는 다시 또 말했다. "그런데요, 저는 아무 데서나 노래하는 사람이 아닙니다." "너무 잘 압니다." "항상 품격을 유지하는, 막, 노는 여자가 아닙니다." "회장님, 여자 친구들 중 제일 노래 잘하는 사람이 누구예요?" "그거야, 얌전히지요." "여자 친구들 중 술 제일 잘 먹는 사람이 누구예요?" "그것도 얌전히지요." "지는요, 여자 친구보다 노래도 잘 하고요, 술도 잘 먹어요." "그래, 알았어. 내가 인정할게." "네 실력 끝내주는 거, 인정해 줄게." "지가 사실은 이런 사람이 아니었는데요. 여자친구 땜에 이렇게 됐다고요." "그거는 우리 집 사람 때문에 숨은 실력을 개발해서 좋은 거지요." 우리는 그렇게 한바탕 떠들며 음악을 들었고, 맛있게 음식을 먹었다. 시간은 흘러갔다. 대충 먹은 음식을 정리하고 설거지를 했다.

그리고 호숫가로 산책을 나갔다. 바람은 매서웠다. 도로 가의 상가는 대부분 문이 닫혔다. 만나 슈퍼는 12경까지 문을 여는데 너무 추워서 사람이 없을 것 같아서인지 불이 꺼져 있었다. 눈과 코가 막히도록 바람은 더 세찼다. 꽁꽁 동여맨 몸속으로 세찬 바람이 솔솔 들어왔다. 앞서서 가는 사람이 플래시로 길을 안내했다. 물과 눈이 얼어서 길은 반짝반짝 빛이 났다. 호수 물은 불어서 파도를 치며 넘실대서 위협적이었다. 호숫가로 새로운 단독주택이 지어져서 우리는 깜짝 놀랐다. 일년 사이에 논, 밭에 땅을 메워 모던한 새집이 지어져 있었다. 우리는 맨 끝자락 호수까지 갔다가 되돌아왔다. 내가면 마을은 불빛 없는 어둠의 마을이었다. 멀리서 희미하게 보이는 몇 개의 가로등이 마을을 지키고 있었다. 숙소 쪽으로 바람이 불어 우리의 등 쪽을 밀어주어 쉽게 돌아올 수 있었다. 숙소는 따뜻하고 포근하였다. 고요한 밤은 쉽게 우리를 잠 속으로 빠지게 했다.

*

## 삼 년 만의 외출

여동생이 사진을 보냈다. 식당에서 어머니가 예쁜 연하늘색 모자와 마후라를 하고 앉아 있었다. 추워서 어머니 얼굴은 찌그러졌고요. 그것은 어머니 독사진이네요. 또 다른 사진에 어머니는 음식을 쳐다보시고, 막내는 브이자를 손으로 표시하고 활짝 웃으며 어머니 옆에 앉아 있죠. 그 앞에 웃는 남동생과 제부가 어머니랑 식사를 함께하는 장면이죠. 사진을 찍어 나에게 카톡으로 보내며, 어머니 삼 년 만의 외출이라고 설명했죠. 그동안 코로나로 모두를 감금하고 면회를 사절하며 자유를 통제했죠. 면회를 요청하면 만나는 사람들에게 모두 코로나 검사를 실시해 안전한 것을 확인한 후 만났죠.

이제 다소 자유로워져서 어머니를 요양원에서 모시고 나와서 식사를 할 수 있죠. 그전에도 그럴 수는 있다고는 했죠. 그런데 요양원에서 어머니는 자식들에게 자기는 여기서 못 살겠다면서 아들 집으로 가겠다고 난리를 쳤었죠. 아들이 혼자 회사 차려서 운영하는데 어머니를 케어할 수가 없었죠. 결국 나와 동생이 케어해야 하는데, 언젠가 우리가 3개월을 돌아가면서 케어하는데 쉽지가 않았었죠. 일으키고 누이고 씻기고 대소변을 치우는 것이 힘들어서 자식들은 허리를 제대로 쓸 수가 없었었죠.

어머니도 당신 아들이 허리를 못 쓰니까 결국 요양원에 가겠다고 했던 것인데, 자기 맘대로 먹는 것이 부족하고 불편하다며 아들네로 가겠다 하니 우리가 난감했죠. 사실 우리 친구 중에 부모를 모셨던 친구가 자기 부모를 명절에 모시고 왔는데, 그 부모가 자기는 내 집에서 살겠다면서 요양원에 가지를 않는 친구들이 더러 있었죠. 결국 그 친구들이 부모를 모시는데 1년 이상 모신 친구들이 이제 부모님보다 자식이 아파서 죽을 지경이라 했죠. 나보다 10살이 아래인 동생들이 어머니를 모실 텐데 그것도 더 불행을 초래할 수 있다는 것이겠죠.

나는 어머니의 마음은 이해하지만 이런 난감한 사실이 걱정이었죠. 여하튼 어머니는 자기가 있는 요양원을 바꾸겠다니, 집으로 가겠다고 떼를 쓰는데 난감했죠. 그런데 그곳 몇몇 할머니가 요양원을 바꾸고, 자식 집으로 갔는가 본데, 어머니는 그들이 행복해 보였던가 보죠. 어머니는 우리들과 밀고 당기며 전화를 했죠. 전화를 할 때마다 어머니는 동생이나 나를 불편하게 만들어 힘들었죠. 요양원의 관리 매니저랑 어머니가 싸웠고 그래서 못 살겠다를 수없이 했죠. 거기에 있는 노인들은 대부분 치매환자였고 그들은 의식이 없었죠. 저희 어머니는 의식이 뚜렷했고 부당한 꼴을 보지 못했죠.

세월이 흘러 4년이 넘어갔죠. 그리고 나는 어머니를 여러 면으로 설득을 했죠. 이제 좀 잠잠하시죠. 그리고 이번 휴일에 여동생과 남동생이 만나 어머니를 식당으로 모셔갔죠. 오후에 내가 어머니에게 전화를 했죠. 오늘 당신 아들, 딸이 당신을 데려가 갈비탕을 맛있게 먹었다며 좋아했죠. 막내가 배를 한 상자 가져와서 팀장이 깎아서 다른 노인들 모두에게 나누어 주었다죠. 그래서 당신 기분은 엄청 좋다고 하셨어요.

*

## 좋은 아침 10

날씨도 추운데 병원을 가니까 안쓰럽네요. 어서 빨리 이 시간들이 가버려야 하는데. 이번 항암치료는 아마도 더 쉬울 거야. 제일 힘든 것들을 했으니까. 난 쉽든 어렵든 금방 잊혀 사라지는데. 넌 힘든 것들을 잘 기억해서 행복할 때 더 행복지수가 높아지겠지. 모두가 장단점이 있겠지. 아침부터 H친구가 전화했더라. 네가 전화를 안 받는다고. 병원 갔다고 했어. 집주소 문자로 보내고 이거저거 말하는데 그가 엄청 심심할 거라고 생각했어.

아침에 찌개 끓이고 멸치와 버섯볶음 하느라 바빴거든. 오늘은 파마하려고 머리에 염색을 하고 머리 감았어. 점심 먹고 가려고. 너무 추워서 오늘은 고투(고속터미널 지하시장)로 산책 가야겠다. 몸 조심하고 잘 먹으서. 그래야 몸속의 적이 공격하는 것을 방어하지. 어제 테니스 못 쳤어. 눈을 못 치워서. 그래서 고투 산책했더니 만 보가 되었어. 언제 몸속의 적이 공격할지 모르니까 치료 잘하시게.

아침에 금식이라 집에 있었는데 어제 무음으로 해놓았는지 H전화를 못 받았어. 그 친구가 나를 자꾸 만나자고 해서 화요일에 우리 동네 온다고 해서 만나기로 했어. 파마한다고 하더니 오늘이구나. 오후에나 1인실 방이 나와서 1시 반쯤 들어왔어. 영감이 까칠해서 그런 면은 힘들다. 혼자 와서 주사 맞으면 되는데 꼭 같이 다녀서 보호해주려고 애를 쓴다. 나는 무수리과라 그런 것도 어느 때는 귀찮아. 이런 말 하면 남편 없는 사람이 흉본다. 오늘 주사 맞아보고 문자 보낼게.

원래 그래. 우리도 창문 열면서 싸운다니까. 환기한다면서 남자가 창문을 열면, 난 추워 죽겠는 기라. 그런데 내가 생선을 굽거나 튀기면서 문을 열면 자기가 추워서 죽을 지경이래. 그래서 자기가 열면 괜찮고 내가 열면 춥다는 것이 웃긴다는 거지. P에게 그랬어. 이 나이에 혼자 살면 외롭지만 자유롭고 내 맘대로 하며 사는 것이 얼마나 좋은지 모를 거라 했다니까. 며느리와 사위랑 같이 살면 시끄럽다고 해서 현관도 함부로 못 열고 유튜브도 시끄러워서 못 튼다니까. 우리는 우리 방이 있어서 편하고 좋은 거라고. 감사한 일이야. 치료 잘 하게. 파이팅이요.

긍정적인 마인드가 최고요. K친구와 통화했더니 따뜻한 안방에서 전화 받아서 행복하대. 내가 생각할 때 K친구(알츠하이머 4기)가 아파서 심란할 것 같은데도 순간순간 행복한 마음으로 지내는 모습이 보기 좋더라.

그래, 수사나 스님같이 수행한다 생각하면 힘들지 않아. 항암치료도 수행의 길이라 생각해서.

불과 85년 전에 버지니아 울프가 자기만의 방을 갖기를 소원했잖니. 우리들은 행복한 사람들이구나. 표적치료가 암치료로 획기적이란다. 여기 간호사도 학회에서만 들었지 내가 처음 표적치료를 받는 환자란다. 아무튼 좋다니까 믿고 맞고 있단다.

파마 잘 나왔니? 파마가 나이 들면 머리에 힘이 없어서 잘 안 나온다더라. 어제 테니스 못 치고 고투 산책했구나. 나는 지하철 타고 마천동 대모네 집 다녀왔어. 눈 오는데 완전 똥개 되었단다. 속상할 때는 더 돌아다닌단다. 히히, 덕분에 잘 잤지.

최대로 머리를 짧게 빡빡하게 해달랬지. 처음에는 드라이를 해주니까 잘 몰라. 파마하고 바로 사진을 찍으러 갔네. 주민등록증 사진이 훼손되었거든. 이삼십년 넘어서 계약서 쓸 때 불편해서야. 서류검사를 하거든. 지금, 눈이 많이 왔네. 길에 눈이 쌓여서 산책이 힘드네.

주민등록증 사진이 흐릿하더라. 나는 주민등록증 잊어버려서 사진 찍을 때 5000원짜리 자동사진을 찍었는데. 우리 영감이 소탈한 것을 싫어한다. 난 무수리라 어쩔 수가 없단다. 이제 주사 끝나고 반응을 본다고 병원에 잡아둔다. 그것이 나는 힘들다. 그래서 수행 중이야.

나도 무수리라 그래. 그런데 혹 내년에 책을 내게 되면 프로필 사진으로 사용하려고 했는데 사진기사가 눈 크게 뜨세요, 안경 깊게 눌러쓰세요, 그렇게 사진을 찍었더니 지독한 기숙사 사감 같은 거야. 그래도 할 수 없지. 수영장에서 오는데 눈이 많이 와서 앞차들 사이에 삼중추돌이 생겼어. 조심해야겠네. 수행은 힘든 일이니까 계속 힘든 작업이라 생각해서. 잘 먹고 밖에 나가지 못하면 유튜브를 보고 요가라도 하서. 그래도 땀이 날 거야. 땀이 나면 몸속 적의 공격을 방어할 수 있는 힘이 생기는 거니까. 우리는 적의 공격을 방어하는 것이 중요해. 파이팅하고 이겨보자!

*

## 르엘 집들이 방문

- 언니, 우리집 104동 1301호입니다.

- 네.

- 오늘 눈이 너무 많이 와서 저는 불참입니다. 즐거운 시간 보내세요.

- 눈이 그치면 좋겠는데….

- 난 눈이 와서 너무 좋네요. 이게 무슨 눈이라고요. 노르웨이나 캐나다에
  서는 6개월 동안 움직이지도 못해요.

- 아… 그런가요.

- 각자 사정이 있으니까요. 마음대로 하세요. 전 갑니다.


우리는 그래서 모였습니다. 전망이 좋았습니다. 넓은 도로가 한
눈에 보였고 하얀 눈이 쌓였습니다. 백화점이 코앞에 있었고, 터미
널이 있으며, 전철역이 아파트 단지와 붙어 있었습니다. 정말 좋았
습니다. 집주인이 점심을 차려준 것도 고맙고, 이런저런 이야기가
많았습니다. 집주인 O양은 이번에 자기 아들이 어더비 회사에 인
턴으로 들어갔다고 했습니다. 그 회사는 연봉이 높고 좋은 회사라
들었습니다. 자기 아들이 공부를 잘하지 못해서 자기가 엄청 실망
했다 합니다. 대학 입학원서를 쓰러 갔는데 담임이 자기에게 야간
대학만 쓸 수 있다며, 실력이 부족하다고 했습니다.

- 우리 아들 뭘 먹고 살아야 하는가를 생각하면 앞이 캄캄하더라구요. 야 간대학이 있는 건가요? 자기는 어디에 야간대학이 있는지 알지도 못했 어요. 그리고 갈 수 있는 대학을 마구 찾았어요. 그런데 강원대학이 있더 라구요. 강원대학에 입학원서를 냈어요. 그것이 아들 핸드폰으로 연락이 되었어요. 접수가 되었다고. 그런데 아들놈이 자기는 그 대학 안 갈 거라 면서, 한양대를 가야 해서 재수를 할 거라는 거예요. 걱정이 많았어요. 다행히 강원대 전자공학과에 합격을 했어요. 그래서 입학금을 내놓고 아 들이 안 갈까 봐 걱정을 많이 했는데, 삐팅기다가 그냥 가더라구요.

- 정말 다행이네요.
- 거기서 공부를 하는데, 데이터 기반인 아오이티를 복수지원했어요. 거기 서 로봇에 참여했고 인공지능에 관심이 많았는데, 문정부 때 연세대 인 공지능 대학원이 생겼고, 거기서 석사 지원으로 첫 번째 1호 지원을 받았 어요. 운이 좋았어요. 계속 유튜브를 하다가 법인 회사를 만들려 하는데, 우연히 후배를 만나 디퓨전으로 뭔가를 만들려 했죠. 수학이 어려워서 대부분 사람들이 안 하려고 하는데, 한 후배가 같이 해 보자 하는가 봐 요. 지금 3개째 논문을 쓰고 있는데, 인공체계에서 남보다 반 발짝 빠르 게 하고 있다는 거예요. 인공체계는 수학을 잘 해야 하거든요.

자기가 만든 유튜브도 있고 논문도 있는데, 어더비 회사에서 인 턴을 하겠다 했더니 네가 만든 자료를 보내라 해서 보냈죠. 운좋 게 미국에서 교수하는 친척이 여러 면으로 도와주고 코치도 해주었는데 그것이 잘 돼서 합격을 했어요. 정말 행운이지요.

- 정말 잘 되었네요. 자기같이 아이들을 키워야 하는데. 가끔 엄마들이 지나치게 아이들을 공부시키려고 욕심만 부리는 것 같습니다. 국어, 영어, 수학 등 다양한 과목을 계속 돌려가며 학원을 보내는데 그것이 다가 아닌 것 같아요. 아이들이 좋아하는 것을 그들이 스스로 찾도록 환경을 만들어 주는 것이 중요한 거 같아요. 그렇지만 우리 스스로도 무엇을 좋아하는지를 잘 모르니까요.

- 난 언니 우리 신랑이 나만 보면 답답하다고 해서 힘들었어요. 나는 신랑이 자기 감정을 나에게 풀어야 하는 거예요. 나만 보면 자기 답답한 것을 나에게 다 푸는 거예요. 나는 그 답을 찾으려고 힘들어 죽겠고요. 너무 힘들어서 나는 신랑만 보면 도망가는 거예요. 그래도 애들 보고 참자 하며 살았는데, 답답한 것을 나에게 다 말해놓으면, 신랑은 그냥 풀리는 거고 나는 그냥 답답해서 죽을 지경이고요. 감정이 힘든 거예요. 어느 날 이혼을 하자고 했어요. 신랑은 나에게 풀었지만 나는 감정을 간직해서 힘들어서 살 수가 없는 거예요. 내가 따로 살자고 했어요. 이혼 도장을 찍고요. 보라매에서 사는데, 서로 3개월 동안 말을 하지 않았어요.

그 후 신랑이 친구들을 만나게 되었어요. 일이 잘 풀리지 않아서 나를 들들 볶다가 친구들에게 자기 괴로운 것을 3개월 동안 모두 다 풀었더라구요.(자기 신랑은 막내아들이라 매사 징징대는 편이었나 봐요) 친구에게 풀고 난 후 감정이 싹 없어졌어요. 그리고 남편의 감정이 힘들었는데 그의 감정을 친구들한테 푸니까 내가 살 것 같더라고요. 남편이 코오롱 회사 다녔는데 맨날 힘들다는 거예요. 나중에는 자기 고시 공부 해 볼까 해서 결혼하고 공부를 했다니까요. 전세금 빼서 공부했어요. 그때 친정엄마가 생활비를 대주었어요.

남편이 사법고시, 사무회계 공부 등을 했는데 애들이 초등학교 3학년이 되는 거예요. 애들 중심으로 살아야 할 거 같아서 이제 공부도 끝내야 했어요. 이제 모든 것 정리하고 이 집으로 이사 왔어요.

- 그래도 성공했네요.
- 언니 지금 하우스푸어예요. 아무것도 못해요.
- 그래도 자기는 금수저예요. 난 흙수저잖아요.
- 그것은 맞아요. 언니는 뜯어가는 사람이 많으니까요.
- 난 모두가 도와주고요.
- 그게 행운이고 모두가 감사할 일이네요.

그렇게 우리는 그 집에서 놀다가 헤어졌다. 오늘도 감사한 하루가 되었습니다.

＊

## 좋은 아침

올해는 크리스마스가 없어졌네요, 신세계백화점이나 주변 가게도 크리스마스 캐럴송이 하나도 없어요. 웃기네요. 그렇게 크리스마스 때는 화려하고 시끄러웠었는데…. 이제 문화가 바뀌었나 봐요. 우리 젊을 때는 즐거운 크리스마스를 기다리고, 친구들에게 카드를 보내며, 약속을 했는데. 친구들과 모여서 밤새고, 눈 맞으며, 길거리 음식을 즐기며, 명동거리를 남편과 신나게 돌아다니기도 했었지. 저녁 때가 되니까 작은애가 케이크와 감바스 알하이요라는 밀키트와 와인을 사와서 한잔하재. 남편이 좋다고 하네요.

감바스 알하이요는 올리브 기름에 마늘을 튀기고, 그곳에 새우와 각종 야채를 넣어서 함께 튀기고, 끝으로 후추 등의 향신료를 뿌려서 바삭 익힌 바켓트 빵을 튀겨진 기름과 요리를 찍어서 먹는 거였어요. 스페인 음식인데 특별하고 먹을 만했네요. 그런데 그 밀키트가 1인용이잖아. 그래서 결국 샤브샤브를 끓여서 식탁에서 끓이면서 거하게 한잔을 했네요. 우리 식구가 대식가잖아요. 오랜만에 조용한 크리스마스 이브였네요.

다른 날 같으면 큰애가 우리 집에서 크리스마스 잔치를 하자고 했을 텐데. 아마도 무슨 사정이 있나보네요. 아니면, 다음 주 주말에 설악산 콘도로 함께 가니까 그랬을 것 같기도 하네요. 생일 파티는 잘 하셨나요? 오랜만에 만나서 행복했겠네요. 꼭 단백질을 충분히 챙기세요. 몸의 공격을 막아내자면 힘을 길러야 하네요. 잘 견뎌서 멋진 예술 공부를 해야 하니까요.


- Cheongnam. Merry Chrismas: 붉은 전등과 초록 전등이 반짝반짝 별처럼 빛나는 카드가 카톡에 떴다.


- 형부가 보내셨네요? 반갑네요. 건강하시지요? 언제 언니랑 형부, 한국에 오세요. 우리 집에서 쉬다가 가세요. 우리 집, 큰애는 시집을 가고요. 작은놈은 오피스텔로 내보냈어요. 시집을 안 간다니까요. 우리 집에 형부네 잠잘 방은 있어요. 내가 좀 깔끔하지를 못해서 그렇지요. 난 오래된 집이 좋아요. 편안해서요. 지금 백서방이 좋아하는 만두를 만들고 있어요. 백서방은 아침마다 만두 2개를 아침 식사로 먹거든요. 언니랑 형부 항상 건강하세요.


조금 있다가 보이스톡이 왔는데 부엌 물소리 때문에 전화벨 소리를 못 들었다. 나는 다시 형부에게 전화를 했다. 언니가 받았다. 언니는 캐나다에 살고 있었다.

- 백서방 아직도 만두를 좋아하니?

- 네, 아침식사로 즐겨해요. 그런데 영양식이니까 좋아요. 준비하기도 좋고요.

- 우리가 산속에서 거의 20년을 넘게 살았잖니. 그러다가 형부 몸이 안 좋
  아서 도시로 나와서 봄이랑 살잖아. 그래서 형부만 전화가 있어 대부분
  내가 다 쓰지만. 둘이 붙어 있으니까 2개가 필요 없어서.

- 둘이 우리 집에 오세요.

- 못 가.

- 왜요? 언니가 애기들 챙겨야 해요? 지금 나이가 얼마인데요?

- 76세야. 넌?

- 우리도 칠학년 넘었어요.

- 그러냐? 난 네가 아직 멀었다고 생각했는데.

- 큰언니는요? 8학년은 됐지요?

- 아니, 79세.

- 사실은 형부가 아파서 갔어. 폐암이었거든.

- 그랬군요.

- 3월에 결혼 50주년이었어. 이틀 뒤에 형부 77세 생일인데 내년에는 생일
  상을 못 받을 것 같아서 미국에 사는 아들과 캐나다에 사는 딸에게 모든
  식구들 휴가를 내라고 했어. 그래서 나이아가라폭포 근처에 호텔을 잡아
  서 일주일 간 식구들과 함께 보냈어. 그리고 형부가 항암치료를 거부했
  어. 폐암 3기 라 해서. 방사능만 맞았어. 표적치료는 맞기가 힘들다고 하
  더라. 내가 2달간 목욕시키고 수발을 했지. 그전에 주변 친구들 식구들
  다 만나고 했어. 미리 장례식 치르듯이 살아서 장례식 올린다는 뜻으로.

- 잘 했네요.
- 친구들이 네가 무슨 암이냐고들 했어. 아픈 데가 없었어. 아프면 혈관으로 진통제를 넣었어. 그러면 아프지를 않으니까. 너네 아버지가 폐암일 때, 우리 엄마(나의 고모)가 너네 아버지가 그렇게 아파서 힘들었다고. 그리고 외삼촌(나의 아버지) 방에만 가면 몸이 썩은 냄새가 나서 혼이 났다고. 그런데 김서방(나의 고종사촌 형부)은 몸이 깨끗했어. 냄새가 하나도 안 나더라.


- 언니 우리 아버지가 돌아가실 때는 37년 전이요. 그 사이 의료 시스템이 얼마나 발전했는데요. 언니가 이민 갈 때는 캐나다가 선진국이었잖아. 그런데 요즘 한국이 선진국이요. 내 친구 폐암 4기인데 지금 10년째 살고 있어요. 언젠가 폐에 물이 차서 숨을 못 쉰다고 응급실로 달려갔어요. 그 때 우리 친구들은 한계선이 왔구나 하면서 걱정을 했는데, 동창 모임에 나타나서 깜짝 놀랐어요. 그 친구 말이 응급실에 가서, 사람이 많으니까 삼사일 기다렸대요. 그리고 몸에서 물을 한 바가지 빼니까 살 것 같더래요. 그리고 밥 먹으러 온 거지요. 형부도 한국에 있으면 살았을걸요?


- 여기는 의료시설이나 노인들 복지는 잘 되어 있어. 그런데 검사가 늦어. 무슨 병인가를 알고 미국으로 갔다가 연락이 오니까 6개월이 걸렸어. 그 사이 많이 번진 거지.
- 하여튼 놀러 오세요.
- 난 더우면 힘들고, 겨울도 그래.

- 언니 우리나라는 더우면 에어컨 있는 데서 놀면 덥지 않아요. 겨울은 따뜻한 데서 놀면 돼요. 옛날 한국이 아니에요. 내가 유럽이나 다른 나라 갔다오면 우리나라가 천국이에요. 신경 쓰지 말고 오세요.


- 봄(언니네 딸)이 친구가 한국에서 어학을 가르치고 왔는데, 그렇게 한국이 최고라고 칭찬을 했대. 고속도로 가는 곳마다 비대가 설치되었고, 먹거리가 좋다고 칭찬을 그렇게 했다더라. 그래서 봄이가 어머니도 한국에 한 번 갔다 오라고 하기는 했어.
- 오셔요.
- 사실 형부랑 마지막 한국 여행을 한 달 동안 돌아다니며 살다오려고 했는데 형부가 먼저 가셨잖니. 형부가 떠나셨고, 엄마가 한국에 없으니까 한국에 갈 생각을 아예 안 했거든. 네 목소리를 들으니까 한번 생각해봐야겠구나.
- 다음에 꼭 오세요. 건강하세요.


우리는 한 시간 반 동안 보이스톡을 했다. 몇 십년 묵은 이야기는 쉽게 끝나지 않았던 것이다. 그 언니와는 80년에 나는 진해에 살고, 언니네는 마산에 살았다. 그래서 서로 오고 갔기 때문에 추억이 있어서 더 반가웠던 것이다.

*

이번 크리스마스는 역사의 경계선에 서성이던 사람 같았습니다

매번 크리스마스는 시끄럽고 활기차고 캐럴송으로 지나가는 사람들을 분주하게 만들었습니다. 지하차도를 지나갈 때면, 스님과, 자선냄비가 줄을 서서 목탁을 울리든가, 종소리를 흔들었는데요. 사람들은 자비함과 자선냄비에 돈을 넣기도 하고 지나가기도 했었는데요. 올해는 그런 행사가 없었습니다. 캐럴송도 가게나 백화점에 울리지 않았습니다. 이상한 크리스마스가 되었습니다. 평생을 화려한 크리스마스 잔치로 보냈었는데요.

일본은 조용한 촛불 위에 화려한 등불 영상과 화려한 꽃영상이 불빛으로 크리스마스를 표현했네요. 많은 군중이 화려한 불빛영상을 조용히 감상하는 장면도 아름답네요. 아름다움을 오랫동안 감상하고 즐기는 문화가 좋아보였네요. 한국은 크리스마스 문화가 소멸되는 느낌이네요. 뭔가 아쉽고 그립다는 생각이 드네요. 물론 장단점이 있겠네요. 나이 든 사람들에게는 시대가 느리게 느리게 가기를 원하네요. 젊은이들은 뭐든 빠르게 빠르게 변화를 추구하겠지만요.

우리 애들도 크리스마스라고 모입시다, 밥을 먹읍시다고 요구하지 않아요. 그들 나름 뭔가 있다고 생각만 했네요. 손자들도 할미 집에서 잔치를 하겠다고 말하지를 않네요. 지들도 뭔가 있어서 바쁜가보네요. 우리도 조용히 우리끼리 와인잔을 기울이며 조용한 크리스마스를 보냈어요. 뭔가 놀이 문화가 변해가는 역사의 경계선이라고 느끼고 있네요. 젊은이들이 뭔가 새로운 문화를 만들어가기는 가는데 노인인 우리는 그것을 알아챌 수 없었네요.

80년대에 한국은 스키붐이 일어나서 곳곳의 백화점에서는 스키와 스키옷이 불티나게 팔렸어요. 어, 저건 뭐지? 자가용 지붕 위로 스키를 매달고 모든 식구가 스키를 타러 떠났지요. 어? 우리도 떠나지 않으면 큰일 날 것처럼, 우리는 매년 스키를 타러 겨울마다 식구를 끌고 갔네요. 그게 유행이었거든요. 그렇게 30년 동안 열심히 다녔던 기억이 납니다. 그런데 요즘 그런 스키를 매달고 스키를 타러 가는 풍경을 보지 못했어요. 이제 그 문화가 사라졌나 봐요. 언젠가 스키보다 보드가 더 유행하고 있기는 했어요. 손자놈들은 스키장은 가고 싶은데 스키는 타지 않겠다 하니 어쩔 수 없다는 생각입니다.

아무튼 지금 새로운 유행이 오고 있는 거는 같아요. 그런데 무엇이 새바람을 일으킬지 그것은 알 수가 없습니다. 새로운 문화가 전 세계의 유튜브를 통해서 퍼져나가니까요. 언젠가 일본에 가서 노천 온천의 매력적인 문화를 즐겼어요. 그 후 한국의 콘도는 무조건 노천 온천이 갖추어졌더라구요. 스위스의 산은 나무계단으로 사람들이 걷기 편하게 만들어져서 역시 스위스가 좋구나 했는데, 어느 때부터인가 한국 대부분의 산은 나무계단으로 잘 오를 수 있도록 만들어져 있었습니다.

이제는 호수 주변도 목조로 만든 산책길이 전 지역에 만들어졌어요. 심지어 섬과 섬 사이도 다리를 놓아 걸어가기 편하게 만들었어요. 남쪽 지역은 천 개의 섬을 이어놓았다니까요. 가는 곳곳마다 나는 일본이, 그리고 스위스가 생각납니다. 우리나라가 얼마나 좋은 나라인지 감사할 뿐입니다. 유럽을 가도 아메리카를 가도 한국만큼 편리하고 손쉽게 생활할 수 있는 곳을 보지 못했거든요. 가는 곳곳마다 깨끗한 화장실이 있지요, 차 타고 가다가 먹을 음식을 쉽게 즐길 수도 있고요. 한마디로 외국인이 한국은 환타스틱이라고 말합니다.

우리나라가 이렇게 살기 좋은 곳이라는 것을 국민이 알지 못하는 것이 안타깝습니다. 왜 그리 불평을 많이 하는지 나는 국민을 이해할 수 없어요. 행복지수도 낮다고 이야기를 하는데, 행복에 겨워서지요. 정말 힘들게 살지 않아서 그런 것 같아요. 우리 어렸을 때는 밥을 못 먹는 사람들이 많았거든요. 우리가 이 나라를 잘 지켜야 하는데 너무 정치적으로 양분되어 정치인들의 잇속 때문에 걱정이 됩니다. 우리나라가 잘돼야 할 텐데…

*

## 오늘은 날이 많이 풀려서 운동하기 좋은 날이네

- 너 운동하고 왔니?
- 아니, 지금도 하고 있지.

어둠이 짙은데 야광전등을 켜고 운동하는 모습을 찍어 친구에게 보내면서.

- 이렇게 치고 있네요.
- 넌 젊은 사람처럼 지내는구나. 엄청 부럽구나. 내일 며느리와 손자가 캐나다에서 귀국한다고 오늘 밤 아들이 올라온대. 그들이 오후에 도착하는지라 우리 집에서 뭉개다가 인천공항에서 자기네 집으로 내려간단다. 제 노릇 못하면서 눈만 높으니까 우리 부부가 늦게까지 숙제한다.

- 그래, 그것도 수행이라 생각하셔.
- 올해 너의 암 수술이 잘 끝났으니 얼마나 고마운 일인가. 어제는 테니스를 종강했고, 오늘은 아침에 수영을 종강했네요. 내일 모레 설악산으로 동생네와 딸네랑 가족여행을 간다네. 연례행사지만, 그렇게 한해를 마무리하면 잘 살아서 서로가 고맙다는 것이지. 힘든 시간들은 이제 서서히 지나갈 것이네. 우리 사는 날까지 의지하며, 즐겁게 살아보세. 내년에는

새해 복 많이 받으시게.

- 있을 때 잘 합시다!

유명한 여류 소설가 신달자씨가 어느 라디오 대담 프로그램에 나와 대담을 나누던 중에 진행자가 남편에 대한 질문을 하자 이런 말을 했습니다.

"9년 동안 시어머님의 병간호를 극진히 해드렸고, 20년을 넘게 남편의 병수발을 불평없이 해드렸습니다. 그런데 남편은 고맙다는 말이나 미안하다는 말 한마디 없이 제 곁을 떠나버렸습니다.

그러던 어느 날 창밖에 비가 내리는 광경을 바라보는데 나도 모르는 사이에 '어머나! 여보 비 좀 봐요. 당신이 좋아하는 비가 오고 있네요.'라며 뒤를 돌아보았는데 남편이 없다는 것을 깨닫자 남편에 대한 그리움이 밀려들었습니다.

그리고 항상 말없이 묵묵했던 남편이 너무너무 보고 싶어졌습니다. 텅 빈 공간에 홀로 남겨진 채 우두커니 고독을 새겨야 했습니다. 남편이란 존재는 아내에게 무엇을 해주는 사람이 아니라 그냥 옆에 있어 주는 것만으로도 고마운 인생의 영원한 동반자가 아닐까요?"

어느 날 아내가 남편에게 전화를 걸어 퇴근하는 길에 가게에 들러 두부 좀 사다 달라고 부탁을 했습니다. 말이 떨어지기가 무섭게 남편이 남자가 궁상맞게 그런 봉지를 어떻게 들고 다니냐면서 벌컥 화를 내며 전화를 끊었습니다.

그런데 바로 그날 저녁 아내가 직접 가게에 가서 두부를 사 갖고 오다 음주 운전 차량에 치여 목숨을 잃고 말았습니다. 사고소식을 듣자마자 남편이 병원으로 달려갔지만 아내는 이미 싸늘한 주검이 되어 있었습니다. 남편은 아내의 유품을 바라보다 검은 봉지에 담긴 으깨진 두부를 발견했습니다.

그러자 아내의 죽음이 자기 때문이라는 것을 깨닫게 되었고, 너무나 미안한 마음에 가슴이 미어질 듯 아팠고 슬픔과 후회가 동시에 밀물처럼 몰려왔습니다. 의사가 사망사실을 확인해 주며 덮여 있는 흰 천을 벗기자 아내의 피투성이 얼굴이 드러났습니다. 남편이 아내의 얼굴을 쓰다듬자 뜨거운 눈물이 가슴에서 솟구쳐 오르다 보니 남편은 그만 아내를 부르며 통곡을 하고 말았습니다. 슬픔이 조금 가라앉자 남편은 난생처음으로 아내의 차디찬 손을 붙잡고 생전에 한 번도 해주지 않았던 말을 했습니다.

"여보 정말 미안해요. 나 때문에 당신을 먼저 가게 해서 정말 미안해요. 우리 다시 만나면 당신이 무뚝뚝한 아내가 되고 내가 상

냥한 남편이 되어 그때는 내가 당신을 왕비처럼 잘 모실게요." 그
날 이후 남편은 어느 식당을 가든지 두부 음식을 먹을 수가 없었
습니다. 자신에게 잘해주는 사람에게 소홀히하지 마세요. 한평생
살아가면서 그런 사람 만나는 게 쉽지 않습니다.

택시 한 대 놓치면 기다리면 되지만 사람 하나 놓치면 더는 찾기
어렵습니다. 마음이 안 맞거나 마음을 상하게 하는 일이 생기더라
도 그리고 가끔씩 잔소리를 하고 이따금씩 화를 내서 서로의 마음
에 상처를 주고받는 경우라도, 남편과 아내가 서로 옆에 있다면 그
것만이라도 그 가정은 행복한 가정 그 자체가 아닐까요? 사람이
살아가면서 후회 없이 살 수는 없겠지만, 되도록 덜 후회하며 사
는 방법이 있다면 '있을 때 잘해'라는 말을 실천하는 것입니다.

이 말은 나 자신과 현재에 최선을 다하라는 것이며 그러려면 오
늘, 즉 지금 이 시간 최선을 다 해야 한다는 것입니다. 보고 싶은
사람보다 지금 보고 있는 사람을 사랑하고, 하고 싶은 일보다 지
금 하고 있는 일에 열중하며, 미래의 시간보다는 지금의 시간에 최
선을 다하는 것 이것이 지혜이며 평생 자기 관리를 잘하는 것일 겁
니다. 이 모든 것을 늘 반성하며 살피는 것으로 이것이 '있을 때 잘
해'의 지혜이며 해답입니다.

서름하지 않는 인생의 동반자가 되기 위하여 누가 먼저가 아닌

서로 먼저 이 말을 꼭 전하며 산다면 얼마나 좋을까요. "당신이 옆에 있어 주셔서 정말 고맙고 행복합니다." 옆에 있을 때 서로 잘해 주는 배려와 사랑하는 마음으로 남은 생을 함께 걸어간다면 참 좋을 것 같습니다.

*

## 설악산으로 가족여행을 갔습니다

12월의 마지막 주는 우리의 마음을 항상 설레게 해요. 무엇인가를 끝을 내고 싶기도 하고요. 그래야 새해를 맞이할 것 같습니다. 이럴 때 나는 가족여행을 추천합니다. 나는 이번에 설악콘도로 일정을 정했네요. 이 기회에 바빠서 못 만났던 가족이 함께 만나 이바구를 하며 맛있는 것을 먹고 잠자고 노는 것은 행복이라 생각해요. 모두가 자기 직업에 충실하다 보면 스스로 여유를 찾을 수가 없잖아요. 일단 숙소를 예약해 두고 남동생네, 여동생네, 큰딸네가 각자 알아서 자기 일을 끝내고 오는 것으로 약속을 했어요.

우리는 아침에 서둘러서 물건을 챙겼어요. 콘도는 5인 가족이 먹을 수 있는 비품만 있거든요. 우리는 10인분이 넘잖아요. 나머지 비품을 챙겨 갑니다. 옛날부터 쓰던 비행기 기내식 베개, 이불, 그릇, 수저 등을 챙겨요. 간이용 가스레인지, 프라이팬 등과 양념장, 고추장, 간장, 그리고 캠핑도구 등도 챙기지요. 가다가 휴게소에서 가족을 만나면, 아침을 우동으로 먹을 거고요. 하여튼 우리는 고속도로로 가지 않고 주변 환경이 얼마나 변했는가를 즐기며 가기로 했어요. 초창기 40년 전에는 속초까지 6~7시간이 걸렸어요. 차츰 길이 좋아져서 4시간쯤 걸렸고요.

양양고속도로가 생겨서 2시간 30분이 걸린다고 했어요. 우리는 44번 국도를 타고 가기로 했어요. 옛 정취를 느껴가며 가는 맛도 좋았어요. 산은 온통 눈이 쌓여 새하얗게 되었어요. 강은 얼어 있었고요. 십년 넘게 홍천 스키장으로 여행을 갔는데, 손자놈들이 자기네는 스키를 타지 않겠다 해서 설악산으로 바꾸었어요. 가지 않겠다 하면 아마도 숙소를 정하지 않았을 텐데, 여행은 가고 싶다고 손자들이 요청을 해서 예약을 했습니다. 큰딸의 주장은 남, 여, 노, 소가 있어야 재미있다나요?

각자의 사정에 맞춰 만나기로 한 것이 콘도 로비였는데, 12시쯤 도착을 해서 방을 배정받았네요. 8층 동쪽이었어요. 각자 짐을 숙소에 넣고 동명항으로 이동하여 경찰서 앞에서 뼈다귀 해장국을 먹었네요. 손자들에게 이런 특별한 음식을 먹어보는 것이 공부라

했어요. 처음에는 거부반응을 일으키더니 계속 먹으면서 익숙해지니까 맛있다네요. 다시 멋진 커피숍으로 이동했어요. 한가하게 햇빛과 바다를 보며, 꼬마들과 아이스 스무디와 커피를 즐겼네요.

우리는 영금정으로 이동했어요. 그곳은 파도가 바위에 부딪히면 신묘한 율곡이 들려 이 소리를 신령한 '거문고' 소리와 같다 하여 영금정이라네요. 동해안의 파도는 정말 대단하네요. 물밀 듯이 바람에 밀려오는 하얀 물거품이 우리를 쓸어버릴 것 같네요. 영금정 밑에 있는 바위도 특별해요. 통바위가 엉겨붙어 꾸부러진 모양이 진흙덩이로 마구 뒤틀린 모습이었네요. 그 옆에 속초등대가 있어서 전망대로 이동했네요. 관광명소로 이름이 있네요. 배들의 뱃고동, 갈매기 풍경 등이 아름답습니다. 속초시내가 한눈에 보입니다. 인증사진을 찍고 방파제로 옮겼습니다.

방파제 근처 어시장에서 살아있는 횟감을 사고 튀김을 한 보따리 사서 숙소로 돌아왔습니다. 늦게 도착한 가족들과 함께 모여 맛있는 저녁을 먹었네요. 이튿날은 새벽부터 해돋이를 구경했습니다. 그리고 수영복을 준비해서 오션 플레이를 방문했습니다. 새로 단장된 곳이었는데, 실내 수영장과 실외 수영장이 있네요. 애기들부터 어른, 노인이 함께 즐길 수가 있네요. 물이 철철 넘쳐 바다로 흘러가는 모습이 꼭 싱가포르의 호텔 꼭대기 수영장 같아 보이네요. 아니면 멕시코의 칸쿤 해수욕장의 호텔 수영장 같기도 하고요.

아이들은 즐거워서 환호를 지르네요. 실외 수영장은 뜨거운 온천장이며, 수영장 밖은 영하 10도고요, 물속은 따뜻해서 38.5도가 넘네요. 안과 밖을 왔다 갔다 하며 하루 종일 놀았네요. 뜨거운 탕에서 찬 맥주와 치킨 맛도 환상이네요. 비싸지만, 뜨거운 우동과 돈가스도 맛있습니다. 오후 서너 시에 외출하여 금강산 일만 이천 봉의 첫째 봉이라는 수바위가 있는 화암사를 올랐어요. 769년 진표율사가 창건했다고 하네요. 수많은 대중에게 '화엄경'을 설했다고 합니다. 숙소 앞에는 장엄한 울산바위가 우리를 즐겁게 하고요. 언제 봐도 씩씩하고 웅장함이 대단하네요.

저녁식사로 갈빗살을 굽고 애들 좋아하는 소시지를 삶아서 밑반찬에 맥주를 한잔씩 곁들여가며 이바구를 하며 즐겼지요. 수영을 해서 밤잠을 달게 잤네요. 새벽에 창문을 통해 들어오는 먼바다의 해돋이가 장관이네요. 붉은 기운이 바다와 하늘이 맞닿는 끝에 붉게 물이 드네요. 서서히 뭔가 터질 듯이 붉은 덩이가 솟아오르네요. 차츰 빠르게 해가 떠오르더니 순식간에 하늘 높이 솟아나네요. 새벽에 일 할 사람들은 빠르게 숙소를 빠져나가고, 천천히 된장찌개에 밥을 먹고 갈 수 있는 팀들은 밥을 먹고 갔어요. 뒤처리로 마무리를 하고 남편과 나는 양양고속도를 타고 서울로 달려가는데 터널이 너무 많네요. 총 63개이고 왕복 124개라니 놀라웠습니다.

가족여행은 항상 즐겁습니다. 뭔가 한 해의 마무리로, 가족들의 사랑을 확인하는 기분이네요. 이렇게 아프지 않고 아무 탈 없이 살아가면 성공이라 생각하네요. 항상 결혼 못 한 작은애가 가슴에 닿아서 애달프지만, 어쩔 수가 없네요. 우리들과 합류할 수도 없고 시간도 안 맞으니 어쩔 수가 없는거지요. 남편은 우리도 얼마 있으면 죽고, 얼마 안 있으면 저도 나이가 차서 죽을 거라며 인생은 모두가 그렇다며, 할 수 없다네요. 오랜 시간 그렇게 살아왔더니 나도 포기 상태가 되나 봐요. 그래도 시간 나면 그놈이 좋은 인연이 있기를 바라는 기도문을 외워 봐요. 만 번의 기도가 있으면, 혹 신이 잘 봐줄지 모른다면서요.

*

## 삶이 갈수록 어렵고 복잡해집니다

나이가 많아지면서 먹을 약이 많아졌다. 움직이면 몸이 부딪혀지고 깨지는 일이 많았다. 육십 후반이 되면 사람들은 아팠다. 다리근육이 찢어지고 어깨근육이 파열되었다. 통증을 완화하는 진통제를 달고 살았다. 치유가 되려면 3년이 돼야 했다. 그동안은 통중이 심해서 잠을 자기가 어려웠다. 몸상태가 비슷해도 각자의 생각은 달랐다. 공주과는 자신의 몸을 조심하면서 치료하며 낫기를 바랐다. 그래서 함부로 몸을 쓰지 못했다. 그들은 청소나 음식준비를 할 수가 없었다. 무수리과는 아파도 약을 먹어가며, 밥하고 청소와 허드렛일을 하고 살았다.

나는 원래 무수리과라 아픔과 함께하며 살았다. 고통스러울 때 나는 스님이 생각하는 수행이라 생각했다. 모든 고통을 스님은 수행으로 여기면서 행동하는 것이 좋아 보였다. 나도 그렇게 생각하니까 고통이 덜해졌다. 아파서 진통이 오면, 그래 이것은 고통의 수행이려니 생각했다. 너무 아프면 진통제로 몸을 달래며, 일상적인 일을 수행했다. 그렇게 반복을 하다 보면 어려운 일상이 편한 일상이 되었다. 어려서도 넘어지고 깨지는 일이 일상이지 않았던가? 이제 다시 그런 시절이 돌아온 거 같았다.

나의 목표는 열심히 무수리를 하다가 어느 날 밤에 잠을 열심히 자다가 죽음을 맞이하는 것이다. 그러기 위해서 나는 열심히 운동을 한다. 그중 테니스를 열심히 치려 한다. 언젠가 친구 아버지는 테니스를 좋아하셨다. 딸인 친구가 아버지 다리 아프시니까 조금씩 하세요 하며 간곡히 말씀을 드렸다. 그래도 팔십이 훨 넘으신 아버지는 날마다 테니스를 즐기셨다. 그런데 어느 날 아버지는 테니스를 치고 오셨고 밤에 잠자다가 돌아가셨단다. 그 말을 믿고 나는 친구 아버지처럼 그렇게 죽음을 맞는 것이 최고의 선물 같았다.

지금부터 차츰 무엇인가 빠뜨리고 기억이 가물가물해진다는 느낌이 났다. 그러나 몸의 움직임은 좋은 편이다. 주변 친구들은 다리 거동이 불편하다. 걸어도 30분 이상을 걸으면 안 된다고 한다. 귀나 다리에 아픔의 증상이 일어난다고. 야, 그래도 8학년은 찍어야지. 잘 먹고 산책도 부지런히 하라고. 파킨슨병이나 알츠하이머를 앓는 친구들은 이제 가족의 케어가 힘들다고, 벌써 요양병원으로 간다는 사실이 슬펐다. 나이가 들어도 계속 활동하는 이들은 나름 자기 몸을 단련하려 한다. 나이 들어 게을러지면 더 힘들 텐데….

친구들은 나에게 지금까지 테니스를 치느냐면서 미쳤다고 했다. 몸 좀 그만 괴롭히라고 했다. 나는 다리와 팔이 움직일 수 있으면 감사했다. 테니스를 치면 힘이 생겼다. 빠르게 움직이는 연습이 몸을 훈련시켰다. 수영은 몸의 균형을 맞춰주었다. 한쪽으로 치우치는 것을 방지했다. 등산을 하는 것은 몸의 근육, 특히 허리와 다리를 보완해주었다. 골프를 치는 것은 멋진 여행을 동반하며, 자기 몸의 근육인 심줄을 길게 늘여서 던질 수 있는 힘을 만들어주었다. 그러니까 골프 치는 사람들이 건강하게 오래 사는 것 같았다.

내가 운동을 열심히 하는 것은 죽음을 맞이할 때까지 내 힘으로 음식을 만들며, 청소를 하는 무수리의 역할을 끝까지 하다가 죽는 것을 목표로 하기 때문이었다.

*

## 새해가 되었습니다

어머니 나이가 올해 95세가 되었네요. 어머니는 이제 요양원에 계신 지가 5년차가 되네요. 그동안 어머님의 반란으로 막내 여동생이 힘들었어요. 요양원이 마음에 안 든다며 수틀리면 막내 여동생과 남동생에게 협박을 했어요. 나 빨리 이곳에서 내보내 달라고. 빨리 집 하나 얻어서 혼자 살게 하든지 아들 집으로 보내달라고 했죠. 나에게는 70세가 넘으니까, 그리고 어머님의 보호자로 비용을 담당하니까 차마 말을 못 하시는 거고요. 출근하는 동생을 잡고 계속 이놈의 곳은 있을 데가 못 된다며 소리를 쳤다네요. 저는 할 말이 없네요.

오랫동안 시달렸지요. 코로나가 계속되니까 함부로 면회를 갈 수도 없고요. 어쩌다가 어머니한테 전화가 걸려 와요. "야, 나 코로나 걸려서 일주일 간 격리되었는데, 그거 별거 아니더라. 아프지도 않

고 조금 어떠구리 할 뿐이더라"라고 하시더라구요. 그런데 그 요양
원이 전국 1위로 뽑혔다는군요. 깨끗하고 관리 잘 하는 곳으로. 어
머니의 푸념은 자기 마음대로 할 수가 없고 자기가 먹고 싶은 것을
먹을 수 없어서인 거 같아요. 어느 때는 이 빌어먹을 곳은 시금칫
국을 안 끓여준다며, 시금치 장사가 다 죽었나 보다라고 욕하죠.

세월이 흘러 코로나가 잠잠해졌어요. 어머니는 동생들에게 자기
를 데리고 나가서 맛있는 거를 사달라고 졸랐어요. 막내는 허리를
다쳐서 꿈쩍을 못 했는데. 남동생은 어머니를 모시고 나와 맛있는
거를 사먹이고 싶은데, 나오셔서 요양원으로 안 가겠다고 어머니
가 삐팅기시면 어떡하냐고 걱정을 태산같이 했어요. 그동안 어머
니의 태도는 그러고도 남으실 양반이거든요. 실제로 그네 친구 어
머니가 그런 사람이었거든요. 명절 때 아들 집으로 오셔서 안 가시
겠다고 삐팅겨서 모시다가 며느리가 스트레스로 유방암이 걸려서
고생을 하고 있거든요.

나는 동생들이 아프게 사는 것은 아니라고 생각하네요. 어머니
인생은 어머니 몫이고 자식 인생은 자식들의 삶이니까. 어머니를 위
해 희생하고 자식의 삶이 힘든 것은 바람직하지 않네요. 어떻게든
적정하게 서로를 좋게 하도록 지혜를 모아야겠지요. 그리고 어느 날
막내 허리가 나아졌을 때, 제부랑 오빠가 함께 어머니를 모시고 외
출을 했네요. 어머니가 좋아하는 맛있는 갈비탕 집으로 가서 어머

니께 사 드렸네요. 어머니가 갈비탕만 한 그릇 드셨다네요. 밥은 일절 안 드시고. 배가 불러서 못 먹고 고기와 탕만을 드셨다네요.

그리고 어머님을 요양원에 모셔다 드렸다나요. 아무런 반항은 하시지 않아서 다행이었네요. 그 후 마음의 안정을 찾으셨네요. 어머니가 나에게 전화를 해서 갈비탕을 맛나게 먹었다고 자랑을 했어요. 그날 저녁도 안 먹었는데 든든했다고. 너도 뭐든 잘 해 먹으라고 하네요. 네가 네 손으로 해 먹을 수 있으니 얼마나 좋으냐고. 잘 해 먹어야 힘이 나고 다리가 안 아프다고. 어쨌든 복잡한 어머니의 마음이 정리되어서 좋았어요. 어머니는 이제 자기가 여기서 끝을 내겠다고. 여기 살던 친구가 다른 곳으로 갔는데 여기보다 더 형편이 없다고.

여기저기 귀동냥으로 들었는가 보네요. 나는 가끔 어머니에게 동생들을 힘들게 하지 말라고 하지요. 우리 시대는 국가가 돈이 없어서 그런 요양원으로 갈 수도 없다고요. 이미 아버지가 59살에 돌아 가셨는데, 우리 형제도 재수가 없으면 죽을 나이라면서 동생들을 괴롭히지 않도록 어머니에게 말씀을 드립니다. 당신도 그런 생각은 하나 봐요. 자기가 몸을 일으키지 못하는데 아들이 어머니를 일으키려 하다가 담이 오고 허리를 다쳤거든요. 그래서 요양원을 스스로 가겠다고 하셨지요. 잘못하다가는 자기 아들 힘 못쓸까 봐 걱정을 한 거지요.

이제 당신이 그곳에서 끝을 보겠단 말씀을 해서, 이제 마음이 편안해졌어요. 어제는 테니스를 치러 가기 전에 어머니에게 미리 전화를 해야 했어요. 그렇지 않으면 네가 전화를 안 해서 네가 아픈 것 같아서 전화를 했다고, 너는 아프면 안 된다며, 네가 오래 살아야 우리 집안을 돌본다고. 내가 이렇게 오래 산다고 네가 나처럼 오래 사는 게 아니라 하십니다. 어머니 목숨줄하고 자식 목숨줄은 다르다네요. 외할머니는 92세에 가셨고, 더 먼저 큰아들인 외삼촌이 73세에 죽었다면서요. 어머니가 외출할 때 누군가 어머니를 업어서 차로 이동을 안 하고 휠체어로 이동했다네요.

그런데 어머니가 휠체어에서 스스로 손으로 짚고 내렸으며 손으로 차를 잡고 오를 때 몸을 동생이 받쳐주었다네요. 나름 힘이 생겼다 합니다. 그럼 어머니가 잡고 혼자 생활을 할 수 있을 것 같다는데. 그럼 또 문제가 생기겠죠. 그런데 오늘 어머니의 전화 이야기는 이렇네요.

- 야, 옛날처럼, 기운이 없어. 그리고 어지럼증이 심해서 침대에서 내려가지를 못해. 내려가다가 다리나 허리가 부러지면 어쩌라고. 침대에서 움직이지 않고 모든 것을 해결해주니까. 어서 빨리 죽어야 하는데 죽어지지를 않네.
- 엄마, 나도 나이가 드니까 힘이 없는데 당연한거지요. 칠십이 넘으면 죽는 사람들이 많잖아요. 당장, 엄마 맏사위의 친구가 옆 동네 사는데, 작년에 소풍갔잖아요. 그리고 요즘은요, 엄마나 우리 시어머니나 보통 100살은 다 살아요. 걱정 말고 인생은 그러려니 하세요.

- 옛날에 외할아버지가 동생네 땅문서를 모두 가지고 살았잖아. 그리고 그 땅에서 나는 쌀이랑 곡식들은 자기네 것이니까 모두 그들이 가져갔어. 그런데 동생들에게 형이 문서를 안 주는 거야. 그러니까 말이 많은 거야. 내가 외할아버지에게 왜 삼촌들 땅문서를 아버지가 가지고 안 돌려주느냐고 물었지. 그랬더니 외할아버지가 그러더라. 그것들이 술을 좋아하고 노름을 좋아해서 금방 팔아먹을까 봐 안 준다고. 그런데 할아버지 나이가 아마 80세 이쪽저쪽이었을 거야. 힘드니까 아버지 이제 그냥 돌려주시라고 했더니, 그래 나도 언제 죽을지 모르니 주겠다며 모두 주어버렸대. 그랬더니 당장 이튿날 되어 큰동생이나 작은동생이 땅을 내놓아 팔아먹더란다. 땅이 좋아서 금방 팔리더래. 둘째는 농사짓기 싫어서 읍내로 이사가고 막내는 인천으로 이사를 가버렸단다.

- 우리 집 며느리가 애를 낳는다고 해서 내가 서울로 올라가서 애를 받으러 가려 하니까 큰외삼촌(교직을 은퇴하고 시골 외할머니네 마을에서 집을 짓고 살았다)이 누나 서울 가려면 쌀밥하고 미역국을 많이 끓여놓고 가시라고. 왜냐하면 외할머니가 밥을 하면 밥에 고구마, 콩, 감자 등 100가지를 섞어 만들어 그게 개밥이 되어 자기는 먹기 싫다고 했어. 그리고 외삼촌은 칠십이 넘어도 하나도 아픈 데가 없다더라.

- 그거는요, 외삼촌이 술과 담배를 안 피워서 그래요.
- 아! 그렇구나. 그래도 결국 친구들 계모임을 갔다가 버섯을 함께 캐러 갔는데 비가 오고 어쩌다가 자동차 사고가 나서 죽었어. 그런데 삼촌 잘못

이라고 돈 한 푼 못 받고 갔잖아. 막내 이모부도 고등학생이 타던 자전거에 치였는데 돈 한 푼 못 받고 곧 이모부도 죽었잖아.

외할머니가 15살 때, 외할아버지는 12살로 장가를 갔다는구나. 외할머니의 아버지가 서당의 선생이었는데, 외할아버지가 똑똑하니까 얼른 사위로 삼은 거였대. 결혼식을 하며 돼지를 잡았는데, 나이도 어린것이 돼지코는 잡아서 신랑을 꼭 달라고 했대. 왜 그러냐고 했더니 돼지코를 말려서 허리에 차고 다녀야 한다고 했다는구나.

어머니의 말씀은 한없이 길어졌다. 나는 빨리 차를 타고 종합운동장으로 가야 할 텐데…. 그래도 다행히 끝이 나려고 했어요. 그래서 엄마, 나 어디 좀 가야겠네요 하며 끝을 냈네요.

*

## 이십오 년 전을 생각했습니다

사십 대 중반을 넘어섰을 때입니다. 화창한 봄날이었다. 벚꽃이 만발하였다. 막바지 논문심사로 마음이 바빴다. 논문 서류심사가 빠르게 작성되는 시기라 마음은 온통 혼란스러웠다. 마지막 논문 완료를 위해서 최선을 다하려고 애쓰고 있었다. 번잡하게 일어나는 일상생활에서 벗어나야 했다. 친구들 모임에 참석하라는 메시지, 남편 등산 모임에 참가하라는 메모지, 아이들 학원 잡아주는 일과 애들 먹을 음식 준비, 집안 청소와 빨래 등을 뒤로하고 나만의 공간을 만들어서 오로지 논문만 생각했다. 이런 때는 혼자 있는 고독이 필요했다. 모든 것을 벗어나는 곳이 좋았다. 전화도 없고, TV도 없으며, 가족도 없는 곳이 좋았다.

그러나 내 주변에는 모든 것이 모두가 존재했다. 비좁은 공간 속에 모두가 함께하고 있었다. 이 모든 물건을 벗어나서 나만의 공간 속으로 들어가야 했다. 존재해도 보이지 않고 소리가 들리지 않는 나만의 상태가 되어야 했다. 그렇게 몰입이 되지 않으니까 머리가 시끄럽고 힘들었다. 아무리 바빠도 나를 잊는 것을 찾아야 하는 것이었다. 나를 집중하는 것, 몰입하는 방법을 찾아야 했다. 법정 스님 말씀을 생각해 봤다. 우선 눈을 감았습니다. 조용히 시간을 보냈습니다.

스님처럼 자연으로 돌아가 자연과 조화하는 법을 익힙니다. 잠시 눈에 보이는 불필요함이 고요하게 사라집니다. 나무나 숲처럼 순수하고 향기로움을 상상합니다. 곧 자연의 깨끗함이 마음으로 들어옵니다. 잡다하고 복잡한 일상들이 조용히 마음에서 물러나고 조용하고 고요함이 느껴집니다. 한참을 그렇게 묵상하였더니 내가 해야만 하는 것에 집중할 힘이 생겼습니다. 이제 다시 내가 써야 할 논문에 집중할 수 있었습니다.

*

수영팀 시무식

새해가 되어 수영팀들이 모이기로 했습니다. 장소는 방배동 커피 빈 카페입니다. 남자가 4명, 여자가 6명입니다. 각자 원하는 커피와 샌드위치를 말하면 발랄한 츠이 받아적고 커피숍기기에 가서 주문하여 카운터에서 받아왔습니다. 나는 아메리카노 커피에 샌드위치를 먹으면 행복했습니다. 꼭 유럽에서 여행하며 먹는 기분이었습니다. 우리는 커피잔을 부딪히며 커피를 마셨습니다. 새벽에 수영을 끝마치고 먹는 맛은 최고입니다. 쌉쌀한 맛과 향기가 우리 몸속으로 스며들며, 이국적 정취로 낭만적 감정을 일으켰습니다.

갑자기 정서가 상승되고 젊어지는 감정이 살아났습니다. 그리고 끝없는 이야기들이 쏟아졌습니다.

- 어? ㅈ씨 그 옷 어디서 샀어요?

- 이거 우리 형님네 가게에서요.

- 괜찮은데요?

- 얼마예요?

- 아마 4만원 같은데요. 양겹이라 따뜻해요. 나는 흰색에 검은 줄무늬인데 우리 딸은 검정색에 흰 줄무늬가 좋대요. 우리 둘이 옷을 똑같이 입어요. 그런데 우리 딸이 내 옷을 자꾸 입어서 이번에는 절대 못 입게 했어요. 내 옷을 입으면 딸은 금방 망가지고 말아요. 내 옷을 다 버려놓아요.

- 우리 딸(ㅎ씨)은 옷을 안 사요. 생전 안 사서 내가 사다주고 말아요. 그러면 고마워요 하며 입어요.

- 우리 딸(ㅊ씨)은 날마다 옷을 바꿔입어요. 직장에서 여자는 혼자래요. 모두가 남자인데 내가 물어봤어요 딸에게. 네가 옷 날마다 바꿔입는 거 아느냐고요. 그랬더니 모른대요. 옷을 많이 사는데 그 옷을 보관할 수 없을 것 같은데, 버리지를 않아요. 나는 이번에 태국으로 골프 치러 갈 때 큰 옷들을 모두 캐디에게 주고 왔어요. 아까워서, 일부러요. 빨아서 깨끗하게 말려서 주었어요. 좋다고 했어요. 모두가 새 옷이거든요.

- 우리 딸(ㅎ씨)은 너무 옷을 안 사는 게 희한해요.

- 그런 것은 장단점이 있을 거 같아요. 적당히 사야 자기 취향을 알 수가 있을 텐데요. 요즘 애기들이 우리 손녀를 보면 이 양말을 신을 거라는 둥, 위에는 무슨 옷을, 아래는 또 어떤 것을 입겠다고 난리를 내더라고요.

- 나는(ㄱ씨) 아들만 두 명이라 딸 있는 사람이 부러워요.

- 우리 집 딸 둘인데요, 완전 선머슴이에요. 여성스러운 것이 하나도 없어

요. 내가 애들 테니스를 4학년 때부터 시켜서 그런지 상남자라니까요.

- 나도 아들만 있어서 딸이 부러워요.

- 지우 사장님은 여성스러우니까 딸이었으면 사랑스러운 딸이었겠네요.

- 이번에 찜질방(지우 사장) 개관했어요. 모두들 오세요. 와서 눈썹도 하시고 피부도 예쁘게 하세요. 전신 맛사지도 하고요.

- 얼마예요.

- 12만원이에요.

- 언니 싼데요.

- 싸게 해줘서지요.

- 언제 갈까요. 2월에요?

- 난 바쁘네요. 뭐가 많아요.

- 그럼 언니 한가할 때 가자고요.

- 참, 12월 24일경 태국 골프 선약했어요.

- 난 가족여행 때문에 안 될 거 같네요. 저기 ㅈ씨랑, ㅎ씨가 함께 가면 좋겠네요.

- 그럼, 계모임은 어떻게 하고요?

- 그냥 해요. 또 가면 되지요.

- 두 번씩은 안 돼요.

- 60% 이상이면 성공인 거예요.

- 그렇기는 하죠.

- 이번에 류수영이 만든 대패 삼겹살 부침과 무전이 참 맛있었어요.

- 어떻게 만들었는데요?

- 무전은 무를 채썰어서 소금 살짝 뿌려고 튀김가루 뿌려서 프라이팬에 구우면 되고요, 삽겹살은 부침가루 뿌리고 달걀물과 참기름 조금 섞은 것에 담갔다가 프라이팬에 지지면 가성비가 짱입니다. 맛도 좋고요.
- 어? 10시 넘었네요. 저 오늘 창원으로 결혼식에 가야 해서요.
- 아, 그럼, 당장 헤어져야겠네요.
- 우리 오늘 잘 먹었어요. 모두들 좋은 주말 되셔요.

그렇게 헤어졌다. 집으로 왔는데 곧 삽겹살과 무를 사러 슈퍼로 가서 이거저거 사서 돌아왔더니 시간이 많이 걸렸다. 다른 때 같으면 수영을 해서 힘이 빠졌다며 몸져누워서 한참을 쉬어야 몸이 회복 되었을 것이다. 그런데 몸이 가볍고 에너지가 충만한 상태가 된 느낌?… 이게 뭘까? 그것은 아마도 젊은 팀들과 재미있는 이야기를 한 것이 나에게 행복한 에너지 충만이지 않았을까.

*

## 엄마 혜원이에게 전화왔네요

- 혜원이가 누구지?

- 이대 나오고 잘났네 있잖아요.

- 아, 그 애? 근데?

- 그 애도 지금 엄청 힘들어요. 집을 큰 거 빚을 내서 사서요. 이자가 굉장히 비싸고, 친정 회사도 망했잖아요. 그 애가 상갓집을 갔다 왔대요. 사촌 형이 죽어서요. 그 집이 엄마 친구네 손자 원균이네 할머니랑 친하잖아요.

- 맞아.

- 그 사촌 형이 갑자기 죽었대요, 심장마비로. 그래서 혜원이가 상갓집에 간 얘기를 했어요. 죽은 형이 지점장으로 잘 살았대요. 나이가 49~50세 인데요. 근데 큰애가 고등학생이고, 작은애가 이번에 중학교 졸업이래요. 그 부인은 거의 우리 또래고요. 근데 그 엄마 어떻게 살까요? 나도 그러면 어떡하지 하고 걱정했어요.

- 엄마도 그 당시 '위기의 여자'라는 책을 보고 엄청 힘들었잖니. 위기의 여자도 아이들이 어린데, 남편이 죽었잖아. 그래서 여자가 고생하는 거잖아. 아빠가 술을 좋아하니까 죽으면 어떡하나 하면서 너네를 어떻게 키우냐면서 고생하며 강의를 많이 했잖아. 지금이 편하다. 죽어도 너네가 알아서 살겠지 하니까.

- 야, 난 네가 전화를 하면 무섭더라. 누가 죽으면 전화를 하는구나. 오빠가 죽었느니, 친구가 죽었느니, 엄마가, 아빠가… 죽으면 전화를 하니까.

- 그런데 그 오빠 돈만 벌다가 심장마비로 죽었다 생각하니 불쌍하더라구요.

- 그렇기도 하지. 그러니까 애들이나 너네 남편 건강을 잘 챙겨. 체력이 있어야 하니까

- 네.

- 시간이 없네, 다음에 전화하자.

- 네.

*

# 좋은 아침

- 아침에 대모님하고 성당 다녀왔어. 어젯밤 잠을 설쳤더니 힘들어서 지금 누워 있단다. 자식이 제일 어렵네. 마냥 미워할 수도 없고. 성당 가서도 강론이 안 들어오고 잡생각이 많았다. 이것도 자식에 대한 집착이겠지. 먹는 것은 잘 먹고 있단다. 너도 단백질 많이 먹고 잘 지내.

- 너무 걱정하지 마. 자식이 아프지 않고 죽지 않으면 감사한 거네요. 우리가 능력이 있는 것도 감사한 거구요. 자식이 죽도록 고생하고 사는 것도 엄마들이 피눈물이 난다고 했네요. 우리는 모든 것을 감사하며 살아요.

막내딸이 하는 짓이 미워서 나를 수행하려고 열심히 기도합니다. 그놈하고 싸우는 것을 끝내고 싶어서요. 모든 것은 만 시간이 필요하다네요. 빌게이츠도 만 시간이 걸려서 회사를 설립했다니까 나도 기도 시간을 만 시간 걸려서 해보기로 했다는 거 아니오. 인생이 끝날 때까지 하겠다는 거겠지. 그래야 함께 살 수 있으니까. 있을 때 잘하고 살자. 작가인 신달자가 말한 것처럼, 가족은 옆에서 있으면 된다고 하더라. 남편을 위해 병수발을 20년 간 해 주었는데, 어느 날 죽더란다. 남편이 자기에게 고맙다는 말도 없이. 죽은 후 어느 날 비가 와서 "여보 자기가 좋아하는 비가 오네요?" 했는데, 없다는 생각과 보고 싶다는 생각으로 눈물을 흘렸다네요.

어때? 항암 수술 치료로 힘든 시기는 어느 정도 지나갔으니까. 항상 조심하시게. 몸속의 공격자들이 언제 또 다시 공격을 할지 모르니까. 단백질과 치즈를 많이 먹으서. 나도 먹어야겠다.

- 날씨가 포근하다. 아침에 병원 방사선과에 가서 몸에 수술할 곳을 그리고 왔다. 다음 주 월요일 3~5시 사이에 오라고 했네. 확정된 시간은 아니라고 하네. 옥이네 집 가는 것은 어떨지 모르겠네. 나도 더 열심히 기도해야겠다. 우리 아들이 정말 문제지. 착한데도 엉뚱하고 자기 위치를 모르니까 걱정이 된다. 운동하러 가야지. 날씨가 봄날처럼 포근하다. 테니스 열심히 치시게.

- 좋은 아침. 하루 종일 바빴네. 셋집에 보일러가 터져 물이 안 나온다나? 수리하려고 AS 부르고, 안 된다 해서 다시 교체업체 부르고 오고 가느라 정신이 없었네. 손자가 비행기를 타본 기억이 없다 해서 방학에 제주도라

도 가보자 했는데. 약속을 지키자고 공짜 티켓 쿠폰으로 받으려고 몇 시간 동안 헛수고를 했다네. 할 수 없이 그냥 카드결제가 낫겠다 싶어 카드결제로 티켓을 끊었네. 아바타2 영화도 함께 보자고 약속한 것을 지키려고 티켓을 구입했다네. 또 설 준비와 선물준비를 하려니 복잡하게 일이 많네. 우리가 사는 것이 그런 것이겠지. 그것이 행복이고. 5월에 골프는 갈 수 있겠는가? 조심 조심, 체력을 길러야지. 단백질도 잘 챙기고. 그런 것이 우리 숙제 아니겠는가? 내일 봅시다.

- 어제는 테니스 갔거나 했더니 바빴구나. 세 받는 일은 손이 많이 간다. 돈 벌기가 정말 어렵지. S친구 친정어머니를 자기 집으로 잠시 모셨어. O친구는 자기 집으로 이사한다네. 5월 골프는 가야지. 소중한 친구들과의 모임인데. 넌 말이야, 어른 노릇을 잘 하는 친구야. 여하튼 내일은 너에게 아무 일이 없었으면 좋겠다.

*

## 올림픽공원에서 문화사랑방 친구들을 만나다

만남의 광장을 가면, '엄지손가락'이라는 작품(세계적인 프랑스 작가, 1988년 제작한 세자르 발디치니의 작품)이 웅장한 모습으로 우리를 반깁니다.(올림픽공원역 3번 출구) 우리는 그곳에서 모였습니다. 한겨울이기는 하나 한기가 가신 포근한 날씨여서 좋았습니다. 햇빛도 찬란하였습니다. 열댓 명이 모였습니다. 모두들 반가웠습니다. 우선 모여서 식당으로 이동하여 맛있는 불고기를 먹었습니다. 그리고 공원으로 이동했습니다. 처음 눈에 띈 것은 이탈리아의 마우로 스타치올리가 만든 붉은 초승달 모양의 작품이다. 수직적이고, 수평적인, 높으면서도 낮은, 곡선이면서도 직선인 열린 형태가 움직임과 정지 사이에서 의미를 만들어낸다. 누군가 가슴을 편 채 팔을 활짝 벌리고 있는 것 같다.

우리는 방장님을 따라 공원을 거닐었다. 한참을 이동해서 정이품송 장자목에 이르렀다. 탄생 배경을 설명 들었다. 탄생과정은 어미나무 간택을 하고 화분을 채취하여 2003년에 파종을 하는 과정을 거쳐 장자목이 되었다는 것이었다.

하늘기둥, 1987, 호셉 마리아 수비라치, 스페인. 작가는 자신의 고국과 한국의 전통을 융화시키고자 의도적으로 한국적인 주제로 작품을 제작했다. 수직적인 형태는 태극기의 '음양'에서 영감을 얻은 것이고, 세 개의 입면체는 하늘을 상징한다. 이들을 각각 다른 색채와 질감으로 표현함으로써 한국의 전통을 횡단하는 음양사상을 하늘 가운데에 드러내었다.

본 패스트, 2009, 이형구, 대한민국. 올림픽의 꽃 마라톤은 고대 그리스 병사가 승리의 기쁨을 알리고자 고국까지 달려간 숭고한 정신을 기리기 위해 시작되었다. 이 작품은 신체적 한계를 극복하려는 인간의 도전정신을 극대화해 보여주고 있다. 이 작품은 올림픽 정신을 기리는 뜻으로 두산에서 제작하여 하나는 스위스 올림픽 뮤지엄에, 하나는 이곳 서울 올림픽 조각 공원에 기증한 것이다.

M.B.를 위한 사원, 1988, 톰 피체랄드, 아일랜드. 제임스 조이스의 소설 '율리시스'의 등장인물 '몰리 블룸'에서 영감을 얻어 제작된 작품이다. 작가는 몰리 블룸을 대지의 어머니, 즉 여신으로서 사원의 이미지를 끌어내어 올림픽 대회의 고대사를 이야기한다. 석회암 판석으로 만들어진 커다란 옆 얼굴은 온화하고 유혹적인 몰리 블룸을 가리키고, 그녀를 둘러싼 스테인리스 그리고 그 용기들의 형태는 그 자체로 조각예술의 고유한 특성인 볼륨을 지니고 스테인리스 스틸로 된 기하학적인 형태는 그녀의 은신처를 나타낸다.

50년대와 60년대의 대항, 1986, 어윈뷔름, 오스트리아. 폐품을 재활용한 작품이다. 부엌이나 정원에서 사용되었던 용기들은 부드러운 내부세계를 갖고 있다. 그리고 그 용기들의 형태는 그 자체로 조각예술의 고유한 특성인 볼륨을 지니고 있다. 이 작품에서는 작가가 오스트리아 공업지역에서 보낸 유년시절의 추억이 담겨 있다.

열림, 1988, 아기라 알렉산드루 칼리네스쿠, 루마니아. 나직한 언덕으로 둘러싸인 잔디밭이라는 실체적 요소와 호수의 수면이라는 반영적인 요소의 교차에 의해 땅이 열리는 것을 분리된 두 개의 형태가 보여주고 있다. 고요한 땅으로부터 하늘로 치솟아 오르는 아치 형태는 정상을 향한 도약, 영혼의 해방, 새로운 지평의 확장을 나타낸다.

올림픽-1988, 1988, 문신, 대한민국. 비눗방울 같은가 하면 수정알 같기도 하고 그 빛남은 유리알의 깨짐과 같다. 강렬한 시각효과는 일반 감각을 초월하여 현실과 비현실 물체와 비물체의 마술과 같은 차원까지도 창조해 낸다. 그 작품의 특성은 현대성이다. 그래서 우리를 매혹케 한다. 그리고 우리의 자세를 새로이 하게 하며, 우리 자신을 초월하도록 유도한다. 그리하여 우리는 이 작품의 진정한 존재가 시적인 차원이라는 것을 알게 된다.

이만익, 별을 그리는 마음, 소마미술관, 〈작가 재조명전〉. 별이란 민족성을 지켜나가기 위해 희생된 존재를 상징. 1-2전시실, 작가의 성장과 생애. 3-4전시실은 주몽신화, 흥부전, 심청전 등의 신화, 민화, 민담을 소재로 한 작품구성. 한국적 미의식과 감성을 공감할 수 있었다. 주몽의 하늘은 '삼국유사'에 담긴 우리의 서사를 소재로 활용했다는데, 내가 공부한 것은 삼국유사의 언어적 측면으로만 이해했던 것이 아쉬웠다. 갑자기 내가 다시 삼국유사를 탐독하고 싶다는 욕망이 일어났다. 그리고 문학적 측면으로 심도깊은 이해를 하고 싶은 충동이 생겼다. 그리고 이만익 화가처럼 나에게도 새로운 예술적 영감과 영혼의 에너지를 이어받을 수 있을 것 같은 예감으로 가슴이 벅차올랐다.

나는 유명 작가들의 조각품과 그림을 보면 가슴이 뛰었다. 그들의 내면 세계를 이해하면 더욱 더 감명이 깊어졌다. 평생을 갈고 닦은 작품들의 신세계를 볼 수 있는 것이 무한한 기쁨으로 다가왔다. 물론 오랫동안 동창을 이끌어 온 네비샘의 역할이 있기 때문이었다. 계속 작품을 감상하고 이해하다 보면 작가의 삶과 철학적이고 우주적인 에너지가 우리에게 전달되었다. 그러면 그 에너지는 나를 위로 상승시키는 작용이 일어나서, 나의 에너지를 새로운 에너지로 전환시켜 기쁨을 주었다. 아! 정말, 예술은 위대하다.

*

## 미래가 너무 빨리 변해서 허무하다

데이터 박사 송영길님이 어느 대담에서 15세에게 '너무 빨리 변해서 허무하다'는 질문을 받았다는 이야기였다. 그 15살 친구 말이

자기가 어릴 때 닌텐도로 게임을 했는데 7살짜리 동생은 아이패드로 게임을 하는 것을 보니 너무 빠르게 세월이 변한다면서 인생이 허무하다고 했다는 것이다. 그런데 우리 같은 나이 든 사람들은 얼마나 세상이 빠르게 변했겠는가? 또한 세상이 얼마나 허무하게 느껴지겠는가? 80년도까지 컴퓨터를 만져보지 못했다. 1986년도에 빚을 내서 컴퓨터를 샀던 기억. 월급이 40만원대였는데 컴퓨터는 200만원이 넘었다는 생각이 든다. 그것은 누구든 쉽게 손에 넣을 수 있는 물건이 아니었다.

초기 컴퓨터는 2년만 되면 퇴물이 되기도 했다. 또한 컴퓨터 칩이 서로 호환성이 없어서 워드를 칠 수 없었던 기억도 있었다. 컴퓨터 기술은 엄청난 속도로 비약적으로 발전했다. 결국 엄청난 혁신으로 컴퓨터를 핸드폰에 넣고 다니는 세상에 살게 될 줄은 상상이나 했겠는가? 이제는 모든 사회 시스템이 작동을 하지 못하면 움직일 수 없는 세상이 되었네요. 주유소를 가면 작동되는 기계의 순서대로 움직여줘야 기름을 넣고 결제를 할 수 있어야 차를 움직이니까요.

슈퍼도 마찬가지네요. 시작하기로 인증을 받아내고, 물건 가격을 기계로 찍어서 계산을 하고, 카드로 결제를 해서 필요한 물건을 살 수 있고요. 고속버스 티켓, 기차 티켓, 여러 가지 물건 구매 등을 컴퓨터로 구매해서 카드 결제를 하는 것이 노인들에게는 힘드는 일인 것입니다. 가는 곳마다, 사람은 없고 컴퓨터 기기만 서 있다는 것이 낯선 풍경이고 불편하네요. 노인들은 지금 기기에 익숙해지려고 노력합니다. 어쩌겠습니까. 현재의 시대에 맞게 적응해야 살 수 있으니까요.

　몇 년 전에 상하이를 가기 위해 공항으로 갔습니다. 그때도 안내자가 비행기 발권을 각자 해야 한다고 했습니다. 남편과 나는 열심히 여권을 넣고 발권을 하지만 느려서 빨리 좋은 좌석을 잡지 못했습니다. 엄청 속상했지요. 그리고 결국 멀리 떨어진 좌석을 맨 마지막으로, 좋지 않은 좌석을 잡았어요. 나이 든 사람들의 설움이 생겼지요. 나이 든 사람들의 배려는 기계에 나타나지 않잖아요. 나이가 많은 우리는 여하튼 어려운 시절을 살아내야 하는 시기가 되었고요.

　그런데 의외로 중국에서는 공항에서 근무하는 사람이 많으니까 그 사람들이 우리의 여권을 받아서 항공권과 짐을 한번에 해결해 주어서 손쉽고 편하게 비행기를 타고 왔어요. 그때 나는 빨리 변하는 것이 싫다, 좀 느리게 발전했으면 좋겠다고 생각했어요. 이제 더 빠르게 새로운 패턴이 생겨서 더 빠르게 달려가겠지요? 나이 든 사람들은 또 다시 숨을 헐떡이며 쫓아가야 따라가겠지요. 그래야 우리나라에서 편하게 움직일 수 있고, 숨 쉬며 즐겁게 살 수 있겠네요.

*

## 화가 나는 자아를 발견하고, 내가 나를 잠재우는 방법

요즘, 자주 왜 화가 나면서 큰소리로 남자에게 말을 하는 것일까? 내가 그렇게 화나는 목소리로 남자에게 말하지 않고 낮은 소리로 천천히 고개를 끄덕이며 호흡에 맞춰 이야기를 하면 좋을 텐데… 그것이 안 되는 거야. 왜 그런 현상이 일어날까? 남자는 인터넷 쇼핑을 분명 좋아한다. 남자는 자기가 그런 사람이 아니라고 말하고 싶을 것이다. 시어머니도 젊을 때 쇼핑을 좋아했다. 어느 날 당신이 시장을 다녀오셔서 자기가 산 물건을 며느리인 나에게 자랑했다. "야, 이 신발이 맘에 들어서 2개를 샀다. 이 옷도 맘에 들어서 2개를 샀다."

시어머니랑 살면서 겪은 이야기다. 어? 왜? 어머니는 두 개씩을 사실까? 이상하시네. 그 후 살면서 남자는 지방청장으로 발령을 받았는데, 어느 날 나에게 못생긴 칼 세트를 사서 주었다. 자기가 TV광고를 보고 칼이 너무 잘 들어서 사 주고 싶었다고. 그 칼을 나는 20년 넘게 쓰고 있지만, 좋다고 생각한 적이 없었다. 그런데 부엌에서 쓰는 가위가 잘 들지 않고 힘들어서 좋은 가위를 사달라고 남자에게 부탁했다. 남자가 퇴직하고 비서가 컴퓨터로 모든 것을 해주었으니 할 수 있는 게 없었다.

그래서 처음에 자기 카드를 사용하는 법을 알려줬다. 그다음 컴퓨터를 이용하여 물건 구매를 하는 법을 배우게 했다. 이제는 컴퓨터로 물건을 구입하는 달인이 되었다. 팔 구 년이 넘으니까 기술자가 되고 말았다. 어느 날 겨울에 남자의 겨울 바지가 아주 싸다며 3개를 샀다. 싸서 좋다며. 이건 아닌데 하며 마음속으로 짜증이 났다. 수시로 구두가 좋다고 사고, 골프화가 좋다며 샀다. 운동화가 좋으니까 또 샀다. 나는 그런 것이 마음에 안 들었다. 아니 사려면 비싼 것을 사든지, 싸구려를 사서 써보면 발이 아파서 버렸다. 또 뭐가 안 좋아서 버려야 하는 것들이 많았다. 그래서 물건을 사서 버리는 일들이 나에게 스트레스를 주었다.

내가 프라이팬을 하나 사달라고 했다. 남자는 독일 프라이팬을 샀다. 조금 컸으면 좋았을걸 하면 금방 또 큰 걸로 사고, 또 다른 것 등을 샀다. 하여튼 프라이팬 장사를 할 지경이었다. 이번에는 독일이나 일본제 칼을 샀다. 그리고 다른 모양을 "또 살까?" "아니요, 그만 사세요." 무엇을 주문하는 것은 신속해서 좋았다. 그런데 사서 마음에 미진하면 또 사고 또 사는 것을 좋아하는 버릇이 문제였다. 일단 남자는 싸구려를 서너 개씩 사서 놓았다가 입어보고 중국스럽거나 자기 마음에 비주얼스러운 짝퉁 물건 등이 이민족으로 보이면 버려야 하는 것이다. 그런데 남자는 그런 행위를 좋아하고 있다는 것이 나는 받아들이기가 힘든 것이다.

　차라리 마음을 비우는 수행을 해야겠다. 그래봤자 몇 만원이다. 지하실 헌옷 통에 넣으면 누군가 깨끗하고 새옷을 입는 이가 있으니 좋을 것이라고. 그러니까 미리 나의 마음을 수행하는 쪽으로 마음 단련을 하면, 짜증도 나지 않고 내 생각이 옳다고 주장할 필요도 없을 것 같았다. 거기에 남편의 지적질도 참기 힘들고 짜증이 난다. 예를 들어, 함께 동생네랑 여행을 할 때다. 만나는 거리가 서로 멀어서 각자 오기로 했는데, 남자는 왜 꼭 같이 안 가고 따로 가야 하느냐를 따진다. 이런 것도 남자가 정한 모델로 안 하면 힘든 것은 아는데, 나는 뭐든 각자의 자율대로 해주는 것이 바람직하다는 것이다.

　결국 모든 것이 좋으려면, 내 돈을 충분히 써주며 상대방의 의견을 존중하고 나 스스로 모든 것을 수용하는 수행법으로 마음을 단련하는 것만이 나를 위한 길일 것이다. 그러면 절대로 짜증 나는 일은 없을 테니까 말이다.

*

## 좋은 아침

- 봄비처럼 비가 오네요. 창문을 열었더니 산바람은 봄바람처럼 신바람이 되었네요. 상큼합니다. 설이 돌아오니까 맘이 바쁘네요. 깨도 볶아야 하고요. 아는 이가 농사를 지어 깨를 보내줬으니 감사하며 맛있게 먹어줘야 예의인 거 같아요. 늦은 아침을 먹었으니 늦은 점심을 먹기로 하고 쌀을 씻어 밥솥에 앉혔네요. 갑자기 남자가 냉동실을 보며 지적질을 하네요. 여기 구석에 안 먹은 쇠고기가 숨어 있다고. 그것은 설 때 제사용 국거리로 쓸 거라고. 이 집은 떡국을 안 먹어요. 고향이 이북이라 이북 쪽 음식을 선호하다 보니 떡국 먹는 연습을 안 했으니까. 그리고 항상 만두 음식으로 대체했으니까.

그래서 이 집안은 만두를 좋아하는 거네요. 우리는 이제 몸속의 적이 공격하는 것을 대비하기 위해서 단백질을 챙겨야 하네요. 나도 그런 것이 힘드네요. 나도 평생 떡과 빵과 유과와 조청 등에 길들여진 몸인데, 그런 음식을 멀리하고 단백질 쪽으로 식단을 바꾸라니 힘드네요. 그렇지 않으면 근육이 끊어져서 팔다리가 망가져서 얼마나 고생을 했는지요. 아픈 고충을 생각하며, 나도 그냥 고기가 약이다 생각하고 섭생을 하네요. 아무튼 우리가 섭생을 해 건강한 몸으로 원하는 대로 먹도록 노력해봅시다. 아무튼 우리 파이팅해요!

- 신안샘, 설이 가까워 온다고 애쓴다. 나는 아침 성당 갔다가 오후에 성모병원에 문상갔다. 나이가 72살인데 7층에서 추락사고가 일어났다는데…. 아무튼 그 부인이 더 얘기는 안 했는데 마음이 아팠네. 고인에게 잘 가라고만 했다. 우리가 이제 그럴 나이가 됐나 보다. 좋은 일은 별로 없고 우울한 소식이 많네. 오늘은 치즈도 챙겨 먹었다네. 숙면하는 좋은 밤이 되시게.

- 좋은 아침. 새벽부터 이거저거 바쁘네요. 뭘 했는지 아침상 차리고 점심 국 끓여 놓고 나물 무쳤더니 서너 시간이 후딱 가버렸네요. 이제 좀 쉬어야겠네요. 엊그제부터 갑자기 날씨가 쌀쌀해져서 그런지 소화불량이 생겨서 밤새 배앓이로 잠을 설쳤네요. 오전에 내과를 갈까 말까 하다가 집에 있는 내과용 약을 식사 후 복용했더니 속이 편해졌네요. 이제 우리는 노인이기는 한가 봅니다. 자고 일어나면 사방에 아픈 곳이 많으니 말입니다. 에그, 그래도 요 정도로 움직이고 운동하며 살 수 있으니 감사해야죠.

왼손등을 벽에 부딪혀서 퉁퉁 부어오르더니 한동안 힘을 쓸 수가 없었네요. 그래도 시간이 흘러가니까 부기도 빠지고 손을 쓸 수 있어서 고맙네요. 뭐든 시간이 지나가면 힘든 것들도 지나가네요. 네비샘도 아주 큰 일들은 다 지나갔네요. 오늘 새로운 표적치료 잘 받으시고 힘내세요.

- 너의 정성 덕분에 그까짓 것 이겨내고 잘 지낼거네요. 어젯밤 자기 전에 주문을 외웠지. 조금씩 좋아지고 있다고. 나도, 아들도…. 그런 날이 오겠

지. 왼손과 뱃속이 많이 안 좋구나. 일도 많은데 잘 다스려서 지내야겠네
요. 날씨도 춥고 미끄럽다니 조심하렴. 오늘도 무사히 잘 지내자.


- 좋은 아침. 몸은 잘 적응되고 있는 거유? 우리 몸은 신당이라 중요하다고
깨달은 사람들이 말하더라고. 진리가 뭔지 모르지만 몸이 즐거워야 마음
도 즐거워지니까. 그래도 네비샘은 신과 진리에 가까운 존재네요. 예술을
추구하고 아름다움을 좋아하니까 말이요. 아름다움 속에 신과 같은 무엇
이 있다고 들었거든. 그래서 예술인이 자기의 혼을 작품 속에 갈아넣겠
죠. 그런 모든 것을 안내하는 네비샘을 동창들은 따를 수밖에 없는 거겠
죠. 네비샘의 건투를 빌며 파이팅!


- 집에 왔어. 어쩌면 넌 깨를 볶다가 글도 잘 쓴다. 운동, 재테크, 무엇이든
잘하니 OOO님 결혼 너무 잘했다. 같이 취미로 즐기는 것이 많으니 얼마
나 큰 축복이니. 화과자하고 커피 먹으면서 혼자 즐기고 있다. 신안샘 오
늘도 좋은 하루!


- 좋은 아침. 어때요. 몸은 괜찮나요. 좋아질수록 몸조심하는 게 좋네요.
엊저녁에 잠이 안 와서 밤을 설쳤더니, 그만 아침에 잠이 들어 늦어졌네
요. 어른들이 무조건 잠 잘 자고, 잘 먹고, 잘 싸면 된다더니 그 말이 맞네
요. 완전 원시적 용어인 거 같은데 그게 제일 기본이니 우리는 잘 지키고
사는 것이 중요한가 봅니다. 단백질 잘 챙기고 좋은 생각을 즐기며 즐겁
게 삽시다.

- 몸과 마음이 매우 바쁘지. 집으로 많은 분들이 오시니. 너 아니면 못한다. 신안샘은 생각이 깊고 뭐든 받아들이는 자세니까. 네가 보낸 메일을 읽으면서 그릇이 다르구나 느끼지. 어제도 방사선 치료 잘 받고 광화문 걷다 왔어. 차 없이 다니는 것이 어찌나 자유로운지요.

- 아침에 수영 갔다 왔어? 오늘은 무척 바쁜 날이다. 나도 매일 방사선 치료받고 걷고 잘 먹고 힘들어서 푹 자고 어린아이처럼 지내고 있단다. 항상 단백질을 외치는 네 덕분에 이것저것 챙겨서 먹으면서 친구 생각을 한단다. 신안샘 축복받은 좋은 하루 잘 지내자.

- 좋은 아침. 수영하러 가서 지갑을 열고 회원증을 꺼내려 하는데 거기에 있어야 할 내 은행 카드가 없는 거야. 어, 얘가 어디 갔지? 어제 뭘 했지? GS마트? 오아시스마트? 신세계백화점? 농부의 집?… 일단 마음을 정리하자. 속은 시끄러웠네. 라커룸으로 들어가서 샤워를 하고 수영장으로 들어가려는데 호루라기 소리가 들리고, 근데 우리를 가르치는 수영 코치가 아닌 거야. 그럼 설 선물을 어쩌라는 거지? 갑자기 머리가 아픈 거야. 우리 팀 선생이 불성실하거든. 자주 빠지고 대타를 세우는 거야. 머리가 아프네요. 일단 윗 레인 코치와 아랫 레인 코치 것 2개만 사왔는데. 대타 선생 것은 안 사왔거든.

일단 윗 레인 코치에게 선물 2개를 주고 코치님이 알아서 우리 팀 코치 선물을 알아서 챙겨달라 했네요. 대타 선생님도 잘 아는 분인데 선물 준비도 못 했고, 모른 척하자니 괴롭더라고. 하여튼 오늘 액땜했네요. 오늘은 셋집 교체 날이라 바쁘네요. 치료 잘 받으세요.

- 어제 치료 받는데 옷도 얇게 입었는데 상위를 모두 벗기고 주사를 맞으니까 엄청 추웠던지 감기가 들었네요. 아침에 쌍화탕을 먹고 잠깐 잠이 들었나봐. 카드는 찾았니? 바쁘게 일을 보면 그런 일이 생기더라.

- 카드 이제 찾았네요. 휴~ 이런 일이 자꾸 생기니까 천천히 느리게 조심하자고 생각했네요.

*

## 설 준비

오랫동안 명절만 돌아오면 백씨 집안 며느리는 항상 공포와 불안과 불편함을 감내해야 했다. 그 세월은 길었다. 사십 년이 넘었으니. 명절은 곧 시어머니의 단독 무대였다. 칼을 쓰는 무사처럼 가장 씩씩하고 용감하게 시장을 휩쓸며 제수용품과 당신이 필요한 것들을 사는 것에 신이 나는 일이었다. 아침에 시장통을 한 바퀴 돌며 고기, 야채, 과일 등을 사서 며느리에게 안겼다. 며느리는 득달같이 집에 배달하고 다시 시장으로 갔다. 시장통을 거니는 어머니는 다시 이거저거를 사서 나에게 안겼다. 나는 산 물건을 안고 들고 끌고를 반복했다.

곧 한나절이 되어 집식구 밥상을 차리고 설거지를 끝내면 다시 오후 시장으로 시어머니는 달려가셨다. 또 몇 번 시장을 거닐며 사고 또 사셨다. 시장 보는 일은 시어머니 최고의 일이었다. 가장 크고 좋은 것을 사고 또 샀다. 집으로 선물 배달된 사과, 배 등은 시어머니의 눈에 안 찼다. 모든 것은 자기가 사는 것이 중요했고, 그 물건이 대한민국 최고품이 되었다. 사온 물품을 며느리들은 씻고 닦고 채반에 올려놓았다. 그리고 시어머니가 원하는 대로 썰고 반죽하고 지지고 볶고를 하며 하루 종일 만들었다. 만든 것을 시어머니의 뜻대로 채반에 고루고루 펼쳐놓았다.

다시 저녁 준비를 하고 식구들 저녁상을 놓으며 가족이 둘러앉았다. 시어머니는 명절이 되면 자기가 생각한 회의를 하는데, 며느리들은 빼고 아들을 중심으로 자기의 생각을 말했다. 회의의 주제는 대부분 생활비를 올려야겠다는 둥, 제사비를 올려야 한다는 둥, 당신의 용돈을 올려달라는 것이 주 내용들이었다. 옆방에서 식사를 하며 어머니의 높은 소리를 들으면, 며느리들은 가슴이 벌렁거리며 얼굴을 찌푸렸다. 또 시작이구나 생각했다. 똑같이 월급쟁이들인데 다달이 월급의 10%를 시댁으로 송금하는 데다 제사에 어버이날, 생신날, 명절날은 20%를 내야 하는데 거기에 또 올리라고하는 것은 부당하다며 며느리들의 볼멘소리가 나는 것이다.

그러다 어쩌다가 명절과 제사가 맏이인 우리 집으로 옮기게 되었다. 평생 백씨 며느리들이 고생했다며, 나는 제사비를 내지 말라고 이미 말했었다. 그러나 미안스럽다고 동서들은 10만원씩 봉투를 두고 갔다. 우리는 명절을 쇠러 오든 안 오든 상관하지 않았다. 오고 싶은 사람만 오면 되었다. 늦게 시댁에 가면 무릎 꿇고 용서해 달라고 빌고 별짓을 다 했다는 생각. 그것이 권위이고 자기의 주도권 행사? 여하튼 별난 시어머니였다. 나는 매사 자유롭고 싶었다. 우리 나이도 많은데, 죽을 날도 가까운데, 제사는 조선시대 유물인데, 아직도 그런 것들에 휘둘려서 자유롭지 못한 것은 아니라는 생각이 들었다.

나는 명절을 축제의 장으로 지내고 싶다. 며느리들아 일절 제수용품을 만들지 말자. 그냥 사서 하면 되니까 와서 놀고 먹고 가면 되는 거라고. 동서들은 모였다. 와서 갈비탕에 밥 말아 먹고 강남 지하상가 고투 투어를 3시간 동안 했다. 그들은 이것도 사고 저것도 사고 요것도 사고, 또 샀다. 그들은 집에 와서 패션쇼를 하며 즐거워했다. 그들은 서울로 나들이 와서 여행자가 되었다. 또한 해마다 만나는 명절을 즐거워했다. 형님은 아프면 안 됩니다. 우리가 서울 구경 못 하니까요. 건강해야 해요. 그런데 나는 올해 잡채가 먹고 싶어 잡채를 만들었다. 빈대떡이 먹고 싶어 빈대떡도 만들었다.

그래서 저녁에 잡채, 빈대떡에 LA갈비 굽고, 피자 2판, 회 4접시, 치킨 등을 시켜 상차림을 했다. 동서들은 "제발 형님 음식을 만들지 마세요. 그러면 우리가 불편해요." "걱정 마, 내가 먹고 싶어서 만든 거야." 명절이 되면 으레 아이들은 폭탄주를 마시자고 졸랐다. 남편은 맥주를 컵에 붓고, 발렌타인 양주를 소주잔에 1/2쯤 넣어, 맥주컵 속으로 퐁당 빠뜨려서 마시게 하는 것, 그것이 폭탄주였다. 식구들은 그 폭탄주를 엄청 좋아했다. 알싸하면서 매력적인 맛이었다. 나는 폭주를 할까 봐 2잔 이상은 금지시켰다. 그런데 술 좋아하는 측은 한잔 더요 하며 마셨다.

둘째 동서는 술을 좋아했다. 평생을 시어머니에게 충성하고 순응하며, 착한 며느리로 책임을 다했다. 그러나 시어머니는 둘째를 하수인처럼 부리면서 온갖 폭언으로 괴롭혔다. 견디다 못해 온몸에 알레르기로 스트레스가 심화되어 죽을 지경이었다. 그 후 그녀는 시어머님을 피했다. 만나면 자신이 죽을 것 같아 힘들었다. 세월은 흘러갔다. 어느 시기부터 그녀는 자기의 모습을 찾았다. 시어머니는 90세가 넘어서부터 제사나 차례를 자식에게 넘겼다. 당신은 처음만 함께 지내고 그 후부터는 함께하지 않겠다고 선언했다. 온 식구들은 속으로 쾌재를 불렀다. 그 후로 명절은 축제의 장이 되었다.

그런데 올해는 유난히 시어머니가 큰아들인 남자에게 전화를 자주 했다. "얘야, 된장을 보내련? 된장이 있느냐?" "보내면 좋지요." "참기름을 보내겠다, 무곰을 보내겠다." 설 전날부터 하루에 몇 번씩 시어머니는 아침, 점심, 저녁에 아들에게 전화를 했다. 그때 막내딸이 아빠에게 말했다. "아빠, 아무래도 할머니가 서울에 오시고 싶은 거 같네요." "그러니까 계속 전화하고 또 하고 하는 거지요." "그건 안 돼. 할머니가 오시면 모든 식구가 불행해지니까." 사실 그랬다. 당신이 이거저거 참견을 할 거고, 자기 마음대로 자기 뜻대로 되지 않으면 또다시 깽판을 놓아 명절을 망쳐버릴 것이었다.

시어머니는 명절이나 어떤 행사가 오면 판을 깨고 몇 날 며칠을 스스로 뭔가에 트집을 잡으며, 속상해서 온 집안을 들쑤셔 놓았다. 나중에는 그게 습관이 되고 버릇이 되었다. 그 버릇은 차츰 식구들에 대해 공격하는 공격자가 되는데, 그것은 자기 에너지를 방출하므로 자기만의 만족과 희열이 생기는 일이었다. 그것은 또, 곧 시어머니의 권위요 대단한 존엄의 상징이 되는 것이었다. 여하튼 시어머니는 아들들이 허리를 굽혀 읊조리며, 어머니 왜 그러십니까 하며 어머니에게 아부를 떠는 세월을 한평생 보내고 말았다. 결국 시어머니의 아들들과 며느리는 당신의 하수인으로 오로지 복종하는 세월이었다.

결국 아들들은 당신에게 바치는 효도의 길 때문에 평생 지극한 효자가 되었지만, 집안에서 기 한번 못 펴고 가족끼리도 제대로 함박웃음을 지은 적이 없었다. 만나면 시어머니의 눈치만 살피다가 허송세월로 한세상이 사라지고 말았다. 이제 다 늙어 가는 자식들도 시어머니에 대한 애증이 왜 없겠는가. 형제끼리 만나는 것도 시어머니는 참을 수 없는 일이었다. 항상 그 중심에는 당신이 계셔야 하는 일이기 때문이었다. 칠십이 넘어서 형제는 조용히 만나서 술 한잔 마시며 고요한 즐거운 명절을 자유롭게 보내고 싶을 것이다. 나는 모든 형제에게 자유롭고 즐거운 명절 쇠기를 선물하고 싶었다.

나는 오고 싶으면 오고, 올 수 없으면 안 오면 되었다. 만일 온다면 일하지 말고, 있는 거 맛있게 먹고 즐기면 되었다. 그러면 모든 것이 편안하고 고요하며, 자연스러워져서 좋았다. 이제는 누가 잘날 것도 못날 것도 없는 것이다. 한때는 어느 형이 높은 자리에 있고 어느 동생이 낮은 일을 했다는 둥 그것이 서열을 짓고 시비가 있었다. 그런데 그런 것은 이제 허상이 된 것이었다. 세월은 평등을 만들어주었다. 모두가 평등해서 안 아프고 걸어 다닐 수 있으면 성공하는 것이었다. 학벌이 높아 박사도 소용없고 대통령도 소용없었다.

명절에는 가족이 모여 함께할 수 있으면, 외롭지 않고 서로 만나 반가우면 그게 최고였다. 그래서 올해는 처음으로 시어머니께 고

마음을 느꼈다. 시어머니 자식이 5형제인데, 거기에 딸린 식구로 손자, 증손자들 모두가 모이면 32명이었다, 그중 명절마다 모이는 가족이 열댓 명이었는데 사실 오고 싶어하는 가족이 많았다. 그들은 큰어머니 집이 비좁아 참여할 수 없었다. 그래서 그들은 순번제로 큰어머니 집을 오기로 했다는 것이다. 이 얼마나 행복한 소리인가. 아무튼 우리는 다시 좋은 장소를 정해서 모든 가족이 한꺼번에 모여보자 제안을 하기도 했다. 어쨌든 명절마다 즐겁게 가족을 만날 수 있는 것은 시어머님의 덕분이었다. 시어머님 때문에 힘든 과정은 많았는데 모든 것은 세월이 해결해 주었다. 따라서 이 기회에 우리 자손들이 이렇게 번창하여 행복하게 살 수 있음에 시어머님께 감사를 드리고 싶었다.

\*

## 부처님의 마음 공부를 해봅니다

그대는 관계로부터 떨어져 나와야 한다. 단지 관객이 되고 지켜보는 자가 되어야 한다. 지켜보기 시작하면 겹겹이 쌓인 욕망의 층들을 알아차리게 될 것이다. 거기에는 수많은 층이 있다. 큰 욕망들이 떨어져 나가면 좀더 미세한 욕망들이 발견될 것이다. 우리의 모든 삶은 양파와 같다. 그대는 껍질을 벗긴다. 또 다른 층이 있다. 그것을 벗긴다. 또 다른 층이 나온다. 더 새롭고 더 어리고 더 싱싱한…. 그러나 계속해서 껍질을 벗긴다면 단지 허공만이 손에 남겨지는 순간이 온다. 그것이 붓다가 말하는 니르바나, 공(空)이다. 모든 껍질은 사라졌다.

위의 내용은 이해할 수 없지만 인간이 가지고 있는 모든 것은 욕망의 층으로 겹겹이 쌓여있다는 뜻일 게다. 그 욕망의 층은 양파와 같으며, 그것은 곧 삶이 되는 뜻으로 해석된다. 삶을 계속 벗기는 것은 양파껍질을 벗기는 것과 같다. 삶이 끝나는 것은 양파껍질이 벗겨져서 허공만이 남겨지는 것과 같다. 그래서 삶은 공이 된다는 뜻인가 보다. 우리의 죽음은 곧 공(空)인 것이다.

*

## 유키즈온더블럭(TVN)의 이서진 편을 보았다

나영석 PD와 9년 되었다. PD는 내가 요리하는 거를 보고 요리하자고 했다. 꽃보다 할배 프로는 PD가 나에게 아무 준비 없어, 그냥 따라와 해서 갔더니 선배 선생님들이 잔뜩 와 있더라고.(나이가 다 들었는데 여행을 하지 못했고 나이가 78 ~ 80살이 된 거지. 선생님 4명의 짐 꾼이 있어요.) PD는 준비할 게 전혀 없어요. 그리고 날마다 어떻게 할거냐. 쉬는 사람보고 PD는 빨리 예약해, 빨리. 왜 나보고 그래. PD는 항상 빨리 가야죠. 뭐 하는지도 몰라. 나중에는 PD와 내가 뭐 하는지도 몰라. 윤식당 프로 할 때도 내가 이 프로를 PD에게 무슨 컨셉이냐고 물으면 PD가 서울 가서 봐야 돼요 한다니까.

그런데 윤식당이 더 잘 됐어. 대박 난 거야. 그것은 나영석 PD의 운이다. 그러다가 어디 어디 가자 하면, 나 안 해. 피디가 또 어디 가자. 가자고. 어디 가는데? 나도 몰라. 가서 보면, 선배들이 많이 왔어. 그럼 나 요리 좀 시키지 마. 알았어가 아냐. 그냥, 안 해. 나 몰라 하다가 결국 하는 거야. 서지니형이 어느 날 대학로에서 선배 선생님이 연기한다고 PD에게 가자고 하는 거야. 그럼 둘이 그 무 대 연기를 보고 하는 것이 선생님에 대한 존경심과 사랑을 나타내 는 것이지요.

그리고 선생님들 밥 사주고. 그래서 피디랑 서지니형이 또 다른 프로그램을 만들게 되는 거군요. 그런 소리 하지 마. 우리 PD와 작가랑 밥을 함께 먹을 때마다 PD와 작가가 나를 보고 먹으면서 프로그램 만드는 거 20개 정도가 나와요. 서지니형과 나영석 둘이 무슨 사이야? 동고동락으로 여행이 몇십 번이니까. 피디를 떠나서 정이 많이 쌓인 30년을 더 본 사람 정도. 프로그램은 잘 몰라요. 둘 다 처음이니까. 가까이 가면 비즈니스 파트너이고. 이거 형이 해야 해 하면, 아이고 귀찮아, 안 할래 하고 그리고 결국 하는 사람이 되는 거야.

　처음부터 계획이 있는 프로그램이 아니라는 것이 신기하다. 10년 이상 프로그램을 즉석에서 짜고 만든 것이 새롭고 창조적으로 보이니까 독자들에게 인기를 얻어 대박이 나는 것이다. 우리의 생활도 무계획으로 즉석에서 만들어지면 새로운 환경과 새로운 창조적 패턴이 생겨서 더 가슴을 울리는 그 무엇이 있을 것 같다. 예술적 영감을 즉석에서 찾아내는 길을 발견하는 느낌이 났다.

\*

## 아무 책이라도 좀 읽어야겠다는 생각을 했네요

그대 자신을 등불로 삼아라(42장경, 오쇼강의, 이경옥 옮김)

붓다께서 말씀하셨다. 욕망으로부터 자유로워지고 고요해지는 것 이것이 가장 훌륭한 길이다. 진리에 접근하는 데는 세 가지 방법이 있다. 첫 번째는 힘을 통한 접근이다. 두 번째는 아름다움을 통해 접근하는 것이며, 세 번째는 숭고함을 통한 접근이다. 붓다는 수많은 사람들에게 내면의 세계를 매우 이성적인 방법으로 소개했다. 이것은 간단한데, 먼저 그대는 그릇이 되어야 하고, 먼저 침묵에 도달해야 한다. 침묵이 없으면 그대의 마음은 너무나 많은 판단들로 붐벼서 붓다가 무엇을 말하든 잘못 해석할 것이다.

붓다는 그대 자신이 길을 잃었고 그 길은 어떤 도움 없이 스스로 발견해야 한다는 것이다. 불교식 접근법은 기도 같은 것이 없고 오직 명상이 있을 뿐이다. 명상은 과학적이다. 명상은 생각이 멎는 마음의 상태이다. 생각을 멈추는 길, 생각을 버리고 침묵에 이르는 길. 그것은 평온하고 맑게 갠 마음의 상태에 이르는 길인 것이다. 그것이 곧 그대에게 진리를 주고 문을 열어주는 일인 것이다. 그러나 그것은 오직 그대 스스로의 노력에 의해서 이룰 수 있으며 개인 혼자가 열심히 노력해야 하는 것이다.

붓다의 가르침은 전적으로 성숙한 것을 위한 것으로 그 길은 고요해지고 평온해지는 것이다. 그 길은 홀로 되는 것이다. 전적으로 침묵하면서 자신 안에서 충만하고 자신으로 충분한 혼자가 되어라. 그때 고요해질 것이다. 그때 은총이 일어날 것이다. 그것은 그대 안의 중심으로부터 표면으로 퍼지고 있는 은총이다. 그대는 은총으로 넘친다. 그것은 다른 누구로 뭘 받은 선물이 아니다. 그것이 성장이다. 진리는 바깥에서 발견되는 것이 아니라 내면에서 깨달아지는 것이다.

이 문구들을 나는 이해할 것 같기도 하고 이해할 수 없는 것 같기도 하다. 다만, 항상 진정한 명상이 무엇일까를 생각해 왔다. 명상은 온갖 잡생각을 멈추게 하는 것으로 이해했다. 그러려면 침묵이 있어야 한다는 것과 혼자 있어야 한다는 것이다. 그리고 마음이 멈추고 고요하고 평온하여 맑게 갠 마음의 상태가 되면, 곧 진리가 되는 상태가 되는 것이다. 그 때 바로 진리가 곧 은총이 되는 것이고, 내면에서 깨달아지는 성장이라는 것이라고 나는 이해했다.

*

## 나는 기도한다

내게 온갖 것으로부터 받는 여러 충돌을 내 스스로 수용하며 그것을 잘 이행하는 마음을 갖게 해달라고 기도한다. 내가 말한 것을 오해하고 상대방이 공격을 해와도 잘 수용할 수 있는 힘을 가지도록 기도한다. 습관적으로 공격적인 나의 말투를 부드럽고 사랑스러운 말투로 변화하기를 기도한다. 말하고 싶어서 가만히 참을 수 없는 마음을 고요하고 편안한 마음으로 변화하는 마음을 가질 수 있도록 기도한다. 애들의 행동을 지적질하고 고치라고 강요하는 마음을 말하지 말고 조용히 참고 지켜보는 마음을 가지도록 기도합니다.

\*

## '카일라스 가는 길' 영화를 보다

정형민 감독의 다큐멘터리 '카일라스 가는 길'은 도시인의 영혼을 위로해 준다는 산티아고의 순례길처럼 '힐링'의 길이었다. 카일라스 산은 중국 땅인 티베트의 서남부 강디스 산맥에 우뚝 솟은 6656미터 높이의 영산이다. 지리학적으로 티베트 고원을 흐르는 수많은 대하천의 발원지이기도 하다. 여기서 샘솟은 물들이 흘러흘러 브라마푸트라강, 인더스강, 수틀레지강, 갠지스강이 된다. 이곳은 불교의 세계관에서 우주의 중심에 있다는 수미산(須彌山)으로 취급되며, 티베트 불교를 비롯하여 여러 종교의 성지로 숭앙 받으며, 영적인 사람의 마음의 고향이 되고 있고, 오늘날에는 지친 영혼을 위한 힐링의 목적지가 되고 있다.

'카일라스 가는 길'은 정형민 감독 어머니 이춘숙 여사가 힐링을 찾아 떠나는 여정을 담고 있다. 정 감독의 다큐를 본 어머니는 그곳에 가고 싶다고 했고 아들은 어머니를 따라 그 길을 나선다. 그리고 영상에 담기 시작하는 것이다. 비행기 타고 카트만두로 날아가서 히말라야 산으로 향하는 것과는 또 다른 루트를 이용한다. 이춘숙 할머니는 37살에 남편과 사별하고 딸 하나, 아들 하나를 잘 키운 뒤 경북 봉화 산골 마을에서 평온한 노년을 보내고 있었다. 다큐 감독인 아들이 2014년 히말라야를 다녀와서는 그곳 까그베니 마을의 오래된 절 이야기를 전해주자 할머니는 함께 순례를 떠나고 싶다고 한 것이다.

그동안 해외 여행을 한 번도 가지 않았던 할머니. 힘든 오지에 나서겠다고 하자 주변의 만류도 있었겠지만 할머니에게는 이 순례 여정이 꼭 필요했던 모양이다. 청년 시절의 열정과 꿈이자 돌아오지 못한 사람들을 위해 기도를 올리겠다는 간절한 소망이 있었던 것이다. 그렇게 이춘숙 할머니는 아들과 함께 길을 떠난다. 봉고차와 덜컹대는 기차의 좁은 좌석과 대평원의 천막을 전전하며 카일라스로 다가가는 것이다.

모자는 2014년 히말라야 행을 시작으로 바이칼 호수, 몽골 울란바트로, 몽골 종단, 고비사막, 알타이 산맥, 서러시아, 카자흐스탄, 키르기스스탄, 파미르고원, 중국의 신장지구, 타클라마칸 사막, 티베트고원, 성스러운 마나사로와르 호수와 카일라스 산에 도착한다. 무려 2만킬로를 이동하는 여정이다. 1934년생인 이춘숙 할머니는 대학을 다닌 신여성이었다. 그녀는 청년시절 농촌 계몽운동에 힘썼다. 그녀는 액티브한 여성으로 힘든 여정을 포기하지 않은 홀륭한 여성이었다.

카일라스 산은 종교적 영감을 주는 곳으로 워낙 험하기도 하지만, 신령스러운 곳으로 정상에 오르는 것을 금기하기 때문에 정상에 오르는 사람은 없었다. 카일라스 산은 중국이나 한국, 그 외 아시아에서는 삶과 죽음, 영혼과 일상을 가로지르는 특별한 존재임을 알 수 있는 곳이었다. 이 영화를 보고, 그녀의 특별한 여정을 통해, 삶의 색다른 면을 만났다는 것이 나에게 충격적이었다. 70세가 넘으면 조용히 고요히 살다 죽음을 맞이해야 하는 것이 온당하다고 여겼는데, 이렇게 나이가 많은 이춘숙 할머니를 통해 나를 반성했다.

이제 남겨진 나의 삶을 재고할 필요가 있다는 것이다. 그럼 어떤 삶을 계획할 것인가. 아직은 먼 안갯속의 시간 같았다. 내가 처음 박사과정을 공부했을 때, 내가 진정으로 하고 싶은 학문의 분야를 찾을 수 없었던 때처럼….

*

## 집착을 버리는 연습을 해봅니다

마음이 혼란스러워서 머리가 아플 때다. 남자는 나에게 세금이 많다고 집을 버리라고 했다. 아는 사람은 자기 집을 팔았다. 그리고 전세를 산다. 집을 팔고 세금도 안 낸다며 즐거워한다. 판 집을 저축해 놓고 마음대로 쓰며 사니 마음이 편하단다. 거기에 노령연금도 둘이 많이 받아서 좋단다. 나는 그 모습은 아니라 생각한다. 뭔가 이치에 안 맞는다. 그렇다고 비싼 집을 붙들고 쓸 돈이 없어서 생활이 곤궁하며 힘들게 살아가는 모양도 좋지 않아 보인다. 못 쓰고 힘들게 살다가 자식에게 물려주려는 욕심도 자연스럽지 못하다.

나이 들어 자연스럽게 사는 것도 어려웠다. 유튜브에서 김창옥의 강연을 들었다. 그 강연자가 말했다. 자기는 강연은 오후에 있는데 오전 내내 게으름을 피우다가 아침도 못 먹고 점심도 못 먹는다. 그러다가 2시에 강연이 있으니까 2시 15분 전에 정신없이 편의점으로 달려간다. 거기서 삼각김밥, 핫바, 김치, 생수 등을 사서 부랴부랴 먹고 강연장으로 간다는 것이다. 예전에는 가난했기 때문에 그렇게 먹었는데, 지금은 시간의 여유를 가지고 식당에서 먹어도 되는데 왜 그런가를 생각했다. 가격도 오히려 편의점 것이 비싸다는 것이다.

강연자는 자기가 어쩌면 행복하게 삶이 이어지는 것을 두려워하는지도 모른다는 것이다. 행복하면 다시 불행해질 수 있다는 불안이 있기 때문이란다. 행복하면 자기에게 강연도 안 들어올 수 있다는 것이다. 이 대목에서 나는 나 자신에 대해 생각했다. 맞다. 남자는 우리가 정말 가난해서 아무것도 없어서 빚을 내서 집을 장만하고 힘들게 살았던 기억은 하지 못하는 것이다. 나는 너무 힘들게 살았기 때문에 세금을 내도 지키며 빚내서 세금을 내고 살면 되는 것을. 거기에 나라에서 주는 고령 연금을 받으며 편하게 사는 꼴은 꼴불견이다.

국가를 위해서 한 일도 없는 거 같은데 세금 좀 더 내줘서 국가가 힘들지 않게 하는 것도 좋은 일이라 생각했다. 그러다가도 부당하게 세금을 착취한다는 생각을 할 때도 있다. 집을 살 때 국가가 나를 도와준 적이 없기 때문이다. 문정부의 지독한 나라 망하기로 일관하는 것을 생각하면 열통이 터지는 것이지만. 그래도 국가가 살아 있음에 감사할 뿐이다. 가난했던 기억으로 남자의 생각을 물리치기로 마음 먹었다. 그리고 생각했다. 수행하는 스님들이 식사를 조금씩 하고 수행하는 이치를 이해했다.

스님들이 배불리 음식을 먹으면 마음의 수행을 할 수 없는 것이다. 정신이 차려지지 않고 나태하고 게을러질 수 있기 때문이다. 그동안 나는 너무 매사 집착이 많았나 보다. 정신이 맑지 못하게 생활을 하지 않았나 반성을 했다. 식사도 적당히 알맞게 먹어야 되는데…. 몸의 상태가 계속 안 좋아서 많이 먹으면 좋아질 것이라는 생각 때문인데 이것도 집착이 강하다는 느낌이었다. 하여튼 매사 적정하게 집착하지 말기를 빌 뿐이다.

*

## 인생을 창조하다

다른 사람의 인생을 통해서, 그들의 인생 창조법을 나도 배운다. - 이천에 복합문화공간 '라드라비'지은 살아있는 '미용업계 전설' 이상일 대표(2022. 10. 22. 조선일보 주말섹션. 김성윤 기자). 이 문화 공간은 전통한옥과 현대식 빌라 등 22채가 울창한 숲속에 자리했다. 이 별세계를 창조한 이는 한국 미용업계의 살아 있는 전설 이상일(66)씨다. 1980년대 프랑스 국립미용학교를 수료하고 1983년 명동에 '헤어뉴스'를 차렸다. 1987년 허허벌판이던 서울 압구정에 정원이 있는 미용실을 선보였고 이후 도산공원에 미용실, 카페, 베이커리 등을 한곳에 모은 '파크뷰 바이 헤어뉴스'를 오픈하며 청담동 미용실 시대를 열었다.

2012년 은퇴한 이씨는 거대한 캔버스를 가느다란 연필선으로 수천 수만 번 채우는 '펜슬 드로잉' 작가로 인생 2막을 시작했다. 그리고 10년 만에 '라드라비'라는 인생 예술을 일궈냈다. 지난 5월 개관한 라드라비는 약 1000평 규모로 그 전모가 한눈에 들어오지 않는다. 이씨는 먼저 바위 능선 꼭대기에 한옥 3채를 지었다. 한옥 아래로 결혼식, 워크숍 등이 가능한 복합 문화공간이 있다. 여기에는 이씨의 펜슬 드로잉 작품 '뻥 뚫린 상하'가 걸려 있다. 바위 아래 미술관은 작가 이상일의 작품을 전시하고 보관한 공간이다.

- 라드라비(L' Art De La Vie)란 이름은 어떻게 지었나. "어느 날 저녁 아내와 와인 한잔하면서 '여보, 인생이 뭐야, 도대체 이게 뭐지?' 하고 투덜거렸다. 아내가 한참 있다가 '인생만한 예술품이 어디 있어요. 난 인생이 예술이라고 생각해요.'라고 하더라. 듣고 보니 정말 맞는 얘기였다." "부지는 1996년 즈음에 샀다. 건축은 2년여부터 바짝 했다"

- 어쩌다 건물 22채 복합문화공간으로 커졌나.

"은퇴 후 컨테이너 하나 놓고 그림을 그렸다. 어느 가을날 구상이 떠올랐다. 등고선을 따라 미술관, 객실, 레스토랑을 스케치해서 집사람과 상의했다. 아내도 '우리만 살기에는 사치다. 다른 이들과 같이 누리자'고 했다."

- 자연 원래 모습을 최대한 보존하면서 건물을 세운 건가.

"나무와 바위와 흙이 이 산자락의 주인이라는 생각이 들었다."

그래서 이 대표는 도면 없이 현장에서 일꾼들과 트러블을 보듬어주며 지었다. 개관식에 온 지인들은 그래서 미쳤다고 했다. 그는 고2 때 서울로 와서 원래 꿈은 패션디자이너였지만 '보그'의 화보를 보고 남자 미용사가 되기로 결심했다. 그래서 프랑스 국립미용학교를 수료하고 명동서 튀는 광고로 히트하고 '신성일부터 슈즈까지 당대 스타들의 머리는 전부했다'. 당대의 시대흐름을 알아채기 위하여 일년에 4번씩 해외여행을 했다. 2번은 대도시, 2번은 오지로. 감성이 있어야 무언가 보고 자기화를 펼칠 수 있었다. 체험에서 영감을 얻고 감성이 길러졌다.

2012년 은퇴 후 작가로 변신했다. 초등학교 3학년 미술시간에 뒷산에 가서 풍경화를 그렸는데, '하늘이 파랗지 어떻게 붉으냐며 손바닥을 맞았다.' 그후 그림은 안 그렸다. 그런데 어느 날 친구의 말이 "처음 파리 가서는 '어쩜 그렇게 귀신처럼 똑같이 그려내느냐'며 천재 소리를 들었지만, 갈수록 자기 게 나오지 않으니 졸업이 되지 않더란다." 이씨는 하늘이 붉은 거에 자신감이 생겼다.(크리에이티브, 감성) 그 후 가슴이 시키는 대로 그림을 그렸다. 새벽 2시에 일어나서 그림을 그린다. 그것이 행복하다.

자기가 죽을 때까지 행복하게 할 수 있는 것을 찾는 것은 축복인 듯 싶다. 남에게 보여주는 게 아니라 내가 좋아서 하는 것 말이다. 나는 나를 행복하게 하는 것이 무엇일까? 다시 한번 생각해봐야겠다. 나는 스포츠를 좋아한다. 테니스, 수영, 등산… 음식 만들어 먹기도 좋아한다. 여럿이 모여 이바구하는 것도 좋아하고, 여행도 좋아한다. 책읽기도 좋아하고, 뭐 쓰기도 좋아하고, 예술 감상도 좋아하고. 난 너무 많네요. 그러니까 별 볼일은 없겠네요. 그래도 행복해요. 아프지만 않으면.

*

## 70대의 꽃을 든 여자

어떤 작가가 말했다. 그렇게 화려했던 자기의 주변 인물들이 모두 사라졌을 때 작가는 말했다. 그 많던 화려한 꽃들은 다 어디로 갔냐고. 그 의미가 내 가슴에 닿았다. 우리는 지금 모두 화려한 꽃이었다. 그래서 우리는 아직도 싱싱한 화려한 꽃의 잔치를 열기로 했다. 화려한 꽃들의 잔치는 역시 맛난 것을 먹는 것이었다. 나에게 소울 식품은 한겨울의 숯골 냉면이었다. 나는 냉면을 시켰다.

거무튀튀한 발이 굵은 국수에 동치미 국물이 섞여 나왔다. 고명으로 달걀지단과 동치미 무가 올려졌다. 젓가락으로 국수를 한 입 넣고 무를 씹었다. 그리고 매운 겨자장과 식초를 한번 국수 위에 뿌렸다. 그 국물을 한번 들이켰다. 매콤한 겨자와 시큼한 식초, 구수한 국수물이 한입 가득할 때, '아! 이 맛이야.' 그리웠던 옛날의 추억들이 머릿속으로 구불구불 떠 올랐다.

오랜만의 만남은 즐거웠다. 마음껏 포식을 하고 우리는 동학사쪽 카페로 이동했다. 아늑한 분위기와 멀리 보이는 산의 경관이 아름답다. 우아하게 커피를 마시고 못다 한 이야기를 나누었다. 이야기를 하다 보면 시간 가는 줄도 몰랐다. 차를 타고 현충원 산길로 이동하여 빨강 길과 주황 길을 따라 산책을 하며 시간을 보내다가 숙소인 계룡 스파텔로 이동했다. 잠시 쉬었다가 띄울 갈비집으로 가서 맛있는 식사를 하고 노래방으로 갔다.

노래방에서 화려한 꽃 잔치를 했다. 회장님의 노래와 춤, P, J, S, H 등의 노래 솜씨는 가수 같았다. 신청곡도 좋았다. 거리를 거닐며 숙소로 이동했고 늦게까지 윷놀이를 하였다. 100원씩 내는 게임이 재미있었다. 새벽에 사우나를 가고 싶은 사람만 갔다. 친구들에게 못 가는 사람들은 '멘스를 해서 못 가느냐'고 물었다. 모두가 웃었다. 사우나를 하고 숙소에서 과일과 빵, 커피를 마시고 숙소 밖에 있는 소나무 황톳길을 걸었다. 두어 시간 걷고 박속 낙지탕집으로 이동해서 시원한 낙지탕과 굴회를 땀을 흘리며 맛있게 먹었다.

전망 좋은 동학사 카페로 이동했다. 산등성이가 마주하는 창밖은 환상의 장소였다. 거기서 정치, 경제, 문화, 교육 등 다양한 이야기를 하며 즐겼다. 끝으로 Y친구 운전자의 소개로 춘화와 조각상을 감상했다. 거기서 처음으로 인간의 남녀 성기를 그림과 조각으로 확인했다. 얼굴이 화끈하고 쑥스러웠다. 그렇게 적나라한 모습은 처음이었다. 차 시간이 되어 곧 터미널로 갔다. 거기서 안내를 해준 친구들에게 고맙다고 인사를 하고 헤어졌다. 그렇게 꽃들의 잔치를 우리들이 건강했기 때문에 잘 끝냈던 것이었다.

*

## 손자들이 이제 제법 커졌다

웅이는 덩치가 남산만해졌다. 키가 아빠보다 컸다. 작은애 예도 키가 어깨까지 올라왔다. 둘은 만나면 투덕거렸다. 예는 오빠가 때린다고 난리를 쳤다. 나는 애들에게 테니스 라켓을 주고 공을 위로 던져서 다시 받아 올려서 또 치는 연습을 시켰다. 웅이는 100

번을 예는 50번을 쳐올리는 연습을 시켰다. 처음에는 공이 올라가지를 않았다. 몇 번 연습을 하고 웅은 잘 쳐올렸다. 예도 처음에는 잘 안 됐는데 연습을 계속하니 잘 하지는 못하지만 서너 번씩 받아서 쳐올릴 수 있었다. 그래서 웅은 200번을 시켰다. 예는 100번을 시켰다.

누워서 나는 웅에게 말했다.

- 너, 국어, 영어, 사회, 역사, 아니면 수학, 과학, 화학 등 어느 과목을 좋아하냐? 다시 쉽게 말하면, 사과, 참외, 토마토, 배, 감 등에서 네가 좋아하는 과일이 뭐야?
- 파인애플요.
- 그래, 시큼하고 달콤한 파인애플이 좋듯이 과목중에서 무엇이 좋으냐고.
- 이과, 문과 같은 거요?
- 응, 그거 맞아.
- 수학이 좋아요. 화학 같은 거는 모르고요.
- 그래. 넌 그럼, 이과다.
- 예는?
- 난 할머니, 국어가 좋아요.
- 그럼, 너는 문과다.
- 할머니는 처음에 수학과를 좋아했는데, 그 당시 대학에서 처음 신설과목이라 과가 션찮아서 국어과로 갔지. 가서 학사 때는 문과를 공부했어. 소

설과 시를 주로 공부해서 학사 학위를 받았어. 그런데 대학원을 가려니까 국어과 중에서 수학적인 곳이 어학이었거든. 문법이 약간 수학적이야. 그런데 그 언어를 고대냐? 중세냐? 현대냐?를 가르는 거였어. 그리고 박사로 가서도 다시 언어적이면서 새로운 분야를 연구하는 거였어. 그런데 박사를 끝내고 교수가 되는데 교수는 국어 전반적인 것을 학생들에게 가르쳐야 하는 거야. 예를 들면 교양과목은 모든 학생이 들어야 하는 것이거든. 문과든, 이과든. 대강당에서 500명씩 학생을 가르칠 때 교양과목은 문학적인 것과 어학적인 것을 다 가르쳤어. 그렇게 십여 년 이상을 가르치면서 어학보다는 문학이 더 재미가 있는거야. 할머니는 소설 책도 좋아하고, 학생들 글쓰기도 지도하면서 결국 할머니도 글을 쓰게 된 거라고.

- 그런데 할머니가 교수를 하고 강의를 많이 해도 경제가 부족한 거야. 셋방 사는 것을 벗어날 수가 없었어. 그래서 교수는 돈을 버는 직업이 아니구나 생각하고 다시 부동산학과를 들어가서 공부를 해서 석사를 받았지. 그리고 집도 살 수 있었어.

- 내가 말하는 것은 자기가 좋아서 하는 일이 돈이 될 수도 있고 그러면 좋겠지. 그런데 돈이 안 벌릴 수도 있다는 거야. 그러니까 좋아하는 일과 돈을 벌어야 하는 일이 다를 수 있다는 거야. 알았지?
- 네.

- 웅이는 세계 어느 나라를 가고 싶어?

- 난 가고 싶은 데 없어요. 저는 그냥 우리 집이 제일 좋아요.

- 그래? 너 웃긴다.


- 예는 어느 나라를 가고 싶어?

- 나는 할머니, 일본이 가고 싶어요.

- 왜?

- 나는 일본 노래가 좋아요.

- 왜?

- 일본 노래는 높은 고음이 좋아요.

- 우리나라도 있는데….

- 일본 노래가 훨씬 높아서 좋아요. 그리고 그 음악을 들으면 속이 시원해
  서 좋아요.

- 그렇구나.


- 알았어. 생각해보자. 갈 수 있을지. 시간이 많이 흘렀네. 늦었다. 빨리 너
네 집으로 가라.


애들은 할미 하브를 안아주고 떠났다. 이튿날 아침에 코알라 인
형(골프칩이 달린 것)이 옷장 가구의 고리에 매달려 있었다. 갑자기
웃으며

- 어, 이거 누가 매달았지? 웅이? 아니면 예?

- 코알라 누가 매달았어요?(카톡에 사진을 찍어보내며)

- 저요(ㅎㅎ).

- 재미있네요. 하브가 좋아해요. 야, 예는 소통이 짱이에요. 훌륭해요.

- 감사합니다. 그런데 소통의 짱이란 말은 처음 들어봤어요.


- 코알라 인형 누가 장롱에 매달았어요?

- 예가 달아 놓았을걸요.

- ㅎㅎ 좋아요. 웅이도 소통이 짱짱입니다.

-(큰곰과 작은곰이 씩씩하게 으르대는 그림이 보내졌다)


   손자와 손녀랑 소통할 수 있는 것이 좋았다. 친구들 중에는 자식이 이민을 가버려서 손자 손녀들의 냄새를 못 맡았다고 하소연을 하기도 한다. 거기에 작은딸처럼 시집을 못 가서 손자가 없으니. 어쨌든 국가적으로나 경제적으로 나라가 큰일이라는 생각이 든다. 또한 애들이 결혼을 해서 애기를 낳지 않으니 큰일이다. 아니면 결혼할 생각을 안 하니 말이다. 부모의 마음을 헤아리지 못하는 망나니들 때문에 부모들은 애간장을 태운다. 무슨 놈의 세상이 순리대로 살려 하는 것이 없다. 무슨 큰 업적을 세운다는 것인지. 알수 없는 세상으로 바뀌고 있는 것 같다.

*

## 가슴이 뛰는 일은 무엇인가

나태하고 편안함이 좋습니다. 그러나 그것은 자칫 게으름으로 이어질 수 있는 거 같고 그것이 계속되면 오히려 몸이 느려지고 힘이 빠져 아픈 사람 모양 움직이기도 싫어집니다. 이런 현상이 나는 싫습니다. 그래서 무슨 일이 생기는 편이 낫습니다. 그 일을 하기 위해 시간을 내고 만나고 일처리를 하다 보면 힘이 나는 것처럼 보입니다. 사실 힘이 나기도 하고요. 그러니 나이 들어 노인이 되면 자리에 누워 자리보전하는 일이 많아진다는 것이다. 그것은 더 몸이 쇠약해지는 길일 것이다. 친구 어머님들이 그렇다고 들었는데 우리도 이제 그 시기가 가까워지는 것을 느끼고 있다.

이제 좀 더 적극적으로 친구들을 만나고 밖에서 시간을 보낼 수 있는 일들을 찾는 것이 좋지 않을까. 어머니라는 역할은 자신을 망치는 일일 겁니다. 아픈 친구가 시집간 딸의 생일이라고 미역국과 여러 가지 음식을 만들어서 갔다 주었네요. 그리고 치료를 받으러 병원에 가는데 아주 힘이 들었다죠. 몸은 힘들다며 부작용이 많이 났겠죠, 목소리가 안 나오고, 혀가 말리면서 발음이 흐트러지고 말았죠. 자기 몸이 새로운 변이로 움직이고 있는데 딸을 위한다는 생각만이 강해서 자기 몸이 자멸하는 것을 보지 못하는 것이 안타깝죠. 어머니라는 역할은 어쩌면 희생하는 것이 아닐까요? 그런데 희생했다고 어머니 몸이 금방 사그라져서 죽지는 않죠. 오히려 몸이 망가져 죽음의 시간을 길게 늘려서 자식들에게 미움을 받을 수 있다는 거죠.

이제는 몸이 망가졌고 나이도 들었으니 자식과 거리를 두고 내 몸을 우선적으로 보살피며 더 나쁘지 않도록 대처하는 게 좋다는 것입니다. 자식 생각은 그만해야겠죠. 작은딸과의 싸움도 끝나가는 듯합니다. 결혼 못 한 것에 대한 애증은 많지만 어쩌겠습니까? 선을 넘지 말라며, 발악을 하는데요. 결혼 못 한 자식을 둔 모든 부모의 심정은 똑같을 것입니다. 친구에게 물었어요.

- 너네 동생 나이가?
- 66세.
- 아직도 결혼에 대한 생각을 하니?
- 그럼, 내 동생 좋은 남자가 있으면 소개해 줘.

인간의 본능이 결혼해서 가정을 가지고, 애기를 낳는 거라고 생각합니다. 그것이 동물의 본능이고, 인간의 본능이라고 생각합니다. 내 딸은 아니라고 부인하지만 그것의 정체는 아니라는 생각입니다. 시기적으로 너무 늦어서, 자존심도 상하고 이거저거 스스로 말할 수 없는 그 무엇이 있겠죠. 그러나 언제나 자기는 자신 있는 모습? 내가 봐서는 그런 게 뭐가 중요합니까. 솔직히 결혼 못 한 것을 후회하며, 지금이라도 결혼하고 싶다고 말하는 것이 솔직한 거 아닙니까? 식사시간에 당당한 모습으로 제 목소리만 높여 자기 이야기로 떠드는 것도 나는 꼴불견입니다.

이치에 맞지 않다는 생각이 드는 거죠. 각자 자기의 나이에 자기 모습의 옷을 걸치고 자기가 살아가는 이야기를 하며 사는 것이 정말 삶의 이야기이며, 어쩌면 축복의 이야기라는 생각을 했습니다. 이제 봄이 오고 있네요. 이 동네 사시던 화려했던 할머니와 할아버지의 꽃들이 대부분 사라졌죠. 다음은 언젠가 우리의 시대가 사라지겠죠.

\*

## 좋은 아침

- 올해는 그냥 회식을 안 하고 지나가려 했는데. 내가 제안했지. 남자의 가까운 친구도 죽었는데 1년 동안 우리들이 무사히 테니스를 쳤으니 회식을 하는게 좋겠다고. 깍두기로 쳐준 멤버회장의 남편도 부르자고. 미국

친구와의 식사 모임은 연초로 하자고 했다. 그래도 함께 콘도도 못 가는 막내와 큰애를 불러서 점심을 참치집에서 먹었다네. 못난 새끼 더 챙기자며. 더 늙으면 그것도 쉽지 않겠다는 생각을 한다.

우리 집 남자 소원이 노래방 가기 아닌가. 양꼬치집에서 저녁식사를 거하게 하고 모두들 함께 노래방을 갔다네. 거기 가서 열나게 노래를 부르고 늦게 집에 왔다네. 커피와 술이 과했던지 밤새 잠이 안 와 뜬눈으로 밤을 샜다네. 남편이 행복하다면 돈을 내도 즐거운 거지. 요즘은 돈을 내는 것도 수행이라는 생각이 들더라고. 나이 들면 손이 오그라들어 돈을 내기가 어려운 거 같아. 받는 것도 싫고, 자기가 사는 것은 더 어려운 거 같고. 나이가 들수록 수행 공부할 것이 더 많아졌어. 이유들도 많아지고.

*

사랑이 지나치면 간섭이 된다는 말이 맞습니다

미국 친구에게 말합니다.

- 너 마지막 인생은 한국이야? 아니면 미국이야?

친구는 고민합니다. 자식들과 친족들이 모두 미국에 있으니 몸이 부실해져 가고 나이가 많아지니까 어디서 살아야 하는지를 고민하고 있었습니다. "네가 살고 싶은 데서 사는 거지 뭐." 세월이 갈수록 고민이 되기는 하겠네요.

- 엄마 아프기 전에 재산을 분류해 놓으세요.
- 나 아직 80세가 안 되었어. 외할머니는 80세에 자기 유품을 이모들에게 나누어 줄 것을 써놓았더라. 나도 80세는 돼야지.

나도 유산이라는 것을 언젠가는 분류해 놓아야겠구나. 친구 남편이 갑자기 죽어서 사달이 난 것이 많았다. 먼저 부인이 죽어서 재혼한 것이 탈이었다. 전실 자식과 후처로 온 후처 자식 간의 싸움이다. 그런데 후처 자식은 후처가 데리고 온 자식이기 때문에 더 갈등이 심했다. 재산이 너무 많아서도 문제가 더 컸던 것이다. 평생 법정싸움으로 자식들이 살게 될 것이리라.

Y친척이 어느 날 건강검진에서 폐암이라고 진단 받았습니다. 나는 나이가 70세 넘으니 무조건 수술을 하면 안 된다고 충고했습니다. 왜냐하면 일본의 유명한 의사가 4만 명의 암 환자를 조사했는데 70세가 넘으면 암 수술을 하거나 안 하거나 10년을 산다고 통계

를 발표했다. 수술을 하면 누워서 치료하며 10년을 살다가 죽을 것이고, 안 하면 걸으면서 약 먹으며 10년을 산다고 했다. 그리고 100살까지 사는 사람들도 죽은 후 몸속에 다 암을 가지고 함께 살았다는 것이다. 그리고 요즘 의사들은 너무 돈에 대한 집착이 강해서 과잉 진료가 많았다.

의료보험 공단에서는 국민들에게 공짜 의료 진단이라며 수시로 독려했다. 국민은 무조건 공짜라며 진료를 받았다. 그런데 진료 받은 국민이 수시로 암처방을 받아 1년 안에 죽는 경우가 많았다. 나는 요즘 회의를 가졌다. 정말 국민을 위해서 진료를 하는 것인가 하고. 오히려 암환자를 만들어 내서 수술하게 하고 국민의 돈을 갈취하는 느낌이 들었다. 이제 의사들을 믿을 수 없는 것이다. 남편 친구도 그래서 죽은 것이다. 멀쩡히 우리랑 골프 치러 잘 다니는 사람이 정기 의료보험 진료를 받았다.

물론 그 친구는 건강염려증이 강했다. 수시로 검진을 받았다. 그리고 정기 검진을 받는데 우리랑 산책하며 간에 작은 암을 발견했다고. 그러면서 세브란스병원에서 수술을 할 거라고 했다. 나는 그 부부에게 다른 곳 특히 아산병원을 한 번 더 알아보고 수술하라고. 그 부인은 어련히 의사가 알아서 해줄 거라고 믿고 있었다. 나는 어이가 없었다. 세브란스병원에 있었던 남동생이 좋은 의사라 했다고, 그 부인은 강조했다. 나는 속이 터졌다. 고집 센 것을 어찌

할고. 알아서 하겠지. 조금 있다가 그 친구는 수술했다. 그 부부는 간이 몇 개월만 지나면 자라난다고. 나도 그런 소리는 들었었다.

남편 친구가 처음에는 씩씩했다. 산책도 하고 골프도 쳤다. 나는 요즘은 확실히 의술이 좋아졌나보다고 생각했다. 몇 개월 후 간에 약간 다른 쪽에도 번져 있어서 수술을 한다고. 아니? 처음에는 작아서 간단히 수술을 한다더니 번졌다고? 그리고 수술을 했다. 그 친구는 금방 사그라져 가는 것이 나타났다. 나는 그 부부를 욕했다. 무슨 놈의 간이 금방 자라나느냐고요. 나이가 칠학년이 넘었는데 어떻게 간이 금방 자랄 수 있겠나. 먹는 것이 흡수가 되지 않는 시기인데. 그 친구는 눈에 띄게 허약해져 갔다. 그 후 몇 개월 동안 만나지 못했다.

아마도 수술 후유증으로 병실에 계속 누워 있었을 것이다. 날이 갈수록 더 허약해질 수밖에. 더구나 약물 치료, 항암 치료 등으로 병원을 수시로 갔을 것이다. 1년 넘어 우연히 만났을 때 그 친구는 정상인이 아니었다. 걷기는 하되 리듬이 깨져서 정상인처럼이 아닌, 환자상태로 비정상인이 되었다. 말도 어눌했다. 상태는 나빴다. 그러나 부인은 남편의 상태를 정상인으로 해석했다. 나는 답답했다. 그리고 얼마 있다가 허리가 너무 아파서 다시 허리 수술했다고. 갈수록 태산이었다. 칠학년의 몸을 수술로 난도질 하는 격이었다.

3번의 수술은 결코 돌아올 수 없는 길이라고 생각했다. 한두 달 후 결국 그 친구는 심정지로 소풍을 가고 말았다. 나이 칠십 이상 환자는 일본의 암환자 4만 명을 연구한 의사 말대로 암을 수술해도 10년, 안 해도 10년이라 했다. 그 친구가 수술을 안 했으면 신나게 10년 동안 골프 치며 살다 갈 수 있었다. 그런데 수술의 부작용으로 1년 반만을 아프게 살다가 누워서 소풍을 가버리게 된 것이었다. 나는 그들 부부가 좀 서두르고 지혜롭지 못한 것이 안타까웠다. 우리 부부가 함께 10년을 같은 아파트에서 오순도순 골프 치며 살았는데…. 어느 날 혹 떠난 친구, 그 친구의 사무실 앞을 지나갈 때면 아련히 그 친구 모습을 그리며 그리워했다. 아! 그리운 그 친구여!

*

## 비행기를 못 타봤어요

웅이가 6학년을 졸업했다. 그런데 자기는 비행기를 한 번도 못 타봤다고. 웅이가 어렸을 때 비행기를 탄 것은 기억하지 못했기 때문이었다. 그래, 그럼 비행기를 타보자고. 웅과 예를 위해 우리 식구들은 제주도에서 만나기로 했다. 2월 둘째 주 주말이었다. 우리도 그동안 코로나로 비행기를 타보지 못했다. 3년이 넘었다. 공항 시스템은 바뀌었다. 예전에는 줄을 서서 여권 심사를 하고 좌석 배당을 받았으며 티켓을 끊고 짐을 부쳤다. 이제는 각자 알아서 티켓을 끊고 좌석을 체크해서 좌석을 배당받았다. 나이 든 사람들은 기계조작이 어려웠다. 큰딸이 한꺼번에 티켓팅을 해서 좌석배당을 받았다.

비행기를 처음 탑승해서 비행기가 이륙할 때 떨림이 심해서 벌벌 떨던 생각이 났다. 탑승자들은 비행기가 이륙하면 성공했다고 박수를 쳤는데…. 물론 그 당시 잘 착륙했을 때도 탑승객들은 박수를 치고 좋아했었다. 이제 웅이와 예는 탑승을 하고 창밖을 보며 열심히 사진을 찍었다. 손자들은 새벽 4시에 일어나서 공항으로 이동했고, 티켓을 끊어 6시 반 비행기를 탄 것도 공부였다. 제주도에 내리니 경관이 달랐다. 애들은 가로수 나무가 특별하다고 지적했다. 우리들은 하차장으로 이동했다. 버스를 타고 렌터카 회사로 가서 주문한 차를 타고 비자림숲을 방문했다.

먼저 햄버거로 식사를 하고 비자씨 찻집에 들러 커피와 음료를 마셨다. 총 인원이 8명이었다. 3대가 가는 특별한 여행이었다. 천년의 비자나무 숲에는 온갖 풍장을 이겨낸 최고령 나무가 있었다. 우리는 길을 따라 비자나무숲 길을 걸었다. 걸어서 가다가 천년의 숲 비자림 앞에서 인증샷을 찍었다. 남동생네, 큰딸네, 작은딸, 우리 부부는 각자의 포즈를 취하고 찍었다. 남동생이

- 어? 그런데 왜 새소리가 없는 거지?
- 그거야, 비자나무에 벌레가 없으니까 새가 없는 거겠지. 먹을 것이 있어
  야 새가 있는 것인데 비자나무는 벌레가 살 수 없는 거겠지.
- 맞네요. 맞아요.


숲에서 두어 시간을 보내며 산책을 했다. 공기가 맑아서 산책하
기에 좋았다. 그곳에서 우리는 에코랜드로 이동하기로 했다. 여동
생이 청주에서 안개 때문에 비행기가 뜨지 않아서 늦게 도착했다.
우리는 차로 막내동생을 맞이하러 갔다. 길에서 동생을 태우고 에
코랜드로 움직였다. 긴 열차용 기차를 타고 9명이 줄지어 구경하
며 관광을 했다. 내렸다가 산책을 하고 애기들이 놀이동산에서 즐
기는 문화였는데 손자들은 그 놀이동산 유형이 아니라며 거절을
했다. 그냥 기차를 타고 한 바퀴를 돌았다. 그리고 예약한 숙소로
이동했다. 짐을 풀고 다시 맛있는 식사 장소로 이동했다.


갈치 한 마리씩 구워놓았고 뚝배기 찌개에 게와 전복, 돼지불고
기 등 푸짐한 한 상이 차려졌다. 우리는 허겁지겁 맛있게 먹었다.
숙소 근처는 경관이 좋았다. 함덕 해수욕장을 산책했다. 푸른 바
다가 시원했다. 바다를 산책하고 주변을 탐방했다. 저녁 때 식자재
마트로 이동했다. 물가가 엄청 쌌다. 방어회, 우럭, 연어 등을 샀
다. 상추와 양상추 깻잎 등도 주변에 비닐하우스 농장이 있어서 엄
청 싸고 싱싱했다. 마트를 들르고 숙소로 와서 맛있는 저녁 식사

를 했다. 사람이 많으니까 식구들은 시끄럽게 이바구를 하며 맛있게 먹었다.

저녁에는 손자들과 화투를 엎어놓고 짝 맞추기 놀이를 했다. 나는 잘 기억이 없어서 짝을 맞출 수가 없었다. 애들은 짝을 잘도 맞췄다. 나는 두뇌 기억이 많이 떨어져서 그들과 시합을 할 수가 없었다. 화투 놀이도 모두 까먹어서 패를 돌릴 때 바닥에 몇 장 깔고 몇 장 드는지도 잊어버렸다. 내 머리가 한심하구나를 생각했다. TV를 보는 이, 핸드폰을 보는 사람, 누워서 잠자는 사람, 밖에 나가서 술 먹으러 가는 사람 등 각자 자유시간을 가지며 늦게까지 있다가 잠이 들었다.

이튿날 대충 아침을 먹고 9시에 숙소를 떠나서 섭지코지로 이동했다. 해변을 따라 산책을 하고 등대지기까지 등성이를 걸어갔다. 거기서 인증샷을 찍고 시원한 바닷바람을 쏘이며 주차장으로 이동했다. 곧 아쿠아룸으로 이동했다. 멋진 수족관에서 상어와 물고기 떼를 구경했다. 완전 바다 넓이의 터널을 따라 사람들이 물고기와 춤을 추는 광경을 구경했다. 거기서 서너 시간이 소요됐다. 우리는 동남쪽에서 서쪽인 서귀포 쪽 호텔에 점심을 예약했다. 서둘러 차를 타고 이동했는데 예약이 너무 많아서 탈락했다.

다시 이동하여 근처에서 해장국으로 요기를 했다. 그리고 영상 뮤지엄을 예약했는데 가기 전에 임이사의 호텔 방을 방문했다. 분쟁이 생겨 세입자를 구하지 못했단다. 그리고 그 옆에 있는 임이사의 귤밭으로 이동해서 남겨진 귤을 비 오는데도 배낭에 따서 담았다. 모두들 신이 났다. 비는 쏟아지는데 귤을 마구 손에 잡히는 대로 따서 배낭에 담았다. 그리고 영상 뮤지엄에 도착했다. 환상적 폭포가 쏟아지는 장면이 연출됐다. 거기서 인증샷을 찍었다. 꽃잔치가 열려 있는 영상, 유럽의 화가가 진열되어 있는 영상, 멋진 전등의 영상 등을 관람하고 숙소로 이동했다. 비는 갑자기 폭우로 변했다.

숙소로 이동해서 마트에 들러서 사 온 제주도의 특산물 제주 흑돼지 삼겹살과 소시지로 만찬을 즐겼다. 그리고 늦게까지 이바구를 하고 잠을 잤다. 이튿날 새벽에 숙소를 떠나 서울 비행기를 타고 왔다. 오자마자 출근자들은 서둘러 사무실로 가기 위해서 서로 안녕을 외치며 헤어졌다. 제주공항에서 이미 여동생은 청주행을 타고 헤어졌다.

아무 탈 없이 손자 비행기를 태워보자는 약속을 끝내서 다행이었다. 내 나이가 많다는 생각이 들었다. 더 이상 무슨 계획을 세운다는 것이 쉽지 않다는 것을 깨달았다. 그래도 모든 가족이 함께 이렇게 많이 대이동을 할 수 있음에 감사했다. 이것은 분명 행복이었다.

*

## 점심상 차려 먹기

12시 반이 되면 계속 전화가 오네. 아마도 시어머니 전화일 거야. 남자는 나를 도와주려고 식탁을 닦으려고 행주를 들었는데, 전화벨이 울리는 거야. 얼른 행주를 들고 가서 식탁을 닦았지. 지금 식사시간이 늦어지는데 전화가 길어지는 거야. 시금칫국을 끓여서 식탁에 고무판을 깔고 얹어 놓았어. 오븐에서 갈치를 구워 접시에 담아 전자레인지로 1분 다시 돌려서 식탁에 놓았어. 찬밥을 레인지에 데워서 식탁에 놓았어. 전화가 길어지니까 속에서 불이 났어. 그런데 왜 내가 화가 나는 거지? 그거 이상한 거잖아.

유튜브에서는 시끄럽게 여당과 야당이 싸우고 있는 모습을 보여주고 있으니까 더 머릿속이 시끄러워져. 겉절이 김치를 다시 버무려서 좋아하는 젓갈김치로 섞어 버무려보라네. 큰 양푼에 배추김치를 쏟았어. 그리고 멸치 액젓 새로 담은 것을 국자로 건더기까지 건져서 김치에 넣었어. 고춧가루도 더 많이 듬뿍 넣어서 버무렸어. 맛이 있을지. 하여튼 주물러서 새빨간 배추김치로 만들어서 통에 담았어. 먹을 만치만 종지에 담아 밥상 위에 놓았어. 30분이 지나니까 시어머님 전화가 끝나데. 1시가 넘어섰네.

점심이 늦어지면 저녁도 늦어지니까 싫더라고. 그러면 잠잘 때 배가 더부룩해져서 소화가 안 되니까. 그런데 오늘 점심 상 차리기는 힘이 들면서 짜증이 나네. 달걀 프라이도 휘리릭 레인지로 돌리고 마는데. 나에게 문제가 있나 봐. 감사하는 마음이 안 들고 불편하고 힘들고 짜증이 생기냐고. 그래서 마음의 공부를 해야 하는데. 몸과 마음을 수련하는 수양이 필요한 걸 거야. 그냥 기도를 하자. 수행의 기도를. 아침부터 기침이 심해서 병원에 갔다가 와서 약을 먹고 잤는데 일어나기도 싫었어. 여러 가지 후유증이 나쁘게 나타났나 봐. 무조건 기도하며 극복해야지.

*

## 나를 다시 발견하다

오늘의 몸 상태는 좋아졌어. 아침상을 차려주는데 몸에서 짜증이 안 나네. 아침 일찍 오리발을 끼고 수영을 열나게 하고 와서 그런가? 하여튼 나의 짜증이 상대방으로 옮겨지지 않으니 다행이야. 내가 나를 체크하는 거지. 나는 운동을 열나게 해줘야 하는 거 같아. 운동에 집중을 하면 정신을 집중하게 되고, 휴식 때는 몸과 마음이 이완되면서 에너지가 서서히 충전되나 봐. 만일에 나태한 상태에서 집에만 있으면 온몸이 쑤시고 아픈 곳만 나타나는 거야. 눈은 게슴츠레 떠지고 정신은 몽롱하여 도무지 깨어나지를 않는 거야.

갑자기 40년 전이 생각이 나네. 그때는 왜 그리 몸이 쑤시고 아팠던지. 아이 둘을 키우는데 그것이 그렇게 힘이 들었던지. 우선 자신을 주체하지 못하는 것이 괴로운 거였어. 온몸이 고무줄처럼 흐느적거렸어. 거기에 저혈압이라 힘이 빠져서 매사 힘들고 괴롭기만 했으니까. 그런데 어느 날 남편이 나에게 공부를 시작해 보라는 거야. 그래서 한 번 해볼까? 생각했지. 나는 행동이 빠르거든. 이튿날부터 영어 토플 책을 사다가 무작정 시작했지.

영어를 공부하자 나는 아는 게 하나도 없는 거야. 그때 정신이 번쩍 들더라고. 그렇게 공부를 시작했는데 몸이 살아나는 거야. 그래서 석사 박사를 따게 됐지. 나는 어쩔 수 없이 뭔가 얽매이고 적당히 시험 보는 스트레스를 받아야 삶의 활기가 생기는가 봐. 그래서 내가 이렇게 글쓰기를 하는지도 몰라. 위대한 글쓰기가 아니라 몽롱한 정신세계를 벗어나, 정신 차리고 사는 모습을 기술해 보는 거지. 글을 쓰면서, 몽롱한 안개가 사라지면 살아있는 모습이 진정으로 나타나겠지.

오늘은 아침에 수영을 갔다 오고 오후에 테니스를 치러 가는 날

이야. 그래서 먹기 싫은 밥도 신경을 써서 먹게 되거든. 내 어머니처럼 찬물에 밥을 말아서, 훌쩍 삼켜버려서 배가 부르면 나도 만족하더라고. 그게 빠르고 배도 불러서 괜찮다고 생각하지. 그런데 그렇게 먹고 살면 언젠가 단백질 부족으로 어머니처럼 다리근육이 사라져서 요양원의 케어를 받으며 살 수밖에 없다는 거야. 그러니까 단백질에 신경을 쓸 수밖에 없지. 오늘 다시 생각했지. 운동하는 날은 육고기를 사다가 특식을 분명히 해먹겠다고.

그리고 운동 없는 날은 특별히 뒷동산에 가서 10분 동안 달리기를 해보자고. 그럼 정신없는 몽롱한 날이 안 생길 것 같다고 생각하는 거지. 아무튼 내 안의 나를 다시 발견하게 되었어,

*

## 어느 날 갑자기 전화가 왔어

- 잘 있었냐?
- 응.
- 웬일?

- 야, 네 큰딸 예뻐졌더라. 우연히 페이스북을 보았는데 엄청 예뻐졌더라.

(40 넘어 애들이 중학생인데 지금 예뻐졌다는 것이 무슨 의미인가. 어렸을 때 얼마나 못났으면 지금이 그렇게 예뻐졌단 말인가. 그 얼굴에 그 판인데. 단지 살이 빠졌는데….)

- 테니스를 쳤으니까 살이 빠졌겠지.
- 그냥 예뻐져서 축하해주려고.
- 넌 잘 지내고 있지?
- 응.

(갑자기 할 말이 없었다. 뭔가 공유할 만한 거리가 없는 것이다. 나는 다른 말을 해야겠다.)

- 언제 밥이나 한번 먹자.
- 그래.

그리고 끊었다. 며칠 후 나는 다시 전화를 했다. 한가한 시간이 다음 주 수요일 같아서 전화했다.

- 너 다음 주 수요일 시간 있니?
- 응, 있어.

- 점심 먹자고. 어디서 만날까?

- 그런데, 뭘 배우는 것이 있어서 11시 반에 끝나는 것 같아. 광주 쪽에.

- 그럼 분당 쪽으로 우리가 갈게.

- 그럼 고맙지. 우리가 12시 반쯤 갈 수 있어.

- 어디서 만날까?

- 소오정?

- 나 모르는데?

- 한정식은 나 안 먹기로 했어.

- 참치정식 같은 거 없나?

- 모르겠는데?

- 우선 분당의 먹자골목이 좋을 것 같아.

- 일단 12시 반경 만나자.


　　잠시 후 인터넷을 찾아 야탑점, 달인 참치집으로 시간을 약속했다. 언젠가 친척이 죽어서 상갓집에서 그를 잠시 만났다. 그때 그는 나에게 말했다. 좋은 일 있으면 자기를 불러달라고. 그는 귀한 고모의 큰아들이다. 고모는 큰아들의 존재를 신의 존재만큼? 어쨌든 최고의 존재로 여겼다. 며느리 또한 그러했다. 물론 나도 큰 조카로서 엄지손가락만큼 귀히 여겨주셨다. 어렸을 때 기억으로 고모네는 부자였고 우리 집은 가난했다. 고모네는 T도시 중에, 강남 쪽의 신흥지역에 살았고 우리 집은 철길 넘어 강북 쪽 산비알의 끝에 살았다.

그러나 고모네와 우리는 소통을 잘했다. 수시로 고모는 밍크옷을 입고 우리 집을 방문하면 동네 사람들은 부잣집 고모가 왔다며 소란을 피웠던 기억이 난다. 초등학교부터 가정교사를 두고 큰아들을 공부시켰다. 제일 중학교에 들어갔고 고등학교는 서울로 유학 와서 경기고등학교를 다녔고 서울대를 들어갔다. 동네에서 인재가 나온 것이다. 그 후 교수가 되었고 이제 퇴직한 지 한참이 지났다. 세월은 빠르다. 우리도 마찬가지다. 이 나이에 코로나를 넘겼고 살아 있음에 감사할 일이다. 어떻게 변했는지 서로가 궁금하다. 그래서 기대가 된다.

*

## 오후 저녁의 일상

저녁으로 밥을 먹기는 해야겠는데, 먹고 싶은 마음이 없으니. 그래도 먹어둬야 힘이 생길 텐데…. 저녁 밥을 안 먹으면 내일 새벽 수영장에 가서 수영할 힘이 없을까 걱정되기도 한다. 뭘 먹을까? 늦었는데, 거하게 먹는 것도 위장에 부담을 주는 것일 테고. 가볍게, 그러면서 섭섭하지 않을 것이 뭘까? 점심에 먹던 무 명태탕이 있으니 남자에게 국으로 차려주면 되겠네. 그리고 야채로 양배추 샐러드하고 토마토, 김, 생 샐러드, 생 마늘종을 차려야겠다. 남자는 입맛이 없다며 맥주를 한잔하겠다네. 나도 와인 한잔 곁들여야겠다. 안주로 소시지 굽고, 닭 날개를 오븐에 구워서 먹으면 좋겠다.

식사로 냉장고에 먹다 남은 잡채를 데워 저녁식사 대용으로 해도 되겠다. 우선 와인이 독하니까 냉수를 타서 물처럼 훌훌 마셔야겠다. 술 한 모금을 훌훌 들이켰더니 정신이 몽롱하면서 몸과 마음이 부드러워졌다. 술의 힘으로 혈압이 상승되면 몸이 새털같이 가벼워졌다. 이제, 모든 허드렛일을 다 할 수 있을 것 같다. 그런데 갑자기 내가 잘 살고 있는건가를 생각했다. 지금 이렇게 사는 것이 잘 살고 있는 건가? 요즘 매사 마음의 동요가 없었다. 그것은 서서히 감정이 메말라가는 기분이었다. 정서가 메말라서 뭔가 잘못되는 거는 아니겠지. 그리고 핸드폰을 뒤적이다가 갤러리 사진을 보고 옛 생각이 났다. 곧 글쓰기를 하고 싶었다.

*

# 좋은 아침

새벽에 눈을 떠서 TV를 켰어. 수영장 가기 전에 잠시 잠을 깨는 작업이야. 첫 채널은 무슨 효자 집에서 아들이 어머니 볶음밥에 오뎅국을 끓여주는 장면이고. 다음 채널은 의사가 의료의 역사에 관해서 이야기를 했어. 처음에 수술을 했을 때 오염이 되어 사람이 곧 죽더라는 거야. 그리고 석탄수를 발견했는데 수술할 때 바르고 하면 곧 치료가 되었다나. 그래서 그 석탄수를 속병치료에 사용했는데 오염이 되어 더 빨리 사람들이 죽었다나 봐. 겉면 치료에는 좋지만 내장 치료에는 온몸으로 염증이 퍼져서 더 빨리 죽게 되었대. 그리고 수영장으로 가서 수영을 했다네.

수영 끝나고 집으로 왔어. 남자의 아침상을 차렸지. 만둣국, 고구마, 비트와 당근, 사과 주스, 강황과 여러 종류의 염증 예방 주스…. 그리고 냉장고에 있는 야채들을 정리했어. 시금치나물, 봄동나물 등을 데치고 무치고 정리했어. 묶음파 단도 잘게 썰어서 냉동실에 넣고 내일 먹을 주스도 닦아서 다시 갈아서 포장하여 김치냉장고에 넣고 설거지를 하니까 시간이 금세 가버렸네. 10시 30분이 되었어. 대충 점심 먹을 된장찌개를 끓여 놓았어. 야, 시간이 왜 그리 빠르게 가는 거야. 터키에서 온 후배를 만나러 가야 하는 시간이네.

갑자기 옛날이 생각나네. 학교 근무해야지, 애들 밥 먹이고 도시락 챙겨야지. 집안일 대충 정리해야지. 늦으면 애들 저녁 찬과 국도 챙겨야 했던 시절. 그에 비해 지금은 너무 행복한 건데. 시간도 널널한데 말이야. 내가 노느라고 바빠요 바빠. 친구들이 너 너무 노는 거 아니냐고 하는데. 나는 놀지도 못했던 사람 같다니까. 아무튼 어제도 저녁 7시 넘어서까지 테니스 치고 늦게 왔으니까. 내가 스포츠를 엄청 좋아하기는 하나 봐. 스포츠를 해야 신나게 놀았고 아주 찐하게 놀았다는 생각이 들거든. 그래야 나는 정신이 들고 생생하게 살아 있다는 것을 느끼는 것 같아. 그래, 나는 죽을 때까지 이대로만 살기를 바라겠어.

*

## 김치 담그기

언젠가 전라도 김치를 콩나물 해장국집에서 얼마나 맛있게 먹었는지 나는 그 김치를 꼭 담그고 싶었어. 그 김치는 액젓이 듬뿍 들어갔고 고춧가루가 많이 들어갔어. 배추는 아주 잘 절여져서 양념들이 배추에 딱 들러붙어서 양념맛이 아주 진했어. 해장국에 김치

461

를 얹어 먹으면 매콤하면서 아삭함이 그만이었어. 흰 쌀밥에도 김치를 얹어 먹으면 입맛이 딱 붙으면서 침이 샘솟았지. 나도 이런 김치를 담가야겠다고 생각했어. 그래서 배추를 사다가 잘 절였어. 온갖 양념을 해서 버무렸는데 그 맛이 안 나는 거야. 먹는 식구들은 엄마 그 김치는 멸치젓갈이 갈리지 않고 삭힌 대로 건더기가 더 많았다는 거였어.

어? 이상하구나. 다시 멸치 통액젓을 시켜서 사용해봐도 영 그 맛이 안 나는 거야. 그 후 다시 어느 일식집에 갔네. 그 집에서는 김치가 어석어석하고 사각사각 하니 겉절이도 아닌 것이 생야채 김치였어. 그런데 맛이 끌리더라고. 주변 사람들도 그 김치가 맛있다면서 몇 번을 더 시켜 먹는 거야. 그래 이번에는 이 김치를 담가야겠다. 그리고 통배추를 대충 크고 길게 칼로 잘랐어. 물에 3번을 씻어서 물기를 뺐어. 큰 다라이에 생배추를 펼치고 고춧가루를 휘휘 뿌렸어. 냉동실에 썰어둔 마늘, 청양고추, 파 등을 배추 위에 뿌렸어.

다시 새우젓, 먹다 만 낙지젓, 참치액젓, 꽃게액젓, 굵은 소금을 손으로 설설 뿌려서 버무렸어. 그냥 생배추 맛이 나겠지. 마구 살살 버무렸으니. 그리고 한 조각을 입에 넣어 맛을 보니 아삭하며 짭조름했어. 음식점 것은 약간 익어서 익은 맛이 시원했거든. 아무튼 생야채 샐러드 먹는 기분으로 익혀봐야지. 그러면서 생각했네. 내 맘대로 하니까 김치담그기가 편했어. 열심히 만든다고 맛있게 모두 먹는 게 아니더라고. 먹어서 남으면 김치찌개에 다른 변형을 하다가 그것도 못 먹으면 버리게 되는 것을.

적당히 내가 편한 대로 김치를 담가 먹는 것도 좋을 것 같아. 인생도 남의 인생을 따라서 사는 것보다 내가 좋아하는 대로 쉬우면서 편하게 나의 인생을 만들어 사는 것이 즐거울 거 같아. 그냥 우리가 숨 쉬듯이 자연스럽게 자연을 따라 사는 것이지. 나이가 들었으니 우리의 신체 리듬에 맞게 욕심부리지 말고, 약간 부족하다 싶게 운동하며 즐기고 사는 것이 행복인 거 같아.

*

## 날쌘 제비처럼 생긴 너

칠학년이 넘었으니 세월은 참 빠르구나. 너의 아버지가 너와 나에게 한글을 가르쳐준 기억이 난다. 너는 빨랐고 나는 어둑해서 느렸지. 너는 네 아버지가 묻는 글자 ㅃㅉㅆㄸㄲ을 잘도 맞혔지. 나에게 묻는 너의 아버지에게 나는 몰라서 어쩔 줄 몰라하며 얼굴이 시뻘게서 땅만 쳐다보았던 기억. 당신의 아들이 대견해서 좋아하는 네 아버지의 웃는 얼굴. 사랑하는 마음이 너의 아버지 가슴에 가득했었지. 나는 너의 아버지가 불편해서 주변에서 멀어지려고만 했는데. 너의 어머니는 나를 위해 모든 것을 주려 했지.

사랑을 소쿠리에 가득 담아 주려는 너의 엄마 인정에 나는 너네 집을 자주 가고 싶어 했었어. 너의 매몰찬 행동으로 당황하는 때가 많았는데. 나는 네가 남자라서 그러려니 했던 거야. 네가 결코 좋거나 친절한 것은 없었어. 너는 너의 식구들에게 특별한 존재였어. 아니 주변 모든 것들로부터 최고의 존재로 어른들은 너를 키웠던 거 같았어. 내가 너네 집으로 놀러 갈 때면 너는 누나들과 화투놀이를 했었어. 너네 엄마가 너네들만 하지 말고 나를 넣어주라고 호통을 치곤 했지.

어쩌다가 나를 깍두기로 끼워놓고 패를 돌렸어. 그리고 순서대로 패를 돌려가며 게임을 했어. 그러면 꼴찌는 항상 내가 하는 거였고 넌 게임의 달인이라 선두를 달려 일등이 되는 거야. 일등인 너는 바닥에 등수대로 손등을 올려놓고 네 손으로 손등 위를 향해 패대기를 쳤지. 나는 피하지를 못해서 손등 위를 억세게 맞았어. 많이 맞아서 손등이 시뻘게졌어. 너는 나를 따귀 때리듯 어찌나 잘도 때리는지. 얼마나 좋아서 즐거워하는지. 그것을 보는 너의 엄마는 애야 좀 살살 때리라고 말했지.

그래, 넌 어쩜 그리 똑똑했는지 몰라. 공부도 잘하지 놀이 게임 뭐든 잘했어. 밖에 나가 애들하고 구슬치기 하면 구슬을 주머니로 가득 따 왔어. 딱지치기를 하고 골목에서 돌아와도 동네 딱지를 모두 쓸어왔을 거야. 동네 애들과 놀이 게임을 하면 뭐든 달인이었던 거야. 아무튼 어렸을 때 넌 매몰차고 인정 없는 동갑내기의 친척아이로 내 기억에 남겨졌어. 그 후 넌 서울로 유학 가서 유명한 인사가 되었던 거지. 어찌어찌 세월은 빠르게 지나가 버렸네. 우리가 벌써 칠학년이 넘어갔으니.

그래도 우리가 코로나를 잘 견디고 건강하게 만나게 되어 다행인 거지. 이런 날 우리는 맛있는 거를 먹어줘야지. 오랜만에 만나니 반갑구나. 어찌 살다보니 나는 서울 한복판에 너는 지방에 살게 되었네. 삶은 좀 웃기는 구석이 있는 거 같아. 그래도 함께 만나고 식사하며 옛날 얘기를 할 수 있어서 좋았어. 여전히 너는 아는 것이 많고 박식해서 좋은 거 같아. 네 모습도 머리가 조금 빠져서 그렇지 날쌘 모습이 무척 건강해 보여서 좋았어. 넌 박식해서 네 얘기만 들어도 백화사전 속의 이야기를 듣는 거 같으이. 그래서 어렸을 때부터 공부를 그렇게 잘했나 보네.

어렸을 때 난 원래 노는 것을 좋아했어. 그래서 노는 것에 빠지다 보면 공부는 멀어졌겠지. 그런데 넌 양쪽 다를 잘했으니 특별한 사람이었나 봐. 아무튼 이렇게 죽지 않고 살아서 만날 수 있으니 반갑네. 지금 하고 있는 것들이 많다며. 오카리나를 부부가 배우러 다닌다고? 언젠가 법사가 되었다고 들었는데. 주일에 또 탁구를 부부가 치고, 수시로 등산하고, 교수 동창들을 만나서도 등산을 6번 정도 하고. 몸 관리 잘 하고 있네. 언제 우리 강화도에 집이 있으니까 거기서 만나서 배를 타고 교동도 방문을 해보자. 재미 있을 거야. 이왕이면 자기 여동생네랑 함께 모여보자. 그래 좋을 것 같아. 서로 시간 맞춰 연락하자. 잘 가. 그리고 헤어졌다.

\*

## 어머니를 만나자

코로나가 지나갔으니 요양원에 계신 어머니를 만나기로 여동생네와 약속을 했어. 그동안 가까이 사는 여동생이 힘들었거든. 어머니가 힘이 있으니까 수틀리면 요양원을 떠날 테니 방을 얻어놓으라고 협박성 발언을 했으니. 우리 형제는 어머니 수발을 3개월 했었거든. 수발은 쉽지 않았어. 걸을 수가 없으니 똥수발을 하는데 시도 때도 없이 어머니를 일으키고 눕히고 하며 원하는 것을 수발하는 것은 어려웠어. 제일로 허리가 아프고 굽히고 펴는 것을 하다보면 내 허리가 삐꺼덕거려서 나 스스로도 거동을 못하는 거야.

우리는 3개월 안으로 어머님이 가실 줄 알았지. 장례식장도 예약했으니. 그 후 어머니는 차츰 건강을 회복하신 거야. 어머니 수발이 길어졌으니, 어머니 스스로도 안 되겠다 싶으니까 당신이 스스로 요양원에 가겠다고 하신 거고. 그래서 막내네 근처 요양원으로 모신 거였어. 이제 세월이 많이 흘렀어. 벌써 5년차가 되었네. 별별 사건이 많았지만 어머니도 이제 적응이 되어 대면하기가 수월해서 좋아. 어머니를 막내네가 모셔서 똥 수발하는 것도 힘들고 큰 사람으로 그것을 보는 나도 힘들었을 텐데. 어머니가 나오시면 죽을 때까지 누군가 책임을 져야 하잖아. 결국 내가 책임을 졌겠지. 그런데 우리 어머니 웃기기도 하셔. 큰딸이 강남에 산다고 내가 부자 딸이라나. 그래서 자기가 쓰는 요양비나 부대비용은 걱정이 없다며, 요양원에서 큰소리를 친다나 봐.

70세 넘어 연금 타서 쓰면 비슷한 것을. 그래도 당신이 이제 거기서 죽음을 맞이하겠다는 생각을 하셔서 얼마나 고마운지 모르겠어. 나도 어머니를 통해 죽음에 대한 공부를 많이 했네요. 작년에 많은 죽음을 봤어요. 우리 집 옆동네에 사는 남편 친구가 작년에 죽었어. 그전 해에 건강검진을 받았는데, 간암 초기라고 진단이 나왔다네. 그는 초기라며 잘 발견했다고 엄청 다행이라 했지. 곧 세브란스병원에서 수술을 한다고 했어. 나는 제발 3군데를 더 보라고 했지. 아산병원과 삼성병원을 가보라고. 그는 제부가 세브란스 직원이었기 때문에 의사들이 알아서 해준다더군. 그런데 그것은 아니잖아?

의사들은 수술과 돈에 집중되어 있다고, 제 몸이 아니고 자기 수입에 더 적극적이라고. 그래서 수술을 했지. 그는 골프를 엄청 좋아했거든. 가끔 허리가 아프지만 적당히 약 먹고 골프를 잘 치고 살았지. 간을 잘라 내면 금방 자란다는 거야. 아니 칠십 세가 넘어서 간을 잘랐을 때 식물같이 금방 자라겠냐고. 결국 수술 후 회복을 못 했지. 거기에 암이 번져서 다시 잘라내야 했다나? 그리고 허리가 아파서 일어 설 수가 없으니까 허리 수술을 다시 했지. 기력이 없으니 아픈 곳은 계속 생기잖아. 자동차 70년 쓰겠어? 인간 몸도 노후가 다 됐으니 아픈 곳이 많은 거지.

작년에 우연히 만났을 때 예전의 모습이 아니라 비주류의 인간 모습이라는 생각이 들더라고. 물론 그의 부인은 정상인이라고 주장을 했겠지만 내 눈에는 비정상인으로 보여서 회복이 될 수 있을까 생각을 했지. 과연 몇 개월 후 갑자기 심정지가 일어나서 저세상으로 떠났던 거야. 이야기를 하다 보니 옆으로 많이 새어버렸네. 70세 이후에 수술은 위험하다는 거야. 정상적으로 원기를 회복하기가 어렵다는 거지. 일본의 유명한 암환자 치료의사(암환자 4만 명 연구)도 말했어. 70세 넘으면 암진단이 내려서 수술 받고 사는 생명이나 그대로 유지하고 치료받으며 사는 기간이나 거의 똑같다네.

수술받아서 죽음을 맞는 것이 경제성이나 여러 면이 더 힘들다는 것이지. 또한 그 의사의 주장은 유사암이 80%라 알 수가 없다는 거야. 수술해서 나았다는 것은 유사암인 경우가 많아서래. 악성암은 수술을 하든 안 하든 죽는다는 것이라는 거지. 옛 고승들을 보면 자기가 죽음의 때를 맞춰 죽는데 그것은 결국 자기가 늙어서 쇠약해지고 더 이상 살면 주위를 괴롭힌다는 것을 아는 거지. 그래서 시기를 봐서 자기의 죽음 때를 만드는 거야. 내가 이제 언제쯤 죽는 게 좋겠구나 생각하고 그 시기가 돌아오면 시중드는 스님에게 이제 그만 식음을 가져오지 말라고 지시하고 조용히 누워서 자기 죽음의 길로 들어가는 것이다. 아주 훌륭한 길인 것이다.

어느 해에 스위스로 여행을 갔다. 옆에 함께하는 나이 든 남매가 있었지. 그 남매가 자기네 어머니가 돌아가신 이야기를 들려주었어. 어느 날부터 어머니가 아프셨다. 딸이 달려가서 어머니에게 죽을 끓여주었대. 며칠 후 어머니는 그만 끓여오라고 하셨어. 그렇게 어머니는 식음을 끊고 15일이 되니까 돌아가셨다는군. 그런데 어머니가 곡기를 끊고 3일은 고통스러워하셨는데 그 후부터는 조용하고 고요하게 누워계시다가 갔다는 거야. 정말 대단한 어머니셨어. 나도 건강하게 살다가 그렇게 갔으면 좋겠다는 생각을 했어. 그러나 그런 의지가 없을 거 같아. 조금만 아프면 병원으로 달려가겠지.

요즘 세태가 그렇잖아. 그러면 죽어가더라도 의사들은 여기가 안 좋네, 저기가 안 좋네 하며 수술을 마구 해대겠지. 그리고 중환자실에서 온갖 난도질로 고통을 받으며, 모르핀 주사를 넣고 목으로 식음을 넣는 주머니를 달고 죽음을 연장해서 돈을 빼먹는 병원을 위해서 죽어가겠지. 의사들은 그런 짓을 안 하면 의사의 본분을 잃어버려서 법규상 안 된다는 것을 가족에게 알려 협박을 하겠지. 가족은 그게 큰 효도인 양 부모 돈이니까 하며 부모를 죽음의 길에서 세월을 낚겠지.

어느 날 친구 아버지가 돌아가셨다. 그분은 테니스를 엄청 좋아하셨다. 80세가 훨 넘어서도 테니스를 즐겼다. 딸이 아버지 제발 테니스 적당히 치세요, 그렇게 무릎이 아프시다며요 하고 말렸다. 그런데 어느 날 테니스를 치고 오셨고 저녁 잘 드시고 아침에 보니 아버지가 돌아가셨단다. 그거였다. 나와 남편은 테니스를 죽도록 치고 어느 날 잠자듯이 세상을 떠나가기로 맘을 먹었다. 만일에 안 된다면 꼭 노스님같이 죽음을 맞이하고 싶다.

*

## 나는 아직도 노욕이 많은가 봐

어느 날 테니스 멤버 A가 한참을 쉬다가 오랜만에 나왔어. 그 멤버는 힘이 세고 건강한 편이야. 그리고 욕심이 많아. 오랜만에 게임을 하니 조금 적응기간이 있어야 할 거야. 사람도 없는데 나와 줘서 고맙지. 나이가 드니까 멤버들이 아프고, 다치고, 집안 사정들이 많아져서 못 나오는 사람들이 많아. 편을 갈라서 게임에 들어 갔어. A가 내 앞에 섰는데 공이 네트 위로 넘어오면 내가 상대편 쪽으로 그 공을 받아서 넘기면 되는 거야. 그런데 공을 받을 때 공의 느낌이 보인다고. A가 공을 내 몸으로 공격하는 걸 느끼게 되는 거야. 어? 이러면 안 되지.

공이 몇 번 오고 가는데 계속 내 몸을 향해 공격하니까 내가 화가 나는 거야. 그러면서 A네가 득점을 했지. 게임이 계속되면서 A는 내가 중간에 서 있을 때 뒤로 띄워서 내가 받지 못하게 만드는 거야. 그렇지 않으면 짧게 공격해서 내가 받지 못하게 만들고. 그럼 나는 갑자기 속이 뒤집히는 거야. 나도 A에게 공격하려고 술수를 쓰지만 그게 안 되지. 우선 나는 A를 따를 수도 없고 야간 경기라 눈이 나빠서 공이 보이지도 않거든. 공이 휙 지나가는 경우가 많아. 지는 게임이 속상한 게 아니라 나에게 속된 말로 야로를 부

471

리며 공을 공격하는 것이 기분 나쁘다는 거지. 거기에 내 다리가 성하지 못해 절룩이며 공을 받아내고 있는 건데.

나이도 어린 멤버와 다툼을 하는 것도 웃기고 하여튼 기분이 좋지도 않았지. 그렇게 그 게임은 금방 끝나버렸어. 6:0이니까. 게임 시간이 많이 남았어. 나는 나를 빼고 다른 회원으로 교체해서 게임을 하라고 했어. 보통 6:4, 5:5, 6:2 정도로 끝나거든. 만일에 게임 때 몸 상태가 나쁘면 서로 상대방이 조절하면서 게임을 적당히 즐기면서 치는 경우가 많거든. 물론 무조건 그렇지는 않아. 욕심이 많은 사람들은 욕심으로 끝까지 상대방을 제로게임으로 이기고 싶기도 하겠지만. 그날 나는 제로게임이 재미없었고 A의 공 치는 매너가 정말 싫었던 거야. 그래서 얼른 멤버교체를 해준 거고.

그들은 계속 게임을 했고 나는 반성을 했지. 왜 내가 제로게임을 괴로워하느냐. 못하면 당연한 거 같아. A가 술수를 쓰든 비매너든 달갑게 받으면 되지 A를 싫어하는 것은 아니지 않으냐. A의 공 매너인데. 하여튼 나는 즐겁지 않았어. 그리고 조용히 산책을 하며 네플릭스 영화를 보며 30분을 기다렸지. 그랬더니 기분 나쁜 것들이 사라졌어. A의 미운 마음도 없어지고. 내 마음이 편안해진 거야. 그리고 생각했어. 나는 이제부터 게임에 임할 때 스코어에 상관없이 내 맘대로 내가 원하는 대로 그냥 공을 치기로.

서브를 넣을 때도 하늘을 보고 내 맘대로 라켓으로 공을 내려치면 얼마나 행복한데. 상대편이 보내는 공도 몸 다치지 않게 내 몸이 알아서 자연스럽게 넘기는 거고. 술수를 쓰지 않으면서 실수를 범하지 않고 잘 넘기며 상대방이 즐겁게 칠 수 있게. 물론 나도 상대방 공을 잘 받아넘길 수 있게 공부하는 거야. 그래서 몸을 위해 단백질을 잘 챙기는 거고. 그러면 나 스스로 나를 위해 공을 치는 것이니까 행복지수가 높아져서 기분이 상승하겠지. 상대방이 공 치는 매너를 탓하지 말며, 그들에게 피해 주지 않고 나 스스로 행복한 공 치기를 만들면 될 것이리라.

\*

## 딸에게 문자를 보냈네요

- Y친구 아줌마가 간암으로 돌아가신 것을 생각해 봤는데 그 원인은 인스턴트 식품인 거 같아. Y친구는 과자를 엄청 즐겼거든. 라면과 소시지도 좋아했고. 가정경제도 풍요로웠어. 웬만하면 밥을 사 먹었어. 밥하는 것을 싫어했거든. 음료도 좋아하고. 그런데 여자니까 술은 못 먹잖아. 그런데 간암이라니. 그런데 그 먹은 제품들이 인체에 해로운 것들 투성이야.

방부제와 같은 조미료가 대부분일 거 아냐. 그 물질들이 간 해독하는 데 힘들었던 거지. 그래서 간암 걸린 게 아닐까. 넌 주부야, 너네 식구에게 야채와 과일 충실히 먹여. 그것이 몸속의 해독제란다.

곧 딸에게 전화가 왔어요.

- 엄마 나도 잘 하려고 노력하고 있어요. 나는요 무조건 고기 사다가 굽든 지 압력솥에 푹푹 삶아서 먹여요. 야채랑 싸서 먹게 하든지.
- 그래, 잘하고 있네. 아프지 않는 게 최고니까.
- 그렇게 먹여야 살도 빠져요.
- 맞다. 공부도 열심히 시켜. 그러다가 좀 모자라면 재수할 때 종합 합숙소 학원에 한 번 더 보내서 원하는 곳에 보내는 거야.
- 그러려구요. 여기가 좁지만요.
- 우리 가난해서 17평에 고3 학년까지 여기에서 살았잖아. 대학에 들어가 면 오피스텔이라도 얻어서 내보내자고. 그리고 여기서 함께 옹기종기 사 는 거야. 돈 버는 게 얼마나 힘드냐? 호떡 팔아서 얼마를 저축할 수 있겠 냐. 과일을 팔아서도.
- 이모도 안성을 떠나기가 어려워. 집 팔아서 서울 온다는 게 힘들어. 이미 거기에서 함께 노는 사람들이 있잖아. 골프 치는 사람들, 어울리는 사람 들이 거기에 있는데 서울 와서 다시 친구 사귀는 것이 어렵지. 우리는 여 기서 공을 치고 왔다 갔다 하며 놀며 사는 게 좋아.

- 요기에 용현이(시동생)도 있어요. 이번 일요일에 애들이 삼촌네 집에 갔어요. 거기서 영어 공부도 하고 삼촌이 김치볶음밥도 해줘서 먹고 왔어요.
- 그거 좋구나. 애들에게 실용영어 가르치는 게 좋네. 우리도 다음에 식사할 때 실용영어로 말하며 밥을 먹자. 그게 놀이가 돼서 좋겠네. 너랑 동생이 영어를 잘 하니까.
- 좋아요.
- 그래, 공부를 놀이로 하면 그렇게 좋은 공부가 어디 있겠냐.
- 알았어요. 그렇게 할게요.

*

## 시어머니의 전화가 왔네요

남자는 시어머니와 오랫동안 전화를 했다. 여자는 전화가 오는 소리를 들을 때 아! 이건 시어머니구나 생각이 들면서 몸이 거부반응을 일으켰다. 이러면 안되는 것인데, 왜 거부반응이 일어날까? 홀로 고독하게 늙어서 사시는 것을 불쌍하게 생각해야 하는 건데… 그런 마음이 없으니. 여자는 자비가 부족한가? 불쌍하고 애달프며 애틋한 마음이 안 생기니, 뭔가 마음이 한참 고장 나 버렸던 것이다. 여자는 갈수록 감정이 메말라 버렸다. 어디서 애틋한 사랑의 마음을 찾을 수 없었다. 여자는 다시 생각하며 남자를 봤다. 전화하는 남자를 옆에서 지켜보니, 평온하고 고요했다. 그래, 모자지간에 이 정도면 성공이었다. 그동안 모자지간에 얼마나 많은 흑역사가 있었던가. 물론 항상 시어머니의 일방적 경고일 뿐이었지만 말이다.

젊어서 우리는 날마다 바쁘고 숨 가쁘며 달려야만 하는 세월이었다. 지금 이 시간이 얼마나 고요하고 평화로운가. 여자를 괴롭히는 일이 없는 것도 감사했다. 여자가 이 정도의 건강을 지키며 살 수 있는 것도 행복인 것을. 양쪽 어머니들의 똥 수발을 안 하는 것만도 감사했다. 우리 스스로가 자식들에게 케어해 달라고 안 하고 살 수 있는 것도 감사했다. 같은 동료 친구가 파킨슨병으로 오줌을 싸고 몸을 움직일 수 없었다. 그것은 정말 슬픈 일이었다. 나이 들어서 사랑의 정서는 사라졌지만 감사의 마음이 풍요로워지는 것 같았다. 매사 감사할 일들이 많으니까.

젊어서 파릇파릇한 나뭇잎의 새싹처럼 푸르고 아름다운 정서가 샘 솟는다면, 늙어서는 한겨울의 하얀 눈을 하늘에서 받으며 감사의 기도로 고요하게 사는 것도 즐거울 것이다. 여자는 늙어가며 사는 날까지 이만큼만 사는 것도 감사했다. 그리고 나머지 나날도 가족이나 주변 사람들과 더불어 멋진 스포츠 경기를 즐기며, 맛있는 것을 먹으면서 살면 되는 것이다. 그리고 함께하는 이들 모두가 건강하고 씩씩하여 항상 축배의 잔치가 되는 날이기를 바랐다.

*

## 나의 행복은 무엇인가

유튜브를 봤다. 김창옥의 강연 속에 자기만의 색깔을 찾는 과정이 있었다. 그가 항상 명품 옷, 시계, 구두, 빈티지 옷을 찾았다. 그것은 어렸을 때 어머니에게 친구들이 입는 헌트 바지를 사달라 했는데 시장패션 싸구려를 사줘서 어머니가 싫었단다. 그 후 그는 성인이 되어 패션 옷을 추구했다. 20년 강연을 하면서 요즘 자기의 진짜 모습이 무엇인가를 생각했는데, 그것은 자기가 디자인을 좋아한다는 것이었다. 산업이나 패션, 건축, 다양한 어떤 것들을. 그리고 지금 하는 유튜브는 청중을 위한 강연이라고. 그래서 새로운 자기가 좋아하는 채널을 하나 더 할 것이라고 했다.

그 유튜브를 보고 나를 생각해봤다. 내가 좋아하는 행복은 무엇인가? 우선 나는 스포츠를 좋아한다. 보는 것은 싫고 내가 스스로 뛰는 것을 좋아한다. 그것은 돈을 버는 일이 아니고 내가 자유롭게 움직이며 땀을 흘리는 것, 그 자체가 좋은 것이다. 물론 테니스를 칠 때 계속 지는 게임은 싫겠지만 나는 내 편과 상대편의 기분 좋은 적수로서의 역할을 하면 되는 것이다. 그리고 내가 테니스공을 칠 때 나는 내 맘대로 자유롭게 공을 던지고 받는 그 자체가 행복하다.

다음으로 수영하는 것도 좋아한다. 수영할 때, 내가 할 수 있는 라인에서 내 맘대로 코치의 지시를 따라 수영을 하며 즐기는 것이 좋다. 그리고 눈치껏 다른 사람의 수영 질서를 파괴하지 않으면서 느리게 호흡을 조절하고, 하고 싶은 수영법을 자유자재로 즐기면서 수영하는 것이다. 50분 수업에 약 25바퀴를 돌면 수업이 끝나는데 나는 최선을 다하여 열심히 수영을 끝마친다. 그렇게 수영수업이 끝나면 온몸의 근육이 풀어져서 아픈 근육이 회복되는 것이다. 마지막 근육풀기 운동을 하고 샤워장으로 가서 시원한 샤워를 하면, 최고의 기분으로 상승하는 것이다. 이때 여자는 최고의 행복을 맛본다.

운동으로 골프 운동 또한 즐겁다. 처음에는 힘들었다. 못하고 안 되니까. 10여 년은 마음과 몸이 안 따라줘서 힘들었다. 골프 샷이 흐트러지면 필드를 가도 가도 끝나지 않았다. 공을 치지만 앞으로 나가지를 않으니까 말이다. 연습을 많이 하고 시간을 들여야 하는 운동인데 처음에 너무 쉽게 생각했던 면도 있었다. 세월이 가다 보니 이제는 스코어와 상관없이 공이 앞으로 나가면 성공이었다. 나 스스로 신나게 공을 쳤을 때, 공 맞는 순간 아주 잘 맞았다는 느낌이 들면서, 공이 하늘 높이 떠서 멋지게 날아가면, 그렇게 즐거울 수가 없었다. 그리고 그 날아가는 공이 나인 것처럼 하늘을 나는 기분이었다. 그때 스트레스가 확 풀리면서 최상의 기분이 일어났다. 역시 스포츠는 나에게 자유와 꿈, 희망을 주는 에너지이며 나만의 행복이었다.

*

## 큰애에게 전화가 왔네요

- 엄마 강화도에 잘 갔다 왔어요?

- 응.

- 이모들하고 재미있었어요?

- 응, 오랜만이니까. 그 창순이 이모가 지금 현금 100억을 모았대. 대단하더라. 교육도 제대로 받은 게 아니었는데. 현금 100억을 보통사람이 모으겠니? 절대 있을 수 없는 일이야. 그런데 몸이 많이 망가졌어. 돈만 있으

면 뭐 하니. 건강해야지.


- 그랬네요. 엄마 내일 오피스텔 문제로 부동산 사장님이 엄마랑 나랑 오래. 와서 봐야 한대. 집이 안 나가니까 목욕탕을 수리해 주어야 한대.


- 야, 그거 네 것이잖아. 네가 해결해야지. 그거 값을 올려받을 때 네가 혼자 다 했잖아. 그런데 돈이 드는 것은 나에게 해달라고 하면 안 되잖아.
- 난 엄마 돈이 없어.
- 야, 나도 돈이 없어. 수원 것 때문에 1억 오천만원 부동산 사장이 빌려주기로 했어. 이자로 100만원 내야 한다고. 이번에 이모도 2억 3천 은행에서 빌려서 전세비 되돌려준다고 우는소리 하더라. 너네 집 살 때 1억을 한 달 빌릴 때 400만원 냈잖아. 그리고 언젠가 네가 유진네 800만원 빌렸잖아. 그런데 안 갚았잖아. 엄마 돈 빌려줄 수 없어.


그리고 전화를 끊었다. 큰딸은 돈의 셈이 흐리다. 항상 빌려 가고 끝이다. 정확하지를 못하니까 난 항상 마음이 깨끗하지 못하다. 일장일단이 있지만, 난 매사 정확해야 했다. 그런데 내가 낳은 내 딸이 그런다는 것이 얼마나 힘든지 모른다. 그것은 내게 주는 고통이었다. 어릴 때부터 그의 태성은 나를 힘들게 했다. 큰애와 나의 정서가 아주 다르다는 것을 이해하며 사는 것이다. 그에 비해 우리 손자와 손녀는 정확하다. 딱 부러지는 편이 내 맘에 쏙 든다. 그런데 여러 가지로 제 자식과는 또 잘 맞는 구석이 있었다.

손녀의 신발 속에 뭐가 들어가서 신발을 털고 다시 신었는데 또 뭐가 끼면 열심히 털어준다든가, 양말이나 옷을 손녀가 제 맘에 안 들면 바꿔달라는 것을 여러 번 해도, 그 말을 다 들어준다. 학교 시간이 촉박해도. 난 그런 꼴을 참을 수 없을 것이다. 그런 것을 보면 제 새끼에게 참을성 있게 모든 것을 다 해주는 것이 신기하다. 그러나 수영장에 가면 수시로 수영모라든가 물안경을 빠뜨려서 나는 새로 사서 입장하는 경우가 많다. 그때 수영장 입구에서 애들은 난감한 표정을 한다. 아마 속으로 제 어미를 욕할 거다.

가끔은 작은손녀가 엄마를 보고 땡깡을 놓으며 울어버릴 때가 있다. 틀림없이 수영모자 빠뜨리는 경우처럼 엄마 때문에 자기가 하고자 하는 것을 할 수 없어서일 거다. 그럴 때 애들을 살살 어르고 달래는 귀신같이 하는 능력이 있음에 나는 놀란다. 그것도 재주였다. 큰딸이 마음이 여린 점도 있었다. 작은딸은 매사 딱 부러졌다. 절대로 부모를 괴롭히지 않았다. 자기 일은 철저히 해치웠다. 그런데 왜? 마흔이 훨 넘어서까지 결혼을 못 하냐고요. 너무 철저하니까 남자만 만나면 난도질을 해보면 짝이 되는 게 어렵다는 거지요.

내가 작은딸에게 시집을 가야 한다고 말하면, 딸은 나에게 경계선을 넘지 말라며 오히려 나에게 협박을 한다. 이런 놈이 내 딸이라니 딸이 아니라 웬수인 것이다. 그놈은 나에게 카톡도 차단해 버렸다. 그놈은 나랑 소통을 하지 않겠다는 것이다. 그렇지만 아빠와는 소통을 하고 산다. 나도 그놈의 자식이 싫다. 이제 그놈이 불쌍해서, 눈물 흘리는 시대는 사라졌다. 우리는 서로 악에 받친 감정만 살았다. 우리는 부모 자식 간의 인간이 아닐 때가 많았다. 어미는 그놈이 집으로 올 때마다 밥을 맛있게 해 먹였고, 그놈이 우리랑 함께 밥을 맛있게 먹어줘서 고맙구나라고 생각했지만, 다시 내 몸이 아프면 내 안에서 욕이 나왔다. 평생 난 네놈 밥해 주고, 뒤치다꺼리하다 죽고야 말겠구나! 라며 한탄했다.

시간은 흘러갔다. 세월도 서서히 지나갔다. 어느 날 그놈은 어미가 늙어가듯 제 몸도 늙어갔다. 단단한 근육들이 처지고 낡아가고 있었다. 내 안의 나는 그놈 때문에 기도 제목을 입에 달고 사는 것이 나를 위로하는 일이 되었다. 기도 제목은 '신이시여! 제발 그놈을 시집가게 해주십시오.'라는 주문을 외우는 것이다. 그 기도를 외우며 걷고, 밥 하고, 버스 타고, 산행 하고, 운동을 했다. 외다가 지치면 다시 마음을 다잡고 그래. 네놈이 건강해서 우리와 함께 놀며 살아가는 것이 감사하구나! 그리고 너로 인해 내가 못한 숙제는 나에 대한 반성이리라. 얼마나 어미가 못됐으면, 그 업보가 딸에게 가는 것인가. 그래서 어미는 죽을 때까지 그놈을 위해 기도하며 죽음을 맞이하는 것이 최선일 것이라 했다.

이튿날 나는 큰딸에게 문자를 보냈다. 400만원 못 보태주는 것이 미안도 하지만 그 녀석 태도를 좀 바르게 고쳐보자는 의미로.

- 네 전화를 받고 밤새 잠을 설쳤네요. 벌써 넌 40대가 되었어. 외할아버지는 59세 때 돌아가셨고, 넌 그때 초등학교를 입학했어. 그때부터 엄마는 시댁과 친정에 용돈이나 생활비를 보조하며 살았어. 수시로 냉장고, 가스레인지, 에어컨, 텔레비전 등을 교체해 줘야 했고. 지금은 우리가 70대인데도 노환경비를 지불해야 하는 거고. 사실 대학 4년을 가르쳐 준 대가를 톡톡히 치르는 심정이네요. 평생 헝그리 정신으로 돈을 벌었고 버텼던 거지. 그래서 엄마가 교수를 한 거고.

너도 알 게다. 엄마가 새벽 4시에 일어나서 너네들 아침, 점심, 저녁을 차려놓고 학교에 갔었던 것을. 그리고 수업 끝나고 차 몰고 집에 오면 밤 10시가 되었지. 휴일은 독서실에 가서 강의 준비를 해야만 했어. 잡일을 하게 되면 수업준비가 미비해지니까. 외할머니는 항상 욕을 했지. 교수가 되어 가지고 무슨 도시락을 싸 가지고 다니냐고. 그 당시 밥 먹을 시간도 없었고 기름값이나 차비를 빼면 음료수 사 먹을 돈이 없었어. 네가 나를 알겠냐?

일반적으로 저렴한 오피스텔을 전세 끼고 명의만 사는 데 5000만원이 들지. 거기에 매년 세금 내고 수선해주고 관리비 등으로 쓸데없는 비용이 들고. 돈은 생기지 않으니까 사람들은 얼른 팔아먹는 거야. 그러니까 그 오피스텔을 사람들은 지키지 못하는 거야. 너는 지금까지 너네 집을 지킨 것이 훌륭해. 그거라도 지켜야 늙어서 어려울 때 집을 팔아 쓰겠지. 60세가 넘어봐라. 모두가 연금 생활자야. 제로부터 100만원, 200만원, 300만원짜리 인생이더구나.

주변 친구들을 보면 잘난 놈의 자식 새끼들을 돌봐주면서 200만원씩 보조금을 받더라. 연금이 없으면 늙어서 고생해. 그러니 젊어서 바람나고 허튼짓을 하면 인생이 끝장나는 거지. 난 월급 이상을 쓰지 않으려 애썼어. 남자 혼자 돈을 벌면 보충을 할 수가 없었어. 그걸 보충하려 애썼어. 이모도 그래서 아르바이트를 하는 거고. 빚더미로 가면 너도 알지? 외숙모 짝 나는 거고. 걔는 안 쓰고 못 사니까. 수영장 엄마들도 얼마나 알뜰한데. 나가지 않고 엄마 책만 읽는다더라. 재미있고 허구가 아니라 좋다고. 넌 똑똑하니까 지혜롭게 잘 살 거야. 엄마는 평생 집을 사기 위해서 빚을 냈어. 그리고 집을 지키기 위해서 빚을 내서 살고 있다고.

문자를 보낸 것은 큰딸이 지혜롭게 살기를 바라는 뜻이었다. 그런데 오후 늦게 갑자기 전화를 하며 울었다. 아침에 그렇게 문자를 보내면 내 마음이 편하겠느냐면서. 엄마는 항상 자기를 믿지 못한 사람으로, 자기를 속상하게 하는 사람이라나. 뭐가 그리 속상한지 자기는 자기 딸에게 그런 문자를 보내지 않겠다면서 엄마는 자기가 죽을 때까지 원망할 거라면서 엄마는 나쁜 엄마란다. 그래서 나는 그래 넌 좋은 엄마 해라. 나는 나쁜 엄마 할 테니까. 엄마는 나빴어. 어떻게 그런 편지를 보낼 수가 있는 거냐면서 빡빡 울어댔다. 나는 어이가 없었다. 내가 뭘 잘못했는지 알 수가 없었다. 그리고 전화를 끊었다.

한참을 생각했다. 내가 뭘 잘못했다는 것인지…. 머릿속이 시끄러웠다. 나를 반성했다. 큰딸과의 관계를 어렸을 때부터 되돌려봤다. 그놈은 오랫동안 속 썩인 것이 많았다. 성실하게 공부를 하는 형이 아니었다. 없는 돈을 마련해서 학원을 보내면 가지 않은 날도 많았고, 학원 선생이 안 왔다고 연락온 날도 많았다. 새로 산 문제집을 그냥 통째로 버려지는 것을 볼 때 내 속이 썩었다. 저것이 다 돈인데 하며. 그냥 불성실에 대한 배반은 아마도 딸에 대한 사랑보다 미심적은 어떤 감정이 있을 수 있지 않았겠나 하는 마음이 들었다.

결혼해서 큰딸이 엄마 역할을 하는 것을 볼 때도 딸의 행동은 성실성이 떨어진다는 느낌이 있었다. 집안이 엉망이라든가, 내가 사다 준 애기들 옷을 철이 지날 때까지 풀지 않고 지나간다든가, 뭐 하여튼 난 내 딸의 행동이 성실하지 못한 것을 느끼는 것이다. 딸네 쪽을 바라보지 않는 게 내 맘이 편하다. 자꾸만 잔소리가 나니까. 그러면서 십 년이 훨 넘어서 큰손자가 중학생이 되었다. 이제 나의 체력상 그쪽 방향을 쳐다 볼 힘이 없어졌다. 그동안 살면서 딸이 울며불며 자기 처지가 곤란할 때는 나에게 전화를 하며 하소연을 했지만 집안에 탈이 없으면 고요했다.

딸의 전화가 없이 고요하면 잘 살아가는 것이고, 징징거리며 전화가 오면 그쪽에 탈이 생긴 것이다. 그래서 나는 데드라인을 생각했다. 이혼 안 하고, 암 안 걸리고, 죽지 않으면 모든 것이 성공으로 해석하는 것이다. 엄마를 죽을 때까지 원망하겠다는데 그러라고 했지만 내 속도 편하지는 않았다. 시간은 흘러갔다. 이튿날 핸드폰 문자가 왔다.

- 엄마 죄송해요. 어제 그렇게까지 말하려던 건 아닌데, 그냥 힘든 걸 들어 달라는 건데 엄마는 더 힘들었다고 오히려 역정을 내시며 아침부터 장문의 카톡이 오니 하루 종일 마음이 안 좋더라구요. 거기다 나용식은 아프다고 출근도 안 하고 누워 있지, 웅찬 예원이는 아무래도 영어학원에 다녀야 할 것 같다고 보내달라고 하지, 복잡한 심정에 겹쳐서 욱했던 것 같아요. 아무튼 잘 버텨보겠습니다. 기분 푸세요.

- 걱정 마. 넌 나쁜 것들을 품지 않아서 사랑스러운 내 딸이야. 난 열심히 노력해서 너네들이 60세 넘어 너와 네 동생이 단돈 얼마라도 연금을 해주고 싶은 거야.

이렇게 문자를 보내서 화해를 했던 것이다. 그래도 나는 손자들의 학원비를 대줘야 하는가, 아니면 그들 스스로 해결하며 살아가는 것이 바람직한 것인가를 고민했다.

*

# 시어머니 전화가 어제부터 계속 왔다

시어머니의 전화나 애들 전화는 항상 민원처리 해 달라는 전화일 것이다. 남자가 밥을 먹으려 수저를 들고 조금 있다가 전화가 오는 경우가 많았다. 전화를 받고 다 식은 밥을 다시 먹으면 입맛도 떨어지고 기분 좋은 소리가 거의 아니니까 주변이 우울해지는 것이다. 나는 남자에게 가끔 식사하시고 전화를 받으라 권했다. 남자도 늙어서 힘든 사람이니까 힘이 있어야 시어머니를 케어할 수 있지 않겠는가. 시어머니는 머리를 써서 자식들에게 요구를 한다. 저번 달에는 둘째네에게 텔레비전이 안 나온다 해서 둘째 아들이 TV를 교체해 주었다면서 남자에게 말했다. 다음은 우리 차례가 되겠구나를 생각했다.

다시 막내아들이 전화기를 10만 원에 바꾸어 주었네요, 외삼촌이 인진쑥을 보냈네요 하며 자랑했다. 며칠 후 시어머니는 자기가 호관원을 먹고 싶다는 것이다. 그런데 비싸서 미안하다네요. 결국 남자는 호관원을 시켰는데 3개월 치가 100만 원이었네요. 사실 퇴직한 지가 10년이 넘었는데, 생활비와 부대비용을 지불하는데 새로 추가 100만 원은 싼 비용이 아니네요. 유튜브를 보니까 뼈관절에 좋다는 기능식품인데 93세인 노인이 그것을 먹으면 얼마나 좋

487

아지겠습니까. 뼈관절 약이 싸고 좋은 게 얼마나 많냐구요.

시어머니는 TV 선전에 나오는 호관원이 온몸을 다 낫게 하는 것
처럼 생각하고 애기들같이 사야 한다는 것인데 정말 할 말이 없네
요. 유튜브의 의사도 말했네요. 뼈관절 좋은 기능식품으로 15만
원이면 해결할 것을 광고비를 앞세워 90만 원의 기능식품으로 판
매하는 것이라고. 아프지 않게 진통제도 섞었을 것이라고. 나도 그
렇게 생각하네요. 기능식품이니까 적당히 뼈관절 염증치료제인 소
염제랑 믹스했으니 안 아프다는 것이겠죠. 요즘 사람들을 홀리는
제약회사들의 농간도 너무 심하다는 생각이 드네요.

*

## 이종 사촌네랑 강화도에 갔어요

10시 반경에 외포리항에서 만나기로 했다. 우리는 아주 오랜만의
만남이었어. 창순이는 둘째 이모의 큰딸이지. 나와는 나이 차이가
많아. 8년이나 아래였어. 만나자마자 빌라에 가서 보일러를 넣고
외포리항으로 갔어. 단골 칼국수 집에서 새우튀김과 칼국수를 먹

었지. 그런데 그 집 주인이 여기 앉지 마라, 저기로 가라, 김치 깍두기를 더 달라 하는데 갖다 주기 싫어하는 것 같았다. 그래서 남편이 한마디하며 계산하고 나왔지. 내가 단골손님 8년 차인데 손님이 주인 말을 따르며 밥을 먹어야 하느냐고. 이제 다시는 안 오겠다 했지.

우리 팀은 총 7명이었거든. 사촌이 3명, 남동생네 2명, 우리 부부. 서둘러서 서검도 가는 배를 타러 항구로 달려갔어. 일반 주민 배인데 우리들은 배를 타고 유람하듯 섬을 따라 배가 이동하는 곳을 둘러 보고 돌아오는 거야. 가격도 참 착해 2000원쯤 할거야. 65세 이상은 그것도 깎아주고. 바닷물이 완전 황토물이었어. 그동안은 푸르렀는데. 남자 동생은 황하강 물에 따라 바닷물 색이 달라진다네. 중국에서 10년 이상을 살아서 그런지 잘 아니까. 우리는 미법도와 서검도를 돌며 이런저런 이야기를 했어.

창순이가 현찰 100억을 가졌다는 거야. 그의 오빠가 알려준 거야. 나는 너무 깜짝 놀라서 할 말이 없었지. 그녀는 어렸을 때부터 돈을 잘 버는 것으로 알았지만, 한때는 사채놀이를 해서 30억을 떼어 먹혔다고 난리가 난 것을 풍문으로 들었어. 걔 돈을 떼어먹으려고 어떤 놈이 딱 붙었겠지. 그리고 현찰 30억을 이자가 많아서 빌려주었겠지. 돈을 못 받자 그놈을 고발했는데 그놈은 그냥 감옥에 들어가서 벌 받고 나왔대. 그놈은 돈을 아주 떼어먹으려고 작정한 거지. 창순이는 돈도 많이 벌었지만 아끼기가 소금처럼 짠 애였어. 거지 근성, 아니 헝그리 정신이 투철한 애였어.

만일 절이나 산에 갈 때 입장료가 아까운 거야. 그래서 식구들에게 한 사람만 입장료 2천원을 내고 들어가서 절의 물을 떠 오라는 거야. 입구에서 식구들은 그 물을 떠오면 마시자고. 사람들이 그 애를 욕하겠지만 연약한 여자가 스스로 몸을 써서 돈을 만들고 모은다는 것은 정말 대단한 거라 생각해. 그러나 그 돈 때문에 몸에 병이 들었다는 것이 안타깝더라고. 걷지를 못해요. 팔구십 노인처럼 움직여요. 먹지도 못하고 잠도 잘 못 자니까 약을 복용하고. 참말로 안타까운 일이야.

돈이 몸을 대신할 수는 없는 거야. 그러나 어렸을 때 너무나 가난했기 때문에 심혈을 기울여 몸을 써서 돈을 벌었잖아. 아끼고 또 아껴서 돈을 모으고 돈을 버는 데만 중독이 든 거야. 어떻게 돈을 잘 쓰고 행복하게 사는 것을 배우고 노력하지 않았던 거지. 그러다 보니 창순이는 몸의 균형이 깨져버린 거고. 돈을 잘 지키며, 돈을 적절히 쓰며 주변 사람들과 어울리고, 행복하게 쓰는 법을 모르는 거지. 아끼는 것은 지독하게 잘해. 너무 지나쳐서 오히려 주변 사람들은 깜짝 놀라게 돼. 예를 들어 절이나 산을 갈 때 창순이는 입장료가 아까워서 안 가는 거지. 거기까지 갔는데도.

아니면 주차장에서 받는 주차비가 아까워서 어디를 못 가는 거야. 밥값 비싼 것은 이해할 수 있으면서 주차비는 아까워서 갈 수 없다니. 비상식적인 일이 발생하는 거지. 돈이 없을 때 그렇게 살았는데 100억이 있어도 그 버릇이 안 고쳐지는 거야. 상식적인 사람들이 이해할 수 없어서 친구가 될 수 없는 거야. 요즘 사람들은 소비성이 강하잖아. 소비성이 발달한 젊은이들에게 창순이는 혐오스러운 사람으로밖에 보이지 않겠지. 옛날 60~70년대의 삶은 그렇게 해야 살 수 있었는데…. 먹을 게 없었고 길거리에 고아와 거지가 얼마나 많았는데.

난 창순이를 이해할 수 있어. 학비가 없어서 날마다 칠판에 월사금 안 낸 사람으로 낙인찍혀서 담임에게 불려 갔으니. 돈에 대한 욕심이 생긴 거였어. 웬수같이 돈을 벌려고 혈안이 되어 동대문, 남대문 시장에서 옷장사를 하며 살았고, 돈을 만들어 낸 거지. 새벽장사로 전국 상인을 상대로 히트상품을 만들어서 뿌렸으니…. 많은 상인이 창순이 작품을 몰래 베껴가서 짝퉁으로 만들어서 팔자 그것을 말리려고 몰래, 몰래 자기 상품 개발에 힘을 썼다나.

아무튼 옷 만드는 재주가 있었던 거지. 걔의 운명이 돈을 버는 운명이었고, 돈을 모으는 운명이었던 거야. 그런데 지금 나이 들어 몸 관리를 제대로 못하여 힘을 못 쓰고 사니 안타까운 일인 것이지. 잘못하면 돈은 주변 사람들에게 남겨지고 죽을 수도 있는데.

그것을 자각 못 하고 돈만 붙들고 앉아 있다가 죽게 생겼으니, 정말로 불쌍한 인생인 것이야.

*

## 고추장 판매의 배반

어느 날 우연히 고추장을 다 먹어서 시판용 고추장을 사려 했어. 그런데 고춧가루가 5%, 1.2%가 들었다는 소리를 들었어. 어, 정말? 밤 막걸리에 밤이 0.2% 든 것을 확인하고 밤 막걸리를 안 산 적이 있어. 설마 고추장에 고춧가루가 50% 이상 들어가는 게 당연한 것 아닌가? 나는 상표를 확인하고 성분표를 보았다. 6.5킬로 업소용 고추장이었는데 눈이 나빠서 볼 수가 없었지. 불빛 밑에 가서 확인한 거야. 거기에 5.28%를 528%처럼 찍혀있는데. 이것도 꼭 528그램 넣은 것처럼 보이는?··· 완전 상술인 거였어. 그리고 수십 년을 살았던 거야.

야, 너네 너무했다. 국민을 우롱하다니! 고추장에 고춧가루를 안 넣고 그럼 뭘로 고추장을 만든 거야? 모든 국민이 먹고 있는 고추장이 중국산 식품처럼 국민을 속이는 식품이라니. 할 말이 없구나. 국민을 속이며 돈을 우려먹는 곳이 한두 곳이어야지. 아이티로 선전되는 곳에서 대부분 거짓 선동으로 살게 하는 것이 분통 터진다. 그동안 나도 경제활동을 하니까 주어진 대로 먹고 산 거지. 한가하니까 별별 것이 보이는 거야. 그래서 나는 고추장을 담가 먹기로 하고 열심히 유튜브를 통해 공부를 했네요.

우선 고춧가루, 메줏가루, 엿기름 가루, 찹쌀가루, 물엿을 1킬로씩 주문해서 배달 받았네요. 나는 조금만 담가서 시범상 잘못될 수 있음을 감안하기로 했다. 첫번째는 단술인 식혜를 만들어야 해서, 찹쌀가루를 찜통에 반죽을 해서 쪘어요. 그리고 엿기름 가루를 베보자기에 넣고 생수를 넉넉히 2리터 정도를 넣어 치대서 그 치댄 물에 찐 찹쌀떡을 섞어서 밥솥에 넣었어. 보온으로 10시간을 삭혔더니 맛이 좋은 식혜가 되더라고. 그 식혜를 불에 얹어 끓였어요. 거기에 물엿과 올리고당, 매실청을 넣고 끓였어요. 그리고 식혔어. 고춧가루 1킬로와 메주가루 500그램, 소금 반 컵을 넣어 섞었는데, 빨갛게 색깔이 안 되더라고요. 그래서 냉장고에 있는 고춧가루를 1킬로 더 넣었더니 붉어져서 고추장 색깔이 좋아질 것 같더라구요. 그것을 믹서에 곱게 갈아서 섞어 식은 식혜청에 비비면 되는 거였지. 그런데 믹서가 작아서 다시 갈아서 할 수가 없었어. 그냥 섞어서 넣었더니 고추장이 곱지를 않더라고. 뭉글대며 거친 밀가루 섞어놓은 것 같아. 소금을 조금 더 넣고 소주 반 컵을 넣었

어. 허연 찌꺼기가 생기지 말라고. 그리고 손가락으로 찍어서 먹었
는데, 진정한 고추장 맛! 정말 맛있었어.

고추장에 흰 쌀밥 비벼 먹으면 매콤하며 달착지근한 맛이 입맛
을 돋우는 거 있지. 3일 동안 모든 재료가 뒤섞이도록 저어주는
게 좋다니까. 나는 뭔가 뿌듯하여 기분이 좋았다. 나의 삶 목표는
진실, 성실, 지혜롭게 사는 것인데, 내가 만든 고추장에 진실성, 성
실성이 있는 거 같아서 더 기분이 좋았네요.

삶을 통해서 배우는 것도 많아요. 비가 오는데 뒷산을 올라갔
어. 작은 나뭇잎이 가지 끝에 붙어있네요. 물방울이 방울방울 맺
혀 있는 것이 영롱해서 보석 같아요. 야, 아름답구나. 어머! 노랑
개나리꽃이 피려고 망울졌네요. 고거 참 예쁘구나. 어, 여기는 한
두 개가 피었네? 너 근데 너무 빨리 나오면 안돼. 내일 모레 영하
추위가 온다는데…. 요기에 진달래 꽃망울도 있네. 요놈은 마구 피
려고 하네. 야, 너 아직 나오지 마. 나오면 얼어 죽어. 내 목소리 들
리냐? 나오지 말라고. 아직 너무 일러.

언제인가 갑자기 한파가 몰려와서 다 핀 진달래꽃들이 몽땅 언
상태로 멈춰버렸어. 꽃의 수명을 다하지 못하고 몽우리와 만개가
된 꽃이 얼어붙어서 진물이 흐르며 눈물을 흘렸어. 안타까웠어.
진물이 끈적이며 처절히 쓰러지는 모습이 안타까웠지. 인간의 삶

도 가끔 너무 일찍 성공하여 환경의 변화에 의해 갑자기 사그라지는 경우를 우리는 보아왔잖아. 우리의 삶도 새봄의 꽃과 같아. 너무 일찍 피는 꽃이 날벼락을 맞는 경우가 많은 거 같아. 차라리 늦게 피는 것이 기후의 변화로 덜 망가지는 거 같으니까.

이럴 때 나는 희망을 품고, 작은딸의 삶이 늦지만 자기의 삶을 개척하기를 기대해 본다. 대기만성의 기도를….

\*

## 미선나무 꽃구경

문화사랑방에서 국립박물관 내에 핀 미선나무 꽃을 구경하기로 했습니다. 모인 사람은 6명이었다. 그중 멋쟁이 아이돌 패션으로 만난 ㄱ친구가 눈에 확 띄었다. 여기에 만날 수 있게 오는 사람은 무조건 성공이었다. 오줌 안 싸고 전철 타고 찾아온 것이 대단했다. 젊은이들이 우리 대화를 들으면 말도 안 된다고 하겠지만 나이들고 병드니까 금방 애기처럼 되었다. 슬프지만 현실이었다. 애기들은 만나면 손을 잡고 반갑다고 벌떡거렸을 게다. 우리는 멀리서 손만 흔들고 안녕하고 말았다.

박물관의 손기정 기증 청동 투구를 보았다. 손기정 선생이 1936
년 베를린 올림픽 경기에서 우승하고 받았다. 그리스의 유물이었
다. 2600년 전 그리스에서 청동, 구리와 주석을 섞어 만든 금속이
었다. 눈, 코와 머리 위쪽의 푸르스름한 빛깔과 철의 빛깔, 주석이
섞인 투구는 매력적이었다. 가만히 보고 있으면 까만 눈의 모습이
살아서 고대의 그리스인으로 보였다. 일제 강점기에 딴 것이라 더
훌륭했고 우리 민족의 기쁨이었다. 거기에 베를린 50주년 기념행
사에 투구를 돌려받아 선생은 나라에 기증했던 것이다.

그날은 많은 사람이 박물관에 기증한 여러 가지 것들을 전시했
다. 별의별 것들이 모두 보였다. 옛날 할머니들이 100년 전부터 쓰
던 물건들이 많았다. 장롱, 문갑, 다듬이, 책, 도자기, 기와 등 헤아
릴 수 없었다. 할머니들이 쓰던 추억의 물건이었다. 다시 이동하여
우리는 미선나무 꽃을 보러 갔다. 노란색과 분홍색이 있었다. 방장
님은 설명했다. 세계적으로 귀한 나무라고. 흔히 볼 수 없는 나무
로 충북의 야산 군락지가 있어서 범위를 정하고 야생으로 살고 있
는 미선나무 군락지를 표시해 놓았는데, 어느 날 사람들이 모두
캐 가버렸다고 한다. 거기는 표지만 남아 있었다고.

결국 연구원들이 전국을 돌아다니며 미선나무를 구해 한 곳에

심어 보호했다고 한다. 여기 박물관 화단에 심었다고. 작년에 피었다가 지고 씨앗이 부채모양으로 잎에 싸여서 남겨졌다. 우리는 그 씨앗을 받아다가 화분에 심어볼 것이었다. 그 옆에 노랑꽃 히어리가 함께 웃고 있었다. 우리는 이동하여 점심식사를 하기로 했다. 아이돌 패션 친구가 밥을 사기로 했다. 주문을 하러 친구가 갔다. 아이돌 패션 친구는 말했다.

- 난 아무것도 못해. 키오스 주문하는 것 잘 못한다고.
- 그럼, 배워야지. 별거 아니야.
- 카드도 내 것이 있어야 한다는데. 난 없어.
- 그럼 만들어야지. 갑자기 남편이 아파서 못 움직이면 큰일 나지. 내 친구 남편이 심정지로 갔는데 부인이 힘들지.
- 그래, 나이가 많으면 카드도 안 내준다잖아.
- 무조건 카드를 내.

함박스테이크로 우리는 식사를 거하게 했다. 방장님이 무말랭이 무침을 가져와서 맛있게 먹었다. 다음은 ㅂ친구가 차를 사기로 했다. 한글 박물관으로 이동하여 대추차와 생강차를 주문하여 맛있게 먹고 이바구를 하다가 헤어졌다. 다음을 기약하며.

*

## 나만 맛있는 걸 사 먹는 거 같아서 가슴이 아렸다

40대 초에 대도시로 이사 와서 수요시장을 둘러보았습니다. 작은 아파트에 세를 살았는데, 그 동네는 영화배우 같은 우아한 부인들이 많았습니다. 봄나물을 사려고 내 지갑을 열어 봐야 천 원짜리 지폐 서너 장밖에 없었는데, 우아한 부인들의 지갑 속엔 푸른 지폐가 한 다발씩 들어있어서 나는 너무 놀라 입이 벌어졌습니다. 지갑을 연 부인은 딸에게 반을 갈라 엄지와 검지로 뭉텅이 돈을 집어주며 맛있는 걸 사라고 했습니다. 저런 부인은 어쩌면 그렇게 돈이 많은지 상상할 수 없었습니다. 나는 언제쯤 저런 돈을 만져볼 수 있을 것인가.

그런 세월은 길었습니다. 수요시장 장을 보는 내 주머니는 항상 야채 몇 가닥만 살 수 있었습니다. 이제 몇 십 년이 지났습니다. 내가 지금 사는 동네 마트에 가면 가난했던 그 시절이 생각납니다. 봄철이 되기 전에 딸기와 참외, 토마토가 싱싱하게 진열되어 있는데, 바구니에 담아서 사려 하면 옆 동네 사는 딸네가 내 눈에 밟혔습니다. 애들 가르치랴, 관리비와 식비, 이런저런 부대비용을 빼면 딸이 먹고사는 게 빡빡할 텐데… 나만 사다 먹는 것 같아 목구멍이 걸려 잠을 설치며 애달파 했습니다.

어느 날 나는 산책 삼아 늦은 저녁에 마트에 들렀습니다. 마트에서 내일 장사를 위해 빼놓은 야채와 과일을 골라 바구니에 담았습니다. 이것저것 담다 보니 한가득 차 버렸습니다. 30~40% 할인이 마음에 들었습니다. 고기도 세일하고 과일도 세일하며, 야채도 세일해서 기분이 좋았습니다. 셀프 계산을 하고 물건을 짊어지고 딸네 집으로 가는데, 또 다리 심줄이 끊어질까 조바심이 났습니다. 우리 집 남자가 보면 야단날 일이었습니다. 병원도 잘 못 가는데 또다시 심줄을 다치면 어떡하느냐고.

간신히 딸네 집에 와서 물건을 건네주니 마음이 홀가분해졌습니다. 나만 배부르게 먹는 것이 죄지은 마음 같았죠. 40대 초 나는 얼마나 힘들었던지. 우리 딸도 그렇게 힘들 거라 생각이 들었습니다. 그러나 딸 집에 어지럽게 펼쳐진 곳을 보면 왠지 우리 시대보다는 물자가 풍요로워서 부스러기 같은 찌꺼기가 산더미처럼 쌓여있는 느낌. 그래 잘 살면 되었다. 아프지 말고 즐겁게 살아가면 되는 것이구나. 그래서 마음 편히 돌아왔습니다.

* 20~30년 만의 통화

테니스 멤버가 서서히 줄어들었다. 처음에는 20여 명이었다. 우리 아파트 코트였기 때문에 라켓만 들고 가면 즐겁게 테니스를 칠수 있었다. 멤버로 들어오는 사람은 적고 나가는 사람들이 많아졌다. 이직을 하는 사람, 이사를 가는 사람, 애기를 봐야 하는 사람들이 늘어났다. 간신히 십여 명이 되더니 어느 날부터 대여섯 명이 공을 쳤다. 가끔 제사 지내야 해서, 어머니가 오셔서 병원에 모시고 가야 해서, 사람 숫자가 계속 줄고 줄었다. 그러다가 코트를 주차장으로 만들겠다고 주민들이 들고일어났고 관리소에서 테니스장을 폐쇄해 버렸다.

우리 팀 회장은 다행히 종합운동장에 일주일에 2번 코트를 잡았다. 코로나 팬데믹 속에 우리는 코트장에서 공을 치며 잘 견뎠다. 남은 사람이 5명. 그중 한 명이 무릎통증으로 쉬게 되었고, 또 한 사람은 4월부터 쉬다가 7월에 이사를 간다고 했다. 우리는 3명이라 멤버가 없어서 어디서 멤버를 구해와야 했다. 나는 예전 23년 전의 테니스 멤버를 전화로 찾았다.

- 여보세요? 정〇〇 아닙니까?
- 네, 맞아요. 나 함께 했던 정〇〇요.
- 오랜만이요. 지금 테니스 치고 있어요?

- 네.

- 우리 지금 멤버가 없어요. 그래서 자기를 찾은 거예요. 우리 팀에 오세요.
  월요일과 목요일이에요.

- 목요일에 애기를 보았는데, 이제 이사를 가서 갈 수는 있을 거 같아요. 그
  런데 이번에 미국을 가서 한 달 있다 올 거예요.

- 그럼 한 달 후 오세요.

- 네. 알았어요.


- 여보세요? 이○○ 아니에요?

- 맞아요. 나 정○○요.

- 아, 언니.

- 테니스 멤버가 없어서 전화했네요. 테니스를 치시는지.

- 무릎도 아프고.

- 모두들 다 아파요. 약 먹고 치료하며 하는 거예요. 그렇잖으면 오줌 싼다.
  오줌 안 싸려면 라켓 들고 나오셔. 자기 테니스 멤버 M 알지? 그 사람 지
  금 알츠하이머로 몸 못 움직인다. 손자를 열심히 보더니만.

- 오줌 안 싸려면 라켓 들고 꼭 나와야 해요.

- 언니, 나 다음 주에 어머니 보러 간다.

- 언제 오는데?

- 가 봐야지.

- 그럼, 갔다 오셔. 그리고 우리 함께 공 치던 황○○ 전화번호 좀 주셔.

- 010-9***-1***

- 전화를 안 받네요. 갔다 와서 다시 연락 좀 하셔.

이튿날 황ㅇㅇ에게서 전화가 왔다.

- 오랜만이요. 테니스를 치자고 전화를 했네요. 우리가 이렇게 건강해서 만나면 성공인 거예요. 우리 테니스 멤버가 없어서 내가 사방으로 전화를 했어요. 주변 친구 멤버들이 아프니까 테니스 치자며 내가 협박을 했네요. 테니스를 안 치면 오줌을 싼다고. 사실이 그렇고요. 테니스 치러 라켓을 들고 나오세요. 처음에 힘들지만 한두 달 치면 익숙해져요. 내가 쳐줄 테니까요. 언제 먼저 만나서 이씨랑 밥이나 먼저 먹읍시다.

- 지금 나는 경주에 있어요.
- 경주요? 왜?
- 시댁에 와서 집수리를 해요. 목욕탕이랑 보일러 등을 고치려면 이번 봄 시즌은 여기서 보내야 할거 같아요.
- 자기네 집 재건축 들어갔는데, 어디로 이사 갔어요?
- 잠원동이요.
- 그럼 똑같네요.
- 여하튼 집수리 다 하고 만나서 밥을 먹읍시다. 그리고 운동을 해요.
- 네.

그리고 끊었다. 거의 20년 만의 소통이었다. 운동을 통한 만남은 좀 특별했다. 만나서 한 번 게임을 하면 새로운 관계를 만들 수 있었다. 과거에 서로의 감정이 안 좋았던 것도 운동을 통해서 사라질 수 있었다. 모두가 나이 들어 사라지는 시기인데 용서 못 할 것들이 무어가 있을 것인가. 하여튼 우리는 만나서 테니스 멤버로 마지막 인생을 보내기로 한 것이 기뻤다.

*

## 좋은 아침

오늘은 해가 반짝 떴네. 하늘도 파랗고. 마음에도 봄이 오는가 봐. 기뻐서 가슴이 활짝 펴지네. 깨달은 사람들은 도레미파솔 음표가 가슴에서 올라오듯 기쁘다던데…. 우울하지 않고 평화로우며 마음이 고요하면 그게 나에겐 기쁨이고 행복이겠지. 마음이 둥둥 떠서 환상의 기쁨도 부담스러운 거 같으니까. 나이가 많아지기는 했나 봐. 기도하고 고요히 묵상하는 것도 기쁨처럼 즐겁네. 오늘 성당 가서 열심히 기도하며 즐기셔요.

좋은 아침. 몸은 괜찮고? 날씨가 화창하네. 어제 부부 모임 갔다

왔더니 아침이 피곤해서 늦어졌네. 이제는 아파서 죽을 뻔했던 이야기가 많았어. 저녁 모임이었는데 마침 어머님이 돌아가셔서 참석을 못한 회원도 있었어. 한 부인이 이빨이 아파서 치과를 갔는데, 빼기는 아직 이르다며 항생제 약을 처방했다나. 샤워를 하고 약을 먹었는데 밑이 가려워서 다시 밑을 닦고 나왔는데 얼굴과 손, 나중에는 몸 전체가 시뻘게졌는지, 딸이 보고 놀라며 아무래도 병원에 가야겠다고 해서 병원으로 갔대. 밤이니까 응급실로 갔다나 봐. 거기서 의사에게 자기가 먹은 항생제를 보였다네.

그 후 의사가 처방을 하는 데 앉아서 주사약을 투입했는데 갑자기 온몸이 떨리는 거야. 너무 떨려서 옆에 있는 남편에게 내 다리 좀 붙잡아보라고 하는데도 몸이 멈추지를 않고 계속 떨렸다네. 그런데 우연히 발톱을 보았더니 발톱도 새까매졌다네. 놀라서 의사를 불러 달라고 소리를 쳤고 당직 의사가 왔다네. 그가 다른 주사약을 투입하니까 떨림증이 사라졌고 병원에서 밤을 지새우고 왔다네. 그 후 병 증상이 사라졌다는데 아마도 항생제로 인한 알레르기 현상인 것 같았다네. 며칠 후 같은 친구들끼리 식사하다가 거기에서 잘 아는 의사분이 당신은 죽었다가 산 사람이라고 설명을 했다네.

그렇게 해서 죽은 사람이 많다는 거였지. 약물 중독처럼 일어나서 손톱, 발톱이 새까맣게 되어 갑자기 죽을 수 있다는 것이었어. 그 부인은 결국 죽었다가 살아난 것이라고 그 의사가 말했다는 거였어. 삶은 한 치 앞을 볼 수 없는 거였어. 운이 좋아 살아난 것이라고. 우리 친구 남편 죽음도 그랬잖아. 병원에 가서 건강검진 받다가 주입식 검진약이 잘못 삽입되어 죽었으니. 오히려 약물중독이 더 많다니까. 우리 조심하며 삽시다.

\*

## 나의 몰입

어제부터 콩, 팥, 녹두, 강낭콩, 밤, 곶감 등을 준비해놓고 콩은 밤새 불렸다. 수영장을 갔다 왔다. 다른 때 같으면 쓰러질 것처럼 힘들고 눈이 감기며, 몸이 나에게 나 힘들다고 아우성을 칠 텐데? 오늘은 몸이 말했다. 즐겁구나, 힘이 나는구나, 매사가 좋구나라고. 얼른 가스불에 물을 끓여 남자의 만두 식사를 만들었어. 아침 주스를 만들고, 고구마를 데우고, 약초물을 데우고, 과일을 챙겼지. 그사이 불린 콩을 삶고, 점심 때 먹을 다시국물을 만들었네. 남자가 먹고 있을 때 나도 아침으로 달걀과, 주스, 약초를 챙겼어.

바가지에 찹쌀과 멥쌀을 섞어서 뜨거운 물을 붓고 비벼서 반죽을 했어. 소금과 설탕도 조금 가미했고. 가루에 콩과 여러 가지를 섞었어. 철 어레미에 면보를 깔고 섞은 찹쌀가루를 넣고 맨 위나 맨 아래는 콩과 건포도, 곶감, 밤 등을 더 많이 얹고 맛있게 만들어서 솥에 넣고 50분 찌는 거야. 준비하는 데 한참 시간이 걸렸지. 뭔가 생산품을 만들 수 있다는 것이 기뻤지. 친구를 만날 때 콩찹쌀떡을 줄 수 있어서 즐거웠지. 50분이 지나서 솥에서 솔솔 떡 냄새가 났어. 구수한 콩 냄새가 향기로웠어.

솥을 열고 철판 위에 종이랩을 깔고 찐 떡을 쏟아서 모양을 잡았어. 꿀을 표면에 발라서 간을 맞추었어. 표면 위를 덮고 식히려고 베란다에 놓았어. 한 시간 후 떡을 먹기 좋게 잘라서 랩으로 쌓아놓았어. 커피 먹자고 친구가 연락해 오면 나는 달려 나갔어. 그친구 몫으로 떡을 싸 가지고. 이번엔 그 친구가 신라호텔에 가서 스테이크를 먹자 하니 나는 즐거웠어. 한 번도 신라호텔에 가보지를 못했거든. 힘 있을 때 남편이 티켓을 여러 번 갖다 주었으나 학교 강의와 바쁜 일정으로 티켓은 번번이 타인들에게 주어졌거든. 이제 나이가 많아지니 갈 일이 없었어. 친구도 아마 공짜표가 생긴 거겠지.

거기서 스테이크를 먹으려니 신나겠구나. 그곳은 한국 호텔의 대표 격이니까. 차를 타고 3터널을 지나 신라호텔로 들어갔다. 복잡한 주차장이 불편했다. 주차를 시키고 나와 셔틀버스를 타고 시내를 돌다가 호텔로 들어갔다. 영빈관은 고전 한국관 같았다. 화장실은 어둑했고 표지판도 없었다. 로마시대 궁전처럼 통나무 벽은 이탈리아의 대리석 석조건물처럼 무겁게 느껴졌다. 햇빛이 차단되어 실내공간을 더 어둡고 무겁게 했다. 그래서 우리 몸체를 사방에서 조여오는 느낌을 주었다.

그곳은 요즘 새 시대의 밝고, 빛의 찬란함으로 우리의 눈을 현혹시키는 환상적 아름다움이 없었다. 그곳은 어둠의 압력과 벽의 무게가 두꺼워 올드한 과거를 재현하는 느낌이 들었다. 현대적 감각이 없으니 뭔가 시대적 흐름을 잃어버렸다. 우리나라의 공항을 생각해 보자. 그곳은 세계 최고의 공항으로 최고의 점수를 받지 않던가. 그곳은 항상 새롭게 단장을 하고 새 모습을 보여주며, 빠르게 달려가는 시대성을 보여주었다. 그에 비해 신라호텔은 너무 올드해서 안타까웠다.

지루한 삼성생명 강의도 괴로웠다. 강의 내용은 나의 철학과 달랐다. 돈의 진짜 본래 모습이 숨겨진 채 이자와 세금을 면제한다는 점만 강조했다. 돈의 속성인 인플레이션과 세월의 진정한 투자가치에 대한 실제적인 모습을 설명하지 않았다. 역시 보험은 나의 철학과 맞지 않았다. 아침부터 먹지 않고 뛰어서 왔기 때문에 배가 고팠다. 거의 1시경에 스테이크가 나왔다. 배가 고파서 허겁지겁 먹었다. 수프가 아주 맛있었다. 그런데 반찬 서비스가 없었다. 고기가 목구멍으로 넘어가지를 않았다.

　창피하지만 내가 싸 가지고 다니는 초절임 생강채를 내놓았다.
테이블에 앉은 사람들이 모두 즐겁게 먹었다. 개운했다. 스테이크
를 먹는데 부담이 없었다. 후식과 커피를 마시고 우리는 영빈관
뜰을 구경한 후 차를 타고 집으로 돌아왔다. 아무튼 오늘 하루도
그렇게 여행하며 살았다.

*

## 나도 시 같은 언어를 사용했으면 좋겠는데…

　아침 수영을 끝내고 번개팅으로 조찬 모임을 하기로 했습니다.
항상 모임을 갖던 커피빈에서. 나는 샤워를 하면서 멤버에게 딸을
데려다주려고 5분 늦을 것 같다고 했습니다. 멤버는 고개를 끄덕
이며, 괜찮다고 하네요.

　나는 차를 타고 빠르게 달려 턴을 하고 직진하다가 좌회전으로
신호등 바뀌기 전에 다시 빠르게 직진하며, 딸에게 집 근처 사거리

에서 턴해서 내려주겠다고 했죠. 딸은 알겠다며 엄마 편한 곳에서 내려 달라고 하네요. 차는 밀려서 신호 받기가 느려지는데 마음이 조급해지는 것이 내 속을 내가 모르겠다. 좌회전 신호로 바뀌면서 빠르게 회전을 하니까 남자가 조심해. 여기서 정차하면 되겠네. 비상등을 켜고 딸을 내려주고 달렸습니다.

근데 왜 바쁜 거야. 천천히 간다고 뭐가 달라지지도 않을 텐데. 다시 유턴해서 수영장 쪽으로 달려서 가다가 유턴을 해서 아파트 사잇길을 지나 커피빈 근처 도로로 갈 때 모임 멤버 차들도 주차장으로 함께 들어왔다. 그때 내 마음은 편안해졌다. 주차를 끝내고 커피빈으로 들어가 인사를 하니, 젊은 멤버가 주문을 받았다. 라떼와 아메리카노, 샌드위치를 시키며 분위기는 좋아졌다.

- 어, 머리 스타일이 바뀌었네요?
- 네, 요즘 단발 스타일로 했어요.
- 더 젊고 발랄해 보여요.
- 나도 저렇게 머리를 한번 잘라야 하는데….
- 골프채 샀다면서요? 그런데 바꿔야 한다며요?
- 벌써 바꿨어요.
- 골프채 구경하러 연습장을 가봐야겠다.
- 5월에 스크린 모임을 필드 모임으로 바꾸면 좋겠네요. 그런데 2팀을 할 수 있을까요?

- 시즌이라 바빠서 쉽게 예약이 안 될 텐데요.

- 괜찮아요. 돈을 내면 할 수 있을 거예요.

- 그럼 그렇게 해봐요.


커피타임은 즐거웠다. 어디 외국에 여행을 와서 조식을 하며 이바구를 하는 기분이었다. 별별 이야기를 하지 않아도 소통을 하면 즐거운 에너지가 충만해졌다. 끝나고 집으로 갈 때, 머릿속에 남는 것은 푸른 창공에 새가 날아가는 느낌이었다. 우주를 훨훨 날아서 끝없이 가고 싶은 마음이었다.


*


## 밤새 잠을 설쳤습니다


왜 잠이 오지 않지? 커피숍에서 커피를 먹었나? 그렇지 않았는데. 10시에 잠을 자려고 애썼다. 잠이 오지 않았다. 기도를 했다. 작은놈이 시집을 가게해 달라고. 큰놈이 성실하고 지혜롭게, 나머지 사위와 우리들은 건강하고 지혜롭게 살도록. 손자놈들은 성실하고 지혜로운 삶을 기원했다. 11시가 넘어서도 잠은 오지 않았다.

할 수 없이 일어났다. 작은방으로 가서 책을 폈다. 책을 펴 보면 잠이 올 것이라생각했다. 딱딱한 책을 골랐다. '42장경' 그대 자신을 등불로 삼아라.

자신을 고쳐 선을 행하면….

"우리는 분노를 조절할 수 없습니다. 분노를 조절하려고 열심히 노력해봤지만 잘 안 됩니다. 어찌하면 좋겠습니까?" 붓다는 어떤 것에도 사로잡히지 말라고 말한다. 그것을 알아차려라. 깨어있어라. 그리고 정반대의 것을 하라. 너무 분노에 주의를 주지 말라. 오히려 자비로워지고 더 사랑하라. 지나친 분노는 분출되어야 할 통로, 즉 에너지가 움직여갈 통로를 만들어라. 그 에너지는 자비심의 에너지와 같은 에너지이다. 전자는 부정적 에너지이고 후자는 긍정적 에너지이고, 창조적 에너지이다. 그래서 분노는 자비가 된다.

이상한 논리다. 같은 에너지라니. 이해할 수 없는 이야기다. 다시 붓다는 선을 닦고 덕을 행하라고 말한다. 주된 잘못을 깨닫고 그대 존재 안에 새로운 통로를 만들라고 말한다. 만일에 그대가 구두쇠라면, 무조건 나누기 시작하라고 말한다. 결코 하지 않았던 것을 해보라고. 그러면 에너지가 움직이고 흘러가서 분노로부터 떨어져 나간다는 것이다. 그래서 의식적이 되라고. 그것에 묶이지 말라고 말한다. 그러니까 잠깐 분노를 주시하고 에너지의 패턴을 바꿀 무엇인가를 하라. 곧 선을 행하라는 뜻이다.

그것은 업보가 없어지는 일이며, 마치 환자가 땀을 내고 점점 회복되어 가는 것과 같다. 붓다는 덕을 행하는 것은 땀을 내는 것과 같다고 말하는 것이다.

책을 읽다가 나는 어느새 잠이 들어버렸다.


*


## 어머니의 전화


- 엄마 나예요. 큰애.
- 너구나. 내가 너를 3살 때 잃어버렸으면 어쩔 뻔했냐? 3살 때 내가 빨래하러 시냇가로 갔는데, 너를 깨끗하게 옷을 입혀서 데리고 갔지. 빨래를 하다보니 네가 없어졌더랬어. 허둥지둥 너를 찾아 헤맸지. 그런데 어디도 없는 거야. 한참을 찾았는데 네가 철도선을 넘어가 버린 거였어. 그리고 너를 찾았는데 몸 전체가 새까맣게 해 가지고 엄마를 찾으며 울고 있는 거야. 먼지를 머금고 옷에 땀이 배고 팬티까지 새까맣게 되어서 너를 몰라보겠더라구. 그런데 다시 내 쪽으로 울면서 올라오고 있었어. 그 때 우리 옆에 사는 고깃집네 애는 잃어버려서 못 찾았지. 신문에 광고를 내고

엄청 애를 썼는데 끝내 안 돌아와서 못 찾았지.

- 아이고 그때 너를 잃어버렸다면 어쩔 뻔했냐? 지금 생각해도 가슴이 쩔렁 한다니까. 우리 딸래미를 잃어버렸으면, 지금도 생각하면 끔찍하고나. 나이가 차서 버드나무집 아들이 우리 사위를 소개해서 지금 잘 사는 것이 얼마나 고마운지 모르겠다. 극성스러운 너네 시어머니 때문에 속을 썩기는 했지만 말이다. 그래도 내 딸래미를 위해 제일 좋은 중앙호텔에서 약혼식도 올려줬잖니. 내 딸이 화장을 하고 왔는데 시댁에서 너무 예뻐서 눈이 부셔 몰라봤다니까. 또 대흥동 고모네 집에서도 너를 잃어버렸잖아. 옆집에 살던 고깃집 애를 생각하면, 가슴이 철렁하며 어쩌나 어째? 하며 네 생각을 많이 했단다. 내가 너 때문에 마지막에도 이렇게 요양원에서 편하게 사는데…. 어쨌든 고맙구나.

이 이야기는 다음 날도 그다음 날도 계속하셨다. 시간이 바쁠 때는 되풀이하는 시간이 길어져서 할 수 없이 병원 진료를 받아야 한다면서 끊었다. 당신은 빨리 죽어야 하는데 싸게 가지를 못해서 미안하다고 말한다. 나는 어차피 운명은 100살을 살게 되었으니 천천히 가시면 된다고 말을 하며 끝냈다.

*

# 상봉동 테니스 멤버들의 모임

어느 날 나에게 전화가 왔다.

- 혹 정 교수님이십니까?
- 그런데요.
- 테니스 치던 심 사장입니다.
- 아이고, 오랜만이에요.
- 노 총무와 교수님 전화번호가 변경되어 가운데 숫자를 1, 2, 3, 4를 차례로 넣으며 확인했어요. 그런데 맞았어요.
- 그랬군요. 반가워요. 우리가 노 총무랑 안 만난 지 거의 23년쯤 된 것 같은데요.
- 맞습니다.
- 반가운데 우리 한번 만나서 밥이라도 먹읍시다. 너무 늦으면 이제 나이 들어서 못 만나요. 심 사장님 아직도 테니스 치시죠?
- 네, 일주일에 3번 정도 칩니다. 노총무는 아마 안 칠 거예요.
- 하여튼 3명이 만나서 이야기해요.
- 강남 고속터미널 ○○○참치집, 3월 30일, 11시30분에 만나요. 테니스장이 가깝고 가성비도 좋다네요.
- 예전에 아파트 단지를 가본 적이 있는데, 차량을 갖고 가도 괜찮은가요?

- 많이 못 먹으니 가장 저렴한 것으로 합시다.

- 코트장이 종합운동장입니다. 주차난이 심각해요.

- 그럼, 지하철 타고 갈게요.

- 참, 내일 테니스 끝나면 7시경이거든요. 집에 가서 저녁 먹기는 너무 늦으니까 맥주 한잔씩 하고 가면 어떨까요? 모든 것은 제가 책임지겠습니다. 우리가 죽었을지도 모르는데 얼마나 감사한 일인가요. 혹, 약속이나 사정이 있으면 어쩔 수 없고요.

- 네, 좋아요. 20년이 넘었으니.

- 그럼 오케이입니다. 남편한테 차를 가져오라 하겠습니다. 운동 끝나고 우리 동네로 갑시다. 거기에 식사로 떡볶이와 오뎅탕도 있어요.

- 대 찬성입니다.


다음날 우리는 만났다. 정말 오랜만의 만남이었다. 식사를 하며 그 동네에서 살던 이야기로 꽃을 피웠다. 테니스 멤버의 오래된 사진을 노총무가 보여주었다. 총 11명, 그중 여자가 3명이었다. 20년 전 내 모습은 초라했다. 머리는 짧고 파마를 했으며, 행색은 허약하고 병약한 환자 모양으로 찍혔다. 노총무는 씩씩하고 당당한 여성 부장처럼 선글라스를 끼고 당찬 모습이었다. 그 당시 나는 힘들고 춥고 배고픈 시절이었다. 대학 강의 다니느라 정신이 없었고 마지막 논문을 쓰느라 잠도 제대로 자지 못하던 시절이었다.

사진을 돌려가며 보면서 추억을 말했다. 식사가 끝나고 녹차라떼를 주문하여 먹으며 사진을 찍고, 셋이 인증 사진을 찍었다. 산책 길로, 노천의 벚꽃이 한창인 곳으로 이동했다. 벚나무 숲에서 독 사진, 인증사진을 계속 찍었다. 그 후 우리는 코트장으로 가서 게임을 했다. 심사장은 게임의 달인이었다. 코치처럼 능숙했다. 서너 게임을 즐겼다. 오후 7시가 되었다. 우리는 생맥주 집으로 이동했다. 공을 친 멤버들과 함께 맥주잔을 들고 축배를 올렸다. 오면서 노총무는 즉시 자기가 사는 곳의 코트장으로 전화를 해서 코치에게 코트 사정과 레슨비 등을 물었다. 당장 테니스 레슨을 받을 기세였다.

나는 말했다. 우리 코트에서 공 치는 90세 할아버지가 오늘 4게임을 하신 거라고. 노총무는 70세라도 오랫동안 공을 쳤으니 칠수 있을 거라고. 노총무는 하고 싶어 안달을 했다. 멤버들은 말했다. 우리가 사는 날까지 건강하게 공 치며 살자고. 지금도 우리들은 무릎에 파스 붙이고 어깨에 파스를 붙이고 공을 치고 있다. 처음으로 20년 전으로 되돌아가서 나는 심사장님에게 물었다.

- 심사장님, 처음에 어떻게 여성 옷 가게를 했나요?
- 제가 토목과를 나왔어요. 그런데 토목 일이 나랑 맞지를 않았어요.
- 그렇군요. 술 한잔을 못 드시는데, 노가다 하는 사람들을 부리기는 힘들겠네요.
- 그때 안양에 사는 형수님이 시동생이 적성에 안 맞는 일을 힘들게 하니

까 안쓰러워서 다른 일들을 추천했어요. 그중 이랜드 제품이 안양 지하
차도 가게에서 잘 팔리고 매출이 좋다는 거예요. 그래서 시장조사를 했
어요. 괜찮을 것 같아서 이랜드 본사로 갔어요. 어떻게 하면 납품을 받을
수 있나 해서요. 그랬더니 본사에서 가게가 나와 연락을 해주면, 자기네
가 이랜드 제품을 공급해 주겠다고 했어요. 그때 시장 조사 중 면목동 시
장에 가게가 나온 거지요. 그래서 본사에서 제품을 진열해 주어서 시작
을 한 겁니다.

- 그때는 인터넷이 없어서 옷이 잘 팔렸을 거예요.
- 네. 매출이 좋을 때는 1억이 넘었어요. 월급 타는 것보다 대여섯 배는 됐
  어요.
- 대단했네요.
- 그래서 큰아들을 유학시킨 거지요. 중학교 2학년 때부터 시켰어요. 작은
  놈은 음대를 갔고요.
- 지금 텍사스에서 교수를 하고 있어요. 경영학과. 박사를 땄고요.
- 전에 헬스장과 스포츠센타인가, 하여튼 사업을 했잖아요.
- 네. 했지요. 그리고 접었어요.
- 손해를 봤나요?
- 손해는 안 봤어요.
- 다행이네요.
- 연금은 얼마나 나와요?
- 아내하고 합쳐서 200만원 조금 넘어요. 그동안 장사를 34년 아내와 했
  으니 쉬라고 했어요. 그리고 지금 회사 다녀요.

- 그렇군요.


- 노총무님은 목사 하는 학교를 다녔다면서요?

- 안수는 안 받고 그냥 병원 교회 있잖아. 거기서 봉사하면서 월급도 조금
  받고 있었지. 요양원에서도 있었고. 수동리, 가평 등에 있었어. 지금은 고
  향 김제에서 작은 집 2000만원에 사서 살고 있어. 노인복지 원광대에서
  수련을 받고 자격증 따서 노인 5명을 돌보고 있어. 한 시간당 5만원이야.
  영종도에 집이 있어. 그거 20년 전에 2억 주고 샀는데 안 오른 거야.

- 남편인 황국장은?

- 고향 김제에 같이 있어. 밥도 식성이 달라서 따로 해 먹는다니까. 그 옆에
  집을 안 팔아서 100만원에 5년 동안 쓰는 것으로 빌렸고, 집수리 대충
  해놓았으니까 남편보고 서울 있을 때 짐 정리 좀 하라고 했는데 모르지.
  텃밭에서 야채 길러서 먹고 있어. 농가 저온 창고에 식재료 사다가 채우
  고 각자 알아서 해 먹는거야. 퇴근하고 나오면 동네 할머니들이 나를 기
  다려. 고쳐 달라는 것이 많아. 구십 노인들이니까. 모두 건강들 하셔. 큰딸
  은 시집 안 가고 오피스텔에서 살고, 작은딸은 미국에서 아들 하나 낳고
  살아. 이번에 중학교 들어간다. 너 안양에 집 있던 거 어쨌어? 그거 피 받
  고 팔았어. 남편이 연금 230만원 나오는데 200만원 나를 주고 사는 거
  야. 난 영종도 집 팔리면 남미로 배낭 여행 갈 거야. 여행하다 죽든 말든
  마지막 꿈이야.


술 한잔 걸치며 20년 전 이야기를 하다 보니 너무 늦었다. 집으로

갈 시간이었다. 노총무는 9호선, 심사장은 7호선을 타고 다음에 다시 만나기로 하고 떠나갔다. 이십 년 동안 우리는 서로의 삶이 달랐다.

*

## 좋은 아침

- 오늘 세입자 교체를 하는데 이제 계산이 복잡해져서 쉽지 않네요. 내 머리가 안 돌아가네요. 인증번호를 바꾸니까 더 혼란스러워서 머리가 혼잡해지네요. 한두 개가 아니니까요. 수영 갔다 와서 지금까지 주물럭거리니….

- 애들이 늙은이를 싫어하겠구먼. 매사 요즘 일들이 나이 어린 애들과 함께 한다는 것이 그렇네요. 또다시 공부를 하며 살아야 하는 것이네요. 그래서 요즘 내가 눈을 뜨면 오늘은 무슨 공부를 하며 살아야 하나를 생각하네요. 그럴 수 있어서 그래도 감사하고 기도하기로 했습니다. 네비샘 몸 공부 많이 하세요. 그게 우리가 사는 공부일 겁니다. 산책하다 후미지고 패인 길에 발이 접질려 넘어지지 마시고 조심하며 살아요. 네비샘 파이팅!

- 네가 항상 좋은 아침이라고 하니까 진짜로 아침만 되면 좋은 것 같다. 내

일은 친구 K와 점심 먹으려고 해. 그와 함께 보낸 시간이 많고 끝까지 잘 지내야지. 나이가 많다 보니 모두가 소중하고 감사하구나. 병원 갔는데 어쩌고저쩌고 해서 MRI 검사 더 하자고 한다. 별일 아닐 텐데…. 아무튼 병원 다니는 일 하나 늘어났다. 오늘도 일 잘 보고 조심하면서 지내렴.

- 의사가 어쩌고저쩌고 해도 수술은 하지 마. 걔네는 사람 잡는 귀신이 되는 거 같아. 요즘은 무릎 수술도 안 하는 거 같아. 우리 고모가 85세로 10년 전에 돌아가셨는데, 수술한 무릎은 10년 후 더 못 걸었고, 수술 안 한 무릎에 의지하다가 돌아가셨거든. 그것도 마저 수술했으면 의지할 것 없었다며 욕을 했거든. 이빨이 아파서 임플란트 하다 죽은 사람은 많아도 이가 빠져 죽은 사람은 없는 거 같더라. 늙어가는 우리 몸은 몸속에 별별 것이 다 있다고. 걔네랑 싸우면서 사는 거라고.

*

## 한국 근현대 미술전

그림을 보고 이해하려고 했다. 이인성의 '사과가 있는 정물'을 봤다. 어느 해 달력에 나온 이인성의 인물화가 좋아 오랫동안 그 그림을 냉장고 위에 사진처럼 진열해 놓았었다. 옥수수 밭에서 엄마와 아이가 웃통을 벗고 태양 아래 서서 있는 모습이 풍토적이라 좋았다. 정물화나 인물화는 작가만의 독특한 색채를 살려 생생함을 표현한 것이 좋았다. 그리고 프랑스의 후기 인상파 화가 폴 고갱이 그린 타이티섬처럼 남국의 작열하는 태양을 느끼게 했다. 화가는 술을 즐겨 먹는 호탕한 성격이었는데, 1950년 11월 밤길에 경찰에게 호통치다가 총살당했다니, 안타까웠다.

유영국은 경북 울진 출신, 1930년 도쿄에서 미술공부 시작. 해방, 한국전쟁을 거쳐 어부로, 양조장 주인으로 생활했다. 신사실파, '한국 추상미술의 선구자'로 평가받았다. 1964년 미술그룹활동을 종언, 2002년 타계할 때까지 개인 작업실에서 작품을 제작. 작품에서는 점, 선, 면, 형, 색 등 기본적인 조형요소가 주인이 되어 등장한다. 고향 울진의 깊은 바다, 장엄한 산맥, 맑은 계곡, 붉은 태양 등을 연상시키는 그의 작품은 사실적인 자연 모습을 그대로 옮겨 담은 것이 아니다. 추상화된 조형의 힘이 자연의 정수를 체험하게 한다.

배운성의 작품은 가족도이었다. 꼭 한 가족 전체를 증명한 증명사진 같았다. 그는 1901년 고아로 태어났다. 만석군 갑부집 일꾼이었다. 천성이 싹싹하고 영리했다. 부잣집 아들 몸종으로 유학을 따라갔다. 거기서 그도 아르바이트를 하며 미술 공부를 했다. 그런데 주인집 아들이 병이 나서 돌아오는데, 그는 독일로 갔다. 그곳에서도 아르바이트를 하며 미술 공부를 했다. 그는 동양화 기법을 서양유화에 접목했으며, 판화를 하여 개인전을 열었다. 167점을 파리 15구 아틀리에에 남겨두고 월북을 했다. 작품은 행방불명이 되었다. 평양미술대학 교수를 했다.

박래현은 여성작가로 수많은 제한과 차별의 대상이었다. 그는 청각 장애를 가진 천재화가 김기창의 아내였다. 작품 '달밤'은 1960년대를 상징한다. 여러 점의 부엉이 그림을 그렸다. 처음에는 단순하고 간략한 형태의 부엉이였지만, 차츰 다양한 채색 기법과 안료들을 실험하면서 부엉이 그림들도 함께 변화해 나갔다. 그녀는 스스로 성장하는 작가로서 동양화에 서양화를 접목시켜 추상화로 변화를 시도하는, 도전과 배움을 멈추지 않았다. 전쟁 직후에는 피란지 군산에 남겨진 여성들의 삶을 표현했다.

박수근은 인간의 선함과 진실함을 그린 화가이다. 독학으로 자신만의 독창적인 작품세계를 구축한 한국의 대표적 화가이고 죽은 다음에 유명해져 국민에게 가장 사랑받는 화가이다. 그림값이 가장 비싼 화가이다. 화가가 즐겨 그리는 인간상은 단순하고 다채롭지 않다. 평범한 할아버지, 할머니, 어린아이들이었다. 그는 "진실하게 살려고 애썼다. 또 고난의 길에서 인내력을 길렀다"고 말했다. 그는 시장의 아낙네와 노상의 할아버지, 놀이하는 아이들처럼 그가 살았던 시대의 소박한 일상의 모습들을 화폭에 담아냈다. 그는 삶의 진정성을 통해 감동을 전한 화가였다. 작품의 질감은 은은하게, 깊숙한 황토색이 그의 독창적 표현이다.

천경자 작품 '초원'은 아프리카에서 작가가 발가벗고 코끼리 등에 누워 있고, 다른 코끼리들은 물을 마시며 가족과 함께하고 있다. 저 멀리 숲속에서 얼룩말들이 떼를 지어 놀고, 덤불이 많은 풀밭에 숨어 있으면서 먹거리를 찾는 맹수 가족도 보인다. 아프리카의 넓은 초원을 상상할 수 있어서 스스로 행복했다. 내가 여행했던 아프리카가 내 머릿속에서 살아났다. 아, 그리운 아프리카. 동물과 함께 어울리며 놀았던 기억이 난다. 나는 그때 너무 아팠다. 숙소 유리창으로 원숭이와 온갖 동물들이 나무 위에서 나를 쳐다보았다. 난 그때 우리에 갇힌 동물이었고 그들은 관객이었으니.

근현대 미술전을 통해 나는 그들의 삶과 예술의 혼을 관찰했다. 예술은 작가의 에너지이며 작가가 추구하는 혼이었으리라. 천경자 작품은 나에게 꿈과 낭만, 희망의 기쁨을 내 안에서 샘솟게 했다. 박수근 작품은 인간의 선함과 진실, 성실함을 전달하고, 작가의 진정한 한국적 삶을 말해주고 있었다. 소박하지만 삶의 고난을 이겨내는, 그래서 작가의 진실된 삶을 느끼게 했다.

*

## 비리비리 친구 집을 방문하다

만날 때마다 아파서 먹지 못한 친구라 나는 그를 비리비리 친구로 불렀다. 하루 한 때를 먹지 못하는 친구였다. 몸은 멀쩡해요. 키가 크면서 얼굴이 훤해서 아파 보이지가 않아요. 그런데 먹을 때만 되면 뒤로 물러나요. 어떻게 모임에 참가했냐고 물으면, 전날 응급실에서 링거를 맞고 왔다는 것이다. 참가해서 고맙구나. 비리비리 친구는 불상에 대해 전문가였다. 남편과 고고학에 관심이 많았는데 그쪽으로 아마 석사, 박사를 땄던 것이다. 동창들에게 그 분야를 설명하고 해설을 해주니 우리로서는 고마운 일이었다.

어느 날 네비샘이 비리비리네 집을 방문하자고 제안했다. 좋다고 했다. 우리는 만나서 비리비리네 집을 찾았지. 네비샘은 나를 데리고 서울 뒷골목을 뒤지고 강북지역을 더듬으며 연대 쪽으로 달려가는 거야. 가다가 서울역 근처는 알겠고, 다시 여기저기 하며 가다 하여튼 금화터널을 지나서 바로 우회전해 산비알, 언덕배기로 도로를 타고 올라갔어. 거의 차가 뒤집힐 지경이었다. 숨이 막혔어. 네비샘은 계속 올라가는 거야. 한참 후 평온한 길이 이어졌지. 네비샘이 마지막 끝 집을 가리키며, 저 집인 거 같다고 했어. 전화를 하니까 비리비리 친구가 나무 쪽문 같은 문을 밀고 나오네.

주차공간 쪽으로 손짓을 하였어. 큰 빌라에 2대의 주차공간이 있었어. 여기는 내 딸네 집이야. 모두 다 근무하러 가서 오전에 차 세울 사람이 없어. 한쪽에 주차를 했지. 비리비리 친구를 따라 그의 집으로 들어갔어. 그의 집은 산밑에 자연적 친화를 감안해서 만들어졌어. 꽃잔디와 철쭉꽃이 주변을 장식했네. 대문 입구는 멋진 소나무와 돌석상들이 우리를 반겼어. 넓은 숲속 정원에는 오래 묵은 장독대가 숲을 장식했고. 비리비리 친구는 그곳이 시어머니 별장이었는데, 장남에게 맡기고 자기네는 강남 아파트로 분양받아서 이사를 갔다네. 그래서 그 집에서 지금까지 살고 있대. 집은 새로 리모델링을 해서 깔끔하고 시원했어. 거실에는 고려시대 부처상 2개가 한쪽 자리를 차지했는데 무슨 박물관 견학을 온 거 같았어. 나는 그날 수영을 끝내고 네비샘을 따라가려는데, 아무리 봐도 비리비리 집에는 먹을 것이 시원찮을 것 같았어. 집에 오자마자 냉장고를 보다가 생오징어가 보이는 거야.

그래 이거다 생각하고 가장 빠른 것이 튀김인 거라. 오징어 2마리를 튀김 가루에 묻혀 그대로 튀기고 은박지에 싸서 비닐에 넣어 가져온 거였어. 비리비리 집에 와서 오징어를 내놓으니까 비리비리가 접시와 가위를 가져와서 오징어를 가위로 자르는 거야. 그리고 먹으면서 맛있다 하며 포크와 차를 내 왔어. 기름이 묻은 것을 맨손으로 퍼서 자르는 게 쉽지 않거든. 속으로 나는 비리비리가 시집살이를 많이 해서 큰마음을 가졌겠구나 했거든. 사실 우리 시대에 시집살이를 한 사람들, 특히 맏며느리는 다르거든.

비리비리 친구는 그거였어. 맏며느리에 뭐 혹사당한 부분이 많았겠지. 여하튼 우리는 뭔가 잘 맞았어. 거기서 샌드위치와 맛있는 다과, 차를 마시며 하루 종일 이바구를 했다니까. 그때 마침, 비리비리 친구가 꿩이 오고 있다는 거야. 그러더니 정말 꿩이 나타나서 현관 유리창을 계속 꼭꼭 찍으면서 빙빙 돌아다니더라고. 나는 얼른 꿩의 모습을 동영상으로 찍었지. 꿩이라는 놈이 개인 집 현관으로 와서 놀다 가는 것이 신기하잖아. 그것도 서울 한복판에서 말이야. 비리비리네 집이 아마 안산 중턱은 되는 거 같았어.

대박이 난 거지. 450평이라는데. 그쪽에 땅이 한평에 3천만원 하는데 100억이 훨씬 넘잖아. 그 옆의 딸네도 90평 단독 빌라인데 27억은 넘는다고 하던데. 그 집도 비리비리 친구의 명의가 반은 들어가 있다네. 1층을 가 봤는데 아주 넓은 대운동장 같았어. 그곳에 온갖 것들을 진열해 놓았어. 잘 생긴 석상들과 고가구, 나무목상 등이 많았어. 거실에 있던 불상은 북한에서 온 문화재인데 고려시대 것이라 몇십억은 한대. 뭐 하여튼 특별한 친구였어. 고고학을 전공하고 불상을 연구한 친구이니까. 특별한 친구더라고.

이나저나 몸이나 잘 간수하라고 이르고 우리는 오후에 그 집을 떠났는데 차가 어찌나 밀리는지 힘들었다네. 차가 움직이지를 않아요. 대로가 꽉 차서 네비샘이 뒷골목으로 신호등을 등지고 달렸다니까. 우리는 거기서 특별한 경험을 하고 왔다네.

*

**책꽂이에서 아무 책을 펼쳐보니** 이런 구절이 나타났다

절대 아무에게도 해를 끼치지 말라. 그 모든 것은 그대에게 되돌아오기 때문이다. 좋은 일을 할 수 있다면 하라. 누구를 도울 수 있다면 도와라. 자비심을 내고 사랑할 수 있다면, 그것이 흘러가게 하라. 그것들은 되돌아올 것이다. 그대가 도움이 필요한 순간에 그것들은 찾아올 것이다. 가능한 한 많이 사랑하고 많이 도와라. 그러나 그 도움에 대가가 지불되는지 아닌지는 걱정하지 마라. 그것은 지불한다. 무한정 지불한다. 시간과 장소에 대해 걱정하지 말라. 그것은 지불한다. 어느 날 그대가 필요로 할 때면 언제든지 달려온다. 그것은 계속 쌓이고 있다.

붓다는 말한다. 절대로 비교하지 말라고. 그대는 자기보다 더 무

지한 사람을 볼 때 갑자기 경멸감을 느낀다. 그 경멸감을 느끼지 않기란 몹시 어려운 일이다. 그대보다 더 학식 있는 사람을 볼 때는 질투를 느끼기 때문이다. 그대보다 뒤처진 사람을 경멸하는 것과 그대보다 앞서가는 사람을 질투하는 것은 함께 간다. 경멸과 질투는 끊임없이 자신을 타인과 비교하고 있다는 표시이다. 절대로 비교하지 말라. 비교는 다 어리석기 때문이다.

붓다는 화가 해롭다는 것을 안다. 그대는 붓다의 가르침을 들었고 그에게서 배웠다. 그러나 그것은 붓다의 지식이다. 그리고 행동을 바꾸고 싶다면 빌려온 지식을 쓰지 말라. 진정으로 화가 무엇인지 알고 싶다면 화 안으로 들어가라. 화에 대해 명상하라. 여러 방법으로 화를 경험해보라. 화가 그대 안에 일어나도록 허용하고 화에 에워싸여라. 그래서 화의 모든 괴로움과 고통과 아픔을 느껴라. 그래서 그 독이 어떻게 그대를 침울하게 하는지, 그대의 존재에 어떻게 어두운 계곡을 창조하는지, 그대를 어떻게 지옥으로 떨어뜨리는지, 그것이 어떻게 타락하여 흘러가는지를 느껴라! 그러면 그 이해가 그대를 변화시킬 것이다.

진리를 안다는 것은 변화된다는 뜻이다. 진리는 자유로움을 준다. 그러나 그것이 온전히 자신의 것일 때만 그렇다.